KB038184

미스 프린스

I

이청 장편소설

미스 프린스 1

초판 1쇄 인쇄 2020년 2월 12일
초판 1쇄 발행 2020년 2월 26일

지은이 이청
발행인 오영배
편집 편집부
디자인 Mull
본문편집 오정인
제작 조하늬

펴낸곳 (주)삼양출판사 · 피오렛
주소 서울시 강북구 도봉로 173
대표 전화 02-980-2112 / **팩스** 02-983-0660
편집부 전화 02-987-9393 / **팩스** 02-980-2115
블로그 blog.naver.com/dan_gul
출판등록 1999년 3월 11일 제9-00046호

ISBN 979-11-283-9847-6 (04810) / 979-11-283-9846-9 (세트)

fioret은 (주)삼양출판사의 로맨스 판타지 문학 브랜드입니다.

미스
프린스

I

이청 장편소설

❖ CONTENTS ❖

왕자로 태어나지 못한 아이

잘못된 일이 벌어지기 좋은 밤이었다. 하늘에는 붉은 달이 떠 있었고, 멀리서 짐승 우는 소리가 을씨년스럽게 공기를 짓이겼다. 바로 근처에서는 울부짖음과 노성, 뭘를 구하는 목소리 같은 것이 불협화음처럼 어우러졌다.

그 사이로ー

"아악!"

여인의 비명이 무거운 공기를 찢었다. 뒤를 이어 발걸음 소리 여럿, 그리고 목소리가 거친 산파의 다독임이 뒤섞였다.

"바바라 님, 조금만 더ー 조금만 더 힘을 내시면 됩니다!"

이름이 불린 여인은 천장에 매단 무명 끈을 잡아당기며 다시금 소리를 질러 댔다.

로비나 왕국에서 가장 아름답다던 여인은 온데간데없었다. 통증을 호소하고, 분노를 터트리는 음성에는 저주와 분노가 가득하였다. 그녀를 모시는 시녀 중 하나가 겁먹은 얼굴을 하였다. 다른 노련한 시녀는 얼른 바바라의 옆에서 그녀가 원하는 말을 속삭여 주었다.

"바바라 님, 왕자님을 위해서라도 힘을 내셔야지요. 바바라 님께서 얼마나 원하셨던 분입니까."

늙은 시녀의 소곤거림에 흐리던 바바라의 눈에 일순, 생기가 돌아왔다.

"왕, 자…… 내 왕자."

이 나라에서 가장 아름다운 여인 바바라는 그 아름다움만큼이나 위험한 야욕을 품고 있었다.

성에서는 아직 어린 첫째 왕자가 병치레가 잦아 서른을 넘기기 어려울 거라는 말이 공공연하게 돌고 있었다. 왕실 여인 중, 후대왕의 어머니가 되는 영광을 꿈꿔 보지 않는 자가 없었다. 바바라 역시 마찬가지였다. 아니, 그녀는 남들보다 더 강하게 그 꿈을 품고 있었다.

반드시 왕자를 낳으리라. 반드시. 조금 전까지 흐트러져 있던 여인의 눈에 독기 어린 기백이 서렸다.

"바바라 님, 조금 더 힘을……!"

"으으, 아!"

비명을 터트리며 바바라가 온몸을 비틀었다. 그녀의 하얀 손등 위로 파란 핏줄이 툭 불거져 나왔다. 아이를 받아 본 경험이 별로 없는 시녀들 몇 명은 안절부절못하며 긴장한 기색으로 숨을 내뱉다가, 제 입을 손으로 틀어막았다. 바바라의 비명이 어느 순간 거세게 몰아쉬는 숨소리가 되는가 싶더니―

"으아앙, 으앙!"

갓 태어난 아기 울음소리가 들려왔다. 크고 우렁찬 소리였다. 바바라는 활짝 웃었다. 내 아들, 내 왕자, 로비나의 다음 왕이 될 아이.

아이를 받아 든 산파가 출생 시간을 말한 후, 탯줄을 잘라 냈다. 주름진 손은 아기의 작은 입 속을 휘저었고, 코에 숨을 불어 넣어 이물질을 제거해 주었다.

이윽고 시녀 여러 명이서 따뜻한 물이 가득 담긴 대야를 낑낑거리며 옮겨 왔다. 늙은 시녀는 얼른 산파의 손에서 아이를 받아 물에 씻겼다. 양수며 피가 잔뜩 묻어 있긴 했지만, 아이의 옅은 머리칼은 바바라를 꼭 닮은 물빛이었다.

은은한 미소를 지으며 아기의 보드라운 피부를 손으로 살살 문지르던 시녀의 얼굴이 순간 굳어졌다. 옆에서 그 모습을 지켜보고 있던 산파와 다른 시녀들 역시 마찬가지였다.

"……캐롤, 아, 들. 내 아이를…… 보여 줘."

간신히 정신을 추스른 것인지 바바라가 허공을 향해 손을 뻗으며 늙은 시녀의 이름을 불렀다.

아이를 찾는 어미의 손짓이 애처로웠으나, 이곳에 모여 있는 어느 누구도 감히 그녀에게 아이를 안겨 줄 생각을 하지 못했다. 왜냐하면 오늘 태어난 이 아이는…….

"바, 바바라 님."

바바라가 궁에 들어온 이후 줄곧 그녀를 보살폈던 캐롤이 울먹거리기 시작하였다. 정신이 없는 와중에도 바바라는 공기 중에서 불길한 기운을 느꼈다. 허공을 휘젓던 손이 천천히 아래로 내려왔다.

"무슨 일이지?"

조용한 목소리에 그 누구도 선뜻 대답하지 못했다.

"혹시 아이한테 무슨 일이라도 생긴 것이냐? 그런 게야?!"

바바라가 성치 않은 몸을 일으켜 세우려고 하자, 시녀들이 재빨리 그녀를 만류하였다. 아이를 다른 시녀에게 넘긴 캐롤이 얼른 앞으로 나와 무릎을 꿇었다.

"바, 바바라 님."

"무슨 일이냐니까! 대체 왜 아까부터 아무 말이 없어?!"

고개를 푹 숙인 캐롤의 뒤통수를 노려보며 바바라가 악을 질렀다. 구석으로 물러서 있던 산파가 조심스레 나섰다.

"송구하옵니다, 바바라 님. 왕자님이 아니십니다."

분을 못 이기고, 성질을 내던 바바라가 그대로 멈추었다.

뭐?

눈을 커다랗게 뜬 바바라가 딱딱한 동작으로 고개를 돌려 산파를 보았다.

"왕자가, 아니라고?"

바바라의 물음에 산파가 깊이 고개를 숙였다. 이 방에 있는 모든 이들이 같은 동작을 취했다. 거짓이 아니라는 뜻이었다.

바바라의 동공이 심하게 흔들렸다.

"그럴, 그럴 리가! 점을…… 점을 보았을 때, 다들 그러지 않았느냐! 사내아이라, 왕자라고…… 의원에게 물었을 때도 그리 답했어. 뱃속의 아이가 태동이 남다르니 기세 좋은 사내일 거라고……. 아, 아냐. 그럴 리가 없어."

고개를 뒤흔들고, 정신없이 중얼거리며 바바라는 부정하였다. 제가 낳은 아이가 계집일 리 없었다.

"네년들이 죽고 싶어 환장을 한 게로구나! 어디서 감히 거짓말을…… 내 왕자를, 얼른 아이를 이리 다오!"

바바라가 다시 소리를 지르기 시작하자, 아이를 안고 있던 시녀가 주춤거리며 앞으로 나왔다. 빼앗아 드는 것처럼 아이를 들어 올린 바바라는 빠르게 가랑이 사이를 살피고 말을 잃었다. 아이를 쥔 손이 덜덜 떨리고 있었다.

"……내가 계집을 낳았다고? 아무짝에도 쓸모가 없는?"

왕자가 아닌 공주의 삶이라는 건 뻔했다.

아버지와 남자 형제에게 대들지 않고, 예쁘게 치장하여 왕실 행사 자리를 좀 빛내다가 나이가 차면 적당한 혼처에 시집을 드는 것.

신분이 아무리 높고, 능력이 뛰어나도 이 나라에서는 여자가 절대 왕이 될 수 없었다. 처음부터 공주의 미래는 정해진 것이나 마찬가지였다. 공주를 낳은 후궁의 미래도 마찬가지였다. 바바라는 그 누구든 홀릴 정도로 아름답지만, 왕이 제일 총애하는 후궁은 아니었다.

"아냐…… 이건 내 아이가 아니야……."

새파랗게 질린 얼굴로 아이를 내려다보던 바바라가 마치 물건을 던지듯 아이를 던졌다.

"바바라 님!"

놀란 시녀들이 부산을 떠는 가운데, 앞에 있던 시녀가 간신히 아이를 받아 올렸다. 태어나자마자 죽을 뻔했던 운명을 알기라도 하는 듯, 아이가 서럽게 울음을 터트렸다. 캐롤이 얼른 침대 위의 바바라를 진정시키려고 하였다.

"바바라 님, 고정하시옵소서……!"

"아니야! 내가 낳은 건 딸이 아니라 아들이야! 나는 왕자를 낳았다고!"

조금 전과는 다른 의미로 바바라가 비명을 질렀다. 아기의 울음소리와 히스테릭한 비명 사이로 문을 두들기는 소리가 들렸다. 문밖에서 전령이, 왕이 이곳으로 향하고 있음을 알려 왔다. 바바라의 얼굴이 새하얗게 변하였다.

탐욕스런 후궁을 탐탁지 않게 여기던 왕은, 그녀가 임신을 한 후에는 제법 다정하였다. 바바라가 아들을 임신한 것 같다는 왕궁 주치의의 말 때문이었다. 그런데 그 아이가 아들이 아니라 딸이었다는 걸 그가 알게 된다면?

바바라가 부들부들 떨리는 손을 들어 손톱 끝으로 붉은 입술을 찔렀다. 당장 이 위기를 모면할 방법이 필요했다. 바바라는 시녀의 품에 안겨 아직도 울고 있는 아기를 노려보았다.

저게 딸만 아니었더라면—

처음에는 섬뜩하던 그 얼굴이 어느 순간, 기묘한 것으로 변하였다.

"어, 어서 폐하를 접견실로 모실 준비를 하게!"

캐롤의 말이 끝나기가 무섭게 다른 시녀들이 움직일 준비를 시작하였다.

하지만 그런 시녀들을 만류하는 목소리가 들려왔다.

"다들 멈춰라."

"……바바라 님?"

늙은 시녀가 고개를 돌리자 미소를 짓고 있는 바바라의 모습이 보였다. 조금 전까지의 동요나 혼란은 찾아볼 수 없는 그 얼굴에 모두가 오싹함을 느꼈다. 바바라는 시녀 한 명에게 말을 걸었다.

"애. 오늘 내가 낳은 아이의 성별이 무엇이더냐?"

질문을 받은 시녀는 어리둥절한 얼굴을 하면서도 순순히 입을 열었다.

"공주님이십니다."

시녀의 대답이 끝나기가 무섭게, 바바라는 다른 시녀에게도 물었다.

"오늘 네가 본 아이는 왕자더냐, 공주더냐?"

"고, 공주님이십니다."

바바라는 다른 시녀에게도 같은 질문을 하였다. 겁에 질린 얼굴로 공주라 대답한 시녀는 바바라의 무표정한 얼굴에서 불온한 것을 감지하였다. 방 안의 공기가 서늘하였다.

"너는? 네가 지금 안고 있는 아이의 성별이 무엇이냐?"

바닥으로 떨어질 뻔한 아이를 받아 들었던 어린 시녀는 덜덜 떨었다. 바바라가 무슨 생각으로 이런 질문을 하는지 알 수 없으나 본능적으로 무언가가 위험하다 느꼈다.

"와, 왕자, 왕자님이십니다."

이빨을 딱딱 부딪치며 어린 시녀가 내놓은 대답에 바바라가 환히 웃었다. 그녀는 구석에 있는 산파에게도 의미심장한 눈빛을 보냈다. 산파는 바바라가 묻기도 전에 무릎을 꿇고, 입을 열었다.

"바바라 님께서는 왕자님을 낳으셨습니다."

그 대답에 다시 한 번 만족스레 웃은 바바라가 캐롤에게 지시하였다.

"오늘 공주를 보았다고 한 년을 모두 죽여라."

캐롤은 당황한 듯 눈을 크게 뜨고 바바라와 시녀들을 번갈아 보았다. 하지만 이 궁의 주인이 내린 명령은 절대적이었다. 시녀들이 울부짖으며 바바라의 발밑으로 몸을 던져 목숨을 구걸하였다.

"바바라 님, 왕자님이십니다! 바바라 님이 낳으신 분은 왕자님이십니다!"

"살려 주세요, 바바라 님!"

캐롤이 그녀들을 침대에서 떼어 내어 문밖으로 밀어냈다. 문밖에서 대기하고 있던 병사들이 캐롤의 지시를 듣고 그녀들을 제압하고는 사라졌다.

삽시간에 조용해진 방 안에 남겨진 것은, 아이를 안은 채 덜덜 떨고 있는 어린 시녀와 아직도 바닥에 엎드린 산파, 그리고 바바라뿐이었다.

방 안으로 다시 돌아온 캐롤은 고개를 들지 못하는 산파에게 금화를 몇 개나 쥐여 주고, 그녀를 방 밖으로 내보냈다. 그 모습을 물끄러미 지켜보고 있던 바바라가 입을 열었다.

"나는 아들을 낳았어. 그렇지, 캐롤?"

"바바라 님."

침대로 다가온 캐롤이 걱정스러운 얼굴을 하였다.

"평생…… 숨기는 것은 불가능하십니다."

바바라는 웃었다.

"숨기다니, 무얼? 내가 딸을 낳았다는 걸?"

"……."

캐롤이 고개를 숙여 침묵하자, 바바라가 어린 시녀에게 손짓하였다.

"아이를 이리 다오."

겁먹은 얼굴의 시녀가 조심스레 아이를 바바라에게 넘겼다. 아이를 안아 그 얼굴을 가만히 들여다본 바바라가 다시 웃었다.

"캐롤. 저주에 대해 들어 본 적 있나?"

"저주…… 라 하심은 고대의 마법을 말씀하시는 것입니까?"

오래전 이 세계에는 마법을 쓸 수 있는 '블루 블러드'라는 자들이 있었다. 전쟁으로 인해 그들은 완전히 세상에서 사라졌지만, 그들이 쓰던 마법은 '저주'라는 이름으로 세상에 남겨졌다.

"그래, 바로 그 저주 중에 말이지. 성별을 바꿀 수 있는 저주가 있다는 말을 들은 적이 있지."

아기의 보드라운 뺨에 바바라는 긴 손톱을 세웠다. 하얀 뺨이 긁혀 상처가 나자 아기가 다시 울음을 터트렸다. 그 모습을 즐겁게 지켜보며 바바라가 중얼거렸다.

"내가 아들을 낳지 못했다면, 이 아이를 아들로 만들면 되는 게 아니겠어?"

캐롤과 어린 시녀가 경악한 얼굴로 바바라를 보았다.

아이의 성별을 바꾸겠다니, 그 얼마나 끔찍한 생각인가. 하지만 터무니없는 말을 한 장본인은 행복하게 웃고 있었다.

"나는 아들을 낳았어. 장차 이 나라의 왕이 될 아들을."

왕자로 태어나지 못한 아이의 운명은 그렇게 정해졌다.

Chapter 1

일곱 번째 왕자, 디엘

"꺄아아악!"

새하얀 드레스가 진흙으로 더럽혀지는 것도 개의치 않으며 소녀는 바닥을 굴렀다. 그녀의 앞에는 산채만 한 검은 늑대 한 마리가 거친 콧김을 내뿜으며 으르렁거리고 있었다. 해가 지기 시작한 무렵이라 그런지 더욱 위협적인 모습이었다. 설마하니 왕실 소유의 사냥터에서 이런 맹수가 나올지 몰랐다는 생각에 소녀가 울음을 터트렸다.

소리를 내서 맹수를 자극하면 안 된다는 이야기를 얼핏 들은 기억이 있었지만, 그렇다고 해서 나오는 눈물을 참을 수 있는 건 아니었다.

'그저 셋째 왕자 전하에게 잘 보이려고 참여했던 사냥 대회였는데.'

고작 열다섯의 나이에 맹수에게 물려 죽게 생겼다는 생각에 소녀가 하얀 손으로 얼굴을 감쌌다. 고개를 흔들자 허니 블론드 색의 머리칼이 엉망으로 흐트러졌다. 짐승은 제 사냥감이 틈을 보인 그 순간을 놓치지 않았다.

크르릉—!

늑대가 땅을 박차며 소녀에게 달려들던 때였다.

"하압!"

짧지만, 숨이 고른 기합 소리와 함께 무언가가 푹— 깊숙이 박히는 소리가 들렸다. 눈을 질끈 감고 있던 소녀가 서서히 고개를 들자, 그 앞에는 피를 흘리며 쓰러진 늑대가 있었다. 놀라 고개를 더 위로 드니, 검에 묻은 피를 닦아 내고 있는 남자의 모습이 보였다.

맑은 물빛의 머리칼, 그리고 이브닝 에메랄드의 아름다운 눈동자. 누구든 보는 이가 한순간, 넋을 놓게 만들 만큼 뛰어난 외모를 가진 소년이었다. 반사적으로 누구냐고 물을 뻔했던 소녀는, 곧바로 남자의 정체를 알아차릴 수 있었다.

"디, 디엘 왕자님?"

이름을 불린 디엘이 싱긋 웃었다.

"누군가 했더니 샤이오네가의 레이디시군요. 괜찮습니까?"

왕자의 물음에 아무 대답도 못한 채, 소녀는 눈만 깜빡였다. 검집에 검을 되돌린 디엘이 한쪽 무릎을 굽혀 눈높이를 맞추어 주었다.

"아무래도 많이 놀란 모양이군요. 괜찮다면 제가 부축을 도와드려도 되겠습니까, 레이디?"

정중한 동작에는 흠잡을 구석이 전혀 없었다. 소녀가 엉겁결에 고개를 끄덕이자 디엘이 손을 뻗어 그녀를 일으켜 세워 주었다.

죽다 살아난지라 아직도 정신이 없는 소녀는 디엘과 바닥에 죽어 쓰러진 늑대를 번갈아 보며 어리둥절한 얼굴을 하고 있었다. 그녀가 느끼는 혼란을 깨달은 것인지 디엘이 먼저 입을 열었다.

"방금 전, 여우의 발자국을 쫓아 돌던 참에, 도움을 청하는 소리가 들리더군요. 제가 늦지 않아 다행입니다."

"그, 그렇군요."

더듬더듬 대답한 소녀는 자신이 아직도 디엘에게 감사 인사를 하지 않았다는 사실을 깨닫고, 얼른 치맛자락을 붙들었다.

"도와주셔서 감사ㅡ 아……."

하지만 그녀는 제 치마가 진흙으로 엉망이라는 걸 깨닫고 곧 울상이 되었다.

그 모습을 지켜보고 있던 디엘이 주머니에서 손수건을 하나 꺼내 들어 소녀에게 건넸다. 놀란 얼굴을 한 소녀에게 디엘은 부드럽게 웃어 보였다. 속삭이는 것 같은 미소에 소녀의 뺨이 발갛게 물들었다.

"감사, 합니다. 디엘 전하."

조금 전 미처 끝내지 못했던 인사를 마친 소녀가 디엘이 쥐여 준 손수건으로 치마를 조심스럽게 닦아 냈다. 옷매무새를 다듬으면서 소녀는 디엘의 시선을 신경 쓰며 힐끔거렸다. 숙녀로서 남성 앞에서 이런 모습을 보이는 게 부끄러운 것이리라.

그녀를 위해 몸을 뒤로 돌린 디엘은 자신이 쓰러트린 늑대의 상태를 살피려는 것처럼 시선을 아래로 숙였다. 그때, 진흙투성이 바닥에서 무언가가 반짝 빛을 냈다. 아주 선명하고 밝은 빛은 아니었지만, 그렇다고 해서 제 눈의 착각일 것 같지는 않았다. 무릎을 굽힌 디엘은 진흙 속에서 반쯤 처박혀 있다시피 한 그것을 꺼내 들었다.

"……산호 브로치?"

흙을 털어 내고 보니 바닥에 떨어져 있던 그것은 고운 분홍빛 산호와 작은 진주알로 만들어진 브로치였다.

"아! 내 브로치!"

어느 틈엔가 옷매무새 정돈을 끝낸 소녀가 디엘의 손에 들린 브로치를 보고 반가운 얼굴을 하였다. 디엘은 그것을 소녀에게 내밀었다.

"이것은 레이디 샤이오네의 것입니까?"

"네. 아버지께서 제 생일 선물로 사 주신 브로치에요. 저 멀리 시틸란 공국에서 수입해 온 산호초와 진주로 만든 거래요."

시틸란은 서로 마주 보는 커다란 섬이 나라를 이루는 형태의 공국으로, 영토의 40% 이상이 산인 로비나와는 자연환경이 매우 달랐다. 그 때문인지 시틸란 공국에서 나는 산호나 진주는 로비나에서 귀한 물건 취급을 받았다. 이 나라 여인들 사이에서는 산호로 만든 액세서리가 일종의 부적처럼 여겨지는 경향도 있을 정도였다. 왕족인 디엘 역시 그러한 풍습을 잘 알고 있었다.

하지만 이건—

"……아닌데."

"네?"

디엘이 중얼거린 소리를 놓친 소녀가 고개를 갸웃하였다.

아차.

자신이 하마터면 터무니없는 실수를 저지를 뻔했다는 사실을 깨달은 디엘은 얼른 입을 다물고 부드럽게 웃었다.

"아닙니다. 매우 아름다운 물건이라고 생각했습니다."

"감사합니다. 저도 선물 받은 후로 무척 마음에 들어서 한시도 몸에서 떼 놓지 않고 있답니다."

제가 좋아하는 물건을 칭찬받은 것이 어지간히 기뻤는지 소녀가 활짝 웃었다. 그 얼굴을 보고 있자니 더더욱 사실 그 산호가 가짜라는 말이 입 밖으로 나오질 않았다. 그래도 이대로 그녀가 모조품을 달고 다니게 한다면, 틀림없이 나중에 큰 창피를 당할 일이 있을지도 모른다. 디엘은 은근히 힌트를 주기로 하였다.

"그나저나 특이하군요. 보통 산호는 경도가 매우 약한데, 레이디 샤이오네가 가진 브로치에는 흠집이 하나도 없군요."

일반적으로 산호는 단단하기가 손톱보다 약간 강한 정도였다. 또한 그 재질이 유기질로 되어 있기 때문에 기름이나 심지어 땀에도 쉽게 손상을 입었다. 그렇기에 착용을 하고 나면 반드시 물로 세척하여 헝겊으로 물기를 닦아 낸 후, 자연 건조시켜야 하는 번거로움까지 지니고 있었다.

이러한 자질구레한 내용까지는 입 밖에 낼 필요가 없다 판단한 디엘은 가장 중요한 사실만을 전하였다.

"보통 큰 충격을 가하면 쉽게 형태가 망가지기 마련일 텐데."

소녀가 도망치면서 바닥에 떨어트린 브로치에는 흠집이 하나도 없었다. 제 손안에 있는 브로치를 내려다보며 소녀가 그런 건 처음 알았다는 얼굴을 하였다.

"산호가 그렇게 약한 보석이었나요?"

그녀가 산호에 대해 잘 모르는 것도 무리는 아니었다.

산호가 시틸란 공국으로부터 수입되기 시작한 것이 얼마 되지 않았거니와, 일반적으로 귀족 집안의 여식이 보석을 감별할 수 있는 경우는 별로 없었다. 아무리 이 나라가 세계 최고의 보석 생산국이라고 불리더라도 그건 다른 나라와 크게 다르지 않았다. 디엘처럼 유독 보석 감정에 특화된 안목을 지닌 이가 아니라면.

하지만 왕자에게 '보석 보는 눈이 남다르다'는 건 딱히 내세울 만한 자랑거리가 아니었다. 디엘은 가볍게 헛기침을 하며 대답하였다.

"네, 제가 알기로는 그러합니다. 저의 지식이 부족하여 잘못 알고 있는 것일지도 모르지만."

"……그렇군요. 알려 주셔서 감사합니다."

디엘이 무엇을 전하고 싶은지 알아차린 것인지 소녀가 싱긋 웃더니 브로치를 조심스레 드레스 주머니 속으로 집어넣었다.

눈치가 나쁘지는 않군. 디엘은 정계에서 능수능란한 사교술로 이름 높은 샤이오네 백작의 얼굴을 떠올렸다. 틀림없이 이 소녀는 백작에게 오늘 있었던 일과 자신의 브로치가 모조품이라는 사실을 알릴 터였다. 백작은 감히 모조품을 판매한 판매상을 가만두지 않으리라.

디엘은 진품 산호를 취급하는 판매상을 따로 알아봐야겠다고 생각하였다. 진짜 산호로 만든 액세서리를 구매하여 레이디 샤이오네에게 선물한다면 백작의 점수를 따기도 쉬울 것이다. 이대로 샤이오네와 좋은 관계를 맺어 둔다면 틀림없이 앞으로 큰 도움을 받을 수 있을 게 분명했다.

"아무튼 그대가 무사하여서 천만다행입니다."

소녀와 눈이 마주친 디엘이 다시 한 번 부드럽게 웃었다. 그러자 그녀의 뺨이 또다시 수줍은 꽃잎처럼 붉게 물들었다.

"저, 디엘 전하."

소녀가 무언가를 말하기 위해 막 입을 열자, 마치 기다렸다는 듯 수풀을 헤집는 소리가 들려왔다.

"왕자님!"

저를 부르는 소리에 디엘은 곧바로 몸을 돌려 대답하였다. 그러자 수 명의 기사와 시녀들이 나타났다. 그 뒤를 이어 바바라도 모습을 드러냈다.

"디엘!"

바바라의 가느다란 입술에서 터져 나온 것은 마치 애를 잃었던 어미처럼 애절한 목소리였다. 모르는 이가 들었다면 십 몇 년 만에 재회한 이들이라 생각할 정도였다. 디엘은 바바라를 안심시키려는 것처럼 얼른 다가가 그녀의 고운 손을 잡았다.

"어머니. 왜 그리 안색이 안 좋으신가요?"

"늑대 울음소리가 들렸는데…… 네가 안 보인다는 말을 들어서, 괜찮은 거니?"

바바라가 디엘의 얼굴을 이리저리 살피는 사이, 다른 기사들은 바닥에 쓰러져 있는 커다란 늑대를 확인하였다. 죽어 있는 짐승은 그 흉포함이며 몸통이 다른 늑대와 비교가 되지 않는 것으로 불리는 사할린(Sakhalin) 늑대였다.

기사들은 단 한 방에 맹수의 급소를 관통한 예리한 검의 흔적에 놀라움을 금치 못하였다. 갓 입단한 기사중에 이보다도 실력이 못한 자가 태반이었다.

"저는 무사하니 염려하지 마세요, 어머니. 저보다는 샤이오네가의 레이디가 많이 놀랐을 겁니다."

그제야 멀뚱히 서 있는 소녀를 발견한 바바라가 살포시 얼굴을 찌푸렸다. 소녀는 허둥지둥 인사를 올렸다.

"인사가 늦어 송구하옵니다. 바바라 님을 뵙습니다. 로리나 샤이오네라고 하옵니다."

소녀의 인사에 바바라가 일순 눈을 번쩍 빛냈다.

디엘은 제 어머니가 머릿속으로 샤이오네 백작이 정계에서 얼마만큼 영향력을 가진 인사인지 계산 중일 거라 짐작하였다. 과연 그 짐작은 틀리지 않았다.

"어머. 로리나 양. 하마터면 큰일을 당할 뻔했군요. 다친 곳은 없나요?"

"네, 바바라 님. 디엘 왕자님께서 도와주신 덕분입니다."

로리나의 대답에 바바라가 디엘을 힐끔거렸다.

제 어머니 옆을 지키고 선 왕자는 가면 같은 미소를 지으며 아주 모범적인 대답을 내놓았다.

"그저 운이 좋았을 뿐입니다."

살짝 고개를 숙인 디엘이 로리나의 안색을 살피는 것 같은 동작을 취했다. 로리나가 입을 헤, 벌리며 왕자를 바라보았다. 그녀의 눈동자가 금가루를 뿌린 별처럼 반짝이고 있었다.

"전하……."

로비나 왕국의 일곱째 왕자 디엘 샤 자르타는 총 열세 명의 왕자 중 셋째 왕자, 그리고 다섯째 왕자와 더불어 가장 두각을 드러내고 있는 차기 계승권 후보자 중 하나였다.

다만 아직까지는 왕비의 아이인 셋째 왕자를 지지하는 이들이 많았다.

샤이오네 백작 역시 셋째 왕자파였다.

백작은 제 하나뿐인 딸에게 셋째 왕자에게 잘 보이라는 말을 공공연하게 하기도 하였다. 언젠간 그가 널 고귀한 여인으로 만들어 줄 거라는 귀띔도. 하지만 오늘 이 순간, 로리나 샤이오네의 마음에서 셋째 왕자는 완전히 지워졌다.

"저, 전하께서만 괜찮으시다면 샤이오네 저를 꼭 찾아주세요. 오늘 제가 입은 은혜를 꼭 보답하고 싶습니다."

디엘이 바바라를 힐끔 본 뒤, 고개를 끄덕였다.

"레이디 샤이오네와 함께 시간을 보낼 수 있다면 기꺼이."

환심을 사는 말 다음에는 근사한 눈웃음이 뒤를 따랐다. 종종 사람들은 디엘 왕자의 눈이 마치 전설 속에 나오는 요정의 것 같다고 말하였다. 샤이오네 백작이 아끼는 외동딸 역시 그 눈웃음에 단단히 홀리고 말았다.

"어머, 이제 보니 로리나 양의 드레스가 엉망이군요. 얘, 캐롤! 당장 내 궁으로 로리나 양을 모시렴. 목욕물을 받아 두고, 새 드레스를 준비하도록 하고."

바바라의 뒤에서 그림자처럼 붙어 있던 캐롤이 얼른 고개를 숙인 뒤, 로리나를 데리고 사라졌다.

그 모습을 뒷짐을 지고 지켜보고 있던 디엘은 기사들이 늑대 시체를 옮기려는 걸 보고 급하게 입을 열었다.

"잠깐, 자네들. 그 늑대는 가죽을 벗길 것이니 털이 상하지 않도록 옮기게."

사할린 늑대는 다른 늑대에 비해 매우 거친 성정을 지녔으나, 그 모피는 최고급으로 분류되었다. 기사들은 당연히 예상했다는 얼굴로 정중히 천으로 늑대를 감싸 옮겼다. 바바라는 아주 기특하다는 얼굴로 고개를 끄덕였다.

"그래, 디엘. 샤이오네가에 들를 때 저 늑대 가죽을 가지고 가도록 하려무나. 백작에게 저것을 선물한다면, 아주 큰 의미가 되겠지."

바바라가 속셈이 가득한 웃음을 지으며 한 말에 디엘은 순간적으로 얼굴을 굳혔다.

저는 어머니에게 드릴 생각이었는데. 하지만 입속으로만 그런 말을 중얼거렸다. 별것도 아닌 말로 어머니의 마음을 상하게 하고 싶지 않았으니까.

"샤이오네 백작이 제 딸을 얼마나 아끼는지는 두말할 것도 없지. 오죽하면 그가 셋째 왕자 편을 드는 이유도 제 딸을 왕비로 만들어 주고 싶어서라는 말이 있겠느냐."

그런 집안에 빚을 하나 지워 두었으니 이만큼 든든한 일이 없다며 바바라가 웃었다.

"……어머니."

디엘이 조금 곤란한 얼굴로 주변을 살피는 시늉을 하였다. 그 뜻을 알아차린 바바라는 얼른 입을 다물었다. 대신 그녀는 손을 들어 디엘의 얼굴을 여러 번 쓰다듬었다.

"너는 정말 다친 게 없는 게 맞느냐?"

"네, 어머니."

대답이 끝나기가 무섭게 바바라는 손을 놓았다. 디엘은 기분 탓인지 제 뺨에 닿는 공기가 조금 서늘하다는 생각을 하였다.

"그렇다면 다행이구나. 나는 샤이오네가의 영애를 살펴보러 먼저 궁으로 돌아가야겠구나. 너는 끝까지 자리를 지키고 오려무나."

바바라는 유독 '끝까지'를 강조하였고, 디엘은 그것이 무슨 뜻인지 곧바로 알아차렸다.

오늘 사냥 대회에는 저를 포함하여 왕자 여럿이 참석해 있었다. 대회가 끝날 때에는 당연히 왕자들도 한자리에 모여 얼굴을 마주하게 될 것이다. 바바라는 혹시라도 디엘이 그 자리를 빠지지 않도록 못을 박아 둔 것이었다. 태어나서 제 어머니 말을 한 번도 거슬러 본 적이 없는 디엘은 순순히 고개를 끄덕였다.

바바라는 나타날 때와 마찬가지로 호위 기사와 시녀들을 거느리고 사라졌다. 그 자리에 남은 것은 디엘과 디엘의 신변을 보살피는 시녀 레아뿐이었다.

레아가 저를 걱정스러운 얼굴로 보고 있음을 알아차린 디엘이 씨익 웃었다.

"뭐야, 레아. 왜 그런 얼굴이야?"

"디엘 님. 곧 시간이⋯⋯."

조심스러운 레아의 말에 디엘은 하늘을 한 번 올려다보았다. 조금 전까지만 해도 주홍빛이 가득 차 있던 하늘이 제법 어두웠다.

디엘의 얼굴도 순간적으로 어두워졌다. 하지만 그것은 찰나에 불과하였다. 밝게 웃으며 디엘이 레아의 어깨를 다독였다.

"괜찮아, 괜찮아. 오늘 사냥 대회가 늦게 끝날 걸 예상해서 미리 준비하고 왔는걸."

디엘은 어서 보라는 것처럼 주머니에서 붕대 뭉치를 하나 꺼내 들었다. 그러나 시녀의 얼굴은 여전히 어두웠다.

붕대를 장난스럽게 흔들어 보이던 디엘은 시무룩한 얼굴로 그것을 다시 주머니에 쑤셔 넣었다.

"디엘 님. 역시 오늘 탈의하실 수 있는 텐트를 따로 준비해 올 걸 그랬나 봐요. 제가 조금 더 신경 써서 챙겼어야 했는데, 죄송합니다."

면목이 없다며 고개를 숙이는 시녀의 뒤통수에 디엘은 얼른 고개를 저었다. 디엘은 태어난 날부터 줄곧 저를 돌봐 주었던 그녀에게 언제나 약했다.

"아니야. 어차피 내가 그런 걸 바리바리 준비해 다녔으면 다른 왕자들에게 비웃음을 당했을 거야. 고작해야 여우 사냥에 무슨 그런 것까지 준비하느냐고. 어머니도 싫어하셨을 거고."

거기까지 말한 디엘이 어깨를 으쓱하였다.

"그리고 혹시 또 알아? 오늘이야말로 내가 드디어 진정한 '남자' 가 될지—"

말이 미처 끝나기도 전이었다. 디엘이 거칠게 얼굴을 일그러트렸다. 그것이 무엇을 의미하는지 아는 레아가 화들짝 놀라 허둥지둥 하였다.

"디, 디엘 님!"

어쩔 줄 모르는 레아를 두고 디엘은 휘청거렸다. 위태로운 걸음 걸이로 가지가 빽빽한 나무 아래로 걸어간 디엘이 손을 저어 보였다. 눈치 빠른 시녀는 그것이 무엇을 의미하는지 알아차리고 얼른 달려와 제 앞치마를 벗어 디엘을 가려 주었다.

동시에 '그 순간'이 찾아들었다.

"윽—"

터질 것처럼 요동치는 심장, 머리칼이 쭈뼛 설 정도로 격렬한 고통, 온몸이 터질 것같이 팽창하다가 동시에 수축하는 기묘한 기분.

몇 마디 말로는 도저히 표현할 수 없는 현상들이 디엘의 몸을 어지러이 흐트러트렸다. 마른 근육이 붙어 있던 편편한 가슴이 점차 봉긋하게 올라오고, 분명 남성의 것이던 어깨가 차츰 부드럽고 둥근 곡선으로 깎여 나가더니 코르셋을 바짝 조이기라도 한 것처럼 허리가 점차 가늘어졌다.

터질 것 같은 셔츠 단추를 몇 개 풀어 그 안으로 손을 넣어 더듬은 디엘이 입술을 이로 짓이겼다. 오늘도 '또' 여자의 몸으로 돌아와 버렸다는 실망 때문에.

하지만 그것이 길지 않았다.

벌써 10년째 맛보는 절망이었다. 저주에 걸린 제 몸이 낮에는 남자가, 그리고 밤에는 여자가 된다는 걸 알고 울며 두려워하던 그녀는 이제 없었다.

체념을 물기보다 빠르게 털어 낸 디엘이 서둘러 옷을 벗었다. 주변에 인기척은 느껴지지 않으나 혹시 모르니 모든 일을 빠르게 해치워야만 했다.

능수능란한 손놀림으로 디엘은 제 가슴에 붕대를 채웠다. 숨이막힐 정도로 단단히 가슴을 눌러 붕대를 매고, 가늘어진 것을 감추기 위해 허리에까지 몇 번 감고 나니 그제야 몸매의 굴곡이 둔해졌다. 그 위로 헐렁한 사냥용 셔츠까지 걸치고 나니 다시 평소의 '디엘 샤 자르타'로 돌아온 기분이었다.

길게 숨을 내쉰 디엘이 작게 헛기침을 하였다. 그러자 앞치마를 넓게 펴 주고 있던 레아가 천천히 손을 내렸다. 그녀와 눈이 마주친 디엘은 멋쩍게 웃었다.

"……오늘도였어, 레아."

짧은 한마디에는 실망과 체념과 슬픔이 고스란히 배어 있었다. 레아는 그러느냐는 대답 대신 고개를 숙이는 것으로 그 감정을 공유하였다.

"디엘 님. 저녁은 살팀보카(Saltimbocca)로 준비하겠습니다."

"정말?"

우울해하던 디엘이 언제 그랬냐는 것처럼 얼굴을 폈다. 햄으로 감싸서 구운 송아지 고기 요리인 살팀보카는 그녀가 가장 좋아하는 요리였다.

"네, 오늘도 최고로 맛있는 저녁을 차리겠습니다."

레아는 언제나 그런 식이었다. 서툰 위로를 건네는 대신, 상심한 디엘을 위해 맛있는 음식을, 그리고 향이 좋은 차와 따뜻한 모포를 준비해 주었다. 그것이 디엘에게는 그 무엇보다도 고마웠다.

"그럼 나, 오늘은 콩은 안 먹어도 되는 거야?"

디엘이 바바라에게도 부려 본 적 없는 어리광을 부리자 레아가 엄한 얼굴을 하였다.

"디엘 님. 편식을 하면 안 된다고 제가 분명 말씀을 드렸을 텐데요. 골고루 잘 드셔야지만—"

"키가 큰다고? 알았어. 그냥 한번 해 본 말이야."

레아는 디엘에게 있어서 단순한 시녀라기보다는 제 혈육 같은 존재였다. 바바라는 디엘의 그런 생각을 좋지 않게 여겼지만, 심하게 잔소리를 하지는 않았다. 덕분에 디엘은 바바라가 없는 곳에서만큼은 레아에게 마음껏 솔직해질 수 있었다.

"그나저나 날이 지기 전에 샤이오네가의 아가씨를 찾아내서 다행이야. 날이 진 후라면 찾아내도 내가 그녀를 구하는 건 쉽지 않았을 거야."

검집을 만지작거린 디엘은 한숨을 내쉬었다.

남자일 때는 상관없지만, 아무래도 여자일 때는 근력이 떨어져서 검을 휘두르는 속도가 조금 느려졌다. 사할린 늑대 같은 맹수를 상대할 때는 그 약간의 차이도 치명적일 수밖에 없었다. 디엘은 다시 한 번 저와 그 어린 귀족 소녀가 운이 좋았음에 감사하였다. 레아 역시 동의하였다.

"두 분이 무사하셔서 정말 다행이에요. 저도 아까 늑대 울음소리를 듣고 얼마나 놀랐던지…… 근데 사할린 늑대 같은 맹수가 대체 왜 이 사냥터에 있었던 걸까요?"

도대체가 이해할 수 없다는 얼굴로 레아가 고개를 갸웃하였다.

오늘 사냥 대회가 열린 이 사냥터에는 성품이 순하기로 유명한 품종의 여우와 토끼만 풀어 둔 터였다. 평소에는 왕실 여인들이나 어린 왕자들이 이곳을 주로 놀이 삼아 찾을 정도였다. 그런 곳에서 포악한 사할린 늑대가 나타나니 당연히 의심스러웠다.

생각에 잠겨 턱 끝을 만지작거리던 디엘이 고개를 털 듯 저었다.

"뻔하지. 오늘 사냥 대회에 참여한 사람이 다치길 바란, 누군가의 소행."

첫째 왕자가 병사한 후로 왕세자의 자리는 아직도 공석이었다. 진즉 왕위 계승권 싸움에서 백기를 든 몇 왕자를 제외한다면, 다른 왕자들은 모두 서로가 적이었다.

이런 뻔한 수작을 부린 상대는 이 사냥 대회에 참석하지 않은 왕자 중 한 명이리라. 아니면 검술에 자신이 있는 셋째 왕자가 늑대의 공격에서 저는 무사하리라 생각하고 짠 계획일지도 몰랐다. 어느 쪽이든 비겁한 방식이었다. 얼굴을 찌푸린 디엘이 중얼거렸다.

"최근 들어서 더욱 치열한 것 같아. 성안 공기가 너무 따가워."

곧 누구 하나 죽어 나가도 이상할 게 없겠지.

쓸쓸한 디엘의 중얼거림에 레아도 덩달아 눈을 내리깔았다. 왕위 계승권을 두고 다투는 왕자는 총 다섯 명. 그중 과연 누가 승자가 되어 다음 왕이 될 것인지는 아직 감히 짐작할 수 없었다.

셋째 왕자는 귀족들의 지지가 탄탄하지만, 평민들에게는 평판이 영 좋지 못했다. 난폭하고 오만한 성격 탓이었다. 반대로 다섯째 왕자는 평민에게는 평이 좋고, 귀족의 지지가 약했다. 평소에도 봉사로 성을 자주 비우는 통에 사교 활동을 게을리한 게 문제였다. 여섯째 왕자는 무능력함으로 평판이 드높았으며, 아홉째 왕자는 너무 어렸다.

그런 점에서 디엘은 딱 중간이었다.

아직은 셋째 왕자에 비해 귀족의 지지가 약했으나 다섯째 왕자에 비해서는 이미지가 좋았다. 또한 다섯째 왕자만큼은 아니어도 셋째 왕자에 비해 평민에게도 좋은 평을 받고 있었다. 뿐만이 아니라 검술, 외교, 무학, 제왕학에서도 특출 나진 않아도 두루두루 좋은 평가를 유지하고 있었다.

지금의 디엘에게 결정적으로 부족한 건 외가의 원조였다. 왕비나 다른 비들에 비해 바바라의 집안은 가세가 좋은 편이 아니었다. 사실상 바바라가 지금의 자리에 이른 것은 뛰어나 미모와 시기를 잘 가늠하는 능력 덕이었다. 그녀는 이제 디엘을 왕세자로 만들기 위해 그 능력을 사용하고 있었다.

디엘은 조금 전 제 어머니가 사라진 방향으로 고개를 돌렸다. 무슨 일이 있어도 사냥 대회를 마지막까지 참석하고 오라던 당부를 하던 얼굴. 웃고 있지만, 전혀 다정하지 않았던 그 얼굴을 떠올리니 가슴 한구석이 묘하게 스산하였다.

'근래에 어머니가 전에 비해 조금 차가워지신 것 같다는 건 내 착각일까? ―아니겠지.'

디엘은 얼른 제 생각을 부정했다. 분명 아까 전, 그녀는 걱정 가득한 얼굴로 디엘을 찾지 않았던가. 모든 건 제 기분 탓인 게 분명했다.

"디엘 님. 무슨 일이신가요?"

레아의 물음에 디엘이 고개를 저었다. 아무것도 아니라고 그녀가 답하려는 순간, 멀리서 뿔피리 소리가 길게 들려왔다. 사냥 대회가 끝났음을 알리고, 사람들을 다시 한곳으로 불러들이는 신호였다.

디엘은 무거운 숨을 내쉬었다. 지금부터 성격 더러운 셋째 왕자나 헛소리만 지껄이는 다섯째 왕자를 상대해야 한다는 생각에 기분이 무거웠다. 심지어 여자로 변해 버린 제 몸을 들키지 않기 위해서는 경계를 늦출 수가 없었다.

"레아. 그것 좀."

그저 지시대명사로 말했을 뿐인데도, 눈치 빠른 시녀는 얼른 가지고 있던 손거울을 내밀었다.

거울 속에 비친 디엘 샤 자르타는 아주 약간의 차이를 제외한다면, 평소 모습 그대로였다. 눈썰미가 어지간히 좋아도 디엘이 여자라는 걸 알아차리는 사람은 없으리라. 한동안 거울을 노려보던 디엘은 천천히 시선을 떼어 냈다. 그녀는 안타까운 얼굴을 하고 있는 레아를 보며 빙긋 웃었다.

"레아."

"네, 디엘 님."

"나— 디엘 샤 자르타처럼 보여?"

그것이 무슨 의미를 담은 질문인지 알아차린 레아가 고개를 끄덕였다.

"물론입니다, 디엘 님. 평소와 조금도 다르지 않으세요."

응, 그 대답이 듣고 싶었어.

다시 한 번 씁쓸히 웃은 디엘이 가볍게 자신의 뺨을 찰싹 내리쳤다. 기합을 불어넣기 위한 행동이었다.

어느새 그녀의 얼굴에서 불안이나 두려움 같은 감정이 말끔히 사라졌다. 이제 이 자리에 있는 것은 샤이오네가의 영애를 구했을 때와 마찬가지로 자신감이 넘치는 모습의 디엘이었다.

검집을 만지작거리며 옷매무새를 정리한 디엘이 고개를 들어 올렸다. 어둠이 내려앉은 숲에서 이브닝 에메랄드의 눈동자가 차갑게 빛을 발했다.

그것은 완벽한 왕자의 얼굴이었다.

*   *   *

사냥 대회의 마지막은 디엘이 예상했던 것보다 훨씬 더 심했다. 셋째 왕자는 자신이 사할린 늑대를 두 마리나 죽였느니 어쩌느니 떠들며 거들먹거렸고, 다섯째 왕자는 사냥이 야만적인 문화라며 쫑알거렸다. 짜증이 치밀었지만, 그럴 거면 대체 왜 여기까지 온 거냐는 빈정거림은 입 안으로만 담아야 했다.

어쨌거나 표면적으로는 착한 동생이어야 하는 디엘은 내내 웃는 얼굴로 그들을 상대하였다. 바바라의 명령만 아니었더라면 진즉 포기했을 일이었다. 지긋지긋한 형제 상대가 끝나니 이번에는 어느 귀부인들이 디엘에게 다가왔다. 어머니의 체면을 위해서 홀대할 수 없는 이들이었다. 그녀들의 상대까지 끝나니 시간이 꽤 많이 늦어 있었다.

왕자궁으로 돌아오자마자 레아는 부산을 떨어 저녁을 차렸다. 게 눈 감추듯 식사를 한 디엘은 왕자궁의 집정관에게 고급 산호를 취급하는 보석상을 알아보라 일렀다. 중요한 일들을 마치고 제 방으로 돌아온 디엘은 말끔히 가죽이 벗겨진 사할린 늑대 모피를 발견하였다.

'샤이오네가에 들를 때 저 늑대 가죽을 가지고 가도록 하려무 나. 백작에게 저것을 선물한다면, 아주 큰 의미가 되겠지.'

문득 바바라가 했던 말이 머리를 스쳤다. 디엘은 테이블 위에 올려진 모피를 살폈다. 털의 감촉이며 질이 이제까지 자신이 본 것 중 가장 좋았다. 이 모피로 코트를 만들면 어머니에게 참 잘 어울릴 것 같은데.

이런 물건이라면 샤이오네 백작에게 주기보다는 어머니에게 드리는 것이 옳지 싶었다. 백작에게는 그가 좋아하는— 이국의 귀한 차라도 준비해서 선물하면 그만이었다. 게다가 백작의 딸에게 귀한 산호 장신구를 주는 게 더 효과가 좋으리라.

"레아!"

그녀가 외치자마자 곧바로 충직한 시녀가 모습을 드러냈다.

"이걸 포장해 줘."

디엘이 가리킨 것을 본 레아가 당황스러운 얼굴을 하였다. 하지만 오래 성에서 생활한 시녀답게 그녀는 다른 말이 없이 지시를 따랐다.

최고급 모피는 얇은 습지에 한 번, 그리고 고급 포장지에 또 한 번 싸였다. 실크 천을 덧댄 상자에 그것을 담은 디엘은 옷을 신중히 골라 입었다. 다른 곳에서도 마찬가지이기는 하나, 어머니 앞에서는 평소보다도 더욱 완벽한 '아들'이어야만 했다. 절대로 여자처럼 보여서는 안 된다는 생각에 평소보다도 더욱 옷매무새를 신경 쓸수밖에 없었다.

모든 준비를 마친 디엘은 홀로 바바라가 거처하는 궁으로 향하였다. 그녀를 따라오려는 이들이 몇몇 있었으나 디엘이 그것을 거부하였다. 감히 그 누구도 왕자의 명령을 거스르면서까지 뒤를 따르지는 않았다.

왕자궁과 바바라의 궁은 거리가 가까운 편이었다. 정원을 통해 간다면 제집 드나들 듯이 갈 수도 있을 정도였다. 하지만 그 짧은 시간도 아쉬웠던 디엘은 부지런히 걸음을 서둘렀다.

바바라의 궁에 도착하니 평소처럼 문지기들이 보초를 서고 있었다. 그들은 디엘을 보고 거수경례를 붙여 왕자에 대한 예를 취했다.

"수고들 많네. 어머니를 뵈러 왔으니, 말을 전하게."

디엘의 말에 문지기 중 한 명이 묘한 얼굴을 하였다. 하지만 디엘이 그것을 미처 눈치채기 전에 재빠르게 표정을 감추고 고개를 숙였다.

"예, 전하. 잠시만 기다려 주십시오."

그가 다른 문지기에게 눈짓을 하자 그가 문 안의 보초에게 말을 전했다. 상자 포장 매듭을 내려다보며 잠시 기다리고 있으니 곧 말을 전하러 갔던 보초가 헐레벌떡 돌아왔다.

"죄송합니다, 전하. 이미 바바라 님께서는 잠자리에 드셨다고 합니다."

"······그런가."

아차. 시간이 너무 늦었구나. 씁쓸한 얼굴로 디엘이 고개를 끄덕였다. 곰곰이 생각해 보니 밤중에는 바바라와 얼굴을 마주할 수 있었던 적이 거의 없었다. 제 어머니가 일찍 잠자리에 드는 편인 걸 알면서도 이 시간에 여기까지 온 제가 어리석다 싶었다.

"그럼 이것을 어머니께 전하게."

디엘은 손에 들고 있던 상자를 문지기에게 전하였다. 기왕이면 얼굴을 뵙고 드리면 좋겠다 싶었지만, 여기까지 왔으니 선물만이라도 전하고 싶었다.

"네, 전하. 바바라 님께 전하도록 하겠습니다."

부름을 받고 나온 시녀 한 명이 상자를 가지고 안으로 사라졌다. 그것을 끝까지 지켜본 후, 디엘은 문지기들에게 수고하라는 말을 남기고 몸을 돌렸다. 그녀가 조금 기운 없는 발걸음을 옮기며 그 앞을 벗어나려던 찰나였다.

"바바라 님도 너무하시는군."

작게 중얼거리는 소리가 들려왔다. 그것이 문지기 중 한 명의 목소리라는 걸 알아차린 디엘은 순간 걸음을 멈칫하였다. 하지만 뒤를 돌아보지 않고, 계속 발을 움직였다. 문지기들은 디엘이 못들을 것이라 생각했는지 작은 소리로 대화를 나누었다.

"뭐가 말인가?"

"이상하게 밤에는 절대 디엘 왕자님을 만나려 하시질 않더라고."

디엘의 청력은 상당히 뛰어난 편이었다. 덕분에 그녀는 문지기들이 수군거리는 소리를 전부 들을 수 있었다. 사실은 바바라가 아직 잠들지 않았다는 말도.

궁을 에워싼 담을 따라 쭉 걸어가던 디엘은 인기척이 전혀 없는 곳에 도달했을 때야 걸음을 멈추었다. 손끝이 살짝 떨리고 있었다.

"……어머니가 거짓말을 하셨다고?"

스스로 내뱉은 말을 부정하듯 그녀가 고개를 저었다.

그럴 리가.

오늘 사냥 대회에서는 자신이 다쳤을까 그토록 염려해 주시던 분이 아니던가. 바바라가 자신을 피할 이유가 없었다. 디엘은 모든 것이 문지기들의 착각이라 생각하였다. 혹은 그들이 거짓말을 하고 있는 것이거나. 거기까지 생각이 미친 디엘의 표정이 딱딱하게 굳었다.

그래, 생각해 보면 이상한 일이었다. 저를 그토록 아끼는 어머니가 자신을 피한다는 게 어디 말이나 되는 일이던가. 아마도 바바라의 조용한 취침을 위한다는 명목하에 누군가가 멋대로 꾸민 일이 아닐까 싶었다.

'그렇게 해서라도 어머니의 환심을 사려는 거겠지. 이 사실을 알게 된 어머니가 얼마나 격노하실지는 알지도 못하고.'

왕자가 궁을 찾았음을 알리지도 않다니. 얼마나 건방진 짓이란 말인가. 문지기들이 거짓말을 했다 확신한 디엘이 궁의 담벼락을 한 번 올려다보았다. 높이를 가늠해 보니 충분히 넘나들 수 있을 것 같았다. 밤이 되면 떨어지는 건 근력이지, 민첩 능력이 아니었으니까.

디엘은 균일하게 쌓인 돌 벽을 살펴 유독 튀어나온 곳을 발판으로 삼아 순식간에 벽을 탔다. 주변을 둘러보며 살피는 그녀의 모습은 암만 보아도 그 당당하고, 우아한 디엘 왕자라 믿기 어려웠다. 자신이 얼마나 수상쩍은 인물로 보일지 생각하며 디엘은 인기척을 가늠해 보았다.

마침 순찰을 돌고 있는 호위병들이 근처로 오는 것이 느껴졌기에 그녀는 얼른 몸을 날려 나무 뒤에 숨었다.

"하암―"

"야, 하품은 좀 입을 가리고 해라. 흉측하게."

"별걸 가지고 다 트집이네. 너는 뭐 하품 안 하냐?"

호위병들은 시시껄렁한 잡담을 나누며 디엘이 숨어 있는 곳을 지나쳤다. 거칠거칠한 나무껍질에 바짝 붙어 디엘은 긴장된 숨을 천천히 내뱉었다.

암만 제 어머니 궁이라 해도, 후궁의 궁에 숨어들다니. 누군가에게 발각되면 제 체면은 물론, 바바라의 얼굴에도 먹칠을 하는 셈이었다. 절대 들켜서는 안 되었다. 한참 주변을 경계하던 디엘은 인기척이 완전히 사라졌음을 알아차리고, 조심스레 몸을 움직였다.

사실 바바라를 억지로라도 만나야겠다는 생각으로 담을 넘은 것은 아니었다. 모든 건 순전히 충동적인 행동이었다. 그저 제 어머니가 저를 피했을 리 없다는 걸 확인하고 싶었다. 침실에 불이 꺼져 있는 것만 보면 바로 등을 돌려 이 궁을 빠져나올 생각이었다. 아무에게도 폐를 끼치는 일이 아니니 괜찮을 거라 중얼거리며 디엘은 바바라의 침실로 향하였다.

호위병들과 시녀의 눈을 용케 피한 디엘이 침실 근처까지 갔을 때, 복도는 텅텅 비어 있었다. 조용하다 못해 을씨년스러운 공기가 서늘했다. 역시 어머니는 잠드신 게 맞나 보구나. 디엘은 경망스럽게 입을 놀린 문지기들에 대한 분노를 느꼈다.

내일 당장 어머니께 그자들을 처벌하라고 말씀을 올려—

쿵!

디엘이 막 몸을 돌리는 순간, 바바라의 침실에서 요란한 소리가 들려왔다. 깜짝 놀란 디엘은 얼른 침실로 달려갔다. 문이 살짝 열려 있다는 것을 알아차린 그녀의 얼굴이 새파랗게 질렸다.

차기 왕위 계승자 다툼이 치열한 때는 그만큼 암살 위협도 잦았다. 불안해진 디엘이 얼른 문을 크게 열어젖히려던 때, 방에서 짜증스러운 목소리가 들려왔다.

"대체 그 아이는 무슨 생각인질 모르겠어!"

성이 잔뜩 난 그 음성은 분명 바바라의 것이었다. 위급한 상황에서 낸 소리처럼 들리지는 않았다. 디엘은 아주 조금 문을 열어 보았다. 문틈 사이로 바닥에 떨어진 무언가와 그것을 노려보고 있는 바바라가 보였다. 바바라가 아끼는 시녀 캐롤은 구석에서 고개를 숙이고 있었다.

"디엘 님께서는 바바라 님을 위해서……."

"나를 위해? 나를 위한다면 이건 샤이오네 백작에게 보냈어야지! 누가 언제 나에게 이걸 달라고 했더냐!"

도저히 분을 못 이기겠다는 것처럼 바바라가 소리를 냅다 질렀다. 자세히 보니 바닥에는 디엘이 방금 전 전했던 사할린 늑대 모피가 담긴 상자가 떨어져 있었다.

디엘은 저도 모르게 한 걸음 물러섰다.

"그 아이는 대체가 뭘 하나 시켜도 만족스레 하는 법이 없어……! 검술 실력은 셋째 왕자보다 떨어지고, 학문도 다섯째보다 부족하고! 고작해야 잘한다고 칭찬받는 건 보석이나 골동품을 잘 보는 정도지 않느냐! 그런 게 왕이 되는 것에 무슨 도움이 된다고……!"

객관적으로 디엘의 실력이 다른 왕자들에 비해 크게 떨어지지 않는데도, 바바라는 연이어 혹평을 늘어놓았다. 자신의 노력이 부족했던 것인가 싶어 디엘은 참담해졌다.

"역시 반쪽짜리라서 안 되는 거야. 처음부터 계집으로 태어난 년이라서 부족해도 한참 부족한 게 틀림없어."

이어지는 바바라의 폭언에 디엘은 발밑이 푹 꺼져 들어가는 것을 느꼈다.

반쪽짜리라서 안 돼? 나기를 계집으로 태어났으니까?

좋아하지도 않는 검을 죽어라 휘두른 것도, 하기 싫은 것을 꾹 참고 공부에 매진한 것도, 전부 바바라를 위해서였다. 어머니가 기뻐하는 모습을 보고 싶으니까, 어머니의 자랑스러운 '아들'이 되고 싶으니까. 그것뿐이었던 삶이 송두리째 부정당하자 디엘은 저도 모르게 주먹을 꾹 쥐었다. 짧게 깎은 손톱이 굳은살이 밴 손바닥을 둔하게 파고들었다. 머릿속이 멍하여 아픔을 느낄 겨를조차 없었다.

"……하아. 됐다, 됐어."

한참이나 씨근덕거리던 바바라는 고개를 저었다.

"어차피 잠시 쓰는 장기 말에게 내가 너무 큰 걸 기대했구나."

디엘은 어느새 제 손끝이 복도의 공기만큼이나 서늘하게 식어 있다는 것을 깨달았다. 반쪽짜리라 저를 욕하는 것보다도 잠시뿐인 장기말 취급하는 것이 더 큰 상처였다.

잠깐, 잠시뿐?

놀란 디엘은 고개를 번쩍 들어 다시 방 안을 살폈다. 헐렁한 잠옷을 입은 바바라가 자신의 배를 천천히 쓰다듬으며 묘한 미소를 짓고 있었다. 그것이 무엇을 의미하는 동작인지 디엘이 헤아리기도 전에 바바라가 중얼거렸다.

"차라리 18년 전 그날, 그 아이는 죽일 것을 그랬어."

18년 전을 회상하며 바바라가 허공을 응시하였다.

그 날, 짐승 우는 소리와 붉은 달빛이 지상을 뒤덮던 날. 아이의 성별을 바꿀 결심을 했던 바바라는 무려 5년이나 성별을 바꾸는 저주를 찾아 헤맸다.

그간 어린 딸은 왕자로 자랐고, 바바라는 성안의 모두를 감쪽같이 속였다. 방법을 알아내어 디엘이 저주를 행하도록 하는 데에는 다시 3년이 걸렸다.

8년 만에 제 아이를 아들로 만들었다는 기쁨은 잠시, 그날 밤 디엘은 다시 여자의 몸으로 되돌아갔다. 그리고 다음날에는 또 남자의 몸이 되어 있었다. 그것이 며칠 반복되자 바바라는 저주가 실패했음을 알았다. 제 꿈을 이루어 줄 아이가 되다 만 괴물이 되어 버리자 그녀는 절망했다. 그저 아들이 필요했을 뿐인데, 어째서 자신이 이런 고통을 겪어야 한단 말인가.

하지만 다행히 그녀에게 다시 기회가 주어졌다.

"설마하니 내가 다시 폐하의 애를 갖게 될 기회가 있을 거라고는 생각 못 했었는데."

아직은 나오지 않은 배를 내려다보며 바바라가 즐겁게 웃었다. 디엘이 제법 두각을 드러내자 왕은 전처럼 바바라를 밉게 보지 않았다. 그 덕에 작년부터는 왕을 모실 기회가 많았다. 바바라는 저보다 어린 후궁에게 밀리지 않도록 더욱 제 아름다움을 갈고닦았다. 왕 앞에서는 능수능란하게 제 야욕을 감추는 기술도 터득한 터라 일이 더 쉬웠다.

각고의 노력 끝에 자신이 회임했다는 것을 알게 된 건 불과 며칠 전 일이었다. 아직은 신중해야 할 시기이니 아무에게도 사실을 알리지 않았다. 바바라가 태중에 아이를 가졌다는 사실을 아는 건 캐롤과 검진을 한 의사뿐이었다.

그녀는 지금 이 순간, 문밖에서 디엘이 모든 걸 엿듣고 있다는 걸 알지 못했다.

"뱃속에 이 아이는 틀림없이 왕자일 거야. 검진한 의사가 실력 좋기로 유명한 자이니 틀림없겠지."

18년 전과 같은 말을 중얼거리며 바바라는 행복한 상상을 하였다.

"왕세자가 셋째 왕자나 다섯째 왕자로 정해진다 하더라도 왕께서는 아직 정정하시니 몇 년 간은 걱정이 없겠지. 디엘 그 아이가 최대한 시간을 끌어 주면 돼."

"……바바라 님. 그럼 혹시라도 디엘 전하께서 왕세자가 되신다면 어쩌실 생각이십니까?"

침묵을 지키고 있던 캐롤의 말에 망연자실하게 서 있던 디엘이 정신을 차렸다. 그래, 내가 왕세자가 된다면, 내가 부족한 자식이 아니라는 걸 증명해 낸다면 그때는 어머니도―

"그럼 동생에게 그 자리를 양보하라 해야지."

바바라는 눈을 가늘게 접어 웃었다. 소름이 끼칠 정도로 서늘한 미소였다. 아주 잠시나마 헛된 희망을 가졌던 디엘이 가볍게 어깨를 떨었다.

"그게 싫으면 죽는 거고."

아―

그 순간, 디엘은 깨달았다.

바바라가 뱃속에 품은 아이가, 제 동생이 태어날 때까지만 쓰는 소모품이자 대체품. 바로 그것이 제 역할이었다. 어쩌면 이것이 태어난 순간부터 정해져 있던 저의 운명인지도 몰랐다.

바바라가 캐롤과 무언가 대화를 나누고 있었지만, 더는 아무것도 들리지 않았다. 디엘은 올 때와 마찬가지로 기척을 죽여 그곳을 벗어났다. 무슨 정신으로 빠져나온 것인지도 몰랐다. 복도를 지나 궁을 빠져나가 다시 담을 넘을 때까지 모든 게 비현실적으로 느껴졌다. 사실은 자신이 꿈을 꾸고 있는 게 아닌가 하는 생각도 들었다. 아니, 차라리 꿈이었으면 하는 마음이 더 강했다. 하지만 이게 꿈이 아니라는 건 디엘 자신이 누구보다도 더 잘 알고 있었다.

그녀가 무거운 발을 질질 끌며 궁으로 돌아오니 멀리서 작은 등불 하나가 보였다. 눈을 가늘게 뜨고 살피니 레아가 랜턴을 들고 저를 이제나저제나 기다리고 있는 모습이 보였다. 그녀를 본 순간, 어째서인지 눈 안쪽이 찌릿하게 아팠다. 무언가가 터져 나올 것 같아 디엘은 이를 악물었다.

"디엘 님!"

레아가 얼른 저를 향해 다가왔지만, 디엘은 평소처럼 반갑게 그녀를 마주 불러 줄 수 없었다. 처진 어깨와 굳어 버린 얼굴을 감추지도 못했다. 레아는 그것을 보고 연민이 담긴 씁쓸한 미소를 지었다.

"……역시 바바라 님을 뵙지 못하셨군요. 일찍 잠자리에 드시는 분이니 어쩔 수 없었을 거예요."

그녀의 뻔한 위로에 디엘은 저도 모르게 피식 웃음을 터트렸다. 차라리 어머니를 못 뵈어 속상한 거였으면 얼마나 좋았겠냐는 말 대신.

"디엘 님, 무슨 일이 있으셨나요……?"

무언가 이상하다 생각한 레아가 조심스레 꺼낸 말에 디엘은 한동안 침묵하였다. 레아는 이러지도 못하고, 저러지도 못한 채, 디엘의 눈치만 살피고 있었다.

"레아."

오랜 침묵 끝에 디엘이 천천히 입을 열었다. 레아는 공손히 고개를 숙여 제 주인의 다음 말을 기다렸다.

"난 뭐지?"

"네?"

그녀의 입에서 나온 말이 너무나 예상 밖이고, 난데없는 것이라 레아는 눈을 휘둥그레 떴다.

"그게 무슨 말씀……."

"이제까지 무얼 했던 거지?"

"……디엘 님."

레아는 디엘의 얼굴이 도저히 산 자의 것처럼 보이지 않는다는 것을 깨달았다. 그녀를 걱정한 레아가 얼른 다가왔다.

"혹시 몸이 좋지 않으신가요? 허락해 주신다면 열이 있으신지 확인을—"

"필요 없어."

평소와 다르게 차갑게 레아를 거부한 디엘이 몸을 돌렸다. 왕자궁이 아니라 바로 옆에 있는 훈련장 방향이었다. 당황한 레아가 허둥지둥 뒤를 따르며 그녀를 불렀다.

"디엘 님. 대체 무슨 일이—"

"근처에 사람을 모두 물려. 레아. 너도 따라오지 말고."

뒤도 돌아보지 않고 말을 뱉어 낸 디엘이 걸음을 서둘렀다. 뒤에서 머뭇거리는 기색이 느껴지는가 싶었지만, 레아는 디엘의 명령을 따랐다. 충직한 시녀다운 행동이었다. 훈련장에 도착한 디엘은 문부터 걸어 잠갔다. 불도 켜지 않은 그곳에서 벽을 더듬어 목검 하나를 든 디엘은 미친 듯이 그것을 휘두르기 시작하였다.

위잉— 횡!

허공을 가르는 소리가 요란하였다. 소리에 비해 동작은 모두 엉망진창이었다. 자세를 생각할 여유도 없었다. 디엘은 주정뱅이가 주사를 부리는 것처럼 검으로 난동을 피울 뿐이었다.

쾅—

간혹 무언가에 얻어맞은 목검이 둔탁한 소리를 내기도 하였다. 하지만 디엘은 개의치 않고, 계속 검을 휘둘렀다. 이마에서 땀이 비 오듯 흐르고, 얼굴이 흠뻑 젖어도 멈추지 않았다. 그녀는 소리를 지르지도 않았고, 울지도 않았다. 그저 정신없이 검을 휘두르고, 휘두르고, 또 휘둘렀다. 그리고 마침내 체력이 모두 다했을 때.

"하, 윽—"

제대로 쉬어지지 않는 숨을 억지로 몰아쉬며 바닥으로 쓰러졌다. 차가운 돌바닥이 그녀의 땀을 식혀 주었다. 이마를 바닥에 문지르며 디엘은 눈을 꾹 감았다.

반쪽짜리, 계집으로, 대체품, 소모품, 운명, 역할.

문장이 되지 않는 단어들로 머릿속이 어지러웠다.

그녀는 들고 있던 목검을 멀리 던져 버렸다. 검이 벽에 부딪쳐 탕, 튕기는 소리가 들렸다. 고개를 들어 살피니 어둠 속에서 부러지다 만 목검이 보였다. 그것을 본 디엘이 저도 모르게 깔깔 웃었다. 부러진 것도 아니고, 완전하지도 않은 목검. 마치 저와 같은 꼴이었다. 무릎으로 기듯 움직인 디엘이 목검을 다시 집어 올렸다. 꺾인 것이 덜렁덜렁 붙어 있는 모양새가 우스웠다.

아무짝에도 쓸모가 없는 주제에 어설프게 모양을 유지하고 있는 것이 꼴불견이었다. 내 모습이 어머니에게는 딱 이랬겠지. 미친 사람처럼 웃으며 디엘은 기억을 더듬었다.

아주 어릴 때의 기억은 희미했다. 그녀가 떠올릴 수 있는 건 열 살 무렵 정도의 일이었다. 자신이 제왕학 선생에게 칭찬받은 것을 자랑하자 조용히 웃던 바바라의 얼굴.

그때부터였다. 제 어머니가 웃으면 웃지 않을 때보다 더 아름다운 사람이라는 걸 알게 된 것은. 그래서 어머니를 웃게 하기 위해 노력했다. 그리고 마치 그것이 지상 최대의 과제라도 되는 것처럼 디엘은 바바라에게 사랑받기 위해 최선을 다했다. 그녀의 다정한 말 한마디, 미소 한 번이면 그 어떤 고통이나 불편함도 기꺼이 감내할 수 있었다.

하지만—

"……그게 무슨 의미가 있었지?"

누군가에게 대답을 바라고 한 질문은 아니었다. 그저 입 밖으로 내지 않으면 그 마음에 잠식당해 죽을 것 같아 꺼낸 한탄이었다. 디엘은 손에 힘을 주어 덜렁거리는 목검을 완전히 부러트려 버렸다. 그것을 다시 내동댕이친 후, 그녀는 벽에 기대었다. 가시라도 박힌 모양인지 손바닥이 따끔거렸으나, 손을 살필 기력은 없었다. 아직 식지 않은 땀으로 몸은 더웠다.

디엘은 가볍게 호흡을 조절하였다. 한바탕 몸을 움직인 덕인지, 아님 당장 수를 궁리해 내지 않으면 안 된다는 위기감 때문인지 알 수 없지만, 어느새 머릿속이 차분해져 있었다.

그녀는 객관적으로 제 상황을 분석해 보았다. 일단 바바라가 가진 아이가 딸일 경우에는 당분간은 자신의 위치나 목숨이 위협받을 걱정이 없었다. 그녀가 저를 탐탁지 않아 하는 것과는 별개로 '디엘 왕자'는 아주 유용한 도구일 테니까.

문제는 바바라가 가진 아이가 아들일 경우였다. 그녀는 침실에서 주절주절 떠들던 계획을 실천할 게 분명했다. 진짜 아들이 다 자랄 때까지는 디엘을 허수아비로 쓰다 이용 가치가 떨어지면 죽이리라. 예정된 제 미래에 디엘이 입술을 꾹 깨물었다.

죽지 않기 위해서 순순히 어머니의 명령을 따른다면?

아니, 그래도 바바라는 디엘을 죽일 게 분명했다. 그녀는 저에게 아무 가치 없는 자를 살려 둘 사람이 아니었다. 살기 위해서는 이곳을 떠나야만 했다. 왕자의 신분을 버리고, 살아간다면 틀림없이—

하지만 어떻게?

디엘이 갑자기 자취를 감추게 된다면 분명 바바라는 사람을 풀어 그녀의 행방을 찾을 터였다. 나중에야 필요가 없으면 버리는 패더라도, 지금은 바바라에게 디엘이 필요했다. 그렇기에 그녀는 디엘 앞에서도 그렇게 가식적인 모습을 고수했던 것이다.

'어떻게 하면 어머니의 의심을 안 받고, 이곳을 떠날 수 있지?'

자신이 외교 사절단을 이끌겠다고 나서면 몇 년 정도는 이 나라를 떠나 있을 수 있지만, 지금은 그 어느 나라에도 외교 사절단을 파견할 시기가 아니었다. 국방을 시찰하겠다는 명목으로 떠난다 치더라도 3개월이 한계였다.

따끔거리는 손바닥을 손끝으로 살살 훑으며 디엘은 눈을 내리깔았다. 그녀의 눈에 두 동강이 난 목검이 보였다. 그것을 멍하니 보고 있자니 문득, 검술 선생이 저에게 했던 말이 떠올랐다.

'모르아 아카데미에 있는 제 친구라면 전하께 더 많은 것들을
알려드릴 수 있을 텐데, 참 아쉽습니다.'

아카데미. 유학. 공부.

머릿속을 스치고 지나가는 단어에 디엘이 비틀비틀 몸을 일으켰
다. 분명 다섯째 왕자 역시 몇 년 전에 모르아 아카데미에서 공부를
하고 온 적이 있었다. 비록 졸업을 하지 못하고 왔으나 1년 동안 최
고 명문 아카데미를 다녔다는 사실은 그의 평판을 더욱 탄탄히 만
들어 주었다. 다섯째 왕자가 급속도로 지지 기반을 늘린 배경도 바
로 거기에 있었다.

왕은 언제나 왕자들이 여러 방면으로 왕실 평판을 드높이는 걸
좋아하였다. 바바라는 왕의 환심을 사고, 저에 대한 지지율을 높이
기 위해 아카데미에 가겠다는 디엘을 말리지 않을 게 분명했다. 아
카데미에 간다면 적어도 1년, 어쩌면 그 이상의 시간을 벌 수 있을
것이다. 그럼 이 왕국과는 멀리 떨어진 안전한 장소에서 바바라가
낳은 제 동생이 여자아인지 아님 남자아인지도 알 수 있을 터였다.

만일 바바라가 낳는 아이가 여자아이라면 다시 이 왕국으로 돌
아와도 큰 문제는 없었다. 그 경우에는 바바라와 척을 지더라도 홀
로 정치적 기반을 다져서 안정적인 제 자리를 마련하는 것도 가능
할 터였다.

하지만 만일 동생이 남자아이라면—

생각을 정리한 디엘이 흐트러진 머리칼을 쓸어 넘겼다. 커튼이 덜 쳐진 창문을 통해 달빛이 흘러넘치듯 쏟아지고 있었다. 그녀는 그제야 자신의 손이 온통 생채기투성이라는 걸 깨달았다. 하지만 그녀는 오히려 힘주어 주먹을 쥐었다. 제 살갗을 파고드는 둔한 통증을 느끼며 디엘이 걸음을 옮겼다.

이곳을 벗어나기 위한 계획을 실행하기 위하여.

*　　*　　*

다음 날, 디엘은 눈을 뜨자마자 바바라의 궁을 찾았다. 갑자기 모르아 아카데미로 유학을 가고 싶다는 디엘의 말에 바바라는 난색을 표하였다.

"이 성에도 훌륭한 선생이 충분히 있는데, 무얼 하러 먼 타국까지 가려는 것이니? 이 어미의 곁에 있지 않고."

바바라는 애틋함과 아쉬움이 가득한 얼굴로 디엘을 바라보고 있었다. 만일 전날 제 두 귀로 바바라의 진심을 듣지 못했더라면— 지금 이 얼굴에 감쪽같이 속아 넘어갔으리라.

"……저도 이제 성인이 되었으니 제 한계를 시험해 보고 싶다 생각하였습니다."

"그래도—"

말끝을 흐리는 그녀에게서는 탐탁지 않아 하는 기색이 역력하였다. 그 이유가 무엇일지 짐작하는 건 어렵지 않았다. 그녀는 디엘이 자리를 비우는 동안 일어날 예상 밖의 변수를 걱정하는 게 분명하였다.

어쩌면 일찌감치 계승권 다툼에서 물러서 있던 왕자 중 하나가 갑자기 세력을 확장하려 들 수도 있고, 혹은 셋째 왕자나 다섯째 왕자가 서로를 물어뜯는 사이에 좋은 기회가 찾아올지도 모른다. 다만 이제 어느 쪽이건 디엘과는 상관이 없는 일들이었다.

"어머니께서 무엇을 걱정하시는지 잘 압니다. 하지만 어머니. 제가 모르아 아카데미에 무사히 입학하여 우수한 성적을 거둔다면 부왕께서도 틀림없이 기뻐하실 겁니다."

"······."

바바라는 잘 다듬어진 손톱 끝으로 입술을 살그머니 문질렀다. 무언가 깊은 생각에 잠겨 있을 때 튀어나오는 그녀의 버릇이었다. 디엘은 바바라가 지금 머릿속으로 손익을 따져 보고 있다는 걸 알아차렸다. 이 기회를 놓칠 수 없다 생각한 디엘이 얼른 말을 덧붙였다.

"그뿐만이 아니라 아카데미에서는 이곳에서는 얻을 수 없는 것들도 얻을 수 있을 것입니다. 폭넓은 식견, 뛰어난 교육, 그리고— 각 나라와의 연결 고리."

디엘이 의미심장하게 내뱉은 마지막 말에 바바라가 눈을 반짝 빛냈다.

각 나라와의 연결 고리. 그것이 무엇을 의미하는지 모를 바바라가 아니었다.

"그러고 보니 모르아 아카데미에는 여러 나라의 왕족들이 많이 재학 중이라더구나."

"왕족만이 아닙니다. 그 아카데미에는 한 나라를 움직일 수 있다는 상단의 자제를 시작으로, 유명한 예술가 집안의 후계자까지……아주 다양한 출신을 가진 이들이 다니고 있습니다. 그곳이라면 틀림없이 저에게 도움이 될 인맥을 만들 수 있을 겁니다."

정치에 대해 알지 못한다면 나라 밖에서 만든 인맥이 얼마나 도움이 될까 생각하겠지만, 바바라는 정계 사정에 그리 무딘 여인이 아니었다. 자고로 한 나라를 통치하고자 하는 자라면 나라 안에 있는 아군만큼이나 나라 밖에 있는 아군 역시 중요하였다.

"……어느 학문을 배울지는 생각해 두었고?"

"전술학과에 좋은 교수들이 많다 들었습니다. 6년 전에 있었던 '사피론의 전투'를 승리로 이끌었던 맥버드 장군 역시 그곳에 계시다는군요. 거기서 조금 더 체계적으로 전술을 갈고닦는다면 앞으로 제가 가고자 하는 길에 보탬이 될 것이라 생각합니다."

밤을 꼬박 새우며 생각을 한 덕인지 입에서 꾸며 놓은 말이 술술 잘도 흘러나왔다. 이미 반쯤은 마음이 넘어간 바바라가 고개를 끄덕였다.

"그것도 괜찮겠지. 하지만 이미 신학기가 지나지 않았니?"

"중도 입학을 신청할 생각입니다."

디엘이 알아본 바에 의하면 모르아 아카데미는 매년 열리는 정기 입학시험 외에도 추가로 중도 입학시험 제도가 있었다. 때마침 중도 입학 시험은 3주 후로 예정되어 있었다. 마치 하늘이 디엘에게 지금이 기회라고 속삭이는 것 같은 타이밍이었다.

"그렇게 다 알아봐 둔 걸 보면, 이 어미의 뜻과는 상관없이 이미 마음을 굳힌 것 같구나."

"아니요, 어머니. 그럴 리가 있겠습니까. 단지 확실한 정보를 가지고 어머님께 말씀을 드려야겠다고 생각하여 알아본 것뿐입니다."

혹시라도 바바라의 심기를 거스르는 일이 없도록 디엘은 신중하게 말을 골랐다.

어제 아침까지만 하더라도 자신만큼 어머니를 잘 아는 사람은 없을 거라 생각했지만, 지금은 확신이 없었기에 모든 것이 조심스러웠다.

"후후, 농담이란다. 네가 이 어미를 두고 홀로 그렇게 먼 땅으로 가려는 것이 섭섭해서 말이다."

정말 그렇게 생각하지도 않으면서 어떻게 이렇게 거짓말을 술술 뱉을 수 있을까. 어떤 의미로는 감탄스러웠다.

"네 뜻은 잘 알겠다. 그럼 왕께는 직접 말씀을 올리도록 하려무나."

허락이 떨어지자 디엘은 속으로 안도의 한숨을 내쉬었다. 왕에게 허락을 구하는 일이 남아 있기는 하나, 어쨌거나 큰 문제를 하나 해결한 셈이었다.

"그리고 기왕 아카데미에 간다면…… 반드시 다섯째 왕자보다 우수한 성적을 거두도록 해야 한다. 알겠니?"

다정한 어머니처럼 행동하던 바바라가 은근슬쩍 속내를 드러냈다. 자신의 '아들'이 다른 비의 아들보다 뒤떨어지는 것만은 참을 수 없다는 것이 여실히 드러나는 말이었다. 전 같으면 당연히 어머니의 기대에 부응하겠다며 의지를 다졌을 디엘이 속으로 차게 웃었다.

"……디엘?"

선뜻 대답이 없는 디엘을 이상하게 여긴 것인지 바바라가 눈꼬리를 살짝 치켜 올렸다. 디엘은 얼른 고개를 숙였다.

"물론입니다. 어머니. 저는 어머니의…… 부끄럽지 않은 아들이니까요."

습관처럼 입 밖으로 흘러나온 말에 디엘의 가슴속이 욱신거렸다. 차라리 내가 정말 아들이었다면— 어머니의 애정은 거짓이 아니었을 텐데. 어쩔 수 없는 일이라는 걸 알면서도 그녀는 주먹을 꾹 쥐었다. 머리 위로 바바라의 목소리가 들려왔다.

"그럼. 디엘. 나의 아들, 나의 왕자. 로비나의 작은 왕."

바바라가 손을 뻗어 디엘의 뺨을 어루만졌다. 전 같으면 따뜻하다 느꼈을 손이 오늘은 마치 얼음장처럼 차가웠다. 온몸이 다 얼어붙는 것만 같았다. 디엘은 천천히 바바라의 손길에서 몸을 떼어 냈다.

"오늘 부왕 전하를 알현하여 말씀을 올릴 생각입니다."

"바로? 그렇게까지 서두를 필요가—"

"중도 입학시험 시기가 3주 후입니다. 최대한 빠르게 왕께 허락을 받아야 합니다."

거짓말은 아니라고 생각하면서도 디엘은 바바라와 눈을 마주하는 것이 어렵다 생각하였다. 이곳을 어떻게 해서든 벗어나고 싶어 하는 제 속내를 다 읽힐까 걱정이 되었다.

"디엘."

저를 부르는 바바라의 목소리가 조금 전과는 다르다는 걸 깨달은 디엘이 어깨를 살짝 굳혔다.

"혹시…… 무슨 일이 있는 건 아니니?"

바바라가 디엘을 향해 무언가 의심스럽다는 얼굴을 하고 있었다. 진심으로 애정을 준 적은 없으면서 눈치만은 기가 막히게 빠른 사람이었다. 이래서는 안 된다는 생각에 디엘은 억지로 밝은 표정을 지었다. 이곳을 떠나는 날까지는 평소같은 디엘 샤 자르타의 모습을 유지해야만 했다.

"그럴 리가요, 어머니."

환히 웃은 디엘이 바바라의 손을 살그머니 감싸 쥐었다.

"어머님께서 말씀하신 것처럼…… 저 역시 어머니와 오래 떨어져 지낼 생각에 마음이 아플 뿐입니다."

"……."

바바라의 얼굴에서 차츰 의심 어린 기색이 걷혀 나갔다. 디엘은 의젓한 아들처럼 보이도록 노력하며 말을 이었다.

"그래도 모처럼 어머니께서 제 뜻을 이해하고 응원해 주시니, 감사할 따름입니다."

"어머나, 디엘. 어미가 된 자로서 이 정도는 당연한 일이지 않겠니, 후후."

'그게 싫으면 죽는 거고.'

눈가를 가늘게 접고 웃는 바바라의 모습은 아름다웠다. 전날 밤 보았던 사람과는 도저히 동일 인물이라고 생각할 수 없었다. 그래도 귓가에 아직도 전날 들었던 말이 생생히 남아 있었다. 디엘은 굳이 마음속에서 그 소리를 지워 내지 않았다.

기억해야만 했다. 그래야만 살아남을 수 있었다.

홀로 서기 위한 길

바바라를 만난 후에 디엘은 곧바로 왕을 찾았다. 때마침 왕은 집무실에서 업무를 보고 있던 터라 행정관은 디엘을 집무실 옆방으로 안내하였다. 푹신한 소파에 앉은 디엘은 머릿속으로 제 아버지에게 할 말을 정리하며 기다렸다.

"……란 말인가?"

생각에 잠겨 있던 디엘은 문득 들려오는 목소리에 고개를 들었다. 잘 보니 집무실로 이어지는 문이 덜 닫혀 있는 것이 보였다. 아무래도 행정관이 실수를 한 모양이었다. 부왕께서 아시면 경을 치겠군.

디엘은 자신이 문을 대신 닫아 주어야겠다며 자리에서 일어섰다. 그녀가 문가 바로 근처까지 다가갔을 때, 열린 문틈 사이로 왕

홀로 서기 위한 길 59

이 누군가에게 보고를 받고 있는 모습이 보였다.

"그렇다면 아직까지도 행적이 묘연한 거군."

실종된 누군가를 찾고 있기라도 한 것일까. 왕이 턱을 쓰다듬으며 무어라 중얼거리는 소리가 얼핏 들렸다.

"찾기만 한다면 분명 그녀의 환심을 살 수 있겠지. 분명 앞으로 이시호 제국과의 외교 관계에서도 우위를 점령할 수 있을 것이다."

왕의 입에서 흘러나온 이름은 익숙한 것이었다.

이시호 제국은 로비나와 동맹 관계에 있는 나라로 온 대륙을 통틀어 막강한 국력을 자랑하는 강대국 중 하나였다. 아무래도 왕은 이시호 제국과의 동맹을 더 단단히 하기 위한 무언가를 찾고 있는 모양이었다.

그게 대체 뭘까?

일순, 호기심이 일었다.

하지만 단순한 호기심 때문에 위험한 다리를 건너는 것은 어리석은 일이었다. 디엘은 문을 닫고 조용히 뒤로 물러섰다.

다시 소파에 앉은 디엘이 기다리기를 십여 분 정도. 문을 열고 들어온 행정관이 정중히 집무실로 들어오라 알려 왔다. 디엘은 복장에 흐트러짐이 없도록 옷깃이며 소매를 만지작거리고, 그곳으로 들어섰다. 왕 앞에 선 디엘이 곧바로 예를 갖추었다.

"전하, 디엘 샤 자르타가 인사 올립니다."

책상 앞에 앉아 있는 왕은 디엘의 인사를 받고도 고개를 들지도 않았다. 그는 여러 사람의 초상화가 그려진 종이를 유심히 보고 있었다. 디엘이 그것을 힐끔거리는 찰나, 왕이 불쑥 입을 열었다.

"무슨 일로 나를 보고 싶다 하였느냐."

디엘은 얼른 책상 위에 있던 종이에서 시선을 거두었다.

"부왕께 허락을 구하고 싶은 일이 있습니다."

"허락?"

그제야 왕이 고개를 들어 디엘을 바라보았다. 그는 일곱째 왕자가 자신에게 아쉬운 소리를 별로 한 적이 없다는 걸 잘 알고 있었다. 그런 아이가 대체 무엇을 부탁하고 싶은 것일까. 왕은 흥미롭다는 얼굴로 입을 열었다.

"무엇을 허락받고 싶은 게냐?"

"모르아 아카데미에서 제 부족한 견식을 넓히고 싶습니다."

디엘의 입에서 나온 말이 예상 밖의 것이었는지 왕이 미묘한 표정을 지었다. 반가워하는 것도 아닌, 그렇다고 해서 크게 싫어하는 것도 아닌 얼굴. 디엘에게는 익숙한 얼굴이었다.

로비나에는 총 13명의 왕자와 5명의 공주가 있었다. 18명의 자식 중 디엘은 딱 그저 그런 아이였다.

눈 밖에 나지 않았으나 특별히 총애하는 것도 아닌 자식. 왕은 처음으로 디엘의 얼굴을 눈에 새겨 두려는 사람처럼 유심히 디엘을 바라보았다. 그 시선이 불편해진 디엘이 어깨를 굳히던 때, 누군가가 문을 두들겼다. 조금 전 디엘을 이곳으로 안내했던 행정관이 정중히 말을 올렸다.

"전하. '그것'을 가져왔습니다."

그것? 디엘이 무심코 문가를 힐끔거리자 왕이 무심한 목소리를 내었다.

"이리 가지고 오거라."

왕의 허락이 떨어지자 문밖에 있던 집정관이 상자 하나를 들고 집무실로 들어왔다. 책상 위에 놓인 상자는 척 보기에도 비싼 귀금속을 보관하는 용도로 쓰이는 물건이었다. 제 소임을 다한 집정관이 소리 없이 집무실을 빠져나가자, 왕은 상자를 열었다. 디엘은 실수로라도 상자 안을 보지 않기 위해 시선을 아래로 떨구었다.

"흐음. 감쪽같군."

혼잣말을 중얼거린 왕이 상자 속에서 무언가를 꺼내 드는 기척이 느껴졌다. 디엘은 빨리 왕이 자신에게 그러라는 한마디 허락을 내려 주었으면 좋겠다고 생각하였다. 애초에 자신에게 별 관심도 없는 분이니까, 이제 슬슬—

"디엘."

"네, 전하."

"듣자 하니 보석을 감정하는 네 실력이 제법이라던데."

생각 밖의 말에 놀란 디엘은 무심코 고개를 들어 올렸다. 왕이 손에 커다란 붉은 보석을 들고 있는 모습이 보였다.

"네 눈에는 어느 게 진짜 '살바르의 루비'처럼 보이느냐?"

살바르의 루비.

그것은 이 나라 사람이라면, 그것도 왕족이라면 모를래야 모를 수 없는 이름이었다. 살바르라는 지방에 있는 광산에서 생산되는 루비는 '모든 붉은 것의 왕'이라는 거창한 별명을 지니고 있었다.

하지만 그러한 별명이 붙는 것도 무리는 아니었다. 그 루비는 마치 피처럼 진한 다홍빛이었는데, 이 때문에 다른 이름으로는 피전 블러드(Pigeon Blood)라고 불리기도 하였다. 보석상과 전문가들은 이 피전 블러드의 빛깔을 가진 루비를 최상급 루비로 취급했다.

게다가 루비는 보통 크기가 1캐럿을 넘지 않는 것이 대부분이지만, 살바르의 루비는 평균적으로 5캐럿 이상의 원석이 채굴되는 일이 잦았다.

산출량 역시 다른 곳과는 비교할 바가 되지 못하였다.

로비나 왕국에는 비옥하고 너른 평야나 운송과 무역에 유리한 바다나 강이 있는 것도 아니었다. 영토의 대부분이 산이었으나 그렇다고 해서 산에서 진귀한 약초가 많이 나는 것도 아니었다. 대신 풍부한 광물자원을 보유한 광산이라면 차고 넘치도록 있었다. 로비나가 여러 강대국들과 동맹 관계를 유지할 수 있었던 것은 바로 그 지하자원 덕이었다. 특히 살바르의 루비처럼 진귀한 보석은 강대국과의 동맹을 더욱 확고히 만드는 좋은 외교 전략 수단으로 사용될 수 있었다.

"송구하옵니다, 전하. 소문이 와전되었던 것 같습니다. 제 실력은 그리 뛰어난 것이—"

"그래서 할 수 없다는 것이냐."

차갑게 들리는 목소리에 디엘이 어깨를 굳혔다.

난감하게 되었군.

디엘은 다시 한 번 왕이 들고 있는 붉은 보석을 힐끔거렸다. 아무래도 그는 저에게 모조품과 살바르의 루비를 구분하라 시킬 요량인 모양이었다.

살바르의 루비가 워낙 고가의 보석이기 때문인지 로비나 안팎으로 종종 모조품이 돌았다. 당연히 로비나로서는 그러한 상황이 반가울 리 없었다. 모조품 때문에 진품의 평판이 떨어지는 일을 우려하기 때문이었다. 그 때문에 매년 왕실에서는 막대한 비용을 들여 모조품을 생산하는 이들을 잡아들였고, 거래하는 이들 역시 엄벌에 처하였다.

하지만 그런 위험부담을 감수하고라도 가짜 보석으로 한 밑천을 단단히 잡아 보려는 자들은 얼마든지 있었다. 그 때문인지 모조품은 해가 갈수록 정교해져 갔다. 때로는 전문가들조차 난항을 겪을 지경이었다.

왕은 손에 들고 있던 보석을 다시 상자 속으로 넣더니 그것을 디엘 앞으로 쓱 밀었다.

"틀려도 상관없으니 한번 네 의견을 말해 보거라."

자신이 도저히 이 상황에서 도망칠 수 없다는 걸 깨달은 디엘이 속으로 한숨을 내쉬었다. 상자 안을 들여다보니 똑같은 크기의 붉은 보석 두 개가 나란히 놓여 있었다.

디엘은 오른쪽에 있는 보석을 먼저 집어 들었다. 손바닥 위에 올린 보석의 무게는 제법 묵직하였다. 이 정도면 3캐럿 정도는 되겠지. 디엘은 손으로 빛을 가린 채, 손바닥 안에서 보석을 이리저리 살펴었다. 집어 든 보석은 살바르 루비의 특징인, 피처럼 붉은 빛깔이 선명하였다. 햇빛에 비쳐 보니 흠집 하나 없는 데다가 불순물이 섞여 있지 않아 맑고 투명하였다. 구석구석 확인을 마친 그것을 상자 속에 다시 내려놓은 후, 이번에는 왼쪽에 있던 보석을 들어 올렸다.

가늠을 해 보니 오른쪽 보석과 무게는 크게 다르지 않았다. 그녀는 오른쪽 보석을 살폈던 것과 같은 방식으로 왼쪽 보석을 살폈다. 오른쪽 보석만큼이나 선명한 붉은빛이 아름다웠지만, 빛에 비추어 보니 소량의 불순물이 섞여 있는 것이 보였다. 확인을 끝낸 디엘은 왼쪽 보석 역시 원래 있던 자리에 되돌려 두었다.

"그래. 어떤 것이 살바르의 루비냐?"

왕은 도통 무슨 생각을 하는지 모를 얼굴을 한 채 질문을 던졌다. 디엘은 자신이 확인한 내용을 그대로 왕에게 아뢰었다.

"오른쪽 보석은 표면에 잔기스가 하나도 없이 매끄러우며 불순물 역시 섞여 있지 않습니다. 또한 색상은 완벽한 피전 블러드입니다. 반면 왼쪽 보석은 내포물이 있으며, 표면에 아주 작은 흠집이 존재합니다."

"호오. 그렇다면 오른쪽 보석이 살바르의 루비인 게냐?"

"아닙니다, 전하. 진짜 살바르의 루비는 왼쪽 보석일 것이라 생각합니다."

디엘의 대답이 예상 밖이라는 것처럼 왕이 눈썹을 꿈틀거렸다.

"그렇게 생각하는 이유가 무엇이냐?"

"……분명 일반적으로 보석은 흠집이 없으며, 불순물이 포함되지 않아 투명할수록 더 고가의 것으로 아는 이가 많습니다. 하지만 루비와 같이 유색 보석의 경우에는 그러한 기준이 반드시 적용되는 것이 아닙니다."

비교적 최근에 밝혀진 사실이었으나 본래 루비는 사파이어와 같은 광물이었다. 발색소에 따라 빨간색을 띠는 것이 루비, 그 외의 색상은 가진 것이 사파이어로 분류되었다. 이러한 종류의 유색 보석은 보통 광물 내부에 불순물이 포함되어도 그것이 보석을 흉물스럽게 보이지 않는 한, 큰 흠이 되지 않았다.

심지어 상황에 따라서는 불순물이 루비의 색상은 더욱 깊고, 독특한 것으로 만들어 주는 경우도 있었다. 그것은 오히려 보석이 모조품이 아니라는 좋은 증거가 될 수 있었다.

실제로 몇 년 전, 살바르에서 채굴되었던 루비 원석은 그 내부에 금홍석 결정이 포함되어 마치 태양 같은 빛을 품고 있었다.

발굴 당시부터 화제가 되었던 이 보석은 이후, 화려한 목걸이로 가공되어 전 세계의 호사가들이 아우성을 치며 탐내는 물건이 되었다. 일부 업자들은 그 보석을 따라한 모조품을 만들기 위해 갖은 노력을 하였지만, 아무도 그와 같은 보석을 만들어 내질 못했다.

"루비 원석은 보통 흐르는 강물 바닥이나 깊은 탄광에서 채굴됩니다. 이 과정에서 표면에 미세한 흠이 생기기 마련입니다. 다른 보석의 경우 연마 과정에서 이러한 흠집이 사라지는 경우도 많지만, 루비는 채굴했을 상태를 훼손하지 않으며 가공하는 것이 일반적입니다. 그렇기에 보석의 형태를 망가트리는 흠집이 아니라면 오히려 자연스러운 것이죠. 이러한 여러 차이점을 미루어 보아 왼쪽이 진짜 살바르의 루비라고 생각합니다."

디엘의 설명을 들은 왕이 상자 속에 들어 있는 왼쪽 보석을 꺼내 들었다. 이리저리 그것을 살피던 왕이 곧 픽 웃었다.

"소문이 아주 틀린 건 아닌 모양이구나. 보석을 보는 눈이 남다르군."

"……황송합니다, 전하."

왕은 좀처럼 잘했다는 말을 하는 법이 없는 사람이었다. 그런 사람에게서 칭찬을 받았다고 생각하니 얼굴이 뜨끈하게 달아올랐다.

"하지만 왕자에게는 딱히 필요가 없는 재능이지."

"……."

허공에 두둥실 떠올랐던 마음이 곧바로 바닥으로 추락하였다. 이미 숱하게 바바라에게도 들었던 말이었다.

'왕자가 보석 따위를 잘 볼 줄 아는 게 뭐가 그리 대수라고.'

물론 로비나 왕국은 세계 최고의 귀금속 생산국이었기에 왕족들도 기본적으로 귀금속을 감별하는 교육을 받았다. 하지만 그것은 모두 기본적인 수준에 지나지 않았다. 어느 왕자도 디엘처럼 보석에 대한 심미안이 남다르지는 않으리라. 어쨌거나 왕과 바바라의 말대로 쓸모없는 재능임은 틀림이 없었다.

부끄러워진 디엘은 고개를 숙였다. 왕은 상자 속에 보석을 되돌리고 뚜껑을 닫았다. 달칵, 상자가 닫히는 소리에 마음속이 무거워졌다.

"그래. 모르아 아카데미로 유학을 가고 싶다고 하였더냐?"

"네, 그러합니다. 전하."

"뜻대로 하거라."

얼핏 듣기에는 관대한 허락처럼 들리지만, 실제로는 그런 것이 아니었다. 디엘은 왕이 자신에게 별다른 관심이 없다는 걸 재차 확인했을 뿐이었다. 그 증거로 그는 디엘에게 어느 학과에서 공부를 하고 싶은지조차 묻지 않았다. 그래도 허락이 떨어지지 않는 것보다는 낫지 않은가. 디엘은 다친 마음을 애써 위로하며 고개를 숙였다.

"허락해 주셔서 감사합니다, 전하. 왕실의 누가 되지 않도록 좋은 모습을 보여드리겠습니다."

알았다는 말 대신 왕이 손을 저어 보였다. 다시 책상 위 서류로 시선을 돌린 그의 모습을 잠시 바라본 디엘이 천천히 집무실을 빠져나왔다.

복도에 있던 행정관이며, 기사들이 디엘에게 정중히 절을 올렸다.

고갯짓 한 번으로 그 인사를 받은 디엘이 저 멀리서 저를 기다리고 있던 레아를 발견하고, 그녀를 향해 다가갔다.

"궁으로 돌아가자, 레아."

깊게 고개를 숙인 레아는 디엘의 뒤를 따랐다. 복도를 지나다니는 이가 하나도 없을 때쯤, 디엘이 입을 열었다.

"레아."

"네, 디엘 님."

"유학을 가게 되었어."

"……네?"

레아가 놀란 얼굴로 눈을 동그랗게 떴다. 그 모습을 보고 있자니 디엘의 입가에 가벼운 미소가 걸렸다.

그래. 이러니저러니 하더라도 이로써 당당하게 이 나라를 떠날 수 있게 되었다. 그것이 주는 안도감은 이루 말할 수 없는 것이었다.

"디엘 님, 유학이라니요? 대체 어디로…… 아니, 그보다도 이렇게 갑작스럽게 결정이 나다니…… 혹시라도 무슨 일이 있으셨던 건가요?"

당혹감을 감추지 못한 레아가 말을 더듬으며 혼란에 빠진 얼굴을 하였다.

"어젯밤부터 디엘 님께서 기분이 좋지 않으셨던 것이 혹시 유학 때문이셨나요?"

어릴 때부터 저를 키우다시피 돌봐 왔던 레아가 제 기분이 좋은지 나쁜지를 알아차리지 못할 리가 없었다. 시녀라는 위치 때문에 섣불리 말을 꺼내지는 못해도 그녀는 저를 많이 걱정한 게 분명했다.

"……아니, 그런 건 아니야. 유학은 내가 가고 싶다고 말씀을 드려서 결정 난 일이야."

"디엘 님께서요? 하, 하지만 전에는 그런 말을 하신 적이 한 번도……."

"응, 없었지. 그렇지만 이제 필요해졌어."

이곳을 벗어나서도 살아남을 수 있는 힘과 기회가 필요하였다. 만일 기회가 저에게 스스로 다가오지 않는다면, 만들어서라도 손에 넣어야만 했다.

"나와 같이 갈 거지, 레아?"

앞장서서 걷고 있던 디엘이 뒤도 돌아보지 않고, 물음을 던졌다. 그 탓에 그녀는 질문을 받은 레아가 새파랗게 질리고 말았다는 사실을 미처 알아차리지 못했다. 대신 대답이 선뜻 들려오지 않는 것을 의아하게 여기며 뒤를 돌아보려 하였다.

그때, 앞에서 저를 부르는 반갑지 않은 목소리가 들려왔다.

"……오, 이게 누구냐. 디엘이 아니냐."

저 멀리서 걸어오는 것은 디엘이 왕자들 중 가장 싫어하는 셋째 왕자였다. 어제에 이어 오늘까지 저 면상을 봐야 한다니. 디엘은 속으로 이를 갈면서도 겉으로는 화사하게 웃었다.

"형님. 이렇게 오늘도 뵙다니. 아무래도 오늘은 저에게 좋은 일이 있으려는 모양입니다."

내키지 않는 이를 상대하려면 마음의 준비를 단단히 해야만 했다. 온 신경을 셋째 왕자에게 쏟기 시작한 디엘은 조금 전까지 있었던 일을 잊어버렸다. 어쩐 일인지 충직한 제 시녀가 아무 답을 하지 않았다는 사실을.

*　　*　　*

디엘이 모르아 아카데미에서 공부를 하고 싶다 말을 꺼낸 지 불과 며칠이 안 되어서 모든 일이 일사천리로 진행되었다.

사람들은 물밑에서 한창 왕위 계승 다툼 중인 일곱째 왕자가 아카데미로 유학을 떠나는 일을 두고 입방아를 찧어 댔다. 디엘은 바쁜 탓에 사람들의 근거 없는 추측성 발언에 일일이 응대할 여력이 없었다. 그녀가 눈코 뜰 새 없이 바쁜 것은 아카데미 입학시험 준비를 위해서였다. 아무리 디엘의 신분이 한 나라의 왕자더라도 시험을 피할 수는 없었다.

모르아 아카데미는 세계 최고의 아카데미라는 명성답게 내부 규정이 엄한 편이었다. 디엘 역시 다른 사람들에게 손가락질 받을 특혜를 누리고 싶지는 않았기에 성실하게 시험 준비에 임하였다.

아카데미의 시험문제는 원래 20문항으로 현재 대륙의 정세와 주요 국가의 역사, 그리고 예술과 문학에 관련된 다양한 분야에서 한 문제씩이 출제되었다. 하지만 중도 입학 지원자의 경우에는 10문항이 더 추가되었다. 원래부터도 성적이 나쁜 편은 아니었으나, 디엘은 죽기 살기로 공부에 매달렸다. 그녀를 가르치는 선생들이 하나같이 이만하면 되지 않으시겠냐고 말려도 소용이 없었다.

그녀는 아카데미에 도착하면 준비할 시간이 없이 바로 시험에 임해야 하니 여기서 열심히 해야 한다는 핑계를 대었다. 실제로 그것은 어느 정도 사실이었다. 하필 디엘이 아카데미로 향하기로 한 일정과 중도 입학시험 날짜는 매우 촉박하게 겹쳐 있었다.

하지만 아무리 디엘이 아무리 부정하여도 성의 모든 이들은 일곱째 왕자에게 무슨 일이 있는 게 분명하다고 수군거리는 걸 멈추지 않았다. 그 소문이 얼마나 심하게 퍼졌는지 다른 사람들의 시선을 의식한 바바라가 걱정하는 척, 왕자궁을 찾아올 정도였다.

"얼굴이 반쪽이 된 것 같구나. 쉬엄쉬엄하질 않고."

응접실에서 바바라가 디엘을 보며 안타까워하는 표정을 지었다. 소문이 퍼지고 사흘이나 지나서 온 사람 같지 않은 모습이었다. 진짜 걱정했다면 소문을 듣자마자 달려왔겠지. 디엘은 웃는 듯, 마는 듯하게 미소 지었다.

'어머니, 정말 절 걱정해 본 적은 있으신 건가요?'

마음 같아서는 참지 않고, 속에 있는 말을 내뱉어 보고 싶었다. 바바라가 어떤 반응을 보일지 궁금하기도 하였다. 어쩌면 모든 것이 오해라 말하지는 않을까. 아니, 틀림없이 그렇게 말하리라. 그래서 디엘은 묻지 않았다. 그녀를 믿고 싶어 하는 마음이 아직 제 안에 남아 있는 걸 알기 때문이었다. 아무리 다른 사람들이 피도 눈물도 없는 악녀라 제 어머니를 욕해도 친자식인 저에게만은 다른 사람이라 믿었다. 그 믿음이 산산조각이 나긴 했어도, 흔적 없이 녹아 사라진 게 아니었다.

헛된 믿음은 마치 앙금처럼 마음속에 남아 때때로 속삭였다.

다시 한 번 확인해 봐. 그럼 오해가 풀릴지도 몰라.

디엘은 그것이 자신의 나약함이라는 걸 알았다. 바바라는 누군가를 믿는 자는 약하다고 말했다. 과연 제 어머니의 가르침 중 유일하게 마음에 새겨 둘 만한 말이었다.

"괜찮습니다, 어머니. 왕가의 명성에 흠이 되지 않기 위해서 최선을 다하겠습니다."

모범 답안 같은 말을 늘어놓으며 디엘은 벽에 걸려 있는 시계를 힐끔거렸다.

예전 같으면 어머니와 조금이라도 더 오래 대화를 나누고 싶어서 시간을 확인하는 것이었지만, 지금은 상황이 달랐다.

"……이 다음에 무언가 일정이 있니?"

눈치 빠른 바바라가 그것을 모를 리 없었다. 디엘은 얼른 고개를 돌려 웃는 얼굴을 만들어 냈다.

"아닙니다, 어머니. 다만 이후에는 자율적으로 검술 훈련을 할 생각이어서 시간을 가늠해 보았을 뿐입니다."

"듣자 하니 오늘 오전에 검술 선생이 왔다 갔다던데, 혼자 또 연습을 하겠다고? 네가 검술학과에 지원하는 것도 아닌데 뭘 그리 열심히니? 전에도 말했지만, 검술 실력이 조금 부족해도 왕자로서는 전혀 부족함이 없단다. 그 정도면 충분해."

얼마 전에 하셨던 말과는 전혀 다른 말씀이네요. 디엘은 속으로 쓴웃음을 삼켰다.

사실 바바라의 말은 일리가 있었다. 디엘의 실력은 '왕자치고는' 제법 쓸 만하였다. 하지만 디엘은 전보다 더욱 검술에 매진하고 있었다. 바바라의 험담이 그녀의 자존심에 상처를 주었기 때문이 아니었다.

만일의 경우. 이 왕국을 떠나서 왕자의 지위를 버리게 되었을 때, 가장 먼저 필요한 것은 제 몸을 지킬 수 있는 능력이었다. 이제 검술은 그녀에게 생존을 위해 필요한 기술이었다. 그렇기에 연습을 게을리할 수 없었다.

"……네, 어머니. 하지만 아카데미에서는 검술 수업도 있다 하니 만반의 준비를 갖추고 싶습니다."

디엘의 담담한 대답에 바바라는 조금 의아하다는 얼굴을 하였다. 그간 이 아이는 자신의 말 한마디면 무엇이든 알았다고 답하는 아이였다. 그런 아이가 고집을 부리는 게 이상하긴 하였다.

그러나 당장은 디엘보다 뱃속에 있는 아이에게 신경이 집중되어 있던 터라, 바바라는 그것을 대수롭지 않게 여겼다.

"그래. 네 뜻이 그렇다면 최선을 다해 보려무나. 나는 언제나 너를 응원하고 있단다."

디엘은 짧게 감사하다는 인사를 하였다. 바바라는 평소보다 서먹한 디엘의 태도를 전혀 눈치채지 못하였다.

그녀는 아카데미에서 유학하는 동안에도 국내 귀족들과의 교류를 신경 쓰라는 당부만 늘어놓고, 응접실을 나섰다. 레아가 바바라를 배웅하겠다며 따라나서고 나니, 텅 빈 응접실에 디엘이 홀로 남겨졌다. 평소 같으면 어머니의 빠른 귀가가 아쉽게 여겨졌겠지만, 이제는 오히려 숨통이 트이는 기분이었다.

디엘은 바바라가 손도 안 댄 찻잔을 내려다보았다. 그러고 보니 어머니는 왕자궁에서 한 번도 차를 드신 적이 없었지. 한 번 깨닫고 나니, 예전에는 미처 모르고 넘어갔던 사실조차 전과는 다르게 보이기 시작하였다. 디엘은 다 식어 버린 제 찻잔을 들어 올려 차를 한 모금 마셨다.

레아가 타다 준 차는 언제나 그랬듯 맛있었다. 이렇게 맛있는 차를 그간 단 한 번도 맛보지 못하셨다니.

"가여우신 어머니."

혼잣말을 중얼거리며 그녀가 막 세 번째로 입술을 축이는 찰나, 문을 두드리는 소리가 들려왔다.

"들어와, 레아."

문밖의 인물이 누구인지 이미 아는 디엘의 대답에 문이 소리 없이 열렸다. 사뿐한 걸음으로 방 안에 들어선 레아가 고개를 숙였다.

"디엘 님. 바바라 님께서 건강에 각별히 유의하라는 말씀을 거듭 전하셨습니다."

"그래."

시큰둥하게 대답한 디엘이 차를 한 모금 더 마셨다. 어느새 찻잔은 바닥을 드러내고 있었다. 아카데미에 가면 앞으로는 이렇게 느긋하게 차를 즐길 여유도 없겠지. 그래도 레아가 함께 갈 테니까 주말에는 괜찮으려나. 그런 생각을 하고 있자니 저도 모르게 입이 스르르 열렸다.

"레아. 넌 준비가 다 끝났어?"

"네? 무슨 준비를……."

난데없는 말에 놀란 것인지 레아가 눈을 휘둥그레 떴다.

뭘 그리 놀란담.

"무슨 준비냐니. 그거야 당연히 나랑 같이 모르아 아카데미로 갈 준비 말이야. 난 남자 기숙사에 들어가야 하니까, 널 데리고 갈 순 없겠지만. 아카데미 밖에 집을 하나 얻어 두면 주말에는 그곳으로 드나들 수 있을 거야."

"……디엘 님."

어쩐 일인지 레아의 얼굴이 순식간에 어두워졌다. 그것을 본 디엘은 고개를 갸웃하였다.

"왜 그래? 뭔가 마음에 걸리는 일이라도 있어?"

"디엘 님, 그게…… 저는—"

"아! 혹시 내가 공부하는 동안 아무것도 할 게 없을까 봐 걱정되는 거야? 그럼 너도 아예 무언가를 배우는 게 어때? 아카데미에 입학하는 건 어렵겠지만, 대신 다른 곳에서 공부를 하는 것도 나쁘지 않을 거야."

떠오르는 대로 내뱉은 말이긴 했지만, 곰곰이 생각해 보니 제법 괜찮은 의견이다 싶었다. 모르아 아카데미가 있는 도시 국가, 스타투스에는 아카데미 외의 다른 학업 기관이 있다는 말을 들은 적이 있었다. 비록 레아가 배움이 길진 않아도 글자를 읽고 쓸 수 있으니 학문을 익히는 일에는 큰 어려움이 없으리라.

디엘은 텅 빈 찻잔을 테이블 위에 내려놓았다.

"그래. 역시 너도 무언가를 배우는 게 좋겠어. 기왕이면 이 성을 나가서도 쓸 수 있는 기술이라거나, 그런 거 말이야. 그럼 만일 내가 이 나라에서 살아남는 것에 실패해도 너는 무사할 수―"

있을 거야.

그 말은 차마 끝까지 내뱉을 수 없었다. 저를 모르는 레아의 눈에 너무나 선명하게 두려움과 슬픔이 서려 있는 것을 깨달았기 때문이었다.

"레아?"

새하얗게 질린 채, 파르르 떠는 모습은 예사로운 것이 아니었다. 이상하다는 생각에 디엘이 소파에서 일어서서 레아의 앞으로 다가갔다. 제 주인이 저를 걱정하고 있다는 걸 알아차린 레아가 얼른 웃는 얼굴을 하려고 하였다. 그러나 그것은 누가 보아도 쥐어짜 내는 것 같은 웃음이었다.

"레아, 미안. 내가 괜한 말을 해서 걱정—"

디엘은 얼른 말을 정정하려고 하였다. 하지만 그 말이 채 끝나기도 전에 작지만 또렷한 목소리가 들려왔다.

"디엘 님. 죄송해요. 저는 이곳을 떠날 수가 없습니다."

"……."

레아의 목소리에서 묘한 기색이 느껴졌다. 마치 저와 의사와는 상관없이, 그것을 허락하지 않는 무언가가 있다는 것처럼.

디엘이 천천히 눈을 깜빡였다. 그러고 보니 레아가 어머니를 배웅하고 돌아오기까지 시간이 너무 오래 걸리지 않았나. 그 이유가 무엇이었을까?

레아는 디엘이 태어나던 날부터 지금까지 그녀를 돌봐 왔던 유일한 시녀였다. 유일한.

전에는 아무렇지 않았던 그 수식어가 마음에 걸렸다. 내가 태어나던 순간, 그 자리에 있었던 다른 시녀는 모두 어떻게 된 걸까. 디엘은 딱딱하게 굳은 얼굴로 물었다.

"……어머니가 그렇게 명령하셨어? 네가 살아 있는 동안, 절대 이곳을 떠나지 말라고?"

레아는 아무 대답이 없었지만, 디엘은 레아가 짧고 뻑뻑한 속눈썹을 파르르 떠는 것을 보며 제 추측이 맞을 것이라 예상했다.

바바라는 본래 딸로 태어난 아이를 왕자로 속여 키운 사람이었다. 비밀을 지키기 위해 시녀 몇 명을 죽이는 것쯤이야 우스웠을 테고, 살려 둔 시녀를 협박하여 제 말대로 따르게 하는 건 아무렇지도 않았을 터였다.

'그랬구나. 레아는 어머니 쪽 사람이었구나.'

디엘은 뒤로 한 걸음 물러섰다. 레아가 앞으로 모은 손을 꼭 그러쥐고 있는 모습을 보며 그녀는 입을 열었다 닫았다. 이미 한 번 맛보았던 절망이 다시 그녀의 발목을 휘어잡았다.

레아는 이 성에서 유일하게 제가 마음을 열 수 있는 상대였다. 디엘의 비밀을 알고 있기 때문만은 아니었다. 저를 걱정해 주기도 하고, 때로는 호되게 꾸짖어 주기도 하고, 풀이 죽었을 때는 다정히 격려해 주기도 하였다. 다른 사람에게는 절대 기대할 수 없는 것을 주었다. 레아는 디엘에게 '가족'이었다.

하지만 그것은 전부 저 혼자만의 착각이었다. 디엘은 레아의 둥근 어깨를 내려다보며 저의 어리석음을 비웃었다.

생각해 보니 지금의 디엘 샤 자르타는 처음부터 끝까지 바바라가 만들어 낸 허상이었다. 거기서 진실된 것이 존재할 리가 없었다. 이 궁에서 유일하게 저를 이해해 주는 사람이라는 게 있을 리가 없었다. 남들 눈에는 자신이 무대 위에서 희극을 연기하는 배우처럼 우스꽝스러우리라. 디엘에게는 끔찍한 비극인 이 모든 일이.

"디엘 님."

레아가 더듬더듬 저를 불렀지만, 디엘은 대답하지 않았다. 그녀는 차마 고개를 들지 못하는 레아를 두고 응접실을 빠져나왔다. 횅한 복도에는 아무도 없었다. 제 방에 들어간 디엘은 곧바로 침대 위에 몸을 던졌다.

바바라의 일만으로도 충분히 감당하기 어려운 충격이었다. 거기에 레아가 사실 바바라의 명령으로 제 곁에 있던 사람이라는 걸 알고 나니—

디엘은 눈을 감았다.

'어머니, 정말 당신이 옳네요.'

믿음은 약한 자나 갖는 것이었다. 디엘은 스스로에게 물었다. 나는 무엇을 기대하고, 믿었던 걸까? 기대하니까 실망하고, 믿으니까 배신당하는 건데. 이미 한 번 맛보았다고 생각한 절망에는 바닥이 없었다. 진실을 알면 알수록 자신은 헤어 나올 수 없는 수렁에 빠질지도 모른다는 생각이 들었다.

똑똑.

"디엘 님."

문을 두드리며 제 이름을 부르는 소리가 들려왔다. 레아가 밖에 서 있는 것을 알고 있으면서도 디엘은 대답하지 않았다.

"디엘 님."

저를 부르는 목소리가 애처롭게 이어졌다. 디엘은 레아의 저것조차도 연기일지, 아닐지 궁금하였다. 한참이나 애원하던 목소리가 어느 순간에는 사라졌다. 디엘은 감았던 눈을 떴다. 머리가 지독하게 아팠다. 높은 천장을 올려다보며 벽지 무늬를 한 개 두 개 세다, 어느 순간 잠이 들었다.

*　　*　　*

눈을 뜨니 창밖이 캄캄하였다.

오늘 검술 훈련은 글렀네.

침대 위에서 무거운 몸을 일으킨 디엘은 한숨을 쉬었다. 꿈도 꾸지 않을 만큼 깊은 잠을 잔 덕인지 뒤죽박죽이던 머릿속은 한결 가벼워진 것 같았다. 레아를 시켜 물이라도 한 잔 가져오라고 하려던 디엘은 멈칫하였다. 지금은 레아의 얼굴을 보고 싶지 않았다. 그렇다고 다른 시녀를 부르고 싶은 마음도 없었다. 생각 끝에 그녀는 직접 주방에 가기로 하였다.

붕대로 가슴을 징징 동여매어 남장을 한 디엘은 침실 문을 열었다. 그리고 놀라 그 자리에서 굳어 버렸다.

"……레아?"

문 앞에는 무릎을 꿇은 레아가 있었다. 대역 죄인처럼 고개를 숙이고 있는 그 모습에는 한 치의 미동도 없었다. 잘 만들어진 석상처럼 보일 지경이었다.

"레아!"

디엘은 얼른 몸을 굽혀 레아의 얼굴을 살폈다. 두 눈을 질끈 감고 있던 시녀가 천천히 눈을 떠서 디엘을 보았다.

"디, 엘 님."

이를 딱딱 부딪치며 떠는 몸이 서늘했다. 당연했다. 아무리 난로에 불을 붙여도 대리석으로 된 복도는 따뜻해지지 않았다. 특히 침실에서 이어지는 복도는 햇볕이 들지 않는 곳이니 더 냉할 수밖에 없었다.

대체 언제부터 이러고 있었던 걸까. 디엘은 얼른 레아를 데리고 침실로 돌아왔다. 벽난로 안에 장작 몇 개를 급하게 던져 놓고 나서 그녀를 의자에 앉히니 레아는 뻣뻣한 목각 인형처럼 그것을 거부하였다.

"안돼요. 디엘 님. 제가 감히 어떻게 의자에⋯⋯."

"지금이 그런 걸 따질 때야? 몸부터 녹일 생각을 해야지! 대체 언제부터 그러고 있었던 거야?"

"⋯⋯디엘 님께서 침실에 드셨을 때부터⋯⋯."

대답이 뻔한 질문을 던진 디엘은 입술을 꾹 깨물었다.

그래, 레아는 이런 사람이었다.

잘못했다 생각하면 변명도 없이 무릎을 꿇고 벌부터 청하는 바보 같은 사람이었다. 내가 어째서 너를 잘못 알았다고 생각했던 걸까.

디엘은 차가워진 레아의 손끝이 조금이라도 빨리 따듯해지길 바라며 그녀의 투박한 손에 제 손을 문질렀다. 레아는 놀란 듯 손을 빼내려고 하였지만, 디엘이 그것을 허락하지 않았다.

"레아, 나 아직 화났어."

그 한마디에 레아는 금세 고분고분해졌다. 디엘은 저와 크게 다르지 않은 작은 손을 꼭 감싸 쥐었다. 디엘도 레아도 한동안 말이 없었다. 긴 침묵 끝에 먼저 입을 연 것은 레아였다.

"디엘 님은⋯⋯ 오른손의 약지가 중지보다도 훨씬 기세요."

갑작스러운 말에 디엘이 고개를 들어 올렸다. 지금 그게 대체 무슨 상관이냐는 얼굴로 그녀를 보고 있자니, 레아가 의미 불명인 말을 이어 나갔다.

"왼쪽 귓바퀴에는 물방울 모양의 작은 점이 하나 있으시고요, 콩요리를 드실 때는 꼭 입을 일자로 다물고 드세요. 그리고―"

두서없이 이어지는 말은 전부 디엘에 관한 것이었다. 그녀를 오랜 시간 지켜본 사람이 아니라면 절대 알 수 없는 자질구레한 이야기. 레아는 디엘 스스로도 몰랐던 사실을 하나하나 나열하였다. 가장 마지막은 디엘이 태어나던 날에 대한 이야기였다.

갓 태어난 아이의 따끈한 숨이, 보드라운 살갗이, 씩씩한 울음소리가 너무나 사랑스러웠다 말하며 레아가 웃었다.

"디엘 님이 태어나셨을 때…… 저는 제가 세상에서 가장 예쁜 아기를 봤다고 생각했어요."

그리고 그게 사실이었고요. 속삭이는 듯한 목소리가 조용했다. 디엘은 아무 말도 할 수 없었다. 디엘의 약지가 중지보다 길다는 사실을, 왼쪽 귓바퀴에 물방울 모양의 점이 있다는 것을, 그녀가 콩요리를 먹을 때 입을 일자로 다물게 된다는 걸 아는 사람이 과연 레아 말고 또 있을까?

오로지 그녀뿐이었다.

이곳에서 디엘을 알아봐 주고, 이해해 준 이는.

부끄러웠다. 어째서 이 충직하고 착한 시녀의 진심을 의심했던 걸까. 디엘은 고개를 숙였다. 숙인 머리 위로 다시 레아의 말이 내려앉았다.

"18년 전, 바바라 님께서는 제 목숨을 살려 주는 대신 이곳을 떠나지 말라 하셨습니다."

바꿔 말하면 이곳을 떠나려면 목숨을 내놓으라는 뜻이었다.

즉, 같이 아카데미로 가자는 디엘의 권유는 죽으라는 것이나 마찬가지인 말이었다.

"……미안해, 레아."

"아니에요, 디엘 님. 그런 말이 아니에요. 사과하지 말아 주세요."

이번에는 레아가 되레 디엘의 손을 꼭 잡았다.

"바바라 님의 명령이 아니더라도 저는 여기에 남아야 해요. 제가 아니면 누가 디엘 님께 이 성에서 벌어지는 일을 전하겠어요."

"레아……."

이곳에 남는 것조차도 제 목숨이 아까워서가 아니라 디엘을 위해서라는 그 말에 디엘의 가슴 속이 욱신거렸다.

잠들기 전 느꼈던 배신감과 절망은 이제 온데간데없었다.

디엘은 레아의 작은 손에 이마를 문질렀다.

"너만이…… 나를 불러 주었어."

로비나 왕국의 일곱째 왕자라서가 아니라 그저 디엘을 있는 그대로 인정하고 받아들여 준 사람.

친모조차 준 적 없던 정을 기꺼이 주었던 나의 시녀, 나의 누이.

"고마워."

디엘의 인사에 레아가 살며시 웃었다. 그녀의 짧은 속눈썹에 눈물방울이 대롱대롱 매달려 있었다.

"……디엘 님, 모르아 아카데미에는 사람이 아주 많대요. 여기보다 훨씬 즐거운 일도 많을 거고요. 그러니까 반드시 그곳에도 있을 거예요."

진짜 당신을 알아주는 분이.

말을 마친, 레아가 조심조심 디엘의 머리를 쓰다듬어 주었다.

어렸을 때 이후로 한 번도 그래 본 적이 없어서 어색한 동작이었다.

하지만 디엘은 그것이 행복하다고 느꼈다. 스르르 눈을 감은 디엘이 중얼거렸다.

"그런 사람이 있을까? 남자도 아니고 여자도 아닌 나 같은 괴물을 받아들여 주는 사람이?"

자학적인 말이었지만, 진심이었다.

남들 앞에서는 누구보다 완벽한 왕자님처럼 행동하면서도 그녀는 늘 자신이 '불완전한 존재'라는 것을 잊지 못했다.

어머니의 사랑을 그토록 갈구했던 이유 역시 어찌 보면 자신이 가진 비밀에서 기인한 것이었다.

"디엘 님은 결코 괴물 같은 게 아니에요."

레아는 단호한 어조로 디엘의 말을 부정하였다.

"당신은 사랑받아 마땅한 분이세요. 그러니까 아카데미에서 반드시 만나실 수 있을 거예요. 디엘 님을 있는 그대로 받아들이고, 이해해 주시는 소중한 인연을."

레아가 손길을 거두자 디엘이 고개를 들어 올렸다.

어느새 그녀는 평소같이 다정한 얼굴로 웃고 있었다.

"우리 디엘 님은 행복해지실 거예요. 그 누구보다도."

행복. 자신이랑 거리가 먼 단어였다.

하지만 레아는 확신에 찬 음성으로 재차 말하였다.

당신은 반드시 행복해질 거라고.

디엘은 고개를 끄덕였다.

"응, 알았어."

말 한 마디로 원하는 바를 이룰 수 있을 리가 없다.

머릿속 한구석에서 자신을 비웃는 누군가의 모습이 얼핏 스쳐 지나갔지만, 디엘은 그것을 무시하였다.

아무렴 어떤가.

유일하게 저를 알아주는 사람이 이렇게 자신 있게 말하는데.

"행복해질게."

디엘은 레아에게 약속하였다.

이제 새로운 곳에서 반드시 내가 행복해지는 길을 찾겠다고.

Chapter 3

레아의 펜던트

　수도의 기차역 승강장 안.

　재작년에 완공된 기차역은 아직 기차를 이용하는 사람이 많지 않아 그런지는 몰라도 한산하였다.

　드문드문 기차를 기다리는 사람들 사이에서 자연스럽게 디엘의 시선을 끄는 한 모자의 모습이 보였다.

　"로이드, 아이스크림은 이틀에 한 번만 먹는 거라고 했잖니."

　"히잉, 그치만 아이스크림 먹구 싶은데요."

　디엘은 제 허리춤에 올까 말까 한 아이가 엄마에게 투정 부리는 모습을 힐끔거렸다.

　엄마는 어린 아들에게 연신 잔소리를 늘어놓고 있었다.

　신발은 구겨 신지 마렴, 타이가 비뚤어졌으니 다시 매야지, 팔을 흔들지 말고 가만히 있으려무나.

아이는 엄마의 잔소리가 불만스럽다는 것처럼 입술을 삐죽거리고 있었다.

디엘은 그 아이의 기분이 조금은 이해가 되었다.

그녀의 앞에도 저 아이의 엄마를 능가하는 무시무시한 잔소리꾼이 한 명 있었으니까.

"디엘 님, 매 끼니는 꼭 거르지 말고 챙겨 드셔야 해요. 편식하시면 안 되고요. 그리고 밤늦게 간식 드시면 양치질은 꼭 한 번 더 하셔야 하고요. 그리고 옷을 입을 때는 구김 간 옷은 절대 입지 않도록— 아아, 우리 디엘 님은 다림질도 할 줄 모르시는데, 어쩌지."

쫑알쫑알 떠들던 레아는 세상이 끝난 사람처럼 양 뺨을 감싸고 한숨을 내쉬었다.

디엘은 다시 한 번 엄마의 잔소리 폭탄을 맞고 있는 아이를 힐끔거린 후, 레아를 향해 입을 열었다.

"저기, 레아. 그동안 혹시 나를 손 많이 가는 여덟 살 꼬맹이 뭐 이런 걸로 생각했던 거 아니지?"

"……."

거짓을 모르는 레아의 갈색 눈이 슬쩍 디엘을 외면하였다.

아니, 날 진짜로 그렇게 생각했었단 말이야?

디엘은 기가 막혔지만, 한숨을 쉬며 고개를 젓는 것으로 제 불만을 드러낼 뿐이었다.

"암만 그래도 너무 심한 거 아니야? 내가 올해로 나이가 열여덟이라고, 열여덟. 나도 이제 어른이란 말이야."

디엘의 주장에 레아는 묘한 얼굴을 하였다.

마치 '그 말에 도저히 동의할 수가 없어요.'라는 것 같은 표정이었다.

"디엘 님께서 생각보다 야무지신 분인 건 저도 알지만, 그래도…… 이렇게 오래 왕성을 떠나셨던 적은 없어서…… 자꾸 걱정이……"

아니, 생각보다 야무지다는 건 칭찬이야? 아님 욕이야?

디엘은 괘씸한 시녀의 뺨을 한 번 꼬집어 줄까 생각하다 그만두었다.

"너무 걱정하지 마. 별일이야 있으려고."

디엘은 어깨를 으쓱하였다. 걱정이 가득한 레아와 달리 디엘의 가슴 속은 감출 수 없는 희망으로 가득하였다.

그도 그럴 것이 오늘은 드디어 디엘이 모르아 아카데미를 향해 떠나는 날이기 때문이었다.

로비나 왕국에서 아카데미까지는 마차를 타고도 꼬박 일주일이 걸렸지만, 기차를 타면 나흘 만에 도착할 수 있었다.

다만 이 나라에 들어 온 지 얼마 안 된 기차에 대한 신뢰도가 높지는 않아, 디엘도 고민이 깊었다.

하지만 그녀는 곧 새로운 탈것에 도전하기로 결심하였다.

이제부터 자신을 위한 삶을 개척하겠다고 결심하였으니 무엇이든 새로운 것에 도전해 보고 싶었다.

레아는 그런 제 주인의 뜻을 존중하였지만, 그렇다고 해서 걱정을 안 하는 것은 아니었다.

"디엘 님, 정말 아카데미까지 모실 다른 시녀를 데려가지 않으셔도 괜찮으시겠어요?"

레아의 조심스러운 물음에 디엘은 고개를 끄덕였다.

"말했잖아. 혼자서 뭐든 하는 연습을 하고 싶다고. 그리고 저쪽 역에 도착하면 아카데미까지 이동하는 정도는 나도 혼자 충분히 할 수 있어. 그 정도도 못하면 앞으로 기숙사 생활은 어떻게 하겠어?"

디엘은 자신 있게 말했지만, 레아의 표정은 여전히 밝지 않았다.

모르아 아카데미에서는 모든 학생이 기숙사에 입소하여 생활해야 한다는 규율이 있었다.

그러니 이제부터 자기 일은 스스로 하는 연습을 해야 한다는 디엘의 주장은 매우 타당한 것이었다.

"하지만 디엘 님께서는 공동체 생활이 처음이시니까…… 불편하신 점이 많으실 텐데."

곧 밤중에 목이 마르면 혼자 물을 챙겨 드실 수 있겠냐는 탄식과 혼자 샤워를 하실 수 있겠냐는 염려가 이어졌다.

디엘은 레아의 지나친 걱정에 쓴웃음이 나올 정도였다.

"레아. 아무리 그래도 그런 걸 혼자 못할 정도는 아니라니까? 그리고 모르는 건 배우면 그만이잖아."

물론 궁에 있을 때야 레아의 도움 없으면 생활이 어렵긴 하였지만, 언제까지나 그렇게 살 수는 없었다.

바바라에게서 완전히 정을 떼기로 결심한 후로 디엘은 나름대로 치밀한 계획을 세우고 있었다.

아카데미에서 로비나 왕국의 정세에 주의하는 한편, 신분을 버리고 다른 나라로 이주할 준비를 할 셈이었다.

새로운 신분을 만들고, 생계를 꾸리기 위해서는 지금보다 더 넓은 세상으로 나아가야 했다.

그렇게 되기 위해서는 제 신변을 돌보는 자질구레한 일 정도는 스스로 할 수 있는 사람이 되어야만 했다.

디엘은 레아의 어깨를 가볍게 토닥여 주었다.

"괜찮아. 일주일에 한번은 편지할게. 내가 뭘 배우고 있고, 어떻게 사람들과 어울리는지도 다 알려 줄게. 너도 마치 나랑 같이 아카데미에 있는 것처럼 느낄 수 있도록 말이야."

그녀를 안심시키기 위해 디엘은 일부러 너스레를 부렸다.

주인의 깊은 속마음을 잘 아는 레아가 가만히 미소를 지었다.

디엘을 올려다보는 갈색 눈에 선하고, 다정한 빛이 어려 있었다.

"그렇다고 무리하지 마시고, 여유 되실 때만 편지를 주세요."

디엘이 알았다고 대답하는 사이, 승무원이 커다란 소리로 외쳤다.

"곧 3번 승강장에 차가 들어옵니다. 스타투스로 향하시는 손님께서는 승차를 준비해 주시기 바랍니다."

스타투스는 모르아 아카데미가 속해 있는 도시국가의 이름이었다.

디엘은 손에 쥐고 있는 기차표와 제 회중시계를 번갈아 확인하였다. 기차표에 적힌 발차 시간 정각이었다.

"이제 기차가 오려나 보네."

"네, 디엘 님. 3번 승강장은 저쪽이래요."

디엘과 레아와 3번 승강장으로 향하자 뒤에 물러서 있던 짐꾼들이 커다란 가방을 들고 그 뒤를 따랐다.

저 멀리서 난생 처음 듣는 소리가 차츰 가까워졌다. 비유하자면 아주 커다란 주전자에 물을 가득 담아 팔팔 끓일 때 나는 것 같은 그런 소리였다.

승강장에 드문드문 서 있는 사람들이 기차가 들어오는 방향을 힐끔거렸다.

레아와 다른 짐꾼들 역시 신기하다는 기색을 감추지 못했다.

디엘은 왕자로서의 체면을 지키기 위해 표정 관리를 하였지만, 그녀 역시 자꾸 고개가 돌아가는 것을 멈추지는 못하였다.

'저게 석탄으로 움직인다 이거지?'

커다랗고 새카만 기차가 짙은 회색의 연기를 내뿜으며 승강장 안으로 들어오고 있었다.

그 속도가 얼마나 빠른지 디엘이 눈을 몇 번 깜빡할 사이, 어느새 긴 기차의 몸체가 승강장을 가득 메우고 있었다.

기차가 완전히 멈추자, 문이 열리고 안에서 사람들이 몇 명 하차를 하였다.

승무원 몇 명이 열린 문 안으로 들어가서 안을 살폈다.

남은 승객이 없다는 것을 확인한 승무원들이 기다리고 있는 사람을 기차 안에 하나둘씩 태우기 시작하였다.

레아가 디엘을 위하여 고르고 고른 물건들이 빼곡하게 들어선 가방 세 개가 짐칸에 실렸다.

그중 한 개는 기차 여행을 하면서 필요한 물건이 들어 있었기에 승무원이 나중에 객실로 옮겨다 줄 예정이었다.

"저, 디엘 님."

디엘이 이런저런 수속을 밟는 동안, 주변을 맴돌던 레아가 머뭇머뭇 입을 열었다.

양손을 앞으로 모은 그녀는 무언가를 꼭 쥐고 있었다.

"응? 레아, 왜—"

"디엘 샤 자르타 전하!"

레아에게 왜 그러느냐고 물으려는 찰나, 저 멀리서 정복을 차려입은 누군가가 디엘의 이름을 부르며 달려왔다.

일곱째 왕자가 이곳에 있다는 걸 알게 된 역장이 뒤늦게 모습을 드러낸 모양이었다.

"안녕하십니까, 전하. 저는 이 역의 역장을 맡고 있는 트레버입니다. 오늘은 이렇게 왕자님께서 역을 내방해 주셨을 뿐만 아니라 저희 기차를 이용해 주셔서 무한한 영광입니다."

"반갑소, 트레버 역장."

역장과 대화를 나누기 시작한 디엘은 레아에게 눈짓을 하였다.

조금 후에 다시 대화를 나누자는 뜻이라는 걸 알아차린 레아가 고개를 숙이고 얼른 뒤로 물러섰다.

"전하께서 탑승하실 기차는 카론에서 제작된 것으로……."

직업정신을 십분 발휘한 역장이 열심히 디엘이 이용할 기차에 대한 설명을 늘어놓기 시작하였다.

디엘은 그의 설명을 들으면서 천천히 1등석 칸이 있는 곳으로 걸어 나갔다.

기차를 이용하는 승객 대부분이 2등석이나 3등석 칸으로 올라탔다.

이제 막 이곳저곳에 철도가 놓이기 시작한 로비나에서는 기차표 값 자체가 비명이 나올 정도로 비싼데다가, 1등석과 3등석의 요금은 거의 5배 이상 차이가 나니 1등석을 이용하는 승객은 거의 없었다.

역장은 빨간 카펫을 깔아 왕자를 환영하는 의전을 잊지 않았다.

수고했다는 말과 함께 그를 돌려보낸 디엘은 그대로 기차 위에 올라타려고 하였다.

그때, 레아가 자신에게 무언가를 말하려고 했었다는 사실이 떠올랐다.

뒤를 돌아보니 여전히 고개를 숙인 레아가 몇 걸음 떨어진 곳에 서 있었다.

"레아. 아까 하려던 말이 뭐였어?"

디엘의 물음에 고개를 든 레아가 당황한 것 같은 얼굴을 하더니 천천히 고개를 저었다.

"아닙니다, 디엘 님. 아무것도 아니에요."

"……."

이상하다는 얼굴로 디엘이 레아를 물끄러미 보자 그녀가 얼른 웃는 얼굴을 하였다.

"디엘 님, 어서 기차에 올라타셔야죠. 다른 사람들이 타도 디엘 님이 탑승하지 않으면 이 기차는 절대 출발하지 못하는걸요."

"……응, 알았어."

고개를 끄덕인 디엘은 계단을 밟고 기차로 올라섰다.

안에서 대기하고 있던 승무원이 기차표를 받아 확인한 후, 디엘을 지정된 객실로 안내해 주었다.

문 위에 '1-A'라고 적혀있는 객실 안은 1인실이라고는 믿을 수 없을 만큼 호화로운 방이었다.

서너 개의 객실을 통째로 이어 붙인 덕에 객실 안에는 욕실을 포함한 침실과 전용 식당 공간이 따로 있었다.

다른 이 같으면 그 호화로움에 감탄을 금치 못하였겠지만, 디엘은 시큰둥하게 객실을 한 번 둘러보는 게 전부였다.

문밖에서 곧 기차가 출발한다는 안내가 들려왔다. 디엘은 승강장으로 나 있는 창문으로 다가갔다.

창밖에서는 양손을 앞으로 모아 꼭 쥐고 있는 레아의 모습이 보였다. 디엘은 마지막 인사를 나누기 위해 창문을 활짝 열었다.

"레아!"

디엘의 부름에 레아가 얼른 창 근처로 달려왔다. 무언가 큰 결심을 한 것 같은 얼굴이었다.

그녀는 오른손을 디엘을 향해 내밀었다. 반사적으로 손을 마주 내밀자 손끝에 따듯한 무언가가 스쳤다.

놀라서 아래로 시선을 내리니 손바닥 위에 사뿐히 올려가 있는 작은 펜던트가 보였다.

"이게 뭐야, 레아?"

어리둥절한 얼굴로 디엘이 묻자 레아가 스치는 것 같은 미소를 지었다.

"제가 성에 들어올 때 어머니께서 주셨던 펜던트예요. 가지고 있는 사람의 운명을 바꿔 준대요."

생각지도 못한 말에 디엘은 화들짝 놀랐다.

레아의 어머니는 레아가 성에 들어오고 얼마 안 되어서 돌아가셨다 들었으니, 이것은 그녀에게 있어서 무엇보다 소중한 물건일 터였다.

디엘은 그런 물건을 저에게 쥐어 준 레아를 이해할 수 없었다.

"레아, 대체 왜 이걸 나한테ー"

"저는 이미 그 펜턴트의 도움을 충분히 받았어요. 그러니까 이번에는 디엘 님을 도와줄 거예요."

디엘은 손안에 있는 펜던트를 다시 한 번 내려다보았다.

은으로 만들어진 달 안에 처음 보는 녹색 보석이 가공되어 있었다.

보석을 보는 안목이 타고났다고 불리는 디엘조차 처음 보는 보석이었다.

그래도 이것이 결코 저렴한 것이 아니라는 확신이 들었다.

아니, 금전적 가치가 중요한 게 아니었다.

20년 동안 레아가 소중하게 간직해 온 흔적이 고스란히 묻어 있는 이 물건에 어떻게 가격을 매길 수 있을까.

디엘은 고개를 저었다.

"안돼, 레아. 이건 너한테 소중한 거잖아."

디엘이 펜던트를 돌려주기 위해 레아를 향해 손을 뻗었다.

레아는 웃으며 한 걸음 뒤로 물러섰다.

"저한테는 디엘 님이 더 소중해요."

가진 것 중 가장 소중한 것을 선뜻 주고도, 레아는 기쁘게 웃었다.

"아프지 마시고, 다치지도 마세요. 디엘 님이 건강하게, 그리고 즐겁게— 오로지 그렇게만 계시다면 그게 저의 행복이에요."

레아가 다시 한 걸음 뒤로 물러섰다. 이제 아무리 손을 뻗어도 레아에게는 닿을 수 없었다.

아까 전과 마찬가지로 긴 경적 소리가 들렸다.

그것이 기차가 출발한다는 신호임을 알아차린 디엘은 마음이 급해졌다.

창밖으로 다시 손을 허우적거렸지만, 아무 소용이 없었다.

"레아!"

이름을 불린 레아는 깊게 고개를 숙였다.

그녀가 "부디 무사히, 디엘 님."이라 울먹이는 소리가 얼핏 귓가를 스쳤다.

어찌할 새도 없이 덜컹덜컹 기차가 움직이기 시작하였다. 레아는 숙인 고개를 들지 않았다.

움직이지 않는 그녀를 둔 채, 기차가 역을 벗어났다.

승강장의 풍경이 천천히 멀어지기 시작하였다. 창밖으로 내밀고 있는 손에 스치는 바람이 차가웠다.

디엘은 서서히 손을 안으로 거둬들였다. 꼭 쥐고 있는 주먹을 펼치니 펜던트가 짤그락거리는 소리를 냈다.

디엘의 눈과 똑 닮은 녹색 보석이 반짝 빛을 발하고 있었다.

그것을 한참 내려다보고 있던 디엘은 조심스럽게 펜던트를 목에 걸어 보았다. 딱 가슴까지 내려오는 길이였다.

"고마워, 레아."

이미 그녀는 이 자리에 없었지만, 디엘은 입 밖으로 감사를 소리 내어 보았다.

그녀라면 틀림없이 자신이 못다 한 말을 알아 줄 것이라는 생각이 들었다.

디엘은 레아의 몫까지 이 펜던트를 소중히 여겨야겠다 결심하였다. 그리고 언젠간 이것을 레아에게 다시 돌려주리라.

감상적인 기분에 젖은 디엘이 펜던트를 만지작거리고 있는 사이, 정중하게 문을 두드리는 소리가 들려왔다.

"실례합니다, 전하. 가방을 가지고 왔습니다."

"들어오게."

디엘을 객실로 안내했던 승무원이 끙끙거리며 커다란 가방을 안으로 옮겨 왔다.

자물쇠가 달린 짙은 고동색의 가방은 이번 여행을 위해 특별히 새로 주문한 물건이었다.

수고했다는 의미로 디엘이 승무원에게 금화를 팁으로 건넸다.

헤벌쭉해진 승무원이 고개를 숙인 후, 필요하면 언제든지 종을 울려 달라 청하고 객실을 빠져나갔다.

우선 가방 안에 든 물건을 좀 꺼내야겠다고 생각한 디엘은 자물쇠를 풀기 위하여 열쇠를 자물쇠에 끼워 넣었다.

하지만 어쩐 일인지 아무리 열쇠를 돌려도 가방이 열릴 기미가 보이질 않았다.

어리둥절한 디엘이 재차 열쇠를 움직여 보았다. 그러나 자물쇠는 여전히 꿈쩍도 하질 않았다.

이상하다 싶어서 찬찬히 자물쇠 부분을 살펴보니 자신이 갖고 있는 열쇠와 모양이 맞질 않았다.

그제야 가방이 잘못 배달되었음을 깨달은 디엘이 얼굴을 찌푸렸다.

신경 써서 다루라고 그토록 당부를 해 두었건만, 설마하니 바뀐 가방을 확인도 없이 들고 올 줄이야.

네임택이 붙어 있는 곳을 유심히 살펴보니 휘갈겨 쓴 글씨로 〈존 스미스〉라고 적혀 있는 것이 보였다.

존 스미스? 무슨 이런 가명 같은 이름이 다 있나.

디엘은 고개를 한 번 갸우뚱한 후, 종을 울렸다.

데엥─

종소리가 미처 다 울리기도 전에 문을 두들기는 소리가 들려왔다.

아까 전과 마찬가지로 정중하게 인사를 올리며 승무원이 객실 안으로 들어섰다.

디엘은 승무원을 향해 최대한 부드러운 표정을 지으며 입을 열었다.

"미안하지만, 이 가방은 내 가방이 아니군. 아무래도 가방이 뒤바뀐 모양이네."

"죄, 죄송합니다, 전하! 아무래도 무언가 착오가 있었던 모양입니다. 정말 죄송합니다."

얼굴이 새파랗게 질린 승무원이 허리를 몇 번이나 굽히며 사죄하였다. 디엘은 괜찮다는 말로 그를 위로하였다.

"사람이 하는 일이니 실수가 있을 수도 있지. 크게 꾸짖을 생각은 없으니 걱정 말고, 가서 이 가방을 주인에게 돌려주고 내 가방을 찾아오도록 하게."

"송구합니다, 전하."

승무원은 차마 고개를 들지 못한 채, 가방을 가지고 객실을 나섰다.

그 뒷모습을 물끄러미 지켜보던 디엘은 객실 한편에 비치되어 있는 찻잔을 발견하였다.

그것을 보니 괜히 목이 마르다는 생각이 들었다. 습관적으로 종을 찾던 디엘은 멈칫하였다.

'디엘 님, 정말 아카데미까지 모실 다른 시녀를 데려가지 않으셔도 괜찮으시겠어요?'

기차에 오르기 전 레아가 저를 향해 걱정스레 물었던 말이 떠올랐다.

그 말에 자신 있게 혼자서 해 보겠다고 대답했던 건 분명 자신이었다.

이제부터 아카데미 기숙사에서는 틀림없이 스스로 차를 타서 마셔야 할 테니, 이곳에서부터 연습을 해 보는 게 좋을 것 같았다.

디엘은 식당 칸에서 더운 물을 받아 오기 위하여 객실 밖으로 나섰다.

복도에는 사람의 인기척이 전혀 없었다. 아무래도 1등석 칸에 탄 손님은 디엘밖에 없는 모양이었다.

식당 칸은 2등석 칸과 3등석 칸 사이에 있었다. 2등석 칸으로 접어들자 조금씩 활기가 느껴지기 시작하였다.

사람들이 두런두런 대화를 나누는 목소리 사이로 아이의 울음이 얼핏 섞이기도 하였다.

1등석 칸과는 다른 분위기를 느끼며 걸음을 옮길 때마다 바닥이 조금씩 흔들렸다.

이제까지 탈것이라고는 마차나 말이 전부였던 디엘은 약간의 어지러움을 느꼈다.

그렇게 빠른 속도로 움직이고 있는 것 같지도 않은데, 이상하게 속이 메슥거리는 것만 같았다.

의아한 생각에 창밖을 힐끔 본 디엘은 깜짝 놀랐다.

창밖의 풍경이 휙휙 지나치는 속도는 말을 전속력으로 달리게 했을 때만큼이나, 아니 그보다도 더 빠른 것이었다.

기차라는 게 정말 대단하긴 하다는 감탄을 하며 디엘은 식당 칸으로 접어들었다.

식당 칸은 제법 넓었건만, 자리는 대부분 텅텅 비어 있었다.

그나마 차를 마시러 온 손님 몇 명 있어서 을씨년스러운 느낌은 없었다.

디엘은 카운터에 있는 승무원을 향해 다가갔다.

등을 돌린 채 무언가를 한참 준비하고 있는 터라 소리를 내어야만 저를 돌아봐 줄 것만 같았다.

디엘이 짧게 헛기침을 하려던 그때, 불쑥 흥미로운 대화가 그녀의 귀에 닿았다.

"……그래서 결국 이시호 제국의 황태제는 진짜 실종된 상태라고?"

이시호 제국? 그곳은 분명 로비나의 왕이 그 누구보다도 깊은 동맹 관계를 맺고 싶어 하는 대제국이 아니던가. 그곳의 황태제가 실종되었다고?

호기심이 동한 디엘은 귀를 쫑긋 세우고, 두 신사의 대화를 엿들었다.

"일단 소문은 그러하네. 작년에 요양을 하겠다고 떠난 이후로 소식이 완전 끊겨서 이시호의 여황이 발을 동동 구르고 있다고 하더군."

그 말을 듣고 있자니 불현듯, 머릿속을 스쳐 지나가는 소리가 있었다.

'찾기만 한다면 분명 그녀의 환심을 살 수 있겠지. 분명 앞으로 이시호 제국과의 외교 관계에서도 우위를 점령할 수 있을 것이다.'

디엘이 왕에게 유학을 허락받기 위해 찾았던 날, 왕은 신하에게 그런 말을 하였다.

부왕께서 찾고 있는 것이 이시호 제국의 황태제인 모양이구나.

입술을 손톱 끝으로 문지른 디엘이 눈을 예리하게 빛냈다.

왕이 말한 '그녀'는 틀림없이 이시호의 여황 마고를 가리키는 것이리라.

왕국 두 개, 공국 네 개를 다 합친 크기의 거대한 제국, 이시호를 다스리는 것은 모든 이들에게 가장 위대하다 칭송받는 여황 마고였다.

검을 든 그녀는 그 어느 사내와 비교해도 손색이 없을 정도로 용맹하며 사리를 분간하고, 정의를 구현하는 그 통찰력은 가히 인간의 것이라 할 수 없을 정도라 하였다.

처음에는 젊은 여황을 우습게 보며 이시호 제국의 영토를 탐하던 각국의 통치자들이 몇 년도 안 되어서 너 나 할 것 없이 여황 앞에서 고개를 들지 못하게 되었다.

덕분에 이시호 제국은 전보다도 더욱 안정적으로 번영기에 접어들었다는 것이 로비나 수석 외교관의 분석이었다.

로비나의 왕은 그런 이시호 제국과 우호적인 관계를 유지하기 위해 안간힘이었다.

세간에서는 그가 마고 여황에게 보낸 보석을 다 합치면 작은 공국 하나를 만들 수 있을 거라는 말조차 떠돌 지경이었다.

그러다 보니 당연히 디엘을 포함한 다른 왕위 계승 후보자들 역시 이시호 제국에 대한 정보 수집에 열심히 일 수밖에 없었다.

하지만 여황에 대한 정보는 무엇 하나 쉽게 얻을 수가 없었다.

그녀가 무엇을 좋아하고, 어떤 것을 싫어하는지, 그리고 어떠한 취미를 즐기는지. 아무도 아는 이가 없었다.

마고 여황에 대해 널리 세상에 알려진 사실이라고는 혼인에 뜻이 없는 그녀가 제 동복동생인 황태제를 유독 아낀다는 것 정도였다.

신사들 역시 디엘이 알고 있는 내용을 소곤거렸다.

"황태제는 마고 여황이 가장 아끼는 아우이지 않나. 듣자 하니 여황은 그를 위하여 제국 내에서 가장 큰 영토를 떼어 줄 생각이었다고 하던데."

사실 그들이 화젯거리로 삼고 있는 황태제 역시 마고 여황만큼이나 유명한 인물이었다.

여덟 살 때부터 각 분야의 전문 학자들과 토론을 할 정도로 똑똑할 뿐만이 아니라 검술 실력도 뛰어나서 기사 여럿과 싸워서도 진 적이 없다는 말은 단골 소문 중 하나였다.

"그렇게 아끼는 동생이 사라졌으니 여황이 얼마나 애가 타겠네? 사방으로 사람을 풀어 찾고 있다고는 하는데…… 감쪽같이 사라져 버리고 말았으니."

"그럴 만도 하지. 땅으로 꺼졌는지, 하늘로 솟았는지도 종잡을 수 없다던데."

"다른 말에 의하면 암살 위협을 피하기 위하여 숨어서 상황을 지켜보고 있는 중이라는 소리도 들었네. 그 요양하겠다는 말도 암살자에게 당한 부상을 치료하기 위해서 라고도 하고."

암살 위협을 피한 도망이라. 디엘은 입술을 만지작거리며 생각에 잠겼다.

사실 황태제의 행적을 쫓는 것은 마고 여황이나 로비나의 왕만이 아니리라.

이시호와의 동맹 관계에서 우위를 점령하고 싶은 자라면 누구나 황태제를 찾기 위해 혈안이 되어 있을 터였다.

'마치 여우 사냥에 나선 이들 같군.'

디엘은 사냥터에서 자주 보았던 풍경을 떠올리며 고개를 저었다.

이제는 신경 쓸 필요가 없는 이야기였다. 모르아로 향하는 저와는 아무 상관이 없으니까.

"뭐, 어느 쪽이든 몇 달 안으로는 새로운 소문이 돌겠지."

뚜렷한 결론 없이 대화를 마무리 한 두 신사는 새로운 화제로 다시 대화에 꽃을 피웠다.

"그러고 보니 사라졌다는 말을 하니 생각난 건데. 스타투스에서 고대 유물이 사라지고 있다는 이야기는 들어 봤나?"

이번 화제는 크게 신경 쓰이는 것이 아니었기에 디엘은 관심을 거두었다.

"아! 죄송합니다, 손님."

마침 때를 맞추기라도 한 것처럼 카운터 너머의 승무원이 디엘을 발견하여 허둥지둥 인사를 하였다.

"무언가 필요하신 것이 있으십니까?"

"뜨거운 물을 1등석 A객실로 가져다주었으면 하네."

디엘이 밝힌 객실 호수에 승무원의 얼굴이 굳어 버렸다.

이 기차에 탑승한 승무원 중에서 1등석에 탑승하고 있는 유일한 승객이 로비나 왕국의 일곱째 왕자라는 걸 모르는 이는 없었다.

"아, 으, 어, 저, 전하."

말이 되지 않는 소리를 웅얼거리며 승무원이 두 손을 허공에서 허우적거렸다.

어찌할 바를 몰라 하는 그 동작에 디엘은 습관처럼 부드러운 미소를 짓는 수밖에 없었다.

"그럼 부탁하네."

그 말을 남기고 등을 돌리니 조금 전까지 이런저런 주제로 대화를 나누던 신사들이 제 쪽을 가만히 지켜보고 있는 것이 보였다.

디엘이 이 식당 칸을 나서는 순간, 그들이 이번에는 어떤 대화를 나눌지는 뻔하였다.

디엘은 그들에게도 한 번 웃어 주고, 식당 칸을 빠져나왔다.

역시나 문이 닫히기 직전 틈새로 "로비나의 일곱째 왕자가—"라는 소리가 들려왔다.

익숙하다면 익숙한 일이었기에 디엘은 무심하게 걸음을 옮겼다.

사실 그녀의 머릿속은 실종되었다는 이시호 제국의 황태제에 대한 생각으로 가득하였기에 다른 게 귀에 들어오지 않았다.

'하지만 다른 말에 의하면 암살 위협을 피하기 위하여 숨어서 상황을 지켜보고 있는 중이라는 소리도 들었네.'

암살 위협을 피해 숨은 황태제.

어쩐지 그의 처지가 저와 비슷한 것 같다는 생각이 들었다.

물론 그는 여러 가지 의미로 저와는 상황이 달라도 한참 다를 것이다.

하지만……

동질감 비슷한 어떤 감정 때문에 괜히 감상적인 기분이 들었다.

디엘은 이시호 제국의 황태제가 대체 어디에 몸을 숨겼을까 추론해보며 1등석 칸으로 돌아왔다.

객실 앞에는 이미 커다란 가방을 든 승무원이 어쩔 줄 몰라 하는 얼굴로 우왕좌왕하고 있었다.

아무래도 노크를 해도 들어오라는 허락이 없어 당황한 모양이었다.

디엘은 걸음을 서두르며 인기척을 냈다.

"흠, 기다리게 해서 미안하네. 가방을 찾아왔나?"

"아, 전하!"

승무원은 객실 안이 아니라 복도 너머에서 오는 디엘을 보고 의아하다는 얼굴을 하였으나 곧 고개를 푹 숙였다.

"네, 이번에는 확실하게 확인하여 전하의 가방을 찾아왔습니다. 번거롭게 해드려서 정말 송구스럽습니다."

"아닐세. 수고했네."

거듭 괜찮다는 뜻을 전한 후에야 디엘은 객실로 돌아올 수 있었다.

승무원이 다시 안까지 옮겨 준 가방을 재차 확인하니 이번에는 진짜 제 가방이 맞았다.

가방 안에서는 실내복이며 필기구, 슬리퍼 같은 용품이 가득 담겨 있었다.

디엘은 레아가 정성스레 챙겨 준 짐을 보며 괜스레 코끝이 찡해지는 것을 느꼈다.

왕국을 떠나면서 가장 마음에 걸리는 것은 레아의 일이었다.

혹시라도 바바라가 디엘의 계획을 알게 되고, 레아를 인질로 잡는다면―

최악을 상상하던 디엘은 얼른 고개를 저었다.

만일의 사태에 대비하여 왕궁에 심어 둔 정보원이 있었으니 여차하면 그들을 움직일 생각이었다.

벌써부터 걱정할 필요는 없어.

디엘은 마음을 진정시키려는 것처럼 제 가슴 위로 손을 올렸다. 딱딱한 펜던트가 손바닥에 닿았다.

그 순간, 녹색 보석이 반짝 빛을 내는가 싶더니―

"어라?"

일순, 보석이 녹색이 아니라 짙은 보라색으로 보였다.

당황한 디엘은 얼른 펜던트를 집어 올려 눈앞에 들이밀어 보았다.

고개를 이리저리 돌리니 살펴보니 보석은 디엘의 눈처럼 맑은 이브닝 에메랄드빛을 띠고 있었다.

착각이었나.

디엘은 고개를 갸우뚱한 후, 아마도 헛것을 본 것이리라 결론 내렸다.

가방 정리나 해야겠네.

그렇게 생각한 디엘이 펜던트 줄을 놓는 것과 동시에 찰랑거리며 펜던트가 다시 가슴께의 제자리로 돌아왔다.

그렇게 가방 속을 뒤적이기 시작한 디엘은 눈치채지 못했다.

어느새 펜던트의 보석이 다시 보라색으로 빛나고 있다는 것을.

*   *   *

태어나서 처음으로 홀로 나선 여행길은 힘들 것이 전혀 없었다. 당연하다면 당연한 일이었다.

기차에 탄 모든 이들이 로비나 왕국 일곱째 왕자의 존재를 알고 있었다.

다른 칸들과 달리 1등석 칸은 항상 조용했으며, 왕자궁에서 만큼은 아니지만 제법 훌륭한 요리가 객실까지 직접 배달되었다.

디엘은 새 출발을 위해 떠난 자신이 이런 대우를 받아도 되는 것인가 생각하였지만, '디엘 샤 자르타'의 이름으로 탄 기차인 만큼 어쩔 수 없다는 생각도 하였다.

무엇보다 다른 사람들과 함께 객실을 쓰게 된다면 틀림없이 제 몸의 비밀을 들키게 될 가능성이 있었다.

이러니저러니 해도 혼자 쓰는 최고급 객실이 쾌적한 것은 사실이었다.

덕분에 디엘은 기차가 달리는 사흘간 계속 공부에 열중할 수 있었다.

공부를 하다가 지치면 디엘은 스타투스의 역사책을 손에 들었다.

이제부터 짧게는 반년, 길게는 1년 이상은 머물 곳이니 그곳의 역사를 알아 두는 게 좋겠다는 생각에서였다.

모르아 아카데미가 있는 스타투스는 300년 전, 달컨이라는 나라에 속한 작은 도시였다.

그러나 국경 지역의 특성상 늘 전쟁의 위협에 시달리는 불안이 컸다.

달컨의 왕은 스타투스에 사는 이들의 고통을 마음 아프게 여겨 그곳에 거대한 학문기관을 설립하였다.

학생들이 배움을 갈고닦는 공간에서 피를 보게 할 것이냐는 왕의 메시지는 상징적인 의미가 되었다.

스타투스 지역을 살육과 도륙의 장소로 일삼던 타국들은 차츰 침략을 멈추게 되었다.

책과 펜이 칼 앞에서 소리 없는 승리를 거두었다.

왕이 고심 끝에 세웠던 아카데미는 곧 각 나라간의 친선을 위한 장소가 되었다.

평화 정책과 휴전협정에 의해 아카데미에는 달컨에 사는 학생뿐만이 아니라 다른 나라의 학생들도 들어오게 되었고, 학문을 갈고 닦은 인재들은 세상 밖으로 나아가 훌륭한 업적을 쌓았다.

모르아 아카데미의 명성은 점점 커져 갔고, 어느새 스타투스는 국제 정세에 영향력을 행사할 수 있는 도시가 되었다.

달컨의 법과는 다른 규율들이 스타투스 안에 생겨나고, 많은 나라의 상인들이 이곳에 터전을 꾸렸다.

그렇게 긴 시간에 걸쳐 스타투스는 세계 최고의 아카데미가 있는 도시국가가 되었다.

스타투스에 거주하는 사람은 약 800명 정도에 불과하지만, 동쪽으로는 거대한 산맥이 서쪽으로 커다란 강이, 남쪽으로는 드넓은 평원이 자리를 잡고 있었다.

그 덕에 거대한 학문 기관을 설립하는 일이 가능하였다.

이 도시국가에서는 왕이라는 개념이 없고, 대신 의원회가 정치를 주도하였다.

다양한 나라에서 오는 이들을 수용하는 도시답게 그들의 행정 시스템이나 정치 체계는 다소 파격적인 부분이 있었다.

"흐음, 여기서는 이런 일도 가능하구나."

혼잣말을 중얼거리며 흥미롭게 책을 정독하던 디엘은, 긴 경적 소리에 고개를 들었다.

하늘거리는 커튼 사이로 얼핏 무언가의 모습이 보였다.

커튼을 슬쩍 들추어 보니, 어느새 기차가 스타투스 역에 들어서고 있었다.

*　　　*　　　*

"이번 정차 역은 스타투스, 스타투스입니다. 승객 여러분께서는 각자의 소지품을 챙겨―"

멀리서 정차를 알리는 소리가 들려왔다.

창밖에서는 로비나 왕국의 역과는 또 다른 정경이 펼쳐져 있었다.

승강장에는 발 디딜 틈이 없어 보일 정도로 사람이 한 가득이었다.

탑승을 기다리는 승객, 목에 가판을 걸고 한창 호객 행위 중인 상인, 사람들 사이를 분주히 뛰어다니는 역무원들.

모든 것이 역동적이라, 안에서 지켜만 봐도 혼이 쏙 빠질 정도였다. 대체 저 틈을 어떻게 뚫고 나가지.

"어—"

내심 걱정에 잠겨 있던 디엘은 문득 제 가방과 무척 닮은 가방을 끌고 가는 남자의 뒷모습을 발견하였다.

눈을 가늘게 뜨고 살피니 아무래도 남자가 갖고 있는 가방은 사흘 전 자신의 것과 뒤바뀌었던 가방이 맞는 것 같았다.

멀리서 보기에는 색상이며 모양새가 정말 똑같았다.

디엘은 저도 모르게 중얼거렸다.

"……저 사람이 존 스미스군."

존 스미스는 키가 무척 커다란 남자였다.

흥미로운 눈빛으로 그를 지켜보고 있자니 어째서인지 그가 주변을 수상쩍게 두리번거리는 것이 눈에 띄었다.

단순히 길을 찾기 위한 동작만은 아닌 것 같았다.

무의식중에 디엘은 조금 더 바짝 창가에 달라붙었다. 마침 존 스미스에게 접근하는 한 남자의 모습이 보였다.

존 스미스만큼은 아니지만 제법 키가 크고 어깨가 떡 벌어진 건장한 체격의 그는 척 보기에도 평범한 사람처럼 보이지 않았다.

눈을 가늘게 뜬 디엘은 남자의 눈가에 있는 긴 흉터를 발견하였다.

어라? 저 얼굴— 이상하게 어디서 본 것 같은데.

묘한 기시감에 디엘이 제 기억을 더듬어 보던 찰나였다.

"아—"

흉터 자국의 남자가 디엘이 있는 쪽을 보았다.

얼결에 눈이 마주친 디엘이 어떤 동작을 취할 틈도 없이 남자는 존 스미스에게 무어라 말을 하였다.

그러자 존 스미스가 불쑥 뒤를 돌아보았다.

중절모를 깊게 눌러쓴 탓에 얼굴이 보이지는 않았지만, 얇은 입술선이 시위를 당긴 활처럼 팽팽한 것이 보였다.

위험하다.

거의 본능적인 직감으로 디엘은 뒤로 물러섰다.

곧 두 남자가 인파를 헤치며 역내를 벗어났다.

"……음."

무언가 석연치 않은 기분에 디엘은 얼굴을 찌푸렸다.

이유는 모르지만, 이상하게 마음에 걸리는 자들이었다.

무엇보다도 눈가에 흉터가 있는 사내의 얼굴이 낯설지가 않았다.

'저 흉터를 가진 남자는 어디서 본 거지?

디엘은 다시 한 번 깊은 생각에 빠졌다.

복장이나 상황으로 추측하건대 높은 신분의 사람은 아닐 게 분명하였다.

누군가의 시종이었나? 아님 시찰을 나갈 때 만났던 성 밖 평민이었나?

아무리 머리를 쥐어 싸매도 남자의 정체가 짐작이 가질 않았다.

그렇게 디엘이 끙끙 앓는 사이, 이번에는 다른 곳에서 방해가 들어왔다.

"전하, 실례합니다. 준비가 다 끝나셨다면 저희가 모시도록 하겠습니다."

문 밖에서 들려오는 목소리에 디엘은 퍼뜩 정신을 차렸다.

생각해 보니 자신이 여기 있으면 다른 승객이 기차를 이용할 수 없을 터였다.

디엘은 내리기 전에 마지막으로 놓고 가는 것이 없는지 확인하기 위해 객실 안을 한 번 휘이 둘러보았다.

매일같이 승무원들이 정리를 하고 청소를 한 방이라 빠트린 물건은 없는 것처럼 보였다.

객실 한구석에는 이미 디엘이 챙겨 둔 가방이 얌전히 놓여 있었다.

레아가 챙겨 주었을 때만큼은 아니어도 디엘이 나름대로 신경 써서 꾸린 짐이었다.

그것을 재차 확인하며 디엘이 문밖 인물들에게 출입을 허락하였다.

"들어오게."

말이 떨어지기 무섭게 승무원 한 명과 차장이 객실 안으로 들어왔다.

다른 승무원들과 달리 차장은 금빛 줄이 둘러진 제복모를 착용하고 있었다. 그는 공손히 디엘에게 절을 하였다.

"안녕하십니까, 전하. 여행하는 동안 불편하신 점은 없으셨습니까?"

"아니, 없었네. 아주 좋았어."

디엘과 차장이 대화를 나누는 사이, 건장한 승무원이 조심스럽게 가방을 옮겼다.

그 뒤를 이어 차장이 문밖으로 디엘을 안내하였다.

복도로 나오니 밖으로 향하는 문이 활짝 열려 있는 것이 보였다.

힐끔 보니 짐꾼들이 디엘의 짐을 커다란 수레에 싣고 있는 모습이 보였다.

차장은 문 앞에 서서 정중히 양손을 모아 배 위에 올렸다.

"전하의 짐은 짐마차를 따로 수배하여 실어 두었습니다. 그리고 전하께서 탑승하실 마차를—"

"아, 그거라면 따로 준비하지 않아도 괜찮네. 아카데미까지는 걸어 갈 생각이네."

차장은 디엘이 한 말에 깜짝 놀란 얼굴을 하였다.

"네? 괜찮으시겠습니까? 전하께서는 오늘 바로 아카데미 입학시험을 보시기로 했다고 들었는데."

차장의 말대로 디엘은 이곳에 도착하자마차 시험을 치르기로 한 상태였다.

단 하루만이라도 이르게 왔다면 좋았겠지만, 여러모로 사정이 여의치 않았기에 어쩔 수 없는 일정이었다.

"괜찮네. 그것까지 다 염두에 두고 온 것일세."

회중시계를 확인하니 아직 시험 시작까지는 30분 정도 시간이 남아 있었다.

시험 시간에 1분이라도 늦으면 절대 입학 불가라는 규칙이 얼핏 머리를 스쳤으나 디엘은 자신 있게 고개를 끄덕였다.

"여기 오기 전에 확인한 바에 의하면 역에서 아카데미까지는 도보로 10분도 안 걸리는 거리에 있다 들었네. 날도 좋은 것 같으니 산책 삼아 걸을 생각일세."

사실 오랜 기차 여행 탓에 내심 좀이 쑤셨다.

아무리 안락한 1등석 객실을 독점하여 썼다고 하더라도 지상이 아닌 흔들리는 기차 안에서 사흘이나 보낸 생활이 좋을 리가 없었다.

신기하고, 즐거웠던 건 딱 하루뿐이었다.

지금은 어쨌든 땅에 발을 디딜 수 있다는 사실 자체가 감사했다.

"……알겠습니다, 그러시다면 짐은 저희가 책임지고 아카데미로 가져다 두도록 하겠습니다."

왕자가 하는 말에 차마 토를 달 수 없었던 차장은 정중히 고개를 숙였다.

하지만 그 얼굴에는 내심 불안해하는 기색이 역력하였다.

그도 그럴 것이 디엘에게 문제라도 생기면 이 열차에 탑승했던 승무원— 무엇보다 차장에게 그 불똥이 튈 게 분명하기 때문이었다.

디엘 역시 그것을 알고 있었다.

"내가 아는 한 스타투스는 가장 치안이 좋은 나라이니 자네들이 걱정할 일은 없을 거네."

"그래도…… 마차가 아니라면 호위나 다른 안내역은 필요하지 않으십니까? 당장 수배가 가능합니다."

"괜찮네. 그건 원래 자네들 일이 아니지 않은가. 여기까지 오는 동안 내 첫 기차 여행이 안락하도록 애써 준 걸 알고 있네. 자네들은 이미 충분히 본분을 다했어. 덕분에 무척 즐거웠네."

디엘이 차장의 어깨를 가볍게 두드려 주자 그가 무척 놀란 얼굴을 하였다.

하지만 그는 곧 접객업 종사자답게 표정을 잘 감추며 고개를 숙였다.

"감사합니다, 전하. 다음에도 기회가 되면 꼭 저희 열차를 이용해 주십시오. 그때는 지금보다도 더욱 정성을 다해 모시겠습니다."

고개를 한 번 끄덕인 디엘은 그를 뒤에 두고, 기차 밖으로 빠져나왔다.

밖에 나와 보니 아까 창문을 통해 보았던 것보다도 훨씬 더 정신이 없었다.

디엘은 다른 사람과 부딪히지 않도록 조심하며 그곳을 빠져나왔다.

기차역 출구에는 출입국 심사대가 있었으나 디엘은 심사를 따로 기다릴 필요가 없었다.

외교관들이나 각국의 왕족만 쓸 수 있다는 출구를 통해서 역을 빠져나오니, 커다란 분수대가 중앙에 놓인 광장이 눈에 들어왔다.

그 분수대 주변에 모여 비둘기에게 먹이를 주는 사람이 있는가 하면 손에 컵을 들고 대화를 나누는 이들도 보였다.

로비나 왕국에서는 쉽게 볼 수 없는 한가로운 모습이라 저절로 시선이 갔다.

'어디로 가야 하지?'

자신 있게 혼자 가겠다 나선 건 좋았으나, 디엘은 자신이 아카데미로 가는 방향이 어디인지 모르고 있다는 걸 그제야 깨달았다.

길을 물어봤어야 했나. 낯선 땅이 주는 당혹감에 그녀는 연신 주변을 둘러보았다.

머지않은 곳에서 커다란 관광지도 표지판이 보였다.

반가운 마음에 얼른 가서 살펴보니 자신이 가야 할 길이 어디인지 알 것 같았다.

'여기서 쭉 가다가 왼쪽으로─'

그다지 어렵지 않은 지도였기에 디엘은 그것을 통째로 외워 버렸다.

머릿속에 지도를 단단히 담은 후에야 그녀는 느긋한 걸음을 옮겼다.

아카데미까지 가는 길은 잘 닦여 있었기에 디엘은 정말 산책을 즐기는 기분을 느낄 수 있었다.

길을 걷다 보니 이국적인 가게가 드문드문 그녀의 시선을 잡아끌었다.

와자지껄하게 웃으며 몰려다니는 학생들의 모습도 자주 보였다.

벤치에 앉아 있는 노인이 느긋한 얼굴로 책을 읽고 있는가 하면, 손에 장난감을 든 아이는 달려가다 넘어지더니 까르르 웃음을 터트리기도 하였다.

세계에서 가장 안전하다 불리는 나라다운 모습이었다.

완전히 방심한 그녀는 신기한 가게며, 잘 꾸며진 길가를 구경하느라 정신이 없었다.

길을 한참 걷다 보니 더워져서 꼭꼭 잠가 두었던 셔츠의 단추를 몇 개 풀어 버릴 정도였다.

아직 해가 지려면 한참 남았으니 괜찮겠지, 생각하며.

그 바람에 옷 안쪽으로 감추어 걸었던 펜던트가 셔츠 사이로 모습을 드러냈다.

평소의 디엘이라면 자신의 경솔함을 깨닫고, 그것을 얼른 옷 속으로 감추었을 터였다.

하지만 지금은 다른 때와는 상황이 달랐다.

디엘은 생전 처음으로 홀로 낯선 땅에 두 다리를 딛고 서있는 감회를 만끽하고 있는 중이었다.

큰길가로 이어진 길을 쭉 따라 걷는 디엘의 뒤로 어느새 두 명의 남자들이 따라붙었다.

역을 나왔을 때부터 따라오던 이들이었지만, 디엘은 전혀 그것을 눈치채지 못했다. 그들이 기척을 능숙하게 숨겨서가 아니었다.

주변에 사람이 제법 있어서 딱히 그들의 기척을 신경 쓸 필요가 없었기 때문이었다.

주변을 면밀하게 살피던 자들이 저들끼리 눈짓을 주고받았다. 그들이 노리는 것은 디엘의 목에 걸린 펜던트였다.

그들의 예리한 눈은 디엘의 펜던트가 제법 값어치가 나가는 것이라는 걸 금세 알아차렸다.

게다가 저 곱상한 도련님은 각 나라의 부유층이나 외교관만 사용한다는 전용 출구를 통해 나온 사람이었다.

두 도둑이 의미심장한 미소를 교환하였다. 목표물을 포착한 그들은 노련하게 움직였다.

"아이구, 미안합니다."

성큼성큼 걸어가던 남자 중 한 명이 디엘의 어깨를 툭, 치며 일부러 요란하게 사과를 해 댔다.

그사이 다른 남자 한 명이 디엘의 목덜미를 향해 손을 뻗었다.

디엘은 저를 향해 계속 미안하다 사과하는 남자를 향해 입을 열었다.

"아, 괜찮으니 신경 쓰지 마십시오."

디엘이 정중하게 사과를 받아 주는 사이, 남은 한 명이 재빠르게 펜던트를 낚아챘다.

얼마나 완벽한 손놀림인지 디엘은 제 목이 조금 가벼워졌다는 것조차 알아차리지 못했다.

펜던트를 손에 넣은 남자는 그대로 옆에 있는 골목길로 사라졌다.

그사이에도 남은 남자는 디엘에게 계속 말을 걸었다.

"어디 크게 불편하신 곳은 없으신지요?"

"괜찮습니다."

"그렇다면 다행이군요. 타지에서 오신 분인 것 같은데, 즐거운 시간을 보내고 가시길 바랍니다."

사람 좋아 보이는 얼굴로 살갑게 인사를 마친 남자가 조금 빠른 걸음으로 디엘을 지나쳤다.

멀어져가는 그 모습을 물끄러미 보고 있던 디엘은 무언가 석연치 않은 것을 느꼈다.

마치 역에서 존 스미스와 눈가에 흉터가 있는 남자를 보았을 때와 비슷한 감각이었다.

왼쪽 눈썹을 우그러트린 디엘은 무의식중에 가슴 쪽을 더듬었다.

손에 잡히는 것은 아무것도 없었다. 가슴이 철렁 내려앉았다.

시선을 아래로 내리니 펜던트가 없었다.

기차에 탄 저를 향해 레아가 떨리는 손으로 내밀었던 그 펜던트가.

고개를 번쩍 들어 올리자 저와 부딪혔던 남자가 이쪽을 힐끔거리다가 화들짝 놀라는 것이 보였다.

저 망할 자식.

분노하여 그를 쫓으려 하던 디엘은 무의식중에 옆에 난 골목길로 고개를 돌렸다.

그 순간, 그녀는 낯선 남자와 눈이 마주쳤다.

남자가 어깨를 흠칫 떠는가 싶더니 천천히 뒷걸음을 쳤다.

그것을 보자마자 알 수 있었다. 앞에 있는 남자가 아니라 바로 저 남자가 펜던트를 가지고 있으리라는 걸.

"멈춰!"

디엘이 버럭 소리를 지르는 것과 동시에 골목길에 있는 남자가 달리기 시작하였다.

행인들의 시선이 저에게 꽂히는 것을 신경 쓸 틈이 없었다.

디엘은 쏜살같이 도둑의 뒤를 쫓기 시작하였다.

"거기 서!"

다시 한 번 소리쳐서 앞서 가는 자를 불렀지만, 그가 제 말을 따를 리가 없었다.

디엘은 이를 악물었다. 습한 공기가 진동하는 뒷골목 바닥은 더러웠다.

디엘의 양가죽 부츠에 금세 더러운 진흙이며 먼지가 잔뜩 묻었다. 발끝에 돌부리와는 다른 잡동사니가 채이기도 하였다.

그때마다 신경질적으로 그것을 걷어차 대며 디엘은 속도를 내었다.

산소가 부족한 머릿속에 얼핏 떠오르는 문장이 있었다.

<입학시험에 단 1분이라도 늦는다면 실격 처리 됩니다. 실격 처리된 지원자는 1년 후에 재응시가 가능합니다.>

레아가 준 펜던트, 그리고 모르아 아카데미의 입학시험.

둘 중 무엇이 더 중요한지 재어 볼 겨를은 없었다. 눈에 보이는 것이라고는 오로지 단 하나, 펜던트를 쥔 남자의 등뿐이었다.

디엘은 이를 악물며 턱에 차오르는 숨을 삼켰다.

반드시 저자를 잡아야만 했고, 펜던트를 되찾아야만 했다.

*　　*　　*

숨이 턱 끝까지 차올랐다. 디엘은 지금이 낮이라는 사실에 감사하였고, 자신이 이곳에 오기 전까지 겪은 혹독한 훈련에도 감사하였다.

덕분에 무사히 제 소중한 목걸이를 훔쳐 간 도둑놈을 따라 잡을 수 있었으니까.

"훔쳐 간, 물건을 당장 내놓아라."

크게 심호흡을 하며 디엘이 눈앞에 있는 남자를 노려보았다.

막다른 벽에 다다른 도둑은 신경질적으로 혀를 차며 벽에 발길질을 해 댔다.

디엘은 욕을 지껄이며 분을 참지 못하는 그를 향해 한 걸음 다가갔다.

"그쯤 하면 되지 않았나. 이제 순순히―"

"닥쳐, 이 계집애 같은 자식아! 이깟 목걸이 하나 가지고, 왜 그렇게 지랄이야!"

디엘이 미처 말을 끝내기도 전에 마치 발작하듯 도둑이 악을 질렀다.

이깟 목걸이?

디엘의 눈 안에서 불꽃이 튀어 올랐다.

저에 대한 모욕적인 언행보다도 레아의 펜던트에 대한 막말을 참기가 더 힘들었다.

"그깟 목걸이 하나를 가지고 죽을 둥 살 둥 도망친 네 놈이 할 말은 아니군."

말로 해서는 안 될 상대라는 걸 깨달은 디엘이 허리춤에 걸어 둔 검집을 쥐었다.

스르릉―

검집에서 검이 뽑히는 소리에 도둑의 얼굴이 굳어졌다.

하지만 그 역시 곧바로 자신의 주머니에서 단도를 꺼내 들었다.

숨 막히는 공기가 더러운 뒷골목 사이에서 흘러 퍼졌다.

디엘은 눈앞에 있는 도둑에게서 눈을 떼지 않으며 검을 고쳐 쥐었다.

긴장이 깨진 것은 도둑이 디엘에게 달려드는 순간이었다.

"죽어랏!"

제법 빠른 속도로 달려드는 남자의 칼질을 뒤로 피한 디엘이 오른쪽 허벅지에 중심을 실어 그대로 몸을 왼쪽으로 돌렸다.

손에 쥔 검은 사선을 그리며 위로 치켜 올라갔다.

휘이이익—

바람을 가르는 소리와 함께 도둑의 입에서 비명이 터져 나왔다.

"아악!"

디엘은 손끝의 감각으로 자신이 남자의 피부를 살짝 베었다는 걸 깨달았다.

처음으로 사람에게 상처를 입힌 것이라 생각하니 심장 근처가 묵직해지는 기분이었다.

하지만 디엘이 감상적인 기분에 젖을 틈도 없이 남자가 곧바로 반격을 해 왔다.

"이게 어디서—!"

단도를 돌려 쥔 남자가 찍어 내리는 것처럼 검을 휘둘렀다. 눈이나 머리를 노리는 게 분명하였다.

디엘은 재빨리 뒤로 몸을 날렸다. 발끝에 무언가 걸리는 바람에 순간 휘청하자, 남자가 그 틈을 노리고 달려 나왔다.

디엘은 거의 반사적으로 주저앉듯 몸을 바닥에 바짝 붙였다.

한손으로 바닥을 짚어 중심을 잡은 그녀가 검을 휘둘렀다.

예리한 검이 무방비한 상태로 노출된 도둑의 다리를 스쳤다.

"아아아악!"

남자가 다시 비명을 질렀다. 아까 전 피부가 살짝 베인 것과는 비교가 되지 않는 통증일 게 분명했다.

디엘은 다리를 다친 남자가 그대로 바닥에 무릎을 꿇으며 앞으로 꼬꾸라지는 것을 보았다.

도둑이 손에 쥐고 있던 단도가 요란한 소리를 내며 멀리 튕겨 나갔다.

"으, 윽—"

바닥으로 쓰러진 남자가 고통스러운 신음을 흘렸다.

얼핏 보니 그림자가 짙게 깔린 바닥에 핏방울이 뚝뚝 떨어져 있는 것이 보였다.

생명에 지장이 있을 정도는 아니어도 다리를 자유롭게 놀릴 수는 없는 부상처럼 보였다. 그러나 경계를 늦출 수는 없었다.

디엘은 검을 왼손으로 옮겨 쥐고, 도둑을 향해 다가갔다. 도둑이 겁에 질린 얼굴로 디엘을 올려다보았다.

"나, 나으리! 제가 잘못했습니다! 제발 모, 목숨만은 살려 주십시오."

아까 전과는 달라도 너무 다른 태도에 맥이 탁 풀리고 말았다.

물론 이 상황에서도 되도 않는 고집을 부린다면 그건 매우 어리석은 짓이겠지만.

"목숨을 빼앗을 생각은 없다. 아까 전 네가 나에게서 훔쳐 간 것을 내놓도록 해라."

디엘의 말에 남자가 상반신을 억지로 일으켜 세웠다.

그가 엉망진창이 된 손으로 주머니 속을 더듬거리더니 디엘에게 목걸이를 내밀었다.

얼른 다가가서 그것을 받으려던 디엘은 멈칫하였다.

섣불리 다가갔다가 또 무슨 일이 벌어질지도 모른다는 생각에 그녀는 검을 도둑의 눈앞에 바짝 들이밀었다.

"히익!"

겁먹은 도둑이 목을 거북이처럼 움츠리는 사이, 디엘은 재빠르게 손에서 펜던트를 낚아챘다.

급하게 손 안을 살피니 펜던트에 흠집이나 상처가 난 것처럼 보이지는 않았다.

안도의 한숨을 내쉬며 디엘은 그대로 뒤로 물러섰다.

물러서서 보니 눈을 꼭 감은 도둑이 벌벌 떨고 있었다.

처음에는 경비대에 이자를 넘겨야지 생각했던 디엘이었지만, 그 모습을 보고 있자니 조금 동정심이 일었다.

"……경비대에 너를 넘기지 않겠다."

디엘의 말에 도둑이 천천히 눈을 떴다. 놀람이 역력한 얼굴이었다.

"대신 다시는 남의 것을 탐하지 말아라."

레아는 늘 디엘에게 남의 것을 탐하는 자는 언젠간 반드시 그대로 되돌려 받는 법이라 말하고는 하였다.

디엘은 남이 가진 것도 필요하다면 기꺼이 빼앗으라는 바바라의 가르침보다는 레아의 말이 더 옳다 생각하였다.

펜던트를 조심스레 챙겨 넣은 디엘의 손끝에 회중시계가 스쳤다.

"아!"

그 순간, 몸이 부르르 떨렸다.

시험 시간이 몇 시였지?

분명 2시까지는 시험장에 도착해야 한다고 안내서에 쓰여 있었는데.

디엘이 긴장 어린 눈으로 시간을 확인하였다.

2시 1분 전.

아무리 눈을 깜빡이며 재차 확인해도 시곗바늘이 가리키는 숫자는 바뀌지 않았다.

망할!

입술을 꽉 깨문 디엘은 시계를 주머니에 쑤셔 넣고, 땅을 박찼다.

뒤에 널브러진 도둑놈을 신경 쓸 겨를 따위는 없었다.

그녀는 안내서에 적혀 있던 문구를 다시 한 번 상기하였다.

<입학시험에 단 1분이라도 늦는다면 실격 처리 됩니다. 실격 처리된 지원자는 1년 후에 재응시가 가능합니다.>

Chapter 4

수상한 남자

신이 정말로 존재하긴 하는 걸까?

만일 신이 정말 존재한다면 왜 자신에게는 언제나 이런 가혹한
시련만을 주는 것일까?

디엘은 아무라도 좋으니 누군가에게서 그 대답을 듣고 싶었다.

신이 저를 미워하는 게 아니고서야 일이 꼬여도 이렇게까지 꼬일
수는 없었다.

"으으으음, 그래서 디엘 샤 자르타 왕자님? 다른 하실 말씀은 없
으신지요?"

지금 그녀의 앞에 있는 것은 갈색 머리칼의 젊은 남자였다.

눈이 보이지 않을 정도로 덥수룩한 머리며, 거추장스러울 정도
로 치렁치렁한 옷만으로는 그가 이 아카데미의 '학장'이라는 사실

을 차마 짐작할 수 없었다.

만일 직원의 안내를 받아 온 이곳이 학장실이 아니었다면, 그리고 저 남자가 스스로를 학장이라고 소개하지만 않았다면 도저히 믿지 않았을 것이다.

"……아까도 말씀드린 것처럼 우선은 입학시험에 늦어 죄송합니다. 카리스 학장님. 하지만 피치 못할 사정으로 인한 것이니 가급적 한 번 더 기회를 주셨으면 합니다."

디엘의 말에 학장이 훗, 웃었다.

"피치 못한 사정이라— 그래서 내게 그 피치 못할 사정이라는 건 뭔가요? 아까부터 계속 그 부분에 대해서는 아무 말씀도 안 해 주시니까, 대체 무슨 사연이 있는 건지 제가 막 너무 궁금하네요."

양손으로 턱을 괸 그는 암만 봐도 역사와 전통을 자랑하는 모르아 아카데미의 학장이라고는 믿기지가 않았다.

굳이 예를 들자면 매일 친근하게 인사를 건네 오는 동네 빵집의 빵 굽는 청년 정도?

디엘은 방 한구석에 걸려 있는 역대 학장들의 초상화를 힐끔거렸다.

제일 마지막에 눈앞에 있는 남자의 초상화가 걸려 있는 걸 확인하고도 여전히 불신을 거둘 수가 없었다.

하지만 상황이 상황이었다.

지금의 그녀에게는 눈앞의 남자가 어째서 이렇게 젊어 보이나 의심하는 것보다도 시험도 못 치르고 본국으로 돌아가게 된 이 상황을 타파할 명분이 절실하였다.

"그렇게 꿀 먹은 벙어리처럼 계시지 말고, 어떤 사정이 있었는지 말씀을 좀 해 주세요. 설마 그냥 늦잠을 잤다거나 어딘가에서 놀다 오셔서 지각하신 건 아니겠죠?"

카리스 학장이 재촉을 해 대자 디엘은 마지못해 입을 열었다.

"그런 건 아닙니다. 저에게 사정이 있었던 것은 사실입니다. 학장님."

"호오, 호오."

눈을 반짝 빛낸 학장이 어서 말을 이어해 보라는 것처럼 고개를 끄덕였다.

그러나 디엘은 쉽사리 입을 열지 못하고, 망설였다.

자신이 펜던트를 도둑맞은 순간부터 그것을 어렵사리 되찾은 과정을 전부 설명하면, 어쩐지 너무 변명처럼 들릴 것만 같았다.

고심 끝에 그녀는 가장 중요한 사실만을 전하였다.

"이곳으로 향하는 길에 중요한 물건을 도둑맞아 그것을 되찾기 위해 시간을 지체하였습니다."

"흐음. 그렇군요. 도둑맞은 것을 되찾았다니 그건 참 다행이네요."

어떻게 들어도 전혀 진심이 느껴지지 않는 어조로 대답한 학장이 한숨을 쉬었다.

"하지만 말이죠. 그게 왕자님이 지각한 것을 정당하게 만들어 주는 사유는 아니랍니다."

"……네, 알고 있습니다."

디엘은 숙인 고개를 차마 들지 못했다.

레아의 펜던트가 도둑맞았다는 걸 알았을 때는 다른 생각은 전혀 없었다.

반드시 펜던트를 찾아야만 한다고, 그것이 가장 중요한 일이라고 생각하였다. 사실 지금도 그 생각에는 변함이 없었고, 후회도 없었다.

다만—

'억울해.'

이곳에 오면 무언가가 달라질 것이라는 막연한 기대를 품었다.

어머니의 그늘 아래서 꼭두각시 인형처럼 살던 과거를 청산하리라는 나름대로의 각오도 있었다.

그런데 전혀 예상하지 못한 사고로 인해 이런 식으로 그 기회를 박탈당했다고 생각하니 화가 치밀어 올랐다.

아까 그 도둑을 그대로 두고 오는 게 아니었나.

디엘은 저도 모르게 주먹을 꾹 쥐었다. 그것을 힐끔 본 학장이 입을 열었다.

"어라라. 화가 많이 나신 것 같네요, 왕자님."

"……."

디엘은 학장의 말에 반박하지 않았다.

물론 도둑에게 걷잡을 수 없는 분노를 느끼는 것은 사실이나 지금 이 순간, 묘하게 사람 속을 벅벅 긁는 학장에게도 약간의 원망이 들었다.

그것을 아는지 모르는지 학장이 웃는 얼굴로 터무니없는 말을 꺼냈다.

"그렇게 화가 나면 신분을 앞세워서 절 협박하셔도 괜찮아요."

"……네?"

이게 무슨 소리야.

디엘은 자신이 잘못 들었나 싶어서 학장을 멍하니 바라보았다.

그러자 학장은 속을 알 수 없는 얼굴로 입을 열었다.

"왕자님께서는 왕자님이시니까— 앗, 이렇게 말하면 무언가 말장난 같네요. 어쨌든 신분이 높은 왕족이시니 자신이 가진 특권을 십분 활용하셔도 된다고 권하는 거예요."

의자에 등을 기댄 카리스 학장이 차분하게 설명을 해 주었지만, 디엘은 이번에도 이해할 수 없다는 얼굴로 그를 바라보는 수밖에 없었다.

대체 이 사람은 어떤 의도로 이런 말을 하는 거지?

미간을 찌푸린 디엘은 카리스 학장의 눈을 마주하였다.

아래로 축 늘어진 눈은 얼핏 보기에는 순해 보였지만, 그 안에 숨은 총기와 예리함마저 감출 수는 없었다.

그 눈을 오래도록 마주하던 디엘은 불현 듯 그가 무엇을 원하는지 깨달았다.

"……학장님께서는 제가 세상 물정 모르는 철부지 어린아이처럼 떼를 쓰길 바라시는 거군요."

디엘의 말에 학장이 빙그레 웃었다.

정답을 말한 아이에게 보여 주는 것 같은 웃음이었다.

"왕자님께서는 눈치가 아예 없진 않네요."

"……제가 설령 눈치가 없어서 학장님의 의도를 파악하지 못했더라도 그런 짓을 하진 않을 겁니다."

불쾌함을 감추지 않으며 디엘이 한 말에 카리스 학장이 호기심이 동한 얼굴을 하였다.

"호오오, 그 이유가 뭔지 들어 볼 수 있을까요?"

"디엘 샤 자르타의 이름은 어디까지나 로비나에서 통하는 것이니까요."

"⋯⋯오?"

디엘의 대답에 카리스 학장이 눈을 휘둥그레 떴다.

그런 대답은 정말 생각도 못했다는 얼굴이었다.

"그런 이유였나요? 신분을 앞세워서 특권을 누리는 게 싫다거나 옳지 않다고 생각해서가 아니라?"

아차, 그렇게 말하는 편이 더 나았으려나.

디엘은 순간 후회하였다.

하지만 이제 와서 말을 뒤집을 수도 없는 노릇이었기에 솔직하게 대답하였다.

"네. 제 특권이 통용되지 않는 곳에서 이름을 앞세워 봐야 그것이 무의미한 행동이라 생각했을 뿐입니다."

"아하하하하!"

뭐가 그리 재미있는지 카리스 학장이 크게 웃음을 터트렸다.

"이건, 하하— 진짜 예상 밖이네! 내가 들었던 것과는 좀 다른걸. 하하."

예상 밖? 들었던 것과 달라?

학장의 입에서 나온 말은 처음부터 끝까지 의아한 것투성이였다.

"내 예상보다도 훨씬 더 재미있는 분이셨네요, 디엘 왕자님. 마음 같아서는 편의를 봐드리고 싶을 정도에요. 그럴 순 없겠지만."

"……."

일순 기대를 품었던 디엘의 얼굴이 사정없이 일그러졌다. 그것을 본 카리스 학장이 정말 미안하다는 표정을 지었다.

"죄송해요, 디엘 왕자님. 하지만 규칙은 규칙이니까요. 안타깝지만, 1년 후에 재응시를 하러 와 주세요."

보기에는 유순해 보이는 사내였으나, 도저히 빈틈이 없었다.

디엘은 입술을 꾹 깨물었다. 한 번만 더 사정을 해 볼까.

제 감이 틀리지 않다면, 카리스 학장은 말이 아예 안 통하는 상대는 아닐 것 같았다.

입술을 꾹 깨문 디엘이 진지하게 고개라도 숙여 볼까 찰나였다.

"그나저나 대체 무슨 물건을 도둑맞으셨던 건가요? 눈치도 빠르고, 머리 회전도 나쁘지 않으신 왕자님께서 우리 아카데미 시험 대신 택할 정도로 중요한 물건이 무엇인지 궁금하네요."

학장의 물음에 디엘은 멈칫하였다.

그녀는 제 가슴께에 있는 펜던트를 옷 위에서 조심스레 쥐어 보았다.

손에 닿는 딱딱한 감각을 확인하니 어쩐지 마음이 놓이는 기분이었다.

"……펜던트입니다."

"펜던트? 어떤 펜던트인가요? 아주 많이 비싼 건가요?"

디엘은 정말 궁금해 죽겠다는 얼굴로 고개를 들이미는 학장을 향해 난감하다는 얼굴을 하였다.

아까 전 잃어버릴 뻔해서 그런지, 이 펜던트를 남에게 보여 주는 게 영 탐탁지 않았다.

그것을 알아차린 것처럼 학장이 부드러운 목소리로 말을 꺼냈다.

"괜찮으시다면 좀 보여 주실 수 있나요? 어떤 물건이기에 왕자님께서 그리 소중히 여기시는 건지 궁금하네요."

이어지는 학장의 재촉에 디엘은 머뭇거리며 옷 속에서 펜던트를 꺼내 들었다.

그리고 그것을 학장이 잘 볼 수 있도록 들어 보여 주었다.

"이겁니다."

손끝에서 짤그락거리는 소리를 낸 펜던트가 창가에서 들어오는 빛을 받아 반짝반짝 빛났다.

방 안에 일순 디엘의 눈 색을 닮은 녹색 빛이 가득 들어찼다.

레아에게는 생각보다 이 펜던트를 금방 돌려줄 수 있겠네.

입 안에 쓴 약을 문 사람 같은 얼굴로 디엘은 한숨을 쉬었다.

로비나로 돌아가서 비웃음거리가 된 자신의 모습이 선하였다.

차라리 이대로 왕국으로 돌아가지 말고, 조용히 사라질까? 이시호 제국의 황태제가 그랬던 것처럼.

머릿속으로 위험한 계획을 세우며 디엘이 무겁게 입을 열었다.

"학장님, 이제 더는 궁금하신 게 없다면―"

나가 봐도 되겠냐고 하려던 디엘이 멈칫하였다.

저를 보는 학장의 눈이 조금 전과는 명백히 달랐다. 아니, 정확히는 디엘이 쥐고 있는 펜던트를 보는 눈빛이 심상치가 않았다.

"카리스 학장님?"

놀라 그를 부르자 마치 그제야 정신을 차린 사람처럼 학장이 입을 열었다.

"ㅡ그 펜던트, 어디서 난 거죠?"

질문을 받은 디엘은 제 손안에 있는 펜던트를 힐끔 보았다.

디엘이 대답을 망설이고 있다는 걸 알아차린 학장이 말했다.

"걱정 마세요, 빼앗으려고 그러는 게 아니에요. 그저 그 물건의 출처가 궁금할 뿐이에요."

"……아는 사람에게 받은 것입니다. 저에게 이걸 준 사람은 어머니께 받았다고 하더군요."

디엘의 대답을 들은 카리스 학장이 도저히 이해할 수 없다는 얼굴로 고개를 저었다.

그가 "아니, 그럴 리가. 하지만ㅡ" 같은 말을 중얼거리는 사이, 디엘은 펜던트를 옷 속으로 다시 감추었다.

자세한 사정은 모르지만, 학장의 반응으로 짐작하건대 아무래도 이 펜던트는 무언가 범상치 않은 내력을 가진 물건인 것 같았다.

레아가 이 사실을 알고 있을까?

아마 몰랐으리라 생각하며 디엘은 옷매무새를 다듬었다.

어느 틈엔가 카리스 학장은 책상 위에 있는 서류를 뒤적이고 있었다.

디엘은 그가 꺼내 든 것이 자신의 입학 지원 신청서라는 것을 깨달았다.

학장은 신청서에 기재되어 있는 내용을 꼼꼼히 살피더니 또다시 엉뚱한 물음을 던졌다.

"디엘 왕자님께서는 고대학에 대해 알고 계시나요?"

물음 자체는 엉뚱했으나, '고대학'은 디엘이 모르는 것이 아니었다.

"네, 알고 있습니다. 고대학이란 약 600년 전에 있었던 '붉은 피의 시작' 이전 시대를 연구하여 그 연구 성과를 체계화하는 학문을 뜻합니다. 연구 대상은 고대인들의 생활 양상을 비롯하여 고대인들이 남긴 유물과 유적지 등이 포함됩니다."

막힘없는 디엘의 대답에 학장이 만족스러운 얼굴로 고개를 끄덕였다.

"왕자님께서는 전술학과를 희망하셨다고 들었는데, 고대학에 대해서도 잘 아시는군요."

"아니요, 잘 알지는 못합니다. 다만 아카데미 시험을 준비하는 과정에서 기초적인 학습을 마친 정도입니다."

디엘은 고개를 저었다.

고대학이 무엇인지는 알고 있지만, 그렇다고 해서 잘 안다고 말할 수 있는 수준은 아니었다.

"그렇군요. 그럼 혹시 블루 블러드(blue blood)에 대해서는 어느 정도 알고 있으신지 물어도 될까요?"

블루 블러드?

디엘은 눈을 깜빡거렸다.

낯설지만, 분명 들어 본 적은 있는 단어였다. 그녀는 필사적으로 기억을 더듬어 보았다.

'블루 블러드, 블루 블러드— 아!'

"블루 블러드라면 혹시 아주 오래 전에 사라진 것으로 알려진 그 고대 종족을 말씀하시는 겁니까?"

"고대 종족, 이라. 음, 뭐 틀린 표현은 아니네요. 맞아요."

마치 노래하는 것처럼 카리스 학장이 말을 이어갔다.

"아주 먼 옛날, 이 세계에 마법이 존재했을 때 세상을 지배했던 이들. 마법을 쓸 수 있었던 고귀한 자들, 그들이 바로 블루 블러드 죠. 그들의 마법을 통해 세상은 번영하였고, 일부 특권계층은 부유 함을 손에 넣었답니다. 하지만 소수의 블루 블러드가 통치하는 사 회구조에 반감을 가진 사람들이 일으킨 혁명으로 인해, 모든 블루 블러드는 세상에서 모습을 감추게 되었어요."

학장의 입에서 술술 흘러나온 것은 우연찮게 집어 들었던 책을 통해 본 적이 있던 이야기였다.

자신이 저주와 깊은 관련이 있기 때문인지는 몰라도 이런 주제 에는 제법 관심이 갔다.

디엘은 오래 전에 읽었던 책의 내용을 떠올려 보았다.

"제 기억이 맞다면, 마지막으로 블루 블러드가 발견된 것은 100 년 전이라고 들었습니다."

지금으로부터 100년 전. 전쟁으로 모든 것이 폐허가 된 어느 작 은 마을에 한 명의 블루 블러드가 나타났었다는 기록이 있었다.

마을에 나타난 블루 블러드는 사람들을 위해 '마법'을 부려 모든 것을 원래 상태로 되돌렸다.

허물어졌던 돌담 벽을 다시 세우고, 말라비틀어졌던 나뭇가지에 이파리가 달리게 만들었으며 상처 입었던 자들의 부상을 치료해 주었다.

놀라운 기적이었지만, 그 블루 블러드가 이후 어떻게 되었는지는 적혀 있지 않았다.

그것이 공식적으로 블루 블러드가 발견된 마지막 기록이었다.

디엘의 말을 들은 카리스 학장이 고개를 끄덕이며 동의를 표하였다.

"맞아요. 공식적인 기록상으로 확인된 것은 100년 전 일이죠."

어라?

디엘은 카리스 학장의 말에 무언가 석연치 않은 기색을 느꼈다.

"공식적인 기록상이라고 한다면 혹시 비공식적인 기록으로는 블루 블러드가 발견된 다른 정황이 있다는 말씀입니까?"

디엘의 질문에 카리스 학장이 깜짝 놀란 얼굴을 하였다.

그런 질문을 받을 줄은 예상 못했다는 것처럼.

그러나 그는 곧 사람 좋아 보이는 청년의 얼굴로 너털웃음을 터트렸다.

"하하. 역시나. 왕자님은 제 생각보다 훨씬 더 영특하시네요. 음, 뭐, 그래요. 하지만 그것들은 어디까지나 소문에 불과하니까요. 입 밖으로 낼 만한 이야기들은 딱히 아니죠."

어깨를 으쓱한 학장이 손가락을 세웠다.

"중요한 건 여기서부터에요. 이건 왕자님하고도 관련이 있는 문제죠."

이 사람은 아까부터 대체 무슨 말을 하려는 거지?

디엘이 불안해하는 얼굴로 카리스 학장을 바라보자 그가 말을 이었다.

"만일 왕자님께서 전술학과가 아니라 다른 학과를 택할 의사가 있으시다면, 예외 조항으로 입학시험을 응시할 수 있는 기회를 드릴 수가 있거든요."

"알겠습니다, 하겠습니다."

"네엣?!"

학장은 디엘의 대답에 깜짝 놀란 얼굴을 하였다. 그 얼빠진 얼굴을 보고 있자니 조금 유쾌하다는 생각이 들었다.

학장은 여전히 멍청해 보이는 얼굴을 한 채, 입을 열었다.

"어— 아무것도 안 묻고 덥석 하겠다고 대답하셔도 되는 건가요?"

"학장님께서 조금 전부터 고대학에 관련된 걸 물으셨으니까요. 저에게 고대학과 입학을 추천하시려는 게 아닙니까?"

"……역시나. 왕자님 눈치가 나쁘지는 않으시네요."

아니, 그렇게 힌트를 줬는데 모르면 그게 더 이상한 거 아닌가?

아니면 내가 그렇게 사리 분별을 못할 것처럼 멍청해 보였나?

디엘이 속으로 투덜거리는 사이, 학장은 정말 괜찮겠냐는 물음을 한 번 더 던졌다.

"저야 늘 정원 미달인 학과에 신입생이 들어오는 게 고맙긴 하지만. 고대학은 배워 보았자, 크게 쓸모가 있는 학문이 아니에요. 일거리라고 해 봐야 유적 발굴단에 입단하거나 고대학 관련 전문 서적을 기술하는 학자가 되는 게 전부니까 그걸로 밥벌이— 아, 물론 왕자님께서는 밥벌이 걱정은 안 하셔도 되겠지만요. 그래도 장차 왕자님이 원하는 '길'에 딱히 도움이 될 학문이 아닌 건 분명한데 말이죠."

수천 마일도 더 넘게 떨어진 곳에 있는 주제에 학장은 로비나 왕국의 정세를 제법 잘 아는 모양이었다.

그가 유독 강조한 '길'은 아마도 얼마 전까지 디엘이 꿈꿨던 '길'이리라.

어머니의 기대를 저버리지 않고, 그녀의 훌륭한 꼭두각시로 살아가는 것.

냉정히 생각해 보면 참 어리석은 생각이었다. 그런 거짓된 행복이 무슨 의미가 있었을까.

이제는 다 지난 이야기였다.

"네, 괜찮습니다."

애초에 여기로 오려 한 것은 제 나라를, 그리고 어머니를 벗어나기 위해서였다.

아카데미에 입학할 수 있다면 그것만으로도 뜻을 이루는 것이니 학과를 바꾸는 것 정도는 망설일 필요가 없었다.

"그럼 시험은 언제 보면 될까요? 지금 바로? 아, 입학 지원서도 다시 써야 합니까?"

의욕적으로 나서는 디엘의 모습에 기가 눌린 듯 잠시 멈칫한 학장이 고개를 저었다.

"아, 아뇨. 지원서를 다시 쓰실 필요는 없어요. 그리고 실은 시험도 보실 필요는 없어요."

"시험을 볼 필요가 없다고요?"

모르아 아카데미라 하면, 들어오기가 힘들 뿐만이 아니라 졸업하기도 어려운 것으로 정평이 난 최고의 학문기관 중 하나였다.

로비나의 다섯째 왕자 역시 아카데미의 높은 교육 수준에 치여 졸업을 포기하고 귀국했다는 소문이 무성할 정도였다.

그런데 그런 아카데미에서 입학시험이 없는 학과가 있다고?

디엘은 도저히 믿을 수 없다는 얼굴을 하였다.

카리스 학장은 그런 디엘의 속마음을 읽기라도 한 것처럼 고개를 저었다.

"앗, 제 설명이 부족했네요. 정확히는 시험이 없는 게 아니고요. 유형이 조금 달라요. 고대학과는 검술학과와 마찬가지로 실기 시험이거든요."

실기 시험이라는 말에 디엘은 가슴이 철렁하였다.

아까도 말한 것처럼 고대학에 대해 자신이 알고 있는 것이라고 해 봐야 별 게 없었다.

그런 자신이 실기 시험을 통과할 수 있을 리가 없다는 생각이 들었다.

모처럼 다시 얻게 되는 기회가 이렇게 물거품이 되는 건가.

디엘은 초조한 얼굴로 학장의 다음 말을 기다렸다.

"디엘 왕자님. 아까 제가 블루 블러드에 대해 물었던 거, 기억하시죠?"

"네, 기억합니다."

"그들이 생활했던 공간이나 무언가를 위해 이용했던 터가 보통 '유적'이라 불리는 건 알고 있나요?"

이번에는 잘 알지 못하는 주제가 나왔기에 디엘은 고개를 저었다.

"그에 대해서는 제가 아는 바가 없습니다."

정직한 대답이 마음에 든 것인지 학장은 제법 자세한 설명을 해 주었다.

"방금 전, 간단히 말한 것처럼 블루 블러드가 살았거나 혹은 어떠한 활동을 하느라 흔적을 남긴 공간을 우리는 보통 '유적'이라 불러요. 이 유적에서는 블루 블러드의 생활 양상을 파악할 수 있는 자료뿐만이 아니라 고대 유물이 발견되기도 하죠. 음, 뭐 이런 건 일단 나중에 입학하면 배울 것들이니 넘어가고—"

자신의 설명이 너무 길어진다 생각한 것인지 카리스는 얼른 말을 잘랐다.

"본론부터 말씀드리자면, 고대학과의 입학시험은 바로 이 유적지 조사라는 거예요."

유적지 조사? 생각한 것보다도 훨씬 더 어려워 보이는 내용에 디엘은 난감해졌다.

유적이 어떤 곳인지도 잘 모르는 상태에서 대체 뭘 조사해야 한단 말인가.

디엘이 곤란해하는 것을 알아차린 카리스 학장이 얼른 말을 덧붙였다.

"뭐, 사실 조사라고 해 봐야 그렇게 어려울 건 없어요. 뭔가 옛날

물건처럼 보이고 특이한 게 있으면 그런 걸 하나 주워 오면 된 달
까, 하핫."

태평한 학장의 말에 디엘이 눈썹을 까닥거렸다.

대체 뭐가 어려울 건 없는 거냐는 말이 목구멍까지 치밀어 올랐
지만, 꾹 참는 수밖에 없었다.

지금 이 상황이 아쉬운 사람은 카리스 학장이 아니라 바로 자신
이었다.

"……유적지는 어디에 있습니까?"

실기 시험을 치를 유적지가 어디에 있는지는 모르지만, 준비를
단단히 해 두어야만 할 것 같았다.

여행 가방에서 중요한 물건을 챙겨야겠지.

디엘이 머릿속으로 챙길 물건을 고르는 사이, 학장은 뜻밖의 말
을 하였다.

"아카데미 동쪽에 타틴 산이라는 산이 하나 있는데요. 그 근처에
제법 유명한 블루 블러드가 살았던 유적지가 하나 있으니까 거기로
다녀오시면 된답니다."

"아카데미 동쪽이요?"

그렇게 가까이에 있냐는 놀라움에 디엘이 입을 살짝 벌렸다.

모르아가 다른 아카데미와 비교가 불가능할 정도로 규모가 거대
한 곳이라는 이야기를 들은 적이 있다.

하지만 설마 아카데미 내부에 산이 있고, 거기 유적지가 있을 줄
이야.

"네, 가는 길은 어렵지 않을 거예요. 고대학 듣는 학생들이 실습

나가는 곳이라서 안내 표지판도 잘 되어 있고."

들고 있다 보니 점점 실기 시험이 처음 예상보다는 어렵지 않을 것이라는 생각이 들기 시작하였다.

아카데미에서 관리하고 있는 유적지니 위험한 일도 없으리라.

"실기 시험을 치를 때 주의 사항을 따로 알려드리는 건 귀찮⋯⋯ 아서가 아니라 제 설명이 미흡할 수 있으니까 이걸 드릴게요."

서랍 안을 뒤적인 학장이 작은 가방 하나와 종이 한 장을 꺼내 들었다.

얼핏 보니 종이에는 유적지에서 하면 안 될 행동들과 혹시라도 유물로 추정되는 것을 발견했을 때 해야 하는 지침들이 적혀 있었다.

학장은 디엘이 읽기 쉽도록 아예 종이를 건네주었다.

디엘은 빠르게 눈으로 종이 위를 훑었다.

"별거 아니라고 생각해서 허투루 보기 싫지만, 되도록 내용을 잘 숙지해 두도록 해요. 특히 세 번째의 2번 항목 같은 경우는 정말 중요하거든요."

세 번째의 2번 항목?

카리스 학장이 말한 곳을 보니《유적지에서는 그 어떤 물건, 설령 평범해 보이는 포크더라도도 함부로 만지지 않는다. 조사용 장갑을 꼭 착용할 것!》이라는 내용이 적혀 있었다.

"꽤 오래 전 일이긴 하지만, 실제로 한 학생이 아무 생각 없이 유물을 막 다루다가 공간 이동 마법이 갑자기 발동하여 남구까지 날아가 버린 적이 있었답니다. 으으, 그때 그 학생 다시 찾느라 얼마나 힘들었는지 몰라요."

남구라는 것은 커다란 바다 너머에 있는 남쪽 대륙을 뜻하는 말로 대륙 자체가 커다란 원형 모양으로 생겼다고 해서 붙은 이름이었다.

여기서 남구까지 가기 위해서는 적어도 3개월, 길면 반년 이상의 시간이 걸렸다.

그것을 잘 알고 있는 디엘은 경악 어린 얼굴로 되물을 수밖에 없었다.

"잠깐만요. 공간 이동 마법이라고요?"

디엘의 기억이 맞다면 블루 블러드가 사라진 이후, 마법 역시 세상에 존재해서는 안 되는 것이 되었다.

고대의 흔적은 이제 저주라 불리었고, 금기된 의식이었다.

그것을 행하면 행한 자와 저주를 받아들인 자 모두 죄인 취급을 받았다.

사실 바바라가 그렇게 필사적으로 디엘의 비밀을 감추려 든 것은 그녀가 단지 아이의 성별을 속이는 죄를 저질렀기 때문만이 아니었다.

만일 저주로 디엘의 성별을 바꾼 것이 알려진다면 로비나 왕국 전체가 타국의 지탄을 피할 수 없을 터였다.

그것은 공주를 왕자로 키운 것보다도 더 중한 죄였다.

그런데 마법이라니.

디엘이 당혹감을 감추지 못하는데도 카리스 학장은 시큰둥하게 대답하였다.

"네, 마법이요. 아 참— 요새는 이걸 저주라고 부르죠? 그렇지만 어쨌든 근본은 같은 거니까요."

"정말로…… 그런 게 실존하는 겁니까?"

물론 자신이 저주에 걸린 몸이니 저주 자체를 부정할 수는 없었다.

분명 저주는 실존하였다.

다만 그것을 행하는 이도, 방법도 너무나 희귀하여 거의 찾을 수가 없었다.

오죽하면 바바라가 5년도 넘는 시간을 들여 저주를 거는 방법을 찾아냈을까.

그런데도 이렇게 태연하게 저주에 대한 이야기를 나눌 수 있다는 것을 도저히 믿을 수가 없었다.

하지만 카리스 학장은 너무나도 간단하게 고개를 끄덕였다.

"그럼요. 지금 시대에서는 마법 자체를 부릴 수 있는 사람은 없지만요. 고대에 블루 블러드가 마법을 담아 두었던 '도구'는 남아 있기에 유물로 발견되는 경우가 제법 있답니다. 그리고 아주 드물게 그것이 작동하는 일도 있죠. 고대학에서는 그런 것도 전부 배운답니다."

마법이 담긴 도구? 유물?

디엘이 저도 모르게 떨리는 숨을 내뱉었다.

이제까지 10년간, 디엘은 단 한 번도 저주가 실패한 제 몸을 고쳐 보려는 시도를 해 본 적이 없었다.

혹시라도 저주에 대해 알아보고 있다는 것이 발각되면 도저히 댈 수 있는 핑계가 없었다.

무엇보다 저주 자체가 워낙 정보를 접하기 힘들다는 것도 중요한 이유이긴 하였다.

하지만 만일 학장의 말이 사실이라면— 내 저주를 푸는 단서도 이곳에서 찾을 수 있지는 않을까?

저도 모르는 사이에 디엘의 눈에 감출 수 없는 기대가 어렸다.

"뭐, 자세한 건 왕자님께서 고대학과 학생이 되면 아시게 될 테니까, 지금은 신경 쓰지 않으셔도 괜찮아요. 그리고 '유물' 중에서 마법이 담긴 도구는 별로 많지도 않아요. 그러니까 이상한 거에 된통 당할 걱정은 하지 않으셔도 괜찮을 거예요, 하핫. 운이 아주 많이 나쁘지만 않다면요."

오늘 내 운세는 썩 좋은 것 같지가 않은데.

디엘의 어두운 얼굴을 본 카리스 학장이 씩 웃었다.

"어쨌거나 지금 중요한 건 왕자님께 다시 한 번 기회가 주어진다는 거죠."

카리스 학장은 서랍 안에서 꺼냈던 가방을 들어 올렸다. 무엇이 들어 있는지는 몰라도 제법 묵직해 보였다.

"자, 디엘 샤 자르타 왕자님. 아까도 이미 말씀 드렸지만, 다시 한 번 말씀을 드릴게요. 비록 처음 지원하셨던 것과 다른 학과긴 하지만, 고대학과 입학을 희망하신다면 이 가방을 가지고 동쪽에 있는 유적지에—"

학장이 말을 마치기도 전에 디엘은 그의 손에 들린 가방을 가져왔다. 엉겁결에 물건을 빼앗기고 만 학장이 멍청한 얼굴을 하였다.

디엘은 주머니를 풀어 그 안에 브러시나 장갑, 응급약 같은 것이 들어 있다는 걸 확인하였다.

아마도 유적지 조사를 할 때 지참하는 도구들인 모양이었다.

"실기 시험 시간제한은 없습니까?"

도구들의 용도를 추측해 보며 디엘은 가방을 다시 잘 여몄다.

입을 삐죽이며 디엘의 무정함을 투덜거린 학장이 고개를 저었다.

"학장실을 나서는 순간부터 세 시간 내로 무언가를 가지고 돌아오면 된답니다."

"알겠습니다, 그럼 다녀오겠습니다."

인사를 마친 디엘은 뒤도 돌아보지 않고, 학장실을 빠져나가려고 하였다. 마음이 급한 탓이었다.

하지만 저를 부르는 학장의 목소리에 잠시 걸음을 멈출 수밖에 없었다.

"디엘 왕자님."

부드러운 음성에 이끌려 고개를 돌리니 카리스 학장이 또 다시 예상 밖의 물음을 던졌다.

"운명을 믿으시나요?"

운명?

순간, 머릿속을 스쳐 지나가는 목소리가 있었다.

'제가 성에 들어올 때 어머니께서 주셨던 펜던트에요. 가지고 있는 사람의 운명을 바꿔 준대요.'

디엘은 목에 건 펜던트를 어루만졌다. 손끝에 닿는 서늘한 감각에 저절로 입이 열렸다.

"운명을 믿는다기보다는……"

머뭇거리는 것처럼 말을 끊자 카리스 학장이 고갯짓으로 다음 말을 재촉하였다.

디엘은 다시 한 번 펜던트를 손으로 꼭 쥐었다.

"운명을 바꿀 수 있음을…… 믿고 싶습니다."

자신 있게 믿는다고 답하기에는 아직 확신이 부족했다.

하지만 여기까지 오게 된 것이 제 운명을 바꾸기 위한 작은 걸음임을 의심하고 싶지는 않았다.

그렇기에 디엘은 어깨를 곧게 폈다.

"……좋은 대답이네요."

어째서인지 카리스 학장이 만족스러운 얼굴로 웃었다.

"조심해서 다녀오세요, 왕자님. 건투를 빌게요."

건투라니. 묘하게 불안감이 피어나는 격려였다.

다시 한 번 펜던트를 만지작거린 디엘은 카리스 학장을 향해 고개를 까닥 숙여 인사한 후, 학장실을 빠져나갔다.

그 뒷모습을 가만히 지켜보고 있던 학장이 천천히 고개를 들어 올렸다.

"운명을 바꿀 수 있다는 걸 믿고 싶다, 라."

그의 시선이 향한 것은 역대 학장들 중 초대 학장의 초상화가 걸려 있는 위치였다.

물결치는 것처럼 풍성한 보라색 머리칼에 페리도트를 닮은 눈동자를 가진 미인의 초상화에는 '알렉산드라'라는 이름이 적혀있었다.

카리스는 그 초상화에 속삭이듯 말을 걸었다.

"잘하면 재미있는 학생이 한 명 들어올 것 같아요. 그렇죠, 알렉?"

초상화 속 미인에게서는 아무 대답도 돌아오지 않았다.

      * * *

학장실을 빠져나온 디엘은 곧바로 동쪽에 있다는 타틴 산으로 향하였다.

카리스 학장의 말대로 안내 표지판이 세워져 있어서 타틴 산으로 가는 길을 찾는 건 어렵지 않았다.

붉은 벽돌이 깔린 길을 쭉 따라가는 사이, 그녀는 간혹 아카데미 학생으로 보이는 이들을 발견할 수 있었다.

삼삼오오 모여 앉아 대화를 나누고 있는 이들이 있는가 하면 기둥이 굵은 나무에 기대어 책을 읽는 이도 있었다.

간혹 디엘을 향해 흥미 어린 시선을 보내는 사람도 있었으나 서두르는 디엘은 전혀 그것을 눈치 채지 못하였다.

약 10분 정도를 더 가니 검은색 철창으로 만들어진 커다란 문이 나타났다.

이제 주변에는 다른 인기척이 전혀 없었다.

디엘은 문 옆에 붙어 있는 〈유적지로 향하는 길〉이라는 표지판을 본 후, 그 아래에 작게 적혀 있는 〈실습이나 중도 시험을 치루는 중이 아니라면 학생의 출입을 엄금합니다〉라는 문구도 확인하였다.

"……난 시험을 보는 중이니까 괜찮은 거겠지."

괜히 혼잣말을 중얼거린 디엘이 조심스레 손잡이를 비틀었다.

끼기긱—

거슬리는 소음과 함께 생각보다 가볍게 문이 열렸다.

문 안쪽은 생각했던 것보다도 훨씬 어두웠다.

실내도 아닐 텐데, 대체 왜?

의아함에 안으로 들어서지 않고, 주변을 휘이 둘러보니 손질이 전혀 안 된 정원처럼 보이는 풍경이 나타났다.

말라비틀어진 장미 묘목이며, 가지가 뚝 부러진 고목나무 사이로 반은 허물어진 커다란 저택도 보였다.

그 뒤로는 까마득하게 높은 산이 보였다.

'저게 타틴 산이구나.'

아무래도 이곳은 산 그림자 때문에 햇볕이 닿지 않는 모양이었다. 아닌 게 아니라 공기도 아카데미보다 조금 더 서늘한 것 같았다.

디엘은 학장실에서 받아온 가방 속에서 작은 랜턴과 성냥갑을 꺼내 들었다.

불을 붙여 랜턴을 든 디엘이 문 안으로 들어섰다. 철컹하는 소리와 함께 문이 멋대로 닫혔다.

반사적으로 뒤를 돌아 그것을 본 디엘은 어디선가 나는 까마귀 소리에 다시 앞으로 고개를 돌렸다.

랜턴을 높이 들어 올리니 저 멀리서 푸드득거리며 날아가는 까마귀 떼가 보였다.

이게 유적지인가?

암만 둘러 봐도 이곳은 귀한 유물이 숨겨져 있는 유적지라기보다는 폐허 같았다.

기가 막혀 주변을 두리번거리던 디엘은 곧 여기서 시간을 낭비할 필요가 없다는 걸 깨달았다.

유적지라는 거창한 말에 긴장하였지만, 이런 곳을 조사하는 일이라면 그다지 어려울 것 같진 않았다.

어려울 게 하나도 없다던 카리스 학장의 말이 맞는 것 같다고 생각하며 디엘은 허물어진 저택으로 향하였다.

아주 오래전에는 호화롭고, 웅장한 모양새를 자랑했을 저택은 지금은 보기 흉한 폐허에 불과하였다.

디엘은 칠이 벗겨진 벽이며, 금이 간 돌바닥을 보고 묘한 기분이 들었다.

600년 전에는 이 시대를 지배하였던 이들이 살았던 공간이 지금은 이렇게 쓸쓸하게 변하다니.

당시의 그들은 이런 미래를 짐작이나 했을까.

깨진 바닥을 피해 저택 바로 앞까지 다가간 디엘은 잠시 자리에 멈추었다.

앞에는 커다란 문이 있었는데, 그 가장자리가 마치 텅 비어 있는 것처럼 보였다.

이상하다 싶어 다가가 보니 무언가가 뜯겨 나간 자국이 보였다.

긴 손가락으로 주변을 더듬어 보니 손끝에 금빛으로 번쩍이는 가루가 묻어 나왔다.

마치 금가루 같다 생각하며 요리조리 살피던 디엘은 '같은 게' 아니라 그것이 실제로 금가루라는 걸 깨달았다.

"하?"

놀란 디엘은 뒤로 한 걸음 물러서서 다시 문을 올려다보았다.

다시 한 번 찬찬히 살피니 가장자리뿐만이 아니라 문 위에도 군데군데 텅텅 빈 공간이 보였다.

저긴 대체 뭐가 있었던 자리인 거지?

디엘은 제 손에 묻어난 금가루와 문을 번갈아 살폈다.

하지만 유적지에 대한 기본적인 지식이 전혀 없는 상태라 이렇다 할 만한 답이 떠오르질 않았다.

"……별 상관은 없겠지."

애초에 자신은 이곳에서 유물처럼 보이는 무언가를 건져 가기만 하면 그만이었다.

손바닥을 탁탁 털어 낸 디엘은 녹이 잔뜩 슨 손잡이를 잡았다. 힘을 주어 안으로 미니 뻑뻑하게 문이 열렸다.

간신히 사람 하나 정도가 드나들 수 있을 정도로 문을 연 디엘은 그 틈새로 얼른 들어갔다.

쾅―

문이 요란하게 닫히는 것과 동시에 저도 모르게 재채기가 나왔다.

연달아 다섯 번 정도는 재채기를 한 디엘이 코를 훌쩍였다.

'대체 왜 이렇게 콧속이 간지럽지?'

의아한 마음에 주변을 둘러보니 제법 밝은 랜턴 불빛 아래서 풀 썩거리며 먼지가 요동치는 게 보였다. 어쩐지 숨이 막히더라니.

디엘은 얼른 주머니에서 손수건을 꺼내 코를 가렸다. 한 손에는 랜턴을, 그리고 다른 손에는 수건을 들고 있자니 영 거동이 불편하였다.

그래도 코를 막은 덕에 더는 재채기가 나오질 않았다.

한결 가벼운 마음으로 디엘은 주변을 둘러보았다.

저택 안은 겉에서 보았던 것보다도 심각한 수준이었다.

깨져 나간 액자, 갈기갈기 찢어진 커튼, 부서진 장식장, 그을음이 잔뜩 묻은 소파, 바닥에 흩어져 있는 종잇조각.

여기 정말 뭐가 있긴 한 건가.

디엘은 다시 한 번 의심을 품었다.

한동안 현관을 둘러보며 이것저것 손을 대 보던 디엘은 여기서 는 얻을 수 있는 게 아무것도 없다는 걸 깨달았다.

아무래도 본격적으로 조사를 하려면 조금 더 활동 반경을 넓혀야만 할 것 같았다.

오른쪽에는 무너진 벽 사이로 흐릿하게 빛이 쏟아지는 복도가 있었고, 왼쪽은 어두컴컴해서 아무것도 보이지 않았다.

잠시 고민하던 디엘은 왼쪽으로 몸을 틀었다. 왼쪽을 택한 것에 딱히 특별한 이유는 없었다.

그저 남들이 다 피해 갈 것 같은 저곳이라면 무언가 진귀한 물건이 하나쯤은 있지 않을까, 하는 생각에서였다.

디엘이 걸음을 옮길 때마다 저벅거리는 소리가 스산하게 주변에 울려 퍼졌다.

만일 레아가 여기 있었으면 무서워서 한 걸음도 떼지 못했을 텐데.

습관처럼 제 다정한 시녀를 떠올린 디엘이 픽 웃었다.

레아는 어두운 곳을 무서워했다.

창고에서 물건을 꺼낼 때는 꼭 랜턴을 두 개씩 챙겨 갔으며, 밤에는 화장실도 혼자 가지 못한다고 하였다.

지금보다 조금 어렸을 때는 그런 레아가 귀여워서 종종 짓궂은 장난을 치고는 하였다.

밤중에 일부러 그녀를 불러낸다거나 갑자기 불쑥 큰 소리를 친다거나 하는 식으로.

물론 철이 들고나서부터는 한 번도 그런 장난을 친 적이 없기는 했지만.

그녀와 즐거웠던 추억을 떠올리니 괜히 외로운 기분이 들었다.

저도 모르게 레아가 준 펜던트를 어루만진 디엘은 천천히 걸음을 옮겼다.

복도는 한 치 앞도 분간이 가지 않았다.

심지어 뻗어 있는 길은 일직선도 아니었다.

쭉 가는가 싶으면 옆으로 꺾어지기도 하였고, 간혹 두 갈래 길이 나오기도 하였다.

그때마다 디엘은 계속 왼쪽을 택하였다. 순전히 운에 맡기자는 마음가짐이었다.

그렇게 길을 걷는 동안에도 수십 개는 족히 넘을 방문이 나타났다.

대체 뭔 놈의 저택에 방이 이렇게 많이 필요했던 걸까 생각하며 문을 열려는 시도를 하였지만, 어느 것 하나 열리는 게 없었다.

그렇게 어느 정도 걸었을까. 디엘은 더는 나아갈 길이 없다는 걸 깨달았다.

앞에는 이제까지 지나친 다른 문과는 비교가 되지 않을 만큼 크고 튼튼해 보이는 문이 하나 있었다.

어차피 이것도 안 열릴 건 뻔할 텐데.

디엘은 자신이 완전히 길을 잘못 들었다는 생각에 한숨을 내쉬었다.

그래도 그냥 돌아갈 수는 없는지라 디엘은 기대 없이 손잡이를 잡아 비틀었다.

하지만—

"어?"

디엘의 예상과는 달리 이번에는 문이 열렸다. 그것도 소리 없이 활짝.

깜짝 놀란 디엘은 선뜻 안으로 들어서지 못하고 고개를 안으로 들이밀었다.

어둡던 복도와 달리 방 안에는 제법 밝았다.

빛을 따라 시선을 돌리니 방 가운데 놓여 있는 탁자 위에 촛불이 놓여 있는 모습이 보였다.

촛불? 환영인가? 디엘은 얼굴을 찌푸렸다.

이상했다. 이곳은 분명 실습이나 입학시험을 치루는 학생이 아니면 출입이 불가능한 곳이 아니었나.

급습하는 불안감에 디엘은 허리에 찬 검을 조용히 뽑아 들었다.

바닥에 랜턴을 내려놓은 후, 그녀는 방 안으로 들어섰다.

테이블로 다가가서 보니 촛불은 환영이 아니었다.

받침대에 고인 촛농이며 심지의 길이로 짐작하건대 적어도 1시간 안으로 불을 붙인 게 분명했다.

누군가 이 안에 있군. 인기척을 감지하기 위해 신경을 곤두세웠지만, 따로 느껴지는 기척이 없었다.

디엘은 검을 고쳐 쥐었다.

방은 마치 기차 안의 객실이 그러했던 것처럼 여러 개의 방을 이어 붙인 것 같은 구조였다.

왼쪽으로는 문이 하나 있었고, 오른쪽으로도 문이 하나 보였다. 당분간은 문은 꼴도 보기 싫을 것 같은데.

디엘은 한숨과 함께 이번에는 오른쪽 문을 택했다.

끼긱, 거리는 소리와 함께 천천히 열린 문 안 공간은 침실이었다.

형태가 온전하지 못한 벽걸이 장식장이며 볼록 튀어나온 침대, 그리고 장식이 다 뜯겨 나간 옷장 무심하게 보고 돌아서던 디엘이 멈칫하였다.

잠깐, 볼록 튀어나온 침대?

경직된 얼굴로 고개를 뒤로 돌린 그녀는 자신이 잘못 본 게 아니라는 걸 확인하였다.

검을 쥔 손에 힘을 꾹 준 그녀가 천천히 침대로 향하였다. 아마도 길지 않았을 수초 사이, 머릿속에서 여러 가지 생각이 오갔다.

'혹시 길 잃은 노숙자가 여길 점령하고 있는 건가? 아니, 그래도 명색이 유적지인데 그렇게까지 관리가 허술할 리가. 그럼 설마 저기 있는 건 관리인? 아니, 무슨 관리인이 이런 폐허에서 잠을 자고 있겠어?'

아무리 머리를 쥐어 싸매도 침대 속에 있는 것의 정체를 짐작할 수가 없었다.

침대 바로 앞까지 다가간 그녀는 문득, 학장이 했던 말을 떠올렸다.

'꽤 오래 전 일이긴 하지만, 실제로 한 학생이 아무 생각 없이 유물을 다루다가 공간 이동 마법이 갑자기 발동하여 남구까지 날아가 버린 적이 있었답니다.'

침대 속에 무엇이 있는지는 몰라도 섣불리 손을 대는 건 현명한 방법이 아니었다.

디엘은 검을 똑바로 세워 침대를 겨누었다.

칼끝으로 시트를 걷어 낼 생각에 그녀가 그대로 손을 앞으로 내민 순간—

휘익!

소리를 내지를 틈도 없이 디엘의 몸이 한 바퀴 뒤집혔다. 하지만 통증은 느껴지지 않았다.

그도 그럴 것이 그녀의 몸은 지금 침대 위에 있었다.

대체 뭐가 어떻게 된 것인지 상황을 판단하기도 전에 그녀의 눈앞에 붉은빛이 번뜩였다.

그것이 날짐승의 것인 줄 알고, 버둥거리던 디엘의 귓가에 나직한 목소리가 닿았다.

"이제까지 내가 본 것 중에 제일 미인이 왔네?"

어라?

너무 놀라 디엘은 저항하려던 것도 잊고 고개를 들어 올렸다.

그제야 그녀의 눈에 제 앞에 있는 '남자'의 얼굴이 온전히 들어왔다.

"아."

자신이 처한 상황도 잊고, 디엘은 작게 감탄사를 흘렸다.

마치 태양처럼 빛나는 금빛 머리칼이 얼마나 눈이 부신지 일순 아득함을 느낄 지경이었다.

조명이 없어도 이 남자만으로도 충분히 어둠을 밝힐 수 있을 거라는 생각이 들었다.

무심코 넋이 나갈 정도로 아름다운 것은 머리칼만이 아니었다.

짐승의 것이라 생각했던 붉은 눈동자가 마치 활활 타오르는 불꽃처럼 빛나고 있었다.

살바르의 루비가 그러한 것처럼 아주 깊고 진한 붉은 빛에 심장이 크게 뛰었다.

자신감에 넘치는 그 눈빛은 태어나서 한 번도 실패를 모르는 이의 것처럼 단단하고, 또 곧았다.

살면서 단 한 번도 마주해 본 적이 없는, 그런 눈이었다.

디엘은 그에게서 시선을 돌리고 싶지 않았다. 가능하다면 이 아름다운 눈을 오래도록 바라보고 싶었다. 마치 아름다운 예술품을 감상하는 것처럼.

그 탓에 그녀는 지금 자신이 이렇게 넋을 놓고 있을 때가 아니라는 걸, 금방 깨닫지 못하였다.

"……흐음?"

따뜻한 숨결이 느껴질 정도의 거리에 있던 남자의 얼굴이 조금 더 가까워졌다.

문득 낯선 향이 코끝에 닿았다.

한없이 너른 들판의 냄새 같기도 하고, 만년설조차 녹이는 햇빛의 냄새 같기도 한 따뜻한 향이었다.

상쾌한 향에 기분이 좋아진 디엘이 눈을 천천히 깜빡였다.

이대로 이 향에 휩싸여 잠들면 무척 행복한― 게 아니지!

퍼뜩 정신을 차린 디엘은 반사적으로 주먹을 휘둘렀다.

"비켜!"

"우왓―"

긴장감 없는 비명과 함께 남자가 그대로 바닥으로 굴러떨어졌다. 디엘은 재빠르게 몸을 일으켰다.

바닥 어딘가에 떨어져 있을 제 검을 찾기 위해 그녀가 발을 침대 아래로 내리는 것과 동시에 무언가가 그녀의 다리를 낚아챘다.

놀라 보니 얼굴을 찌푸린 남자가 제 다리를 단단히 붙잡고 있는 것이 보였다.

"이거 놔!"

디엘이 발길질을 해 대자 남자는 그녀의 다리를 획 잡아당기더니 다시 그녀를 침대로 눕혔다.

제길! 무슨 힘이 이렇게 센 거야!?

지금은 '남자'의 몸이니 제 완력이 약한 건 결코 아니었다.

단지 남자의 힘이 지나치게 강했다.

디엘은 순식간에 제 위로 다시 올라탄 남자를 향해 경계 어린 눈빛을 보냈다.

"아, 너 생긴 거랑 다르게 손이 제법 맵네. 좀 아팠어."

히죽 웃은 남자가 고개를 옆으로 기울였다. 남자가 움직일 때마다 푹 내려앉은 침대의 스프링이 삐거덕거리는 소리가 들려왔다.

디엘은 침착해지자고 되뇌며 입을 열었다.

"……너는 누구지?"

"어?"

질문을 받은 남자가 놀란 것처럼 잘생긴 눈썹을 구겼다.

마치 그런 말을 처음 들어본다는 사람처럼 생소한 반응이었다.

하지만 그는 곧 얼굴에서 놀람을 지우고, 능글거리는 미소를 지었다.

"그건 오히려 내가 좀 물어봐야겠는데. 남의 낮잠을 방해하는 무뢰한의 이름 정도는 알고 싶어 싶어서 말이야."

"낮잠?"

디엘은 순간, 지금 있는 곳이 아카데미 내부에 있는 고대 유적지가 아니라 여관 같은 것이 아닌가 생각하였다.

남자는 디엘의 생각을 알아차리기라도 한 것처럼 웃음을 터트렸다.

"아, 여기가 물론 여관방은 아니긴 하지. 그래서 여기가 좋은 거고."

앞의 말과 뒤의 말에는 어떠한 상관관계가 있는 거지.

디엘은 황당하다는 눈으로 남자를 올려다보았다.

수상해 보이는 남자였지만, 살의는 느껴지지 않았다. 대화를 나눠 볼 여지는 충분했다.

목소리를 가볍게 다듬은 디엘이 입을 열었다.

"질문은 내가 먼저 했습니다. 당신부터 정체를 밝히세요."

"으음, 밝히고 자시고 할 것도 없이 난 그냥 모르아 아카데미 학생일 뿐인데."

어깨를 으쓱하며 남자가 한 말은 조금 전의 '낮잠' 발언보다 더욱 충격적인 것이었다.

아니, 무슨 아카데미 학생이 이런 곳에서 낮잠을 자고 있어?

수상한 사람이 아니라면 괴상한 사람인 게 틀림없었다.

디엘은 불신에 차서 남자의 위아래를 훑었다.

"당신이? 정말 아카데미생이 맞습니까? 교복을 안 입고 있잖습니까."

아무리 봐도 다른 학생들이 입고 있던 옷차림과 남자의 옷차림은 같지가 않았다.

위의 단추 두어 개는 풀어 헤친 채, 심지어 넥타이조차 하지 않은 옷차림에서는 교복의 흔적조차 찾을 수가 없었다.

그러자 남자는 조금 억울하다는 얼굴로 제가 입고 있는 셔츠를 가리켰다.

"그게 무슨 소리야. 이거 교복 맞아. 내가 넥타이도 안 매고, 재킷도 안 입어서 그렇지."

히죽 웃은 남자는 의기양양한 얼굴로 말을 이었다.

"뭐, 가끔은 셔츠도 아카데미 지급품이 아닌 걸 입기도 하지만."

"……."

그걸 과연 교복이라고 할 수 있을까? 제복이란 건 모름지기 배급받은 그대로 착용을 해야 의미가 있는 게 아닌가.

디엘이 어이가 없다는 얼굴을 하자 그것을 알아차린 남자가 어깨를 으쓱하였다.

"그래도 오늘은 분명 교복 셔츠를 입고 있어. 자, 여기 봐. 모르아 아카데미 로고가 새겨져 있잖아."

남자는 제 셔츠 깃에 붙어 있는 작은 로고를 보여 주려는 것처럼 더욱 몸을 밀착시켰다.

디엘은 제 뺨 끝을 살짝 간질이는 부드러운 것이 남자의 머리칼이라는 걸 인식하지 않으려 애를 썼다.

필사적으로 평정심을 유지하며 힐끔 보니 분명 셔츠 깃에 모르아 아카데미 로고가 보였다.

"……혹시 그 옷―"

"훔쳐 입은 거 아니거든? 아까부터 엄청나게 무례하네, 진짜."

남자가 기가 막히다는 것처럼 웃으며 디엘의 이마를 가볍게 손끝으로 문질렀다. 너무나 자연스러운 동작에 이게 무슨 짓이냐 화를 낼 틈도 없었다.

"일단 이걸로 내가 수상한 인물이 아니라는 건 증명된 거겠지? 이제는 네 차례야."

묘하게 사람을 압도하는 붉은 눈이 대답을 요구하는 것처럼 빛나고 있었다.

불꽃처럼 강렬하고, 태양처럼 찬란한 눈빛이었다.

그 때문에 디엘은 저도 모르게 순순히 입을 열고 말았다.

"난 중도 입학 지원자입니다."

"중도 입학 지원자? 혹시 고대학과 지원자야?"

남자는 기괴한 생물을 보는 것 같은 눈으로 디엘을 내려다보았다.

"거기가 뭐하는 데인지는 알고 지원한 거야? 이 아카데미에서 가장 경쟁률이 낮은 학과이긴 하지만, 그만큼 재미없고 시험은 깐깐한 곳이라고. 어지간히 괴짜이거나 바보가 아니고서는 선택하지 않을 정도니까."

"……쓸데없는 걱정 감사드립니다."

결코 원해서 거길 가려는 게 아니라는 대꾸 대신 비아냥거림을 입에 담은 디엘이 손을 뻗어 남자의 가슴팍을 밀어냈다.

"이제 서로에 대한 사소한 오해가 풀렸으니 제 위에서 좀 비켜 주셔도 될 것 같네요."

"흐음. 글쎄. 어떻게 할까나."

디엘의 무덤덤한 태도가 마음에 들지 않은 것인지 아니면 원래부터 짓궂은 성격인 건지 남자의 반응이 영 수상하였다.

입가에 묘한 미소를 지은 그가 긴 손가락 끝으로 디엘의 머리칼을 살살 만졌다.

"모처럼 이렇게 만나게 된 것도 인연인데 말이지."

아까 전보다 더 낮아진 남자의 목소리에 몸에서 소름이 우수수 돋았다.

불쾌함과는 선명히 다른, 하지만 이제까지 한 번도 느껴 본 적이 없는 감각이었다.

"침대에서 재미있는 놀이나 하는 건 어때?"

아주 재미있을 거야.

남자의 모양 좋은 입술이 벌어지는가 싶더니 붉은 혀가 천천히 입술 선을 따라 움직였다.

위험하다 생각한 디엘이 얼른 고개를 돌렸다.

"뭘 착각하고 있는 건지 모르지만, 난 남자입니다."

그 말에 남자는 믿을 수 없다는 것처럼 한쪽 눈썹을 꿈틀거렸다.

"남자라고?"

"네, 남자."

"거짓말."

"거짓말이 아닙니다."

"아니, 하지만 이렇게 예쁜데?"

"……."

예쁘다는 말은 결코 낯선 것이 아니었다.

로비나 왕국에서는 꽤 많은 이들이 저를 두고 '인형처럼 예쁜 왕자님'이라 부르기도 하였다.

나라 밖에서는 로비나의 일곱째 왕자가 엄청난 미인이라는 소문이 퍼져 있다는 걸 들은 적도 있었다.

전에는 사람들이 저를 그렇게 부르는 것에 별다른 감정이 없었다.

그러나 지금은—

바바라가 저를 어떻게 생각하고 있는지 알고 난 후부터는 '예쁘다'는 말이 지독히 싫었다.

제 예쁜 얼굴이 누구를 닮은 것인지 잘 알고 있었으니까.

"아, 엄청 싫어하는 것 같네. 혹시 예쁘다는 말 기분 나빴어?"

"……남자라면 누구나 싫어하는 표현일 거라고 생각합니다."

"그래? 난 상관없는데."

"그럼 내가 당신에게 예쁘다고 말해도 정말 상관이 없습니까?"

디엘은 눈앞에 있는 남자의 얼굴을 재차 확인하였다.

분명 무심코 넋을 놓을 만큼 근사한 외모긴 했지만, 그는 다부진 어깨와 툭 불거진 목젖을 가진 남자였다.

그런 사람이 예쁘다는 말을 듣고 기뻐할 리가—

"응, 완전 상관없는데? 아니, 오히려 엄청 좋은데. 예쁘다고 해도 되고, 잘생겼다고 해도 되고, 귀엽다고 해도 되고, 멋지다고 해도 돼. 난 칭찬받는 거 좋아하거든."

씩 웃는 남자의 얼굴에는 전혀 구김살이 없었다.

디엘은 순간, 말문이 막혔다.

이렇게 칭찬받는 것이 좋다 순순히 인정해 버리는 상대에게 무어라 대꾸해야 할지 알 수가 없었다.

"예쁘다는 말이 그렇게 싫어?"

속삭이는 것 같은 목소리에 귀가 간질간질하였다. 디엘은 반사적으로 입을 열었다.

"……네, 싫습니다."

사람들이 그토록 아름답다 칭찬하는 디엘의 얼굴은 바바라를 꼭 닮은 것이었다.

흐르는 강물 같은 혹은 구름 한 점 없는 맑은 하늘 같은 색을 담은 머리칼, 볕에 잘 타지 않는 매끄러운 피부, 작지만 선이 또렷한 입술, 고양이처럼 뾰족하게 치켜 올라간 눈매.

거울 앞에 서면 제가 너무나 사랑했던— 하지만 지금은 누구보다 멀리하고 싶어 하는 사람과 똑같은 얼굴이 그곳에 있었다.

그것을 재차 되새기며 디엘은 입술을 꾹 깨물었다.

"거울을 보는 게 소름 끼치도록 싫습니다."

"뭐? 말도 안 돼. 너처럼 예쁘면 아예 거울 앞에 딱 달라붙어 사는 게 정상이라고."

아니, 그건 오히려 정상이 아니지.

디엘은 남자의 터무니없는 말에 헛웃음을 지었다.

덕분에 가슴속에 차오르던 불쾌한 감정이 조금 가라앉은 것 같았다.

"내가 거울을 싫어하건, 앞에 붙어 있건 당신이랑은 아무 상관도 없을 텐데요. 이제 그만 위에서 비켜 주시죠."

디엘이 재차 냉정한 목소리로 요청하자 남자는 픽 웃었다.

"뭐, 좋아. 나도 사내 놈 깔아 눕히는 취미는 없으니까."

기세 좋게 자리에서 일어선 남자가 금방 몸을 비켜 주었다. 덕분에 디엘은 간신히 침대에서 벗어날 수 있었다.

흐트러진 옷매무새를 정돈하던 디엘의 손에 문득 회중시계가 닿았다.

습관처럼 시간을 확인한 그녀가 얼굴을 굳혔다. 벌써 시간이 이렇게 되다니.

"그래서 상황은 어때?"

시간을 보며 초조하게 입술을 깨물던 디엘은 한 박자 느리게 고개를 들어 올렸다.

어느새 남자는 바닥에서 디엘의 검을 주워 올려 그것을 요리조리 살펴보고 있었다.

"뭐가 말입니까?"

"시험 말이야. 가져갈 만한 유물은 발견했어?"

유물이 무슨 길바닥에 굴러다니는 돌멩이도 아니고, 그렇게 쉽게 찾을 수 있을 리가.

디엘은 한숨을 쉬며 고개를 저었다.

"아니요. 여기서 내가 유일하게 안으로 들어와 본 공간은 지금 이 침실이 처음입니다."

"저런. 들어 온 지는 얼마나 되었는데?"

호기심이 동한 것인지 남자가 디엘에게 꼬치꼬치 질문을 던졌다.

디엘은 남자에게서 검을 빼앗기 위해 손을 뻗으며 대답하였다.

"30분 정도가 지났습니다. 그 검, 이리로 주시죠."

하지만 남자는 뒤로 한 걸음 물러섰다.

덕분에 헛손질을 한 디엘이 얼굴을 팍 구겼다.

이것 봐라? 디엘이 눈썹을 꿈틀거리며 남자를 노려보았지만, 그는 그러거나 말거나 태평하였다.

"흐으음. 그럼 어떤 종류의 유물을 찾고 있기에 이쪽 방향으로 온 거야?"

"⋯⋯내 말이 안 들리는 겁니까? 그 검, 이리로 돌려 달라고 했습니다."

"아무래도 유적 조사는 이번이 처음인가 보네? 여기 난이도 A등급의 유적인데 괜찮겠어?"

"난이도 A등급?"

디엘은 순간, 검을 돌려받아야 한다는 것도 잊고 반문하였다.

그게 뭐야. 난 학장이라는 사람에게 그런 거 전혀 듣지 못했는데.

"응. '제트의 저택', 유명하잖아. 가끔 타틴 산을 타고 넘어온 곰이 나타나기도 하고, 마법이 담긴 유물이 발견되기도 해서."

"⋯⋯."

뭐야, 그게. 내가 그런 걸 알 리가 없잖아.

디엘은 저를 향해 자신 있게 하나도 안 어려울 것이라 장담하던 학장의 얼굴을 떠올리고 이를 갈았다.

난이도 A등급의 유적지 조사가 쉽긴 뭐가 쉽단 말인가.

"지금 내가 말하는 걸 하나도 몰랐다는 얼굴이네. 설마 정말 아무것도 모르고 여길 온 거야?"

"……."

디엘은 한숨을 내쉬었다. 초면에, 그것도 이름도 모르는 남자에게 제 사정을 모조리 털어놓을 생각은 없었다.

하지만 아주 대략적인 것은 말해도 괜찮을 것 같았다.

"원래는 고대학과 지망생이 아니었기에 모르는 것이 많습니다. 사정이 있어서 이쪽을 지원하게 된 겁니다."

"아하. 시험에 지각했구나?"

아니, 그걸 대체 어떻게?

디엘이 놀라 눈을 동그랗게 뜨자, 남자가 어깨를 으쓱하였다.

"고대학과는 매년 학생이 부족해서 학장님이 가끔 특정 지각생한테 고대학과 입학을 권유한다는 말이 있거든. 근데 그 제안을 받아들이는 학생은 거의 없다더라. 차라리 다들 1년 후에 재응시를 하는 걸 택하는 거지."

그렇게까지 사람들이 고대학과를 기피하는 이유는 대체 뭘까.

디엘은 이제 역으로 없던 호기심이 생길 지경이었다.

학장도 분명 고대학과가 전망이 밝지 않아서 굉장히 인기 없는 학과라고 하긴 했지만, 이 남자의 말을 듣다 보면 무언가 다른 이유가 있는 게 아닐까 하는 생각이 들었다.

"어쨌거나 너도 고생이 참 많네. 고대학에 대해서도 잘 알지도 못하는 상황에서 유적지 조사라니."

남자가 정말로 디엘을 안쓰럽게 여기는 눈을 하였다. 짜증을 버럭 내려던 디엘이 멈칫하였다.

잠깐만. 이 남자를 잘만 이용하면 오히려 이건 좋은 기회가 되는 게 아닐까?

머릿속에서 재빠르게 계산을 끝낸 디엘이 입을 열었다.

"……그러는 당신은 무슨 학과생입니까?"

"응? 난 검술학과."

남자가 디엘의 검을 쥐고 자세를 취해 보였다. 태도는 장난스러 웠지만, 동작 자체에는 일체의 빈틈이 없었다. 디엘은 내심 속으로 감탄하였다.

정식으로 맞붙어 봐야 알겠지만, 실력이 상당히 뛰어날 것 같았 다.

하긴 그러니까 아까도 기습해서 그렇게 쉽게 나를 제압할 수 있 었던 거겠지.

디엘은 제 검을 남자에게서 빼앗으려는 걸 포기한 사람처럼 팔 짱을 꼈다.

"난 검술학과 학생인 당신이 왜 여기에서 낮잠을 자고 있는지가 참 궁금하군요. 혹시 땡땡이입니까?"

남자가 곤란하다는 기색도 없이 히죽 웃었다. 무언의 긍정이었 다.

뻔뻔하기도 하지. 디엘은 한숨을 내쉬었다.

저에게는 잘된 일이긴 하지만, 정말 이런 남자가 모르아 아카데 미의 학생이 맞는가 하는 의심을 지울 수가 없었다.

"만일 내가 이 사실을 아카데미 측에 알리면 당신의 입장은 상당 히 곤란해질 것 같군요."

"아, 비겁하네. 그런 건 반칙이지."

뭐가 반칙이라는 건지 알 수 없으나 디엘은 자신이 제대로 남자의 약점을 잡았다는 걸 깨달았다.

"당신이 내 부탁을 들어준다면 오늘 일은 못 본 것으로 해드릴 수도 있습니다."

"흐음, 어떤 부탁인데?"

디엘은 남자의 질문에 씨익 웃었다.

"이 상황에서 내가 어떤 부탁을 할 것인지는 뻔하지 않습니까?"

"으음? 으으으음."

한동안 생각에 잠겨 있던 남자가 눈을 천천히 깜빡이더니 한쪽 눈썹을 까닥거렸다.

그의 입가에 어쩐지 불길한 미소가 그려져 있었다.

"뭐야, 그런 거였어? 알았어."

아무래도 제 뜻이 제대로 통했나 보다 싶어 디엘은 만족스러운 얼굴을 하였다. 하지만 그것은 순간에 불과하였다.

남자가 갑자기 손을 뻗어 제 턱을 잡아 올리는 바람에 그녀는 당황하고 말았다.

그것도 남자가 저를 향해 고개를 숙였기 때문에, 더더욱.

"무슨 짓입니까!"

남자가 무엇을 하려고 했는지 깨달은 디엘은 그의 얼굴을 있는 힘껏 밀어 버렸다.

떠밀린 남자는 반성의 기색도 없이 씩 웃었다.

"아니, 방금 네가 눈으로 키스를 조르기에."

"그런 적 없습니다!"

뭔 뚱딴지같은 소리람.

디엘은 기가 막히고, 어이가 없어 분통이 터질 지경이었다.

"아니긴. 아까 되게 열심히 날 보면서 신호를 보냈잖아. 키스해 달라고."

"대체 내가 언제 그랬다는 겁니까!"

디엘은 억울했다. 대체 뭘 어떻게 하면 아까의 그 눈빛이 키스를 조르는 것으로 보인단 말인가. 아무래도 저 남자의 눈은 장식으로 달려 있는 게 분명했다.

"내가 대체 뭐가 좋아서 남자에게 키스를 받고 싶어 하겠습니까! 난 남자입니다!"

"아, 맞다. 너 남자라고 그랬지. 헷갈렸네."

뭐? 헷갈려? 남자의 입에서 나온 말에 디엘은 헛웃음이 나왔다.

아무래도 자신이 부탁할 상대를 잘못 골랐다는 생각이 들었다.

"……됐습니다. 그냥 못 본 걸로 할 테니, 당신은 여기서 계속 자 도록 하시죠."

영영 눈을 안 떠도 좋겠다는 뒷말은 마음에 묻은 채, 디엘이 남자 의 손에서 검을 빼앗았다.

이번에는 순순히 남자가 검을 돌려주었다.

"미안, 미안. 그렇게 화낼 것까진 없잖아. 까칠하기는."

남자는 화를 내는 디엘이 이상하다는 얼굴로 어깨를 으쓱하였 다.

디엘은 아주 잠시 검집째로 저 남자의 머리를 한 대 때려 주면 얼 마나 속이 시원할까 생각해 보았다.

왕족으로서의 품위를 지키기 위해 받았던 각종 교육이 없었다면 진즉 그것을 실행했을지도 모르는 노릇이었다.

"대신 내가 사과의 뜻으로 유물이 많이 있을 법한 곳까지 안내해 줄게."

갑작스러운 제안에 디엘이 흠칫하였다.

사실 그녀가 조금 전, 남자의 약점을 쥐고 강요하려던 것 역시 지금 남자가 입 밖에 낸 것과 같은 내용이었다.

이곳에서 낮잠을 잘 정도라면 그는 유적지에 대해 상당히 잘 아는 게 분명했다.

그러니까 이 남자의 도움을 받는다면 시험을 빨리 끝낼 수 있을 터였다.

'아무거나 상관없으니 빨리 유물을 찾아서 이곳을 떠나야만 해.'

디엘은 조금 전 확인했던 시간을 떠올리고 입술을 꾹 깨물었다.

'그 순간'이 올 때까지는 시간이 많이 남아 있지 않았다.

빠르게 시험을 끝내고 돌아가야만 했다. 안 그러면 태어나서 처음으로 레아가 아닌 타인 앞에서 몸이 변하는 불쾌한 경험을 하게 될 상황이었다.

"……난 아무래도 상관없지만, 당신이 그러길 원한다면 호의를 기꺼이 받아들이도록 하죠."

순순히 남자의 제안에 고개를 끄덕이기 아니꼬웠던 디엘은 일부러 선심을 부리는 척 굴었다.

남자는 싫은 기색 하나 없이, 아니 오히려 즐거워 보이는 얼굴로 고개를 끄덕였다.

"그래, 그래. 원래 남의 호의는 그렇게 아무 의심 없이 받아들이는 게 제일이지."

"……."

묘하게 저를 바보 취급하는 말에 디엘이 눈썹을 꿈틀거렸다.

이 남자는 어쩜 이렇게 사람의 속을 벅벅 잘도 긁을까.

이것도 재주라면 재주겠지 싶었다.

디엘은 이제 기가 막힘을 넘어서 감탄하는 눈으로 그를 바라보았다.

그 눈빛을 무어라 오해한 것인지 남자가 손가락을 튕겼다.

"아, 맞다. 그러고 보니 우리 서로 통성명도 안 했네. 이제부터 같이 즐겁게 유적지 조사 데이트를 할 사이니까 이름 정도는 서로 알아야 하지 않겠어?"

"……난 로비나 왕국에서 온 디엘이라고 합니다."

디엘은 당신과 나는 데이트를 하는 게 아니라는 말은 생략하였다.

비록 이 남자와 마주한 시간이 길지 않으나 그녀는 한 가지 깨달은 게 있었다.

어디로 튈지 모르는 공 같은 남자를 상대하려면 조금 거슬리는 말 정도는 무시하는 게 상책이었다.

"헤에, 로비나 왕국이라."

흥미롭게 디엘의 얼굴을 요리조리 뜯어보던 남자는 빙긋 웃었다.

"그러고 보니 로비나 왕국의 일곱째 왕자가 엄청나게 예쁜 미인이라던데."

갑자기 저에 대한 화제가 나오자 디엘은 어깨를 굳혔다.

딱히 제 신분을 감출 필요는 없었으나, 어쨌거나 지금 이 남자 앞에서 자신이 바로 그 미인 왕자라고 밝히는 건 어쩐지 거부감이 들었다.

"로비나에는 미인이 많나 본데? 나중에 로비나에 꼭 한번 가 봐야겠다. 그때는 네가 안내해 줄래?"

곤란해진 디엘은 슬그머니 말을 돌렸다.

"……그런 건 아무래도 상관없으니 당신도 이름을 밝히시죠."

디엘은 남자가 다른 말을 못 하도록 소개를 재촉하였다.

"아아, 맞아."

남자가 손을 내밀었다. 그것이 악수를 청하는 동작이라는 걸 알아차린 디엘은 머뭇거리며 손을 마주 잡았다.

맞닿은 손바닥으로 검을 오래 잡은 사람 특유의 굳은살이 느껴졌다.

겉으로 보기에는 뺀질이처럼 보이지만, 아무래도 검술 훈련을 게을리한 건 아닌 모양이었다.

위아래로 손을 흔든 디엘이 뒤로 팔을 뺐지만, 단단하고 뜨거운 손은 떨어질 줄을 몰랐다.

이게 뭐하는 짓인가 싶어 고개를 들어 남자를 노려보자 그가 또다시 히죽 웃었다.

"내 이름은 에드. 검술학과 2학년이야. 출신지는 이시호 제국이고."

"이시호 제국?"

그 이름이 묘하게 귀에 자주 들린다는 생각에 디엘이 얼굴을 찌푸렸다.

　그것을 본 에드가 무슨 생각을 한 것인지 맞잡고 있는 손을 들어 올리더니 손등 위로 작게 입을 마주었다.

　"무슨—"

　당황한 디엘이 큰 소리를 내지도 못하고, 말끝을 흐리자 에드가 여전히 손등에 입을 댄 채 히죽 웃었다.

　"앞으로 잘 부탁해, 디엘."

Chapter 5

제트의 저택

통성명을 마친 두 사람은 그대로 침실을 빠져나왔다.

에드는 뭐가 그리 궁금한 게 많은지 디엘에게 이것저것 질문을 던졌다.

처음에는 그의 질문을 줄곧 무시했지만, 곧 그것이 현명한 판단이 아니라는 걸 깨달았다.

"—인 것 같은데 실제로는 어때? 응?"

"……."

"어라? 지금 내 말 못 들은 거야? 아님 무시하는 건가? 어느 쪽이야?"

"……."

"으음, 디엘? 내 말 듣고 있어?"

"……."

"디엘 씨? 디엘 군? 디엘 님? 디에에에에에엘아?"

디엘은 자신의 이름이 그토록 다양한 어조와 억양으로 불릴 수 있다는 사실이 매우 놀라웠다.

옆에 있는 이 남자는 검사가 되기보다는 배우라도 되는 게 낫지 않을까.

"……무슨 일입니까."

"오, 드디어 반응하네."

한참이나 디엘을 성가시게 굴었던 에드가 만족스러운 미소를 지었다.

"너 혹시 너 닮은 누나나 여동생 없어?"

"그건 왜 묻는 겁니까?"

"있으면 소개시켜 달라고 하려고."

"……있어도 소개해 줄 생각은 없지만, 다행히도 저에게는 절 닮은 누이가 없군요."

바바라의 뱃속에 있는 아이가 여자아이일지 아니면 남자아이일지 아직은 모르지만, 어쨌거나 현시점에서는 저를 닮은 누이가 없는 건 분명하였다.

디엘의 차가운 대답에 에드는 실망이 역력한 얼굴을 하였다.

"아아. 아쉽네. 네 얼굴 진짜 딱 내 취향이네. 이런 미인은 어디가서 쉽게 볼 수도 없다고."

조금 전부터 이어지는 넋두리에 디엘은 조금 짜증이 치밀었다. 저놈의 예쁘다는 소리.

"아까도 제가 분명 말씀드린 것 같지만, 저를 보고 예쁘다거나 하는 그런 말은 삼가 주세요. 하나도 기쁘지 않습니다."

"어, 그래? 그렇게 싫어?"

에드는 도통 이해가 안 간다는 얼굴이었다. 디엘은 정말 싫어 죽겠다는 감정을 담아 고개를 마구 끄덕였다.

"네, 싫습니다."

"근데 나 딱히 너 기쁘라고 예쁘다고 하는 거 아닌데? 그러니까 앞으로도 그냥 예쁘다고 하지, 뭐."

"……."

디엘은 저도 모르게 이를 아드득, 갈았다. 에드와 함께한 시간은 다 합쳐도 1시간이 채 되지 않는 짧은 시간이지만, 직감적으로 알 수 있었다.

이 남자는 절대로 상식이 통하지 않는 상대였다.

"정말 이쪽으로 가면 뭐가 있긴 한 겁니까?"

쓸데없는 대화로 시간을 낭비할 바에는 차라리 건설적인 이야기라도 해 보자는 생각에 디엘이 질문을 던졌다.

에드는 의기양양한 얼굴로 고개를 끄덕였다.

"맡겨 두라니까. 내가 알기로 이쪽은 다른 학생들이 잘 드나들지 않는 구역이라서, 발견 못 한 방이 몇 개 있을 거야."

두 사람은 디엘이 가지 않았던 계단을 통해 3층까지 올라갔다.

3층에는 드문드문 바닥이 푹 꺼진 곳이 있어서 섣불리 걸음을 옮길 수 없었다.

에드는 그중 몇 개의 방을 골라 문을 열었다.

디엘의 눈에는 다 거기서 거기인 것처럼 보이는 곳이었지만, 에드는 망설임 없이 그 안을 헤집었다.

"정말 여길 잘 아는 것 같군요."

무심코 디엘이 감탄사를 내뱉자 에드가 씩 웃었다.

"그럼. 아까도 말한 것처럼 내가 신입생 때부터 아주 여기 현관문이 닳도록 드나들었거든."

그게 지금 자랑이 아닐 텐데.

디엘은 저도 모르게 흰 눈으로 에드의 옆얼굴을 보았다.

그 시선을 눈치챈 것인지 에드가 고개를 반만 돌리더니 히죽 웃었다. 웃음이 꽤 헤픈 남자였다.

"어디 보자…… 이런 건 좀 옛날 물건스럽지 않아?"

어지러운 방 안을 뒤진 에드가 디엘에게 텅 빈 잉크병이나 손바닥만 한 자기 인형 따위를 건네주었다.

이걸 정말 유물이라고 할 수 있나 생각하면서도 디엘은 가방 안에 그것을 조심스레 넣었다.

사실 부피가 지나치게 큰 물건이 나와도 운반이 곤란하였다.

"에드."

에드를 흉내 내는 것처럼 방 안을 살피던 디엘이 그를 불렀다.

"응?"

"아까 전 이곳이 A등급의 유적지라고 하지 않았습니까. 유적지의 등급을 나누는 기준이 어떤 것인지 혹시 알고 있습니까?"

아무리 그래도 명색이 고대학과 시험 응시자이면서도 이런 것도 모르냐고 비웃지는 않을까.

디엘이 내심 그런 생각을 하며 제가 한 질문을 후회하기도 전에 에드가 대답하였다.

"아, 나도 전공은 아니라 정확하진 않은데. 작년에 교양으로 기초 유물학을 들었거든? 그때 들은 바에 의하면 크게 세 가지가 기준이래."

무릎에 묻은 먼지를 탈탈 털고 일어선 에드가 벽에 기대어 검지를 세웠다.

"첫 번째. 그 유적지에서 어떤 블루 블러드의 소유였는가. 아무래도 블루 블러드끼리도 신분이나 힘에 차이가 있었기 때문에 힘과 권력이 강했던 블루 블러드가 소유했던 곳일수록 더 가치 있는 유물이 있을 가능성이 높지."

"그리고 그만큼 위험부담도 커지겠군요."

어떤 일이건 기회가 클수록 그만큼 위험도 커지는 법이었다.

고대학에 대해서라면 잘 몰라도 그 정도 기본상식은 있었다. 디엘의 대답에 에드가 고개를 끄덕였다.

"맞아. 그리고 두 번째, 어떤 지형에 위치하고 있으며 주변에 어떤 위험 요소가 있는가. 이 제트의 저택 같은 경우는 모르아 아카데미 내부니까 도굴꾼들을 마주할 위험 같은 건 없지만, 대신 타틴 산기슭 바로 아래에 있으니까 들짐승이 드나들기가 좋거든."

타틴 산에는 곰뿐만이 아니라 다른 난폭한 짐승도 많았다.

여행자들 중에서도 사람의 눈을 피해야 하는 자가 아니라면 선불리 넘을 엄두를 내지 못하는 곳이었다.

따뜻한 봄이나 여름이면 몰라도 겨울에는 이곳에 짐승들이 진을 치고 있을 우려가 제법 있었다.

"그래서 겨울에는 검술학과 주도로 대대적인 사냥 대회가 벌어지기도 해. 승자에게는 여러 가지 혜택이— 아, 이거 이야기가 완전히 딴 데로 새네. 여하튼 이곳이야 위치는 나쁘지 않아도 다른 유적지는 아예 산꼭대기에 있거나 혹은 사막 지대나 무인도에 있는 경우도 있거든. 그런 곳에서는 특히 예상 밖의 일이 벌어질 가능성이 크니—"

"그 또한 위험부담이 크겠군요."

디엘은 이제 슬슬 알 것만 같았다. 왜 그렇게 고대학과 지원자가 적은 것인지.

600년이라는 시간이 지나는 동안 이미 수많은 도굴꾼이나 유물 발굴가가 유적지를 조사했을 터고, 이제 남아 있는 유적은 얼마 없을 터였다.

그렇지만 조사를 위해 감내해야 할 조건은 지나치게 많았다. 고생에 비해 별다른 보상을 기대할 수가 없는 일인 것이다.

고대학에 미친 괴짜이거나 혹은 고대학에 빠진 바보이거나.

둘 중 하나가 아니라면 버틸 수 있는 학문은 아닐 것 같았다.

디엘처럼 특수한 사정으로 아카데미에 입학하는 것 자체가 목적인 사람이 아니라면야.

"마지막. 이게 가장 중요한 거라던데, 잔여 유물의 예측 수량에 따라서 등급 난이도가 크게 달라진다나."

상념에 잠겨 있던 디엘이 퍼뜩 정신을 차렸다.

잔여 유물 예측 수량?

"그런 건 어떻게 측정하는 겁니까?"

"거기까진 나도 모르지. 어쨌거나 고대학 연구 협회에서 매년 유적지에 유물이 얼마나 남아 있을지를 조사해 보고, 그걸 토대로 관계자들이 움직일 거야."

고대학 연구 협회라.

그러고 보니 로비나 왕국에 있을 때는 그런 이름을 가진 지부가 예산 증원 요청을 했다는 이야기를 들은 적이 있었다.

입술을 만지작거리며 디엘이 생각에 잠겼다.

로비나 왕국에는 유적지가 몇 개나 있는 거지?

그동안 저와는 별 상관이 없다 생각하여 신경도 쓰지 않던 문제에 새삼 관심이 가기 시작하였다.

"어쨌거나 유적지의 난이도는 그 세 가지. 그러니까 희귀성과 위험도, 그리고 발굴 가능성을 토대로 등급이 정해진다는 거지. 그런 점에서 이 제트의 저택은 A등급을 거뜬히 받을 수 있는 곳이고."

"……첫 번째나 두 번째면 몰라도 세 번째 조건은 이곳과는 안 맞는 거 아닙니까? 이미 많은 학생이 조사한 곳이니 남아 있을 유물의 가짓수가 별로 없을 것 같은데."

"모르시는 말씀."

히죽 웃은 에드가 손가락을 까닥까닥 흔들어 보였다.

"이 유적지에서 말이지. 작년에도 엄청난 유물이 하나 발굴되었거든. 교양 수업으로 기초 고대학을 택했던 학생 중 하나가 우연찮게 유물을 발견했는데 말이지. 그게 또 엄청난 물건이었던 모양이야.

그래서 아카데미 측에서 학생한테 거금을 주고 그 유물을 샀다나?"

에드는 모르아 아카데미에서 유물을 따로 보관하는 전시실이 몇 개나 있다는 것도 알려 주었다.

"모르아 아카데미가 방범과 치안에 신경을 쓰는 이유는 재학생 중에 신분이 높은 자가 많아서만은 아니야. 아카데미가 보유하고 있는 유물 중에는 나라 한두 개 정도는 사고도 남을 만큼 귀한 물건도 많거든."

그 정도쯤 되면 거의 국고 수준이 아닌가.

이런 사실은 아카데미 입학 안내 책자에도 나와 있지 않은 이야기였다. 디엘은 새삼 감탄하며 에드의 설명에 귀를 기울였다.

"그래서 모르아에서는 고대학과를 전공하는 학생뿐만이 아니라, 일반 학생 중에도 고대학 수업을 교양 과목으로 택해서 유적지 실습을 나가는 학생이 많아. 덕분에 검술학과 학생들이 용돈벌이를 할 일이 제법 많아서 우리야 좋지."

"용돈벌이?"

디엘은 어리둥절한 얼굴로 반문하였다.

학생들이 유적지 조사를 하는 것과 검술학과 학생들의 용돈벌이가 무슨 상관이 있단 말인가.

하지만 에드는 그에 대해서는 아무런 답도 주지 않았다.

"그러니까 너도 필요하면 언제든지 말해."

에드는 벽에 기댄 몸을 슬그머니 떼어 냈다.

"뭐가 말입니까?"

난데없는 말에 어리둥절한 디엘이 묻자, 에드가 씩 웃었다.

"동행— 아니, 호위가 필요하면 내가 해 줄게. 물론 공짜는 아니지만."

"……호위라니. 그게 무슨 뜻입니까?"

혹시라도 자신이 누구인지를 알아차린 건가 싶어 디엘이 얼굴을 굳혔다.

신분을 밝히는 것 자체는 문제가 아니었다.

문제는 외딴 곳에서 아직 만난 지 몇 시간도 채 되지 않은 남자와 단둘이 있는 이 상황이었다.

에드가 정말 아카데미의 학생이라 하더라도 그것이 그가 믿을 수 있는 사람이라는 뜻은 아니었다.

디엘이 눈에 힘을 주고 에드를 보자, 어깨를 으쓱한 에드가 그녀의 바로 앞까지 다가왔다.

"경계 하지 마. 별다른 뜻은 없어. 그냥 척 보기에도—"

에드가 디엘의 얼굴을 물끄러미 바라보았다.

"너 싸움 썩 잘하지 못할 것 같아서. 내가 얼마든지 대신 싸워 줄 테니까 필요하면 말하라고."

대수롭지 않은 대답에 디엘의 어깨에서 조금 힘이 빠졌다.

"내가 야만적인 주먹다짐에 휘말릴 일은 없을 겁니다. 그러니까 당신의 호위 역시 필요 없습니다."

"하하. 그거야 모르는 일이지. 너처럼 사람의 이목을 집중시키는 녀석이라면 특히나 더."

무슨 의미일까. 디엘이 여전히 이해하지 못하겠다는 얼굴로 에드를 보자 그가 가볍게 그녀의 어깨를 두들겼다.

"가자. 여긴 더 있을 게 없어 보이네."

디엘 역시 에드와 같은 생각이었기에 순순히 그의 뒤를 따랐다.

조금 걷다보니 갈림길이 나타났기에 디엘은 멈칫하였다. 하지만 에드는 망설이지 않고 오른쪽 길을 택했다.

"전에 이 근처에서 낮잠 잤을 때, 뭔가 재미있어 보이는 방을 하나 발견했던 기억이 있거든. 거기로 가 보자."

자신 있게 안내역을 자청했던 만큼 에드는 길에 밝았다.

디엘에게는 매우 다행스러운 일이었지만, 한편으로는 다른 학과 학생인 주제에 이렇게까지 이곳 지리에 밝은 그에게 좋은 시선이 가질 않았다.

하라는 공부는 안 하고, 매일 낮잠만 자러 다닌 건가.

"에드. 힘들게 들어온 아카데미일 텐데 그렇게 불성실하게 학업에 임하는 이유는 대체 뭡니까."

딱히 싫은 소리를 할 생각은 아니었지만, 뱉어 놓고 보니 아차 싶은 말이었다.

그에게도 무언가 사정이 있을지도 모르는데.

디엘이 얼른 제 말을 부정하려는 순간, 에드가 느긋한 얼굴로 답하였다.

"응? 나 별로 안 힘들게 입학했는데. 천재라서."

"……."

아, 안되겠다. 디엘은 고개를 절레절레 저었다.

이 남자와 대화를 나누는 것만으로도 피곤함이 썰물처럼 밀려들었다.

"뭐, 출석일자는 진급이 가능할 정도로 조절하고 있으니까 괜찮겠지."

모르아 아카데미의 학비는 다른 아카데미에 비해 결코 저렴한 편이 아니었다.

물론 장학금 제도나 학비 대출 지원이 잘 정비되어 있기에 아카데미에는 고학생들도 많다 들었지만, 역시 이 아카데미에서 가장 많은 건 디엘처럼 신분이 높거나 생활에 큰 어려움이 없는 가문의 자제일 터였다.

이 남자는 어느 쪽일까? 호기심이 동한 디엘은 에드의 위아래를 훑었다.

옷이야 교복을 엉성하게 걸친 모양새니까 그렇다 치더라도 전체적인 분위기에서 어려움을 모르고 자란 느낌이 있었다.

'부유한 상인 집안의 자제인가? 아님 귀족 출신? 하지만 용돈벌이 운운하는 걸 보면 형편이 아주 좋지는 않을지도 모르지. 그럼 혹시 몰락 귀족 출신인가?'

디엘은 에드의 출신에 대해 이런저런 추측을 하다가 퍼뜩 정신을 차렸다.

어차피 이곳을 벗어나면 저랑 얽힐 일도 없는 상대니, 그에 대해서 궁금해 할 필요는 없었다.

"그나저나 너 말이지. 무슨 일이 있었기에 입학시험에 지각을 다했어? 보기에는 약속 시간을 어기고 그럴 타입으로 보이지는 않는데."

아무래도 에드는 궁금한 걸 참는 성격이 아닌 것 같았다.

이런 건 친한 사이가 아니라면 배려심에서 자제했을 질문이 아닌가.

적어도 디엘이라면 그럴 터였다.

"사고가 좀 있었습니다."

자세히 설명해 주는 게 영 성가시다 생각한 디엘이 짧게 대꾸하자 에드가 걸음을 멈추었다.

"뭐? 사고? 어디 다치거나 그런 거야?"

아차. 사고가 아니라 사정이라고 했어야 했구나.

디엘은 자신이 단어를 잘못 선택했다고 느꼈지만, 이미 늦은 후회였다.

고개를 쭉 뺀 에드가 디엘의 몸을 이리저리 살피는 시늉을 하였다.

"아까 전에 내가 잡아당겼을 때는 괜찮았어?"

"괜찮, 습니다."

아까 전까지는 히죽거리던 남자가 장난기 하나 없는 얼굴로 저를 걱정해 주자 어색하였다.

종잡을 수가 없는 남자로군.

디엘은 에드의 어깨를 슬그머니 밀어냈다.

"제가 잘못 말했습니다. 사고, 는 아니고 조금…… 생각하지 못한 일이 있었을 뿐입니다."

"어떤 일이 있었는데?"

넌 대체 내가 왜 대답을 한 줄로 줄여 말하고 있다고 생각하는 거냐. 한쪽 눈썹을 와그작 구긴 디엘이 한숨을 내쉬었다.

"내가 왜 에드에게 거기까지 말해 줘야 하는 겁니까?"

"어, 너 그 말 좀 섭섭하다. 우리 사이에."

아니, 우리 사이라니. 그런 뭔가 있어 보이는 표현을 쓸 만한 일이 있었던가.

디엘이 불만 어린 눈으로 건넨 메시지를 알아들은 것인지 에드가 히죽 웃었다.

"한 침대에 누워 있던 사이잖아."

"……당신이 일방적으로 날 깔아뭉갠 거겠죠."

디엘은 저도 모르게 이를 드러내며 으르렁거렸다.

이상하다. 내가 이렇게까지 발화점이 낮은 인간이었던가.

디엘은 자꾸 에드를 향해 버럭 소리를 내지르고 싶은 충동을 느끼며 이마를 감쌌다.

그간 주변에 이런 인간이 하나도 없어서 그런지 이 남자와 어떻게 거리를 둬야 할지 알 수가 없었다.

그나마 단둘만 아니라면 좀 나았을 텐데.

"하하, 맞아. 남자 위에 올라탄 건 오늘이 처음인데, 이상하게 평소보다 흥분되더라. 난 얼굴만 내 취향이면 남자도 상관없나 봐."

그딴 거 알게 뭐람. 디엘은 대답하기를 포기하고 고개를 저었다.

"그런 건 아무래도 상관없으니까 이제―"

좀 서두르자는 말을 하려던 디엘이 멈칫하였다.

무언가 이상하였다. 심장이 평소보다 느리게 뛰는가 싶더니 어느 순간, 박동이 빨라졌다.

당황한 디엘이 제 왼쪽 가슴에 손을 올렸다.

맥박이 뛰는 것이 선명하게 느껴졌다.

대체 왜? 말도 안 돼.

"응? 무슨 일이야, 디엘?"

영양가 없는 소리를 실컷 지껄이던 에드가 디엘의 이변을 알아차리고 멈추어 섰다.

그가 자신에게 다가오려는 걸 눈치챈 디엘이 재빠르게 뒤로 물러섰다.

"가까이 오지 마!"

"……디엘?"

등줄기로 식은땀이 주르륵 흘렀다.

그녀는 옷 속을 더듬어 늘 지니고 다니는 회중시계를 확인하였다.

시간은 분명 아직 '그때'가 아니었다. 하지만 분명히 느낄 수 있었다.

제 몸이 여자로 되돌아갈 준비를 하고 있다는 것을.

"……속이 좋지 않군요. 잠깐만 혼자 있다가 오겠습니다."

디엘이 에드를 두고, 앞으로 성큼성큼 걸어 나갔다.

"뭐? 잠깐만―"

에드가 뒤에서 저를 불렀지만, 디엘은 따라오지 말라는 뜻으로 거칠게 손을 흔들어 보였다.

있는 힘껏 달리자 에드와의 거리가 순식간에 벌어졌다.

그의 모습이 거의 보이지 않을 때쯤이 되어서야 그녀는 손에 잡히는 대로 문손잡이를 잡아당겼다.

마침 열리는 방문이 하나 있어 앞뒤 잴 겨를 없이 그곳으로 뛰어들었다.

메케한 먼지 냄새가 피어나는 그곳은 다른 방과 마찬가지로 잡동사니가 어지러이 널려 있었다.

디엘은 문 앞에서 숨을 몰아쉬며 셔츠의 단추를 풀었다.

머릿속이 아득해지다가, 심장이 빠르게 뛰고, 전신이 갈기갈기 찢어지는 것 같은 고통이 간헐적으로 이어졌다.

정말 구역질이 치밀어 올랐기에 디엘은 입을 틀어막으며 문 앞에서 주르륵 미끄러졌다.

환경이 바뀐 탓인지 평소보다 고통이 더 심했다.

필사적으로 흐느낌과 신음을 억누르는 사이에 제 몸이 조금 전과는 다른 형태가 된 것을 느낄 수 있었다. 부풀어 오른 가슴 때문에 셔츠가 터질 것만 같았다.

디엘은 혼미한 정신으로 단추를 주섬주섬 풀었다.

"디엘, 너 정말 괜찮은 거야?"

문밖에서 저를 부르는 에드의 목소리가 디엘이 흠칫 어깨를 굳혔다.

"괘, 괜찮습니다!"

반사적으로 대답한 그녀는 셔츠를 풀어 헤쳤다.

서늘한 공기에 닿은 살갗에 오돌토돌하게 소름이 돋는 것이 느껴졌다. 그녀는 얼른 주머니 속에 넣어 두었던 붕대를 꺼내어 가슴 위에 감았다.

"정말 괜찮은 거야? 상태가 많이 안 좋으면 시험을 중단하고 아카데미로 돌아가자. 내가 데려다줄게."

딴에는 걱정해 주는 것이겠지만, 지금의 디엘에게는 불필요한 친절이었다.

됐으니까 좀 꺼지라는 소리가 목구멍까지 치밀어 올랐다.

"괜찮, 괜찮습니다. 이제 다 끝났어요."

디엘은 부들부들 떨리는 손으로 단추를 다시 다 잠갔다.

갑작스러운 변화에 당황해서인지 평소보다 세게 조인 가슴이 찌릿, 통증을 호소하였다.

하지만 이제 와서 다시 붕대를 다시 맬 수는 없었다.

조금만 버티자. 조금만.

여자들이 매는 코르셋에 비하면 이건 별 게 아닐 거야.

몸을 일으킨 디엘이 천천히 문을 열었다. 문밖에서는 에드가 눈썹을 잔뜩 찌푸린 채, 걱정스러운 얼굴을 하고 있었다.

"너 정말 괜찮은 거야? 혹시 아까 있었다는 사고— 그것 때문에 진짜 상태 안 좋은 거 아니야?"

"아닙니다. 그런 건 아니에요. 그냥 속이 좀 안 좋아졌을 뿐입니다. 아무래도 여기 먼지가 많은 탓인 것 같습니다."

자신이 들어도 억지 핑계 같았지만, 이것 외에 더 좋은 변명이 떠오르질 않으니 별수 없었다.

디엘은 괜찮다는 말을 재차 반복하였다.

에드는 썩 믿음이 가지 않는다는 얼굴이었지만, 디엘의 고집을 굳이 꺾으려고 하지는 않았다.

"이제 괜찮습니다. 불필요하게 시간을 지체했군요. 바로 이동하죠."

"조금 쉬었다가 가는 게 낫지 않겠어? 얼굴색이 장난 아닌데."

"괜찮습니다. 나가게 그 앞에서 비켜 주시죠."

디엘이 문 앞에 선 에드에게 가볍게 손을 저어 보였다.

하지만 에드는 비켜서지 않고 가만히 디엘의 얼굴을 보고 있었다.

"에드?"

무슨 일인가 싶어 그의 이름을 부르자 마치 그게 신호라도 된 것처럼 에드가 한 걸음씩 앞으로 다가왔다.

장난스러운 얼굴도 아닌, 그렇다고 해서 디엘을 마냥 걱정하는 것도 아닌 표정으로.

그 기세에 눌린 디엘은 저도 모르게 뒤로 한 걸음씩 물러서서 다시 방 안으로 들어섰다.

한참을 뒷걸음질 치다 보니 어느 순간, 엉덩이에 걸리는 것이 있었다.

놀라 아래를 내려다보니 다 망가진 철제 테이블이 보였다.

아차, 하며 앞으로 다시 고개를 돌리자 어느새 에드의 얼굴이 바로 코앞에 있었다.

"……디엘, 너."

멋대로 다가온 에드가 디엘의 얼굴을 유심히 들여다보고 있었다.

선명한 붉은 눈동자가 무엇이든 꿰뚫어 볼 것처럼 예리하게 빛났다.

마치 꽁꽁 숨겨 둔 그 어떤 비밀이라도 이 남자라면 단번에 알아차릴 것만 같았다.

"아까랑 느낌이 묘하게 다르다?"

"……뭐가, 말입니까?"

쿵쾅거리는 심장을 진정시키며 일부러 차갑게 묻자 에드가 고개를 갸웃하며 분명한 목소리로 답하였다.

"여자 같아."

이번에야말로 디엘의 가슴이 철렁 내려앉았다.

등줄기가 경련하는 것을 느끼며 그녀는 반사적으로 제 가슴 위로 손을 올렸다.

아플 정도로 조여 맨 붕대 덕에 가슴은 편편하였다.

그럼 대체 뭐가 문제지? 뭔가, 뭔가 평소와는 다른 게 생겼나?

당황한 디엘은 이리저리 고개를 돌리다가 옆에 놓여 있는 낡은 거울을 발견하였다.

검은색 광택이 도는 거울은 반 이상이 깨져 나가 있었다.

그 깨진 거울 조각에 제 모습이 얼핏 비쳤다.

거울 속의 자신은 어딜 보나 평소와 같은 디엘 샤 자르타였다.

아―

그제야 디엘의 어깨에서 힘이 조금 빠져나갔다.

덕분에 디엘은 조금 침착함을 되찾을 수 있었다.

"아직도 그 헛소리를 계속 하는 겁니까. 대체 내 어디가 여자 같―을지도 모르지만, 어쨌거나 겉모습만으로 사람을 판단하는 건 옳지 못한 일입니다."

어쨌거나 자신의 겉모습이 선이 가늘고 섬세한 미소년이라는 자각이 있었기에 디엘은 재빠르게 말을 돌렸다.

하지만 에드는 그게 문제가 아니라며 어깨를 으쓱하였다.

"냄새가 달라졌어."

"냄새?"

생각하지도 못한 말에 디엘이 멍한 얼굴을 하였다.

에드는 고개를 숙여 디엘의 뺨과 목덜미 근처에 얼굴을 가져다 대었다.

디엘이 그를 밀어낼 틈도 없이 킁킁 냄새를 맡은 에드가 그대로 눈만 돌려 디엘을 다시 보았다.

붉은 눈동자가 사냥감의 목덜미를 움켜쥔 맹수처럼 빛나고 있었다.

"응, 여기서 좋은 냄새가 나. 엄청나게— 맛있는 냄새?"

히죽 웃은 에드가 입을 벌려 혀를 내밀었다. 마치 디엘을 핥으려는 것처럼.

그것을 본 디엘은 거의 반사적으로 주먹을 휘둘렀다.

"우—와!"

기겁하는 시늉을 한 에드가 그대로 뒤로 물러섰다.

"위험하게 뭐하는 거야. 하마터면 맞을 뻔했잖아."

맞으라고 때린 거라는 말 대신 디엘은 눈썹을 꿈틀거렸다.

"에드. 당신 혹시 전과 기록 같은 거 없습니까?"

"응? 전과 기록? 없는데. 왜?"

"아니, 틀림없이 성희롱으로 구형된 적이 있을 것 같아서."

"내가? 하하하."

에드는 세상에서 제일 재미있는 농담을 들었다는 것처럼 웃어젖혔다.

디엘은 저 얄미운 얼굴에 주먹을 한 번만 날릴 수 있으면 소원이 없겠다는 생각을 하였다. 하지만 무리겠지.

조금 전, 디엘의 주먹을 피하는 에드의 움직임은 깜짝 놀랄 만큼 민첩하였다.

처음 만났을 때도 그녀를 쉽게 제압했던 걸 보면 에드의 실력은 예사로운 것이 아님이 분명하였다.

검을 겨루어도 쉽게 그를 이길 수는 없으리라.

아니, 어쩌면 이기는 건 불가능할지도 모른다.

디엘은 재차 에드를 천천히 살펴보았다.

얼핏 보기에는 빈틈투성이인 것 같아도 실제로는 파고들 틈이 없었다.

암만 생각해도 실력이 아깝다는 생각이 들었다.

저 정도 실력이라면 어느 나라의 대장군이나 기사단장 정도의 직책은 거뜬히 수행할 수 있을 터였다.

문제만 일으키지 않고 성실하게 산다면.

안타까움에 디엘은 한숨을 푹 내쉬며 진심을 담은 충고를 건넸다.

"그런 식으로 살다가는 언젠가 진짜로 경비대에 붙잡혀 가게 될 겁니다."

"그런가? 근데 나 여태까지 여자한테 한 번도 성희롱범 취급 받아 본 적 없는데."

어련하시려구.

홍, 코웃음을 친 디엘이 에드에게 물러서라는 것처럼 손을 휘둘렀다.

에드는 히죽 웃더니 뒤로 물러섰다.

이제야 좀 숨통이 트일 것 같다는 생각에 디엘은 내심 가슴을 쓸어내렸다.

몇 걸음 뒤에 선 에드가 디엘을 향해 입을 열었다.

"그나저나 너 진짜 뭔가 문제 있는 건 아니지? 괜찮은 거 맞는 거지?"

"네. 아무 문제도 없다고 계속 말하고 있지 않습니까."

"이상하네."

에드가 정말 영문을 모르겠다는 얼굴로 고개를 옆으로 기울였다. 그가 얼굴을 바짝 들이밀었던 목 주변을 어색하게 매만지던 디엘이 입을 열었다.

"뭐가 말입니까."

"체취가 아까와는 분명 달라졌어. 지금 되게 좋은 향이 나거든. 너한테서."

"……."

이 남자는 대체 후각이 얼마나 좋은 거지? 무슨 짐승 수준이잖아. 아니면 정말 나한테서 뭔가 냄새라도 나나.

디엘은 에드 앞만 아니라면 제 몸에 코를 대고 냄새를 확인해 보고 싶을 지경이었다.

"어쨌거나 별일이 없다니 다행이네. 그럼 이제 조사를 계속하러 가 보자고."

에드가 저를 따라오라는 것처럼 손짓을 하였다. 철제 테이블에 반쯤 기대어 있던 디엘은 알았다고 고개를 끄덕이며 몸을 떼어 냈다.

삐걱거리며 테이블이 위태롭게 흔들리는 소리에 천천히 움직이던 그녀의 눈에 다시 아까 전 본 화장대 거울이 보였다.

어두운 광택을 지닌 거울을 무심하게 보고 지나치려던 디엘이 멈칫하였다.

검은 거울?

"디에에엘? 또 무슨 일이야?"

먼저 방 밖으로 빠져나갔던 에드가 저를 부르는 소리가 들려왔다.

그러나 디엘은 아무 대답도 없이 거울을 향해 성큼성큼 다가갔다.

손을 뻗어 거울을 만지려던 그녀는 잠시 멈칫하였다.

섣불리 손을 대어서는 안 되겠다는 생각에 가방을 뒤져 장갑을 한 켤레 꺼내 들었다.

장갑을 착용한 디엘은 깨져 나간 거울의 단면을 조심스레 만져 보았다.

생각한 것보다도 깨져 나간 부분이 날카롭지 않았다.

단면을 더듬거리던 디엘은 무언가를 생각하는 얼굴로 거울을 툭 툭 두들겨 보았다.

"지금 뭐하는 거야?"

어느 틈에 돌아온 것인지 에드가 디엘의 하는 모양새를 이상하다는 얼굴로 지켜보고 있었다.

디엘은 대답 대신 재차 거울을 두드려 보았다.

"이 소리, 들립니까?"

"응? 무슨 소리? 내 잘생긴 얼굴 때문에 네 심장이 뛰는 소리?"

디엘은 실없는 소리를 깔끔하게 무시하였다.

"……거울이 무엇으로 만드는 건지 압니까?"

"응, 유리로 만드는 거잖아."

고개를 끄덕인 디엘이 가방 속을 뒤지기 시작하였다.

"맞습니다. 보통 거울은 유리 위에 아말감을 바르고, 그 위로 다시 납의 산화물인 연단을 발라서 만들죠."

가방 안에서 커다란 송곳을 찾아낸 디엘이 그것을 거울과 거울 조각이 붙어 있는 화장대 나무 판 사이에 조심스레 밀어 넣으며 말을 이었다.

"단, 요즘 만든 거울이라면."

"요즘 거울이라면?"

에드가 고개를 갸웃하는 사이, 디엘이 송곳 손잡이 부분을 가볍게 툭 때렸다.

그 반동으로 고정되어 있던 거울 부분이 툭 떨어져 나왔다.

그것을 재주 좋게 한 손으로 받아 낸 디엘이 제법 커다란 거울 조각을 들어 올려 이리저리 돌려보았다.

"블루 블러드는 지금으로부터 600년 전 존재들이죠. 그들이 아무리 뛰어난 마법 기술을 자랑했다고 해도 당시에는 유리로 만든 거울을 쓰지는 않았을 겁니다. 그러니까 이 거울은⋯⋯."

"재질이 유리가 아니겠네. 그럼 고대에서 썼던 거울이니까 은이려나? 옛날에는 납광석을 불태워 은을 추출해냈기 때문에 은빛이 지금과는 다르게 좀 어두웠다고 들었는데."

손가락을 튕기며 에드가 한 말에 디엘은 아무 대답을 하지 않았다.

은이라.

손에 든 거울 조각은 은치고는 묘한 온기를 품고 있었다.

게다가 생각보다도 강도가 약해서 그런지 힘을 많이 주면 부숴버릴 수도 있을 것 같았다.

아무래도 이 거울이 이런 작은 조각만 남은 이유는 누군가가 일부러 흠집을 내서 반을 깨트려 갔기 때문인 모양이었다.

"당신 말대로 고대에는 은빛이 지금의 은과는 달리 색이 탁하긴 했으나, 아무리 그래도 이건 은이 아닐 겁니다. 지금은 자주 쓰이지 않는 광물인 것 같군요."

디엘은 다시 한 번 거울 조각을 살펴보았다.

자주 보지 못했던 종류라서 확신을 할 수는 없었지만, 아무래도 이건—

"어, 디엘. 거기 뭐 그림 같은 거 있는 거 아니야?"

에드가 불쑥 꺼낸 말에 디엘은 정신을 차렸다. 그가 가리키는 것은 거울의 뒤편이었다.

조각을 빙글 돌려 살펴보니, 정말 그의 말대로 가장 아래쪽에 무언가가 그려져 있었다.

자세히 들여다보니 난생 처음 보는 글자 같은 것이 새겨져 있었다. 디엘의 추측이 다르지 않다면 고대어의 일종이리라.

문득 이곳으로 오기 전 카리스 학장이 했던 말이 머릿속을 스쳤다.

'뭐, 사실 조사라고 해 봐야 그렇게 어려울 건 없어요. 뭔가 옛날 물건처럼 보이고 특이한 게 있으면 그런 걸 하나 주워 오면 된달까, 하핫.'

뒷면에 고대어가 새겨진, 드문 광석으로 만들어진 거울.

어딜 보나 분명 뭔가 옛날 물건처럼 보이고 특이한 모양새였다.

회중시계로 시간을 확인한 디엘이 씨익 웃었다.

이곳에 온 지 정확히 1시간 12분 만에 거둔 성과였다.

* * *

모르아 아카데미의 학장실 안.

"여기 '유물'로 추정되는 물건을 가져왔습니다, 학장님."

디엘은 의기양양한 얼굴로 학장의 책상 위에 종이에 감싼 거울 조각을 내려놓았다.

카리스 학장은 그것을 물끄러미 내려다보다가 디엘의 얼굴을 올려다보더니 곧 그녀의 옆에 서있는 에드에게로 시선을 돌렸다.

그는 눈 둘 곳을 몰라 하는 사람처럼 고개를 이리저리 움직이며 휘파람을 불고 있었다.

디엘은 조금 한심스럽다는 얼굴로 에드를 곁눈질하였다.

"어— 음, 묻고 싶은 게 참 많은데요. 우선 에드 군이 왜 디엘 왕자님과 함께 있는 건지 좀 물어봐도 되나요?"

"디엘 왕자님?"

카리스 학장과 에드의 시선이 동시에 디엘에게 집중되었다. 디엘은 우선 에드에게 고개를 까닥하였다.

"아까 말하는 걸 깜빡했네요. 제가 그 '미인' 왕자입니다."

"아, 역시나."

디엘의 예상과 달리 에드는 그다지 놀라지 않은 얼굴이었다.

"……언제부터 알아차렸던 겁니까?"

"음, 처음부터? 네 검이 비싸 보인다 싶어서 보니까, 로비나 왕가의 문양이 새겨져 있었거든."

아차. 디엘은 머리를 감싸 쥐고 싶었다.

그녀가 소지하고 있는 검은 분명 열두 살 때, 왕에게 하사받았던 물건이었다.

어쩐지 유심히 검을 살핀다 싶던 이유가 그것이었나.

"언제 나한테 네가 그 '미인 왕자'인지 말해 줄까 두근두근 기다렸는데, 끝까지 말 안 해 주더라. 우리 사이에 섭섭하게."

그놈의 우리 사이. 지겹기도 하지.

디엘은 에드를 무시하며 다시 앞으로 고개를 돌렸다.

카리스 학장이 디엘에게 얼른 자신의 질문에도 대답을 해 달라는 눈빛을 보내고 있었다.

디엘은 에드를 한 번 힐끔 보았다. 눈이 마주친 에드가 능청스러운 얼굴로 윙크를 하였다.

얼굴을 와그작 구긴 디엘이 얼른 다시 앞으로 고개를 돌렸다.

"······우연히 만나 여기까지 동행하였습니다."

어디서 만났다는 말을 교묘하게 뺀 대답에 학장이 눈썹을 꿈틀거렸다.

이러니저러니 해도 에드가 유적지에서 땡땡이를 치고 있다는 사실을 비밀로 해 주기로 한지라 디엘은 은근슬쩍 말을 돌렸다.

"그것보다도 빨리 제가 가져온 것을 확인해 주셨으면 합니다."

"······으음, 석연치 않긴 한데. 뭐, 좋아요. 이번만 그냥 눈감아 주는 거예요, 에드 군. 제발 출석일수 계산해 가면서 땡땡이 좀 그만 치세요."

학장의 넋두리 섞인 말에 에드가 씩 웃으며 디엘의 어깨를 가볍게 툭툭 쳤다.

친밀감을 표현하는 동작이었지만, 디엘은 그것이 싫어 옆으로 한 걸음 비켜섰다.

"어디 보자. 왕자님께서 가져오신 건······."

조심스레 거울을 들어 올린 카리스 학장이 묘한 얼굴을 하였다.

디엘은 조금 긴장하여 손을 앞으로 가지런히 모았다.

이거다 싶어서 챙겨 온 물건이지만 혹시 별 게 아닌지도 모른다는 생각이 들었다.

애당초 다른 유물을 본 적이 없으니 이게 중요한 건지 아닌지 알

수가 없었다.

디엘이 내심 마른침을 삼키며 기다리는 동안 거울 조각을 보는 학장의 얼굴에 점점 놀라움이 깃들기 시작하였다.

"……제트(Jet)로군요."

역시 내가 제대로 본 게 맞았구나.

디엘이 만족스럽게 고개를 끄덕이는 것과는 별개로 에드가 어리둥절한 얼굴을 하였다.

"석탄(Jet)?"

거울 조각을 살피던 학장이 얼른 고개를 저었다.

"아니요. 석탄 말고, 보석 말이에요."

학장의 설명에도 에드가 도대체 무슨 말인지 이해할 수 없다는 얼굴을 하였다.

보다 못한 디엘이 대신 설명을 하고 나섰다.

"원래 석탄이란 유기물이 열과 압력의 작용을 받아 변질되어 생성된 광물입니다. 압력이 커질수록 석탄은 더욱 단단하게 굳어 가는 탄화(carbonization)과정을 거치게 되는데, 그중 유독 단단하며 광택을 갖게 되는 광석이 있습니다. 이 광석이 바로 제트 혹은 개거트(gagate)라고 불리는 보석이 됩니다."

"헤에, 그런 보석이 있구나. 처음 들었어."

에드의 말에 이번에는 카리스 학장이 대화에 끼어들었다.

"그야 그렇겠죠. 이렇게 생활용품으로 가공한 제트는 현재 시점에는 거의 찾아볼 수가 없거든요. 다른 보석에 비하면 경도가 그리 높은 보석은 아닌데다가 불을 붙이면 타 버려서요."

"하? 보석인데 불에 탄다고요?"

믿을 수 없다는 얼굴로 에드가 눈썹을 찌푸렸다.

보통 보석이라면 불에 타지 않는 거 아니었나.

그의 중얼거림에 디엘은 고개를 저었다.

"제트는 가연성 광석이니까요. 사실 불에 타는 보석은 제트뿐만이 아닙니다. 다이아몬드 역시 고온에서는 흑연(Graphite)이 되죠."

"……저기, 디엘. 나 지금 무슨 자연과학 강의 듣고 있는 기분인데 말이야. 기분 탓인가?"

싫어 죽겠다는 그 얼굴을 보고 있자니 어쩐지 디엘은 유쾌해졌다.

앞으로도 이 남자가 성가시게 군다면 이런 이야기를 꺼내면 되겠구나.

아니, 아예 볼일이 없는 게 제일이겠지만.

디엘이 속으로 그런 생각을 하는 사이, 학장이 웃으며 입을 열었다.

"하하. 고대학에는 광물의 이해에 대한 연구도 포함되어 있으니에드 군의 말이 크게 틀리지는 않네요. 디엘 왕자님께서 보석에 대해서 잘 아시는 건 좀 의외지만."

디엘은 오히려 학장의 말이 더 의외였다.

자신의 출신국이 로비나 왕국이라는 걸 알면 그런 의문을 품을수는 없을 텐데.

그 순간, 마치 디엘의 생각을 알아차리기라도 한 것처럼 학장이작게 소리를 내었다.

"참! 디엘 왕자님의 나라는 세계에서 탄광을 제일 많이 보유한 나라였죠."

"아, 그렇구나. 로비나는 보석이 많이 나는 나라였지, 참."

학장에 이어 에드 역시 자신도 그런 이야기를 들어 본 적이 있다며 고개를 끄덕였다.

"그래서 최근에 로비나에서는 수출을 위해서 곳곳에 철로를 놓고 있다면서?"

에드가 한 말에 디엘은 댁이 그런 걸 어떻게 알고 있냐는 눈으로 그를 보며 대답하였다.

"맞습니다. 재작년에 수도에도 역을 놓았고, 몇 년 안으로 주요 광산이 있는 지역에도 모두 철로가 놓일 예정입니다."

사실 로비나에서 일반인은 이동 수단으로 잘 쓰지도 않는 기차역을 수도에 건설하며 나라 안 곳곳에 철도를 놓는 이유 역시 광물 운송의 용이함을 위해서였다.

"그래서 디엘 왕자님은 이것이 제트라는 걸 알아보신 거군요. 보통 검은 보석하면 오닉스밖에 모르는 경우가 일반적인데."

학장이 거울 조각을 들어 올리며 감탄 어린 얼굴을 하였다.

하지만 디엘은 무심하게 고개를 저었다.

"아니요. 다른 곳은 어떤지 모르지만, 로비나에서는 제트가 매우 흔한 광물입니다. 사실 그래서 오히려 처음에는 그것이 제트로 만들어진 것이라고는 생각하지 않았습니다."

보통 로비나에서 제트는 브로치나 모자 장식, 혹은 싸구려 펜던트로 가공되는 경우가 많았다.

저렴한 가격과 가공하기 용이하다는 특성상 평민에게 널리 사랑받는 보석이었다.

특히 미망인이 자주 착용하기에 장례용 보석으로 분리되기도 하였다.

"이게 흔한 보석이라고? 난 처음 봤는데?"

옆에 있던 에드가 믿을 수 없다는 얼굴로 눈썹을 꿈틀거렸다.

디엘은 피식 웃으며 부연 설명을 덧붙였다.

"그럴 겁니다. 아까도 말한 것처럼 제트는 어디까지나 '로비나에서' 흔한 준보석입니다. 타국에 수출할 정도로 가치가 높은 보석이 아니기에 수출 품목에는 잘 포함되지 않으니까요."

"아, 그렇구나."

에드가 그제야 이해했다는 얼굴로 고개를 끄덕였다.

"기왕 수출할 거면 비싸게 팔릴 보석을 파는 게 이득이니까 이게 아니라 다른 비싼 보석을 수출하는 거겠군."

"다행히 머리가 아주 나쁘지는 않은 것 같군요."

"응? 지금 뭐라고 했어?"

아차. 무심코 본심을 내뱉은 디엘은 얼른 헛기침을 하며 말을 돌렸다.

"……설마하니 제트로 거울을 만들 줄은 몰랐다고 했습니다. 내가 생각했던 것보다 고대인의 보석 가공 기술은 훨씬 발달되어 있었던 모양입니다."

"흐음, 광석을 거울로 만드는 게 어려운 거야?"

"모습이 비칠 정도로 연마하는 과정이 쉽지는 않습니다. 무엇보다 제트는 광석치고는 무른 편이라서 깎기가 쉬워도 보관 자체가 용이하지는 않으니까요. 따로 관리하는 사람이 없었을 텐데도 이렇게 형태를 일부나마 유지하고 있다는 건 상당히 희귀한 일이라고 생각합니다."

에드에게 제트에 대한 지식을 전수해 주며 힐끔거리니, 카리스 학장은 거울 뒤편에 적혀 있는 문구를 확인하고 있었다.

"흐음…… 헤에."

의미를 알 수 없는 감탄사를 내뱉으며 카리스 학장이 거울을 내려다보았다.

한참 후, 분석을 끝낸 것인지 학장이 거울 조각을 다시 책상 위에 올려 두었다.

그의 얼굴에 떠오른 표정은 무어라 형용할 수 없는 것이었다.

디엘은 그게 저에게 좋은 것인지 나쁜 것인지 감을 잡을 수가 없었다.

"디엘 왕자님."

"네."

"이 거울 조각은 어디서 찾으신 거죠?"

옆에 있는 에드를 힐끔 본 디엘이 기억을 더듬어 거울 조각을 발견한 위치를 말하였다.

카리스 학장은 그 내용을 메모지에 그대로 기록하였다.

"학장님. 제가 제대로 찾아온 게 맞습니까?"

디엘의 물음에 학장이 펜 끝을 움직이던 손을 멈추었다.

고개를 들어 올린 그가 무슨 생각에서인지 한동안 가만히 디엘의 얼굴을 들여다보았다.

덥수룩한 머리칼 사이로 얼핏 유리구슬처럼 말간 눈동자가 드러났다.

지나치게 투명해서 그 바닥의 깊이를 알 수 없는 것 같은 바다 같은 눈빛이었다.

그 시선 앞에 이상하게도 디엘의 어깨가 조금 굳어졌다.

"으으음. 디엘 왕자님. 왕자님은 왜 이 거울이 '유물'일 거라고 생각하셨나요?"

조금 긴장하고 있던 디엘은 뜻밖의 질문에 눈을 깜빡거렸다. 왜냐니? 그거야ㅡ

"보통 거울과 조금 다르다고 생각했기 때문입니다."

"흐음. 그럼 보통 거울과 다르다고 생각한 이유는 뭐죠?"

이번에는 예상했던 물음이라 디엘은 담담하게 대답을 이었다.

"일반적으로 거울은 충격을 받으면 깨져서 조각이 나는 게 아니라 금이 가는 경우가 많습니다. 하지만 제가 본 이 거울은ㅡ 일반적으로 거울이 깨진 형태와는 모양이 달랐습니다. 그것을 의아하게 여겨 확인해 보니 재질이 단순한 유리가 아니라는 걸 알게 되었고ㅡ"

"뒤를 조사하다 보니 이 문구를 발견한 거군요."

카리스 학장이 글자가 새겨진 거울 뒤편을 손가락으로 쓱 문질렀다.

디엘은 초조하게 학장의 다음 말을 기다렸다. 그녀가 재촉하지 않자 엉뚱한 사람이 나섰다.

"학장님, 애 좀 그만 태우고, 빨리 말해 보세요. 그게 뭔지 궁금해 죽겠다고요."

책상 앞까지 성큼성큼 다가와 고개를 쑥 들이미는 에드를 본 학장이 기겁하며 조각을 들고 뒤로 물러섰다.

"앗, 가까이 다가오지 마세요, 에드 군!"

"잠깐. 그 반응은 좀 이상하지 않아요? 제가 무슨 폭탄이라도 된 것 같은데요."

"둘이 비슷하긴 하잖아요."

"그게 무슨 의미에요?"

에드가 얼굴을 찌푸리며 불만을 표하는 것을 무시하며 카리스 학장이 자리에서 일어섰다.

그는 거울 조각을 든 채로 디엘의 앞까지 걸어왔다.

그가 가까워질수록 검은 거울 속에 비치는 디엘의 모습이 더욱 선명해졌다.

"'시간은 마치 흐르는 강물과도 같고, 손에 잡히지 않는 바람과도 같다.'"

학장의 가느다란 입술 사이에서 흘러나온 말에 디엘이 어리둥절한 얼굴을 하였다.

시간? 강물? 바람? 이게 무슨 말이지.

디엘이 에드를 향해 고개를 돌리자, 에드 역시 짐작 가는 바가 없다는 얼굴로 어깨를 으쓱하였다.

"'그리하여 가장 검은 돌로 흐르는 강물을 거꾸로 놓고, 손에 잡히지 않는 바람을 가두어 시간을 봉한다.'"

수수께끼 같은 말을 마친 학장이 거울의 윗면을 손가락으로 톡 두드렸다.

그 순간, 눈을 깜빡이는 디엘을 비추고 있던 거울 속에 낯선 그림이 떠올랐다.

거울 속에서는 어느 소녀가 저만큼이나 예쁘게 꾸며진 인형을 끌어안고 행복하게 웃고 있었다.

흩날리는 은빛 머리칼, 볼우물이 깊게 팬 핑크빛 뺨, 무언가를 속삭이는 선홍빛 입술까지.

마치 흐린 안개가 낀 것처럼 희미했지만, 분명 거울 속에 나타난 모습은 아름다운 소녀의 것이었다.

도저히 눈의 착각이라고는 생각할 수 없었다.

그 소녀가 거울 안에서 쉼 없이 움직이고 있었다.

마치 살아 있는 사람의 모습을 고스란히 담아 둔 것처럼 생생한 움직임이었다.

"……마법 도구였군요, 그 거울."

먼저 정신을 차린 것은 에드였다. 어느새 디엘의 바로 옆에 선 그는 디엘의 어깨에 재주 좋게 턱을 괴고 있었다.

제정신이었다면 에드의 얼굴을 밀어내 버렸을 터였지만, 지금의 디엘에게는 그럴 경황이 없었다.

"마법…… 도구?"

기억을 더듬어 보니 학장이 저에게 함부로 유물에 손을 대지 않도록 주의하며 한 말이 있었다.

분명 멋대로 유물을 다룬 학생이 머나먼 남구까지 날아가 버렸다고 했던가.

그때는 단순히 말로 전해 들어 와 닿지 않던 일이 눈앞에서 벌어지자 이번에는 경이로움에 등줄기가 오싹하였다.

'역시 내 저주를 풀 수 있는 단서 역시 이곳에서 찾을 수 있을지도 몰라.'

크게 뛰는 심장을 애써 진정시키며 고개를 드니 거울 속의 소녀가 어딘가를 향해 달려가고 있었다. 스커트 자락이 바람결에 나부낀다.

어떻게 이런 게 가능한 거지?

디엘이 놀라움을 감추지 못하는 얼굴을 하자 그것을 본 학장이 웃었다.

"맞아요, 에드 군의 말대로 이건 분명 마법 도구에요. 자세한 건 조사해 봐야 알겠지만, 적혀 있는 문구와 지금 현상으로 짐작하건대…… 어느 블루 블러드가 이 거울에 소중한 이와의 추억을 담아 두었던 모양이에요."

카리스 학장은 뒤쪽에 있는 문구를 다시 입속으로 달싹거렸다.

그러자 거울에 떠올랐던 이미지가 사라졌다. 다시 거울에는 디엘의 얼굴만이 비추고 있었다.

학장은 거울을 다시 책상 위에 조심스레 올려 두었다.

"디엘 왕자님께서 발견해 오신 이 유물은 조만간 고대학 연구 협회에 보고서를 넘겨야 하니까 보고서 작성을 준비해 주시면 좋겠네요. 작성 요령은 고대학 전공 교수님인 샤칼 교수님께서 지도해 주실 거예요."

"잠깐만요. 학장님. 그럼…… 지금 그 말씀은─"

내가 제대로 시험을 통과한 게 맞는 건가요?

디엘이 눈빛으로 던진 물음에 카리스 학장이 사람 좋아 보이는 얼굴로 활짝 웃었다.

"축하드려요, 왕자님. 아니, 디엘 군. 오늘부터 우리 아카데미 학생이 되신 것을."

Chapter 6

새로운 생활의 시작

카리스 학장과 오랫동안 대화를 나눈 끝에야, 디엘은 학장실을
빠져나올 수 있었다.

입학 지원서에 적은 내용 일부를 수정하고, 가벼운 대화를 나누
다 보니 생각보다 시간이 제법 걸린 탓이었다.

'비록 처음 지망했던 학과는 아니지만, 제 생각에는 디엘 군은
고대학과가 적성에 더 잘 맞을 수도 있을 것 같아요. 기초 지식이
충분하지 않은 상태에서도 이런 유물을 찾아내는 능력은 아주 진
귀한 것이니까요.'

카리스 학장은 앞으로 디엘의 학업 활동을 기대하겠다고 말하였다.

시험에 지각했으니 이대로 돌아가라는 말을 할 때와는 달라도 사뭇 다른 모습이었다.

사인을 마친 입학 지원서를 디엘에게 건넨 학장은 에드에게 어차피 땡땡이를 칠 거라면 디엘을 유마 교수에게 데려다주라고 하였다.

그게 누구냐는 질문을 할 새도 없이 에드가 디엘의 손을 잡고 학장실 밖으로 나섰다.

"에드, 유마 교수님이라는 분이 대체 누구입니까?"

복도로 나온 디엘이 물음을 던지자 에드가 그제야 입을 열었다.

"아, 너 시험에도 늦어서 그분이 누군지 모르는구나. 유마 교수님은 아카데미에서 입학 관련 업무와 외교학 수업을 맡고 있는 분이야. 기숙사 배정이나 교복 같은 걸 준비하는 건 행정실에서 하겠지만, 일단 이 지원서에는 학장님 사인이랑 유마 교수님 사인이 둘 다 들어가 있어야 하는 거지."

어느새 디엘의 손에서 입학 지원서를 빼앗은 에드가 마치 제 것처럼 그것을 흔들어 보였다.

아니, 어느 틈에 저걸 가져간 거지.

얼굴을 찌푸린 디엘은 그것을 에드의 손에서 빼앗기 위해 팔을 뻗었다.

하지만 에드는 마치 약 올리는 것처럼 종이를 더욱 높게 치켜 올렸다.

지금 나보다 키 좀 크다고 유세 떠는 건가.

디엘이 얼굴을 와그작 구기고 노려보자 에드가 씩 웃었다.

"학장님이 하는 말 못 들었어? 나보고 널 유마 교수님에게 데려다주라고 하셨잖아."

"그렇다고 해서 내 입학 지원서를 당신이 갖고 있을 필요는 없잖습니까."

"에이, 우리 사이에 뭘 그런 걸 다 따져."

저놈의 우리 사이.

디엘은 만난 지 하루도 채 안된 주제에 마치 십 년은 알고 지낸 것처럼 구는 에드의 뻔뻔함에 질리고 말았다.

"오, 너 생일이 한 달 후네? 근사한 생일 선물 준비해 줄 테니까, 기대해."

어느새 에드는 디엘의 입학 지원서를 샅샅이 훑어보고 있었다.

자신의 개인 정보가 몽땅 유출될지 모른다는 위험을 느낀 디엘이 다시 손을 뻗었다.

그러나 이번 탈취 시도 역시 실패로 끝나고 말았다.

"에드! 멋대로―"

"디엘 샤 자르타."

에드가 제 이름을 정식으로 부르는 소리에 디엘이 멈칫하였다. 그녀가 걸음을 멈추자 에드 역시 걸음을 멈추었다.

디엘의 입학 지원서를 손에 든 에드가 묘한 미소를 짓고 있었다.

"아까 내가 했던 제안, 받아들여."

"……당신이 했던 제안?"

"유적지에서 내가 했던 말. 기억 안 나?"

당신과 내가 나눈 대화가 어디 한두 가지였느냐는 빈정거림 대신 디엘은 기억을 더듬어 보았다.

내가 이 남자에게 받았던 제안이 대체 뭐가 있지?

그 순간, 머리를 스쳐 지나가는 한 마디가 있었다.

'호위가 필요하면 내가 해 줄게. 물론 공짜는 아니지만.'

디엘은 설마 하는 생각으로 입을 열었다.

"내 호위가 되어 주겠다고 했던 말, 말입니까?"

"응. 잘 기억하고 있네."

에드는 뭐가 그리 기쁜지 싱글벙글하며 디엘의 머리를 살살 쓰다듬었다.

저를 애 취급하는 것 같은 동작에 디엘이 눈썹을 꿈틀거렸다.

이제까지 바바라조차도 제 머리를 함부로 쓰다듬어 준 적이 없건만. 참으로 건방진 남자였다.

"아까도 말했지만, 호위 같은 건 필요 없습니다."

"아니, 필요하다니까."

장본인이 필요하지 않다는데 대체 뭘 근거로 이렇게 우기는 거란 말인가.

디엘이 에드를 향해 차가운 눈빛을 보냈다.

"에드. 혹시나 내 신분을 알고 나에게서 무언가를 얻고 싶어 그런 제안을 하는 거라면 상대를 잘못 골랐습니다. 설령 당신을 호위로 고용한다고 해도 내가 무언가를 해 줄 거라는 기대는 접으세요."

"네가 로비나 왕국의 왕자라서 꺼낸 말이 아니야."

날 대체 뭘로 본거냐고 투덜거린 에드가 입학 지원서를 디엘에게 건네주었다.

아까까지는 기를 쓰고 빼앗기지 않으려더니, 무슨 심경의 변화지. 디엘은 당황하면서도 지원서를 받아 들었다.

주머니에 손을 찔러 넣은 에드가 걸음을 옮겼다.

"네가 선택한 길에 내가 필요하니까 하는 말이지."

"……그게 무슨 말입니까?"

앞서 가는 에드의 입에서 흘러나온 말이 전혀 생각지도 못한 것이었기에 디엘이 흠칫하였다.

그것을 눈치챈 에드가 고개를 반만 돌려 웃어 보였다.

"게다가 난 네가 마음에 들었거든. 그러니까 너한테는 선택권이랄 게 없어."

"그러니까, 그게 무슨一"

"왼쪽으로 꺾어서 나오는 복도에 두 번째 방. 유마 교수님 연구실이야."

더는 할 말이 없다는 것처럼 에드가 손을 흔들어 보였다.

"내가 중요한 볼일이 생각나서 여기까지만 데려다줄게. 혼자 갈 수 있겠지?"

바로 저기가 목적지라며 에드가 손을 뻗어 보였다.

왼쪽 모퉁이까지는 몇 걸음도 채 남지 않은 상태였다.

석연치 않은 기분이었지만, 디엘은 에드가 순순히 제 궁금증을 해소해 줄 남자가 아니라는 걸 이미 충분히 알고 있었다.

"물론입니다. 여기까지 안내해 주셔서 감사합니다."

이러니저러니 해도 에드에게 도움을 받은 게 있다는 사실을 부정할 수 없었다.

상대하기 성가신 남자에게도 예의를 지킬 필요가 있다는 생각에 디엘은 가볍게 묵례를 하였다.

천만의 말씀이라며 웃은 에드가 한쪽 눈을 찡긋하였다.

"그럼 다음에 보자고, 디엘 왕자님."

인사를 마친 에드는 느긋한 걸음으로 복도 너머로 사라졌다.

그가 사라질 때까지 뒷모습을 지켜보고 있던 디엘은 한숨을 내쉬었다.

다시 볼 일이 얼마나 있을지는 몰라도 가능하다면 앞으로 몇 년은 보고 싶지 않은 상대였다.

어느새 해가 뉘엿뉘엿 지기 시작한 복도를 따라 걸으며 디엘은 가슴에 걸린 펜던트를 만지작거렸다.

어쩌다 보니 전술학과가 아니라 고대학과 학생이 되긴 했지만, 어쨌거나 아카데미에 들어오겠다는 소기의 목적은 무사히 달성하였다.

레아에게 이 사실을 빨리 알려 주고 싶었다.

레아라면 틀림없이 웃으며 그것 보라고, 다 잘될 것이라고 하지 않았느냐고 하겠지.

그녀에 대한 생각을 하자 괜히 콧속이 시큰거렸다.

이미 진즉 정을 뗀 어머니를 생각할 때도 느끼지 못하는 감정이 가슴 속을 가득 메웠다.

이제 이 세상에서 디엘의 가족은 레아만이 유일했다.

실제로 피가 이어졌건 아니건 그런 것은 중요하지 않았다.

기숙사 배정이 끝나는 대로 레아에게 보낼 편지를 쓰자고 생각하며 디엘이 걸음을 멈추었다.

〈외교학과 유마 교수 연구지도실〉이라 적힌 명패가 붙은 문이 보였다.

여기구나. 디엘은 심호흡을 한 번 한 후, 정중하게 문을 두들겼다.

"실례합니다. 유마 교수님. 입학 관련 수속으로 찾아왔습니다."

문 안쪽에서 누군가가 움직이는 인기척이 들리는가 싶더니 톤이 조금 높은 여성의 목소리가 들려왔다.

"들어와요."

허락을 받은 디엘이 조심스레 문을 열었다.

안은 가구가 별로 놓여 있지 않은 넓은 공간이었다.

대신 벽면마다 책장이 있었고, 수많은 책이 책장을 가득 채우고 있었다.

"중도 입학생인가요?"

안을 힐끔거리던 디엘은 들려온 목소리에 퍼뜩 정신을 차렸다.

앞으로 고개를 돌리니 금테 안경을 쓴 무표정한 여성이 책상 앞에 앉아 있었다.

이 사람이 유마 교수구나. 깐깐해 보이는 입매며 차가운 눈매 때문인지 쉽게 다가갈 수 없는 분위기가 풍겼다.

"네, 방금 학장님께서 교수님께 이 입학 지원서를 전하라는 말을 듣고 왔습니다."

디엘은 책상 위에 제 입학 지원서를 내려놓았다.

유마 교수는 콧등까지 내려온 안경을 검지로 쓱 밀어 올리더니 입학 지원서를 살펴보았다.

"……고대학과?"

의외라는 얼굴로 유마 교수가 디엘을 찬찬히 살폈다.

"원래는 고대학과 지망이 아니었던 것 같은데, 갑자기 학과를 변경한 이유가 있나요?"

일순, 디엘은 대답을 망설였다. 정직하게 털어놓을까, 아니면 그 럴싸하게 포장하여 대답을 꾸며 낼까?

망설임은 잠시였다. 디엘은 곧 담담한 얼굴로 입을 열었다.

"지각을 하여 중도 입학시험을 응시하지 못했습니다."

디엘의 대답 한 마디에 유마 교수가 한숨을 푹 내쉬었다.

무슨 일이 벌어졌는지를 다 짐작한다는 얼굴로 그녀가 디엘을 바라보았다.

"학장님께서 제안하셨나 보군요. 괜찮겠어요?"

"네, 괜찮습니다."

유적지를 조사하러 갈 때만 하더라도 잘 알지 못하는 분야에 대한 두려움이 있었지만, 성공적으로 시험을 마치고 나니 오히려 자신감이 생겼다.

어쩌면 카리스 학장의 말대로 귀금속을 분석하는 자신의 능력이 고대학에서는 십분 발휘될지도 모르는 노릇이었다.

"……그래요, 학생 본인의 의사가 그러하다면 저로서는 더 할 말은 없네요. 다만 명심하도록 해요. 고대학과는 우리 아카데미에서 가장 경쟁률이 낮은 곳이지만, 결코 그 학업 수준이 낮은 것은 아닙니다."

"최선을 다하겠습니다."

아까 전 학장실에서 느꼈던 것과는 다른 종류의 긴장감이 전신을 휘감았다.

디엘은 사람 좋아 보이는 얼굴로 헤헤 웃던 카리스보다는 날카롭게 안경알을 빛내는 이 유마 교수가 훨씬 더 학장에 어울린다고 느꼈다.

"좋아요. 그럼 앞으로 유익한 아카데미 생활을 보낼 수 있길 바라겠습니다."

유마 교수는 디엘의 입학 지원서에 사인을 해 주었다.

"이 입학 지원서는 제가 행정실로 전달하도록 하겠습니다. 학장님께 다른 것에 대해 설명을 들은 게 있나요?"

"아뇨, 딱히 들은 건 없습니다."

"……그 뺀질이 같으니라고."

"네?"

교수가 작게 중얼거린 소리를 들은 디엘이 눈을 깜빡였다.

지금 학장을 두고 뺀질이라고 부른 거 맞지? 이 교수는 학장과 사이가 나쁜 건가.

디엘이 제 말을 못 들었을 거라 생각했는지 유마 교수는 아무것도 아니라고 대답하였다.

"그럼 기본적인 내용에 대해서는 제가 간단히 설명하겠습니다."

그녀는 학생들에게 지급되는 교복과 학생수첩의 배급 문제라거나 기숙사 방의 배정 문제 같은 사항을 세세하게 설명해 주었다.

처음에는 무심하게 고개를 끄덕이던 디엘이 굳어 버린 것은 유마 교수가 기숙사 방 배정에 대한 이야기를 하던 때부터였다.

"……제가 독실을 쓸 수 없다고요?"

입학 지원서를 제출할 때만 하더라도 분명 아카데미 측에서는 디엘의 독실 사용을 허가하겠다고 답하였었다.

그런데 지금 유마 교수의 입에서 나온 말은—

"네, 특별전형으로 시험을 치룬 학생의 경우에는 독실을 사용할 수 없습니다."

"잠시만요, 교수님! 저는 분명 입학 지원할 때, 독실을……."

당황한 디엘이 소리를 높이자 유마 교수가 차가운 얼굴로 말을 잘랐다.

"디엘 군이 예정대로 시험을 치렀다면 독실 사용이 허가가 났을 겁니다. 하지만 시험을 응시하지 못한 상태에서 학장님의 특권으로 입학 시험을 보게 된 것이니 독실 사용이 금지됩니다."

"……."

생각하지도 못한 문제에 직면한 디엘의 머릿속이 새하얗게 변하였다.

독실을 쓸 수 없다니.

디엘이 갖고 있는 비밀은 일상생활을 같이하는 상대를 잘 속일 수 있는 그런 것이 아니었다.

옷을 갈아입을 때나 욕실을 사용할 때, 혹은 잠자리에 들 때.

밤이 되면 매 순간마다 그녀는 자신의 몸에 일어난 변화를 숨기기 위해 필사적인 노력을 해야 할 터였다.

아니, 노력을 하는 것 자체는 전혀 상관이 없었다.

하지만 결국 그런 노력에도 불구하고 자신의 비밀을 들키게 된다면?

아카데미에서는 완벽한 남자로 지낼 생각이었지만, 어쨌거나 밤에는 몸이 여자의 것으로 되돌아왔다.

부푼 가슴과 잘록하게 들어간 허리, 그리고 톤이 조금 높아지는 목소리를 어떻게 감출 수 있을까.

불안을 느낀 디엘의 동공이 흔들렸다.

"……그렇다면 독실을 사용할 수 있는 방법은 없을까요?"

입술을 질끈 깨문 디엘의 물음에 유마 교수가 고개를 저었다.

"미안하지만, 그건 어려울 것 같군요. 독실을 쓸 수 있는 건 엄청나게 심각한 문제를 일으킨 학생 혹은 특수한 질병을 앓고 있어서 다른 사람과의 공동생활에 불편을 느끼는 학생에 한해요."

특수한 질병이 있다면 독방을 쓸 수 있다고?

디엘이 순간 눈을 번뜩였다.

잘하면 독실을 쓸 수 있을지도 모른다는 기대에 그녀가 재빠르게 입을 열려던 찰나.

"물론 특수한 질병을 앓고 있는 학생의 경우에는 의사 소견서와 여러 서류를 제출해야만 하죠. 물론 의사 소견서는 본 아카데미에서 지정한 의사의 것만이 인정됩니다."

"……."

"왜 그런가요, 디엘 군? 혹시나 무슨 문제가 있나요?"

"아닙니다."

아무래도 병 핑계를 대고 독실을 쓰는 건 불가능할 것 같았다.

좋다 말았다며 디엘은 속으로 한숨을 푹 내쉬었다.

그래도 쉽사리 물러설 수 없었던 지라 디엘은 생각나는 대로 입을 열었다.

"그것 외에는 정말 방법이 없습니까? 필요하다면 얼마라도 상관없으니 기부금이라도 내겠습니다."

마음이 급해진 디엘이 꺼낸 말에 유마 교수가 눈썹을 꿈틀거렸다.

아— 디엘은 그제야 자신이 실수를 했다는 걸 깨달았다.

"디엘 군. 이 아카데미는 그런 종류의 특혜와 물질을 교환하지 않습니다. 이미 알고 입학 지원을 한 게 아닌가요?"

"……실례했습니다."

입이 열 개라도 할 말이 없었기에 디엘은 짧게 사과하였다.

"그렇게 다른 사람과 방을 사용하는 게 곤란하다면 아카데미 입학을 포기해 주셔야 할 것 같군요."

"아닙니다. 괜찮습니다."

반사적으로 대답을 한 후에 디엘은 입술을 질끈 깨물었다.

'정말 다른 사람과 한방을 써도 괜찮을까?'

산을 하나 넘으니 또 다른 산이 기다리고 있었다.

갑자기 너무 많은 변수가 생긴 탓에 원래는 하지도 않았어도 될 걱정이 늘고 말았다.

정말 괜찮나. 내가 잘하고 있는 게 맞나. 확신은 없었다.

하지만 여기까지 왔으니 독실을 쓸 수 없다는 이유로 물러설 수도 없었다.

"무리한 요구를 하여 죄송합니다. 아카데미의 규칙을 따르겠습니다."

한 뼘 정도 치켜 올라가 있던 유마 교수의 눈썹이 그제야 천천히 제자리를 되찾았다.

"……이해해 주셔서 다행이군요. 전에 생활하던 환경과 다른 것이 많아 처음에는 기숙사 생활에 큰 어려움을 느낄 수도 있습니다. 하지만 분명 단체 생활을 통해 얻게 되는 것도 많을 겁니다."

"명심하겠습니다."

디엘은 왕성에서 저를 가르치던 선생들을 떠올렸다.

지금 제 앞에 있는 유마 교수는 그 선생들보다는 젊어 보였지만, 오히려 그들보다도 묘한 관록을 내뿜고 있었다.

그래서인지 그녀의 말을 쉽게 거스를 수가 없었다.

"내가 할 이야기는 이 정도입니다. 다른 궁금한 점은 행정실에서 — 아, 아직 이곳 지리를 잘 모르겠군요."

광택이 번지르르하게 흐르는 책상 서랍 속을 뒤진 유마 교수가 디엘에게 반듯하게 접힌 종이 하나를 건넸다.

제법 두툼한 무게의 그것을 펼쳐보니 아카데미 주요시설이 표시된 안내도였다.

"입학 수속을 진행하면 내일부터는 자유롭게 아카데미 안을 돌아다닐 수 있게 될 겁니다. 또한 입학 수속 과정 중에는 가벼운 신체검사가 포함되니 협조 부탁드려요."

"신체, 검사?"

디엘이 얼떨떨한 얼굴을 하자 유마 교수가 부연 설명을 하였다.

"디엘 군도 알다시피 우리 아카데미는 기숙사 생활이 기본입니다. 그 때문에 입학 지원서에 성별을 기재하도록 하는 거죠. 하지만 전에 제 성별을 속이고 이 학교에 입학하려 했던 자가 있었기 때문에—"

가만히 유마 교수의 말에 귀를 기울이던 디엘의 어깨가 움찔 튀었다.

다행히도 유마 교수는 그것을 전혀 눈치채지 못하였다.

"그 때문에 생긴 규칙입니다. 어렵거나 복잡한 것은 없으니 안심해 주세요. 형식적인 것일 뿐이니까요."

"신체검사는…… 지금 해야 하는 건가요?"

디엘은 무심코 제 가슴 위로 손을 올렸다. 옷감 너머로 미지근한 펜던트의 감촉이 스쳤다.

그 덕에 쿵쾅거리며 요란스럽게 뛰던 심장이 조금씩 속도를 낮추기 시작하였다.

"음? 혹시 신체검사가 불편한 이유가 있는 건가요?"

유마 교수가 이상하다는 얼굴로 디엘을 보았다. 안경알 너머의 눈이 서늘하고 예리하게 빛나고 있었다.

디엘은 최대한 태연한 얼굴을 가장하였다.

"아니요, 그런 건 결코 아닙니다. 다만…… 오늘은 예상했던 것과는 다른 형태로 시험을 보게 된 터라 가능하다면 씻고 난 후 쉬고 싶다는 기분이 강해서."

의심 어린 눈으로 디엘을 보던 유마 교수가 무언가를 깨달은 얼굴로 고개를 끄덕였다.

"그렇겠군요. 유적지 조사를 다녀왔으니 씻는 게 우선이겠죠. 피곤하기도 할 테고. 신체검사는 내일 아침에 할 수 있도록 준비할 테니 신경 쓰지 마세요."

"네, 감사합니다."

겉으로는 태연하게 인사를 하는 디엘이었지만, 그 속은 이루 말할 수 없는 안도로 가득하였다.

하마터면 이 고생을 하고도 아카데미에서 입학을 거부당할 뻔했으니까.

아니, 단지 입학을 거부당하는 것이 문제가 아니었다.

로비나 왕국의 일곱째 왕자가 '여자'라는 게 밝혀진다면—

혹은 여자도 남자도 아닌 존재라는 사실이 모조리 알려진다면…….

최악의 상상을 한 디엘은 얼른 고개를 저었다.

절대로 그런 일이 벌어져서는 안 된다.

이제부터 정신을 단단히 차리자며 디엘이 결심하는 사이, 유마 교수가 안경테를 만지작거리며 말했다.

"그럼 당장 오늘 디엘 군이 지낼 숙소를 물색해야겠군요. 필요하다면 저희 쪽에서—"

"아, 괜찮습니다. 오늘 하룻밤 묵을 숙소라면 제가 충분히 해결할 수 있습니다."

스타투스는 관광객이 많이 찾는 나라였기에 숙소를 구하는 것역시 크게 어려울 일은 없었다.

특히 디엘처럼 가진 돈이 두둑한 사람이라면 아카데미 기숙사보다 훨씬 좋은 방을 쉽게 찾을 수 있을 터였다.

유마 교수 역시 그것을 알고 있었기에 고개를 끄덕였다.

"알겠습니다. 그럼 오늘은 밖에서 푹 쉬고, 내일 오전 8시까지 아카데미로 오도록 하세요. 신체검사를 포함한 모든 수속이 끝나면 강의는 모레부터 들을 수 있게 될 겁니다."

"네, 그럼 제가 따로 준비해야 할 건 없습니까?"

유마 교수는 고개를 저었다.

"아니요. 따로 무언가를 준비할 필요는 없습니다. 학생에게 필요한 것은 아카데미에서 전부 제공할 겁니다. 혹시나 원한다면 개인적인 소지품을 가지고 오는 것은 상관없습니다. 기숙사에는 따로 반입이 금지된 물건이 없으니까요. 다만 기숙사 안에서 벌어지는 분실과 도난에는 아카데미에서 책임을 지지 않으니 보관에 각별히 주의하세요."

디엘은 무의식중에 옷 안쪽으로 손을 넣어 목덜미를 더듬었다.

하마터면 감쪽같이 잃어버릴 뻔했던 레아의 펜던트가 제 손끝에 닿았다.

서늘하지만, 묘하게 마음이 안정되는 보석 부분을 만지작거리며 디엘은 유마 교수의 말에 귀를 기울였다.

"기숙사에는 각각의 규율이 존재합니다. 기숙사의 규율은 기숙사장이 직접 알려 줄 테니 내일 기숙사에 입소하는 즉시, 그에게서 설명을 듣도록 하세요. 기숙사장이 직접 디엘 군을 찾을 테니, 그를 찾을 걱정은 하지 않아도 됩니다."

디엘은 유마 교수의 말을 통째로 외우기 위해 그녀의 말을 따라 해 보았다.

입학 수속, 사인, 기숙사장, 학생 수첩과 교복, 옷 사이즈, 보급품, 룸메이트.

단어들의 나열에서 마음에 걸리는 것이 하나 있었다.

"교수님. 남학생과 여학생은 서로 다른 기숙사 건물을 사용하는 겁니까?"

디엘의 물음에 유마 교수는 당연하다는 얼굴로 고개를 끄덕였다.

"물론입니다. 여학생 기숙사는 인문관 근처에 있고, 남학생 기숙사는 자연관 근처에 있어요. 거리가 상당히 떨어져 있으며 두 기숙사는 식당이나 욕실 역시 따로 사용합니다. 그러니까 여학생을 만날 기대 같은 건 하지 마세요."

허튼 생각을 하지 말라는 것처럼 유마 교수가 엄한 눈을 하였다.

억울해진 디엘은 얼른 입을 열었다.

"그런 게 아닙니다. 교수님. 기숙사 생활을 해 본 적이 없다 보니 궁금해서 드린 질문입니다."

"……그렇군요. 디엘 군의 출신을 생각하면 그런 사소한 게 궁금할 수도 있겠죠."

그제야 표정을 푼 유마 교수가 기숙사에 대한 기본적인 정보를 늘어놓았다.

기숙사 내부에 갖추어져 있는 시설과 공통으로 생활하게 되는 공간의 규칙, 그리고 기본적으로 2인 1실로 사용하게 되는 기숙사 방.

조용히 귀를 기울이고 있던 디엘은 교수의 말이 끝나자마자 제일 궁금했던 것을 물어보았다.

"그럼 룸메이트는 어떠한 기준으로 선정되는지 알 수 있을까요?"

기왕이면 상대를 미리 알아 두어야 이것저것 대비를 할 수 있지 않을까.

어쩌면 말이 잘 통하는 상대라면 돈으로 매수하는 방법도 쓸 수 있으리라.

디엘이 희미한 기대를 품고 던진 물음에 유마 교수가 고개를 저었다.

"미안해요, 디엘 군. 그건 말해 줄 수가 없군요."

역시나. 큰 기대는 하지 않았지만, 그래도 실망을 감출 수는 없었다.

'설마 이상한 상대가 내 룸메이트가 되는 건 아니겠지? 엄청나게 터무니없는 성격의— 그러니까, 예를 들면 붉은 눈에 금발머리를 가진 남자라든가.'

에이, 설마.

디엘은 제 머릿속을 스쳐 지나간 에드의 얼굴을 지워 버리려는 것처럼 고개를 저었다.

그는 검술학과 학생인데다가 2학년이니 자신과는 아무런 접점이 없었다.

이미 룸메이트가 있을 그가 무엇 때문에 저와 같은 방을 쓰겠는가.

괜한 걱정일 뿐이라고 중얼거리면서도 디엘은 묘하게 찝찝한 기분을 느꼈다. 피곤해서 그런가.

"……전에 공동생활을 해 본 적이 없어서 기숙사 입소가 조금 불안할 수도 있겠죠. 하지만 걱정 마세요. 다들 새로운 친구인 당신을 환영하고, 친절히 대해 줄 겁니다. 금방 적응할 수 있을 거예요."

생긴 것만큼 차가운 사람은 아닌 걸까.

한결 누그러진 얼굴을 한 유마 교수가 디엘을 격려해 주었다.

그녀의 그 마음이 고마워서 디엘은 억지로 미소를 지었다.

새 환경이 불안해서가 아니라 그냥 제 비밀이 들킬까 봐 겁이 날 뿐이라는 진심을 털어놓지는 못한 채.

"사실 기숙사에서는 어지간한 행동이 아니면 대부분은 크게 문제될 일이 없어요. 식사 시간이나 취침 시간도 비교적 학생의 자율성에 따르는 편이니― 아, 하지만 미리 기억해 둬야 할 규칙이 한 가지 있어요. 이걸 어긴다면 즉시 퇴학 처분을 받을 수도 있습니다."

퇴학, 이라는 말에 디엘의 어깨가 굳어졌다.

어떻게 잡은 기회인데, 이 기회를 놓치겠는가.

절대로 그 규칙을 어기지 않으리라 생각하며 디엘이 유마 교수의 말에 귀를 기울였다.

"절대로 남자 기숙사에 여학생을 들이지 마세요."

아― 디엘은 순간, 제 얼굴 근육이 멋대로 꿈틀거리는 것을 느꼈다.

당연하다면 당연한 이야기였다.

남자 기숙사에 여자가 있어서는 안 된다.

혹시 모를 일을 미연에 방지하기 위해서이리라.

디엘은 충분히 그 규칙의 중요함을 이해할 수 있었다.

하지만 문제는―

'학생 본인이 여자로 변하는 몸을 가진 경우에는 어떻게 되는 겁니까?'

머릿속에 떠오른 질문 대신 입 밖으로 나온 것은 메마른 한숨 같은 대답이었다.

"……반드시 명심하겠습니다. 교수님."

*　　　*　　　*

인적이 드문 복도 앞, 섬세한 문양이 새겨진 문 옆에는 〈행정실〉이라 적힌 명패가 달려 있었다.

그 앞에서 무표정한 얼굴로 잠시 생각에 잠겨 있던 에드가 벌컥 문을 열어젖혔다.

"어머, 에드 군? 여긴 무슨 일이에요?"

때마침 서류 정리가 한창이던 행정실 직원 중 한 명이 에드를 알아보고 반갑게 말을 걸어왔다.

에드는 손을 장난스럽게 흔들거렸다.

"부탁할 게 좀 있어서요."

"부탁?"

히죽 웃은 에드가 손가락을 튕겼다.

"이제 나한테도 '주인님'이 필요할 것 같거든요."

그것은 정확히 유마 교수 앞에 선 디엘이 에드의 얼굴을 떠올리며 고개를 젓고 있던 순간이었다.

*　　　*　　　*

이튿 날.

스타투스에서 제일 비싸고, 호사롭기로 유명한 호텔을 나선 디엘은 마차를 타고 모르아 아카데미로 향하였다.

전날 유마 교수에게 받았던 지도를 보며 디엘은 행정실을 찾았다. 그곳에서 학생 수첩을 받을 수 있기 때문이었다.

행정실 직원은 디엘의 얼굴을 보더니 아주 잠시 넋을 놓았다.

청각이 매우 뛰어난 디엘은 그녀가 "진짜 미인이네."라고 중얼거린 소리를 똑똑히 들을 수 있었다.

몇 번을 들어도 익숙해지지 않는 낯간지러운 말에, 디엘은 헛기침을 하였다.

그러자 직원은 언제 그랬냐는 것처럼 곧바로 정신을 차리고, 학생 수첩을 건넸다.

"학생 수첩은 재학생의 신분을 증명하는 것이니 절대 잊어버리지 않도록 주의하세요. 내일부터 3일간의 강의 일정은 거기 적혀 있으니까 참고하시고요. 그 이후 일정은 교수님들과 상의해서 자유롭게 강의를 선택해서 듣도록 하면 돼요. 그리고 그 외에 아카데미 생활에 꼭 필요한 것들에 대한 정보도 적혀 있으니 수첩은 자주 확인해 두면 좋아요."

수첩에는 금박으로 모르아 아카데미의 이름이, 그리고 은박으로 '디엘 샤 자르타'라는 이름이 적혀 있었다.

디엘은 매끄러운 손끝으로 그것을 쓰다듬어 보았다.

디엘 샤 자르타.

이미 수백, 수천 번은 반복해서 본 이름이건만 어째서 이 수첩에 새겨진 이름이 특별하게 느껴지는 걸까.

디엘은 그 이유를 알 수 없었다.

"그리고 교복은 치수를 재지 못해서 아직 준비하지 못했어요. 오늘 신체검사와 함께 치수 측정이 끝나면 내일까지는 춘추복이 마련될 거예요. 나머지 동복이나 하복은 천천히 마련할게요. 중도 입학자가 오랜만이라서 준비가 늦어질 수도 있어요."

신경 쓰이는 말을 들은 디엘이 눈썹을 까닥하였다.

"중도 입학 합격자가 오랜만이라고요?"

그녀의 기억이 맞다면 분명 모르아 아카데미에서는 매년 정기 입학시험 외에도 1년에 한 번씩 중도 입학시험이 있었다.

그런데도 중도 합격자가 오랜만이라는 건 말도 안 되는 소리 아닌가.

디엘은 자신이 잘못 들은 것이리라 생각하였다.

그러나 행정실 직원은 고개를 끄덕이며 말을 이었다.

"네. 원래 중도 입학 합격률은 10%도 채 안 되는걸요. 그냥 정기 입학시험보다 문제가 더 어렵거든요. 오죽하면 모르아의 중도 입학 시험문제는 극악의 난이도라는 말이 있겠어요? 최근에 중도 입학 합격자는 4년 전에 한 명이 있었던가? 그랬던 걸로 기억해요."

"……."

어쩌면 지각을 했던 것이, 그리고 고대학과로 학과를 변경했던 것이 하늘이 준 기회였던 건 아닐까.

디엘은 고작 몇 주간 시험을 준비했던 자신이 그 어렵다는 중도 입학시험을 무사히 통과했을 리 없다고 생각하며 내심 가슴을 쓸어내렸다.

"어쨌거나 교복 준비가 아직이니까 내일이랑 모레까지는 가지고 있는 사복을 착용하는 것이 허락됩니다. 혹시나 생활지도 교수님 중에 왜 교복을 착용하지 않았냐고 묻는 분이 계시거든 이걸 보여 주시면 될 거예요."

행정실 직원은 손바닥만 한 작은 종이를 디엘에게 건넸다.

종이에는 디엘의 이름과 전공, 그리고 〈교복이 나올 때까지 사복 착용을 허락함〉이라는 문구와 함께 카리스 학장의 사인이 적혀 있었다.

"원래 교복은 봄이나 가을에 입는 춘추복, 여름 하복과 겨울 동복. 이렇게 세 벌이 있어요. 세 벌 모두 준비가 끝나는 즉시, 연락할 테니까 받으러 오시면 된답니다. 아! 그리고 혹시라도 키가 자라거나 성장으로 인해 체형이 변하여 교복이 맞지 않게 되면 행정실로 찾아와서 다시 신청을 하면 된답니다."

정신없이 설명을 끝낸 행정실 직원이 머리를 긁적였다.

"으음, 그리고 이거 말고 또 설명 드려야 할 게─"

디엘은 어딘지 모르게 믿음직스럽지 않은 그녀를 대신하여 궁금한 점을 먼저 물었다.

"신체검사는 어디서 받으면 되는 겁니까? 그리고 제 기숙사 방이 어디인지, 룸메이트가 누구인지도 알고 싶습니다."

"아, 맞다! 내 정신 좀 봐. 그걸 설명해드려야겠네요."

바쁘게 고개를 끄덕인 직원이 어지러운 책상 위를 뒤지더니 종이 뭉치에서 두 장의 종이를 끄집어냈다.

한 장에는 제일 상단에 〈신체검사 기록지〉라는 문구가 쓰여 있었고, 그리고 다른 한 장에는 〈기숙사 입소 허가서〉라고 적혀 있다. 디엘에게 그 두 장의 종이를 내민 직원은 행정실 한구석에 있는 작은 문을 가리켰다.

"저쪽을 통해 들어가면 의무실이랑 바로 이어져요. 거기에 굉장히 냄새 나는 아저씨처럼 생긴 남자가 한 명 있는데, 그분이 이 아카데미의 주치의인 닥터 제이입니다. 그분에게 이 기록지를 주시면 되고, 입소 허가서는— 저녁 이후에 남자 기숙사에 가면 아마 산적 두목처럼 생긴 분이 있을 거예요. 그분이 기숙사장인 토니니까 그에게 주면 방을 안내해 줄 거예요. 두 사람에게는 이미 전날 연락이 갔으니 다들 기다리고 계실 거고요."

직원은 숨도 쉬지 않는 사람처럼 단숨에 설명을 끝냈다.

말을 마친 그녀가 매우 뿌듯한 얼굴로 디엘을 바라보았지만, 정작 디엘은 정신이 없어서 내용을 제대로 머리에 담을 틈이 없었다.

"잠깐만요, 그러니까 기숙사장이 누구고, 의사가 누구라고요?"

자신이 굉장히 멍청한 얼굴을 하고 있을 것이라고 생각하며 디엘이 되물었다.

아니나 다를까. 직원이 왜 제 말을 이해 못 한 것인지 모르겠다는 얼굴로 입을 열었다.

"기숙사장은 토니, 의사는 닥터 제이! 토니에게는 이 기숙사 입소 허가서를 주고, 닥터 제이에게는 기록지를 건네주세요. 그럼 나머지는 그들이 알아서 할 거예요."

다행스럽게도 이번에는 아까 전보다는 말이 짧았다.

디엘은 닥터 제이와 기숙사장 토니라는 두 마디를 중얼거리며 고개를 끄덕였다.

"알겠습니다. 감사합니다."

인사를 마친 디엘이 몸을 돌려 구석에 있는 문으로 향하였다. 뒤에서 미인이니 인형이니 하는 단어들이 들려왔다.

전부 저를 두고 하는 말일 거라 짐작한 디엘은 한숨을 쉬었다.

아무래도 자신은 각국에서 온 다양한 사람이 모여 있는 이 아카데미에서도 저런 종류의 수식어를 피할 수는 없는 모양이었다.

똑똑. 문을 두어 번 정도 두드렸지만, 너머에서는 아무 반응이 없었다.

뒤를 힐끔 돌아보니 직원 중 한 명이 괜찮다는 얼굴로 고개를 끄덕이고 있었다.

그냥 들어가도 되나 보다 생각한 디엘은 조심스럽게 문을 열었다.

"실례하겠습니다."

곧바로 알싸한 소독약 냄새가 코끝을 찔렀다.

행정실과 의무실을 바로 연결해 둔 이유가 무엇일까 생각하며 디엘은 안으로 걸음을 옮겼다.

의무실은 디엘이 예상했던 것보다도 훨씬 더 넓었다.

새하얀 커튼으로 둘러싸인 침대는 어림잡아도 수십 개, 아니 백 개 이상은 족히 되어 보였다.

아카데미에 재학 중인 학생의 수에 비교하면 그리 많지는 않은 것 같았지만.

이곳 말고도 의무실이 더 있는 게 아닐까 생각하며 디엘은 약품이 가득 들어 있는 천장을 곁눈질하였다.

"닥터 제이. 안 계십니까?"

재차 의무실의 주인을 찾으며 디엘이 주변을 두리번거렸다.

잘 보니 자신이 서 있는 곳에서 그다지 멀리 떨어지지 않은 곳에 엉망진창으로 어질러진 책상이 하나 보였다.

그리고 그 책상 위에 납작 엎드려 있는 사람이 보였다.

하얀 가운을 입고 있는 것으로 짐작하자면 틀림없이 저 사람이 닥터 제이일 것 같았다.

"닥터 제이."

다시 한 번 그를 부르며 다가가자 싸한 알코올 향이 코를 찔렀다.

소독약 냄새가 왜 이리 강하지.

고개를 갸웃하던 디엘은 독한 알코올향이 단순한 소독약 냄새가 아니라는 걸 깨달았다.

"으으…… 머리, 으— 아파."

책상에 엎드려 있는 닥터 제이가 커다란 손으로 제 이마를 문지르며 무어라 중얼거리고 있었다.

그가 입을 열 때마다 공기를 타고 진한 알코올 향이 퍼졌다.

술 냄새였구나.

디엘은 전날 과음한 것으로 추정되는 닥터 제이를 향해 한심스럽다는 얼굴을 보냈다.

명색이 의료인이라는 사람이 이렇게 칠칠치 못해도 괜찮은 걸까.

혹시라도 응급 상황이 발생했을 때는 어쩌려고.

"……으으, 물."

앓는 소리를 하며 고개를 들어 올리던 닥터 제이가 멈칫하였다.

그는 제 앞에 서 있는 디엘을 보고 의아하다는 얼굴을 하였다.

"응? 처음 보는 얼굴인데. 누구신지?"

"……오늘 여기서 신체검사를 받기로 한 신입생입니다."

디엘은 행정실에서 받아 왔던 기록지를 내밀었다. 그것을 받아 든 닥터 제이가 제 머리를 움켜쥐었다.

"아아! 맞아! 신입생이 하나 오기로 했었지, 참. 으으…… 잠깐만, 기다려 줘, 신입생."

앓는 소리를 낸 닥터 제이가 비척거리며 자리에서 일어섰다.

"잠깐만 찬물 좀 마시고 오도록 하지."

말을 마친 그는 디엘이 미처 만류할 틈도 없이 의무실 밖으로 빠져나갔다.

덩그러니 그곳에 혼자 남겨진 디엘은 당혹감을 감출 수 없었다.

정말 저 남자가 의사가 맞긴 한 건가.

디엘은 남자의 꾀죄죄했던 모습과 구겨진 가운을 생각하며 고개를 저었다.

그간 자신이 보았던 의사와는 달라도 너무 다른 모습이었다.

아무래도 아프거나 상태가 안 좋으면 아카데미 밖에서 의사를 수배해야겠군.

아카데미 주치의에 대한 불신을 마음에 품은 디엘은 책상 주변에 있던 의자 중 하나에 걸터앉았다.

창밖 너머에서 새 지저귀는 소리가 들려올 정도로 조용하고 평화로운 시간이었다.

그 소리에 귀를 기울이며 얌전히 앉아 문이 다시 열리길 기다리던 그때.

드르륵—

아무런 예고 없이 문이 열리는 소리가 들렸다.

이제 돌아온 건가.

빨리 이 지루한 일을 끝내 버리고 싶다고 생각하며 고개를 돌린 디엘은 깜짝 놀랐다.

문 앞에 서 있는 인물은 조금 전 비틀비틀 의무실을 빠져나갔던 닥터 제이가 아니었다.

"아."

디엘은 제대로 된 말도 하지 못한 채, 눈썹만 꿈틀거렸다. 어째서 저 남자가 여기에—

"어라?"

놀란 것은 상대 역시 마찬가지인 모양이었다.

시원시원한 눈매가 가늘게 좁혀진다 싶더니 곧 놀라움을 담은 모양새를 하였다.

"또 만났네, 디엘."

"……에드."

"오늘도 미인이네. 반가워."

저놈의 미인 소리. 하나도 안 기쁜 수식어에 디엘은 눈썹을 꿈틀거렸다.

그것을 아는지 모르는지 픽 웃은 에드가 성큼성큼 그녀에게 다가왔다.

"네가 왜 여기― 아, 혹시 신체검사 때문이야?"

"……네, 그렇습니다."

딱히 에드와 말을 섞고 싶지는 않았지만, 아예 상대를 안 해 주면 더 귀찮은 일이 저를 기다리고 있을 것만 같았다.

"헤에, 그렇구나."

무슨 생각에서인지 에드는 묘한 얼굴로 디엘의 주변을 빙글빙글 돌았다.

"왜 그러는 겁니까, 에드?"

"응? 아니― 뭐랄까. 오늘은 또 느낌이 다르다 싶어서. 어제 났던 좋은 냄새가 안 나."

이 남자 설마 진짜 짐승인 건가.

내심 뜨끔한 디엘은 아무렇지 않은 척 입을 열었다.

"당신 코에 문제가 생긴 거 아닙니까."

"으음, 그런가? 그럴 리가 없는데. 내 코― 랄까, 감은 고장 난 적이 한 번도 없다고."

이상하다며 고개를 갸웃한 에드는 디엘의 위아래를 훑었다.

처음에는 제법 진지하던 얼굴에 어느새 장난스러운 기색이 떠올랐다.

"너 말이야. 혹시라도 벗겨 보면 여자라거나, 그런 건 아니겠지?"

별생각 없이 에드가 장난처럼 한 말에 디엘의 얼굴이 딱딱하게 굳어졌다.

안 그래도 어제부터 저를 대하는 그의 태도가 적잖이 신경에 거슬리던 참이었다.

그런 와중에 이런 농담은 도저히 참을 수가 없었다.

"……에드. 내가 여자인지 아닌지 확인시켜 줘야 하는 겁니까?"

"응? 뭐야? 확인시켜 줄 수 있어? 여기서 옷이라도 벗게?"

디엘이 농담을 한 것이라 생각한 것인지 에드가 능청을 부렸다. 디엘은 곧바로 입고 있던 셔츠의 단추를 풀었다.

"어라, 디엘?"

당황한 에드의 목소리가 들려왔으나 디엘은 멈추지 않았다.

그녀는 곧바로 셔츠의 단추마저 풀어 편편한— 어딜 봐도 남자의 것이 분명한 제 가슴을 보여 주었다.

"이래도 내가 여자로 보입니까?"

"……."

로비나 왕국에 있을 때도 그녀는 종종 성별을 의심받았다.

권력욕에 미친 후궁이 제 딸을 아들로 바꿔치기 했다는 소리도 자주 들었다.

그런 자들 앞에서는 이런 방법이 가장 효과가 있었다.

"아직도 의심이 가면 아래도 보여드리죠."

디엘이 비릿한 웃음을 흘리자 에드의 표정이 사뭇 진지해졌다.

자신이 그녀를 상당히 화나게 했다는 걸 깨달았기 때문이었다.

표정을 굳힌 에드가 디엘을 향해 성큼성큼 다가왔다. 두 사람 사이의 거리는 불과 손바닥 한 뼘 정도였다.

"뭡니까? 무슨 할 말이라도─"

디엘이 미처 말을 다 끝내기도 전에 에드가 긴 손가락을 재주 좋게 움직여 디엘의 셔츠 단추를 잠가 주기 시작하였다.

뭘 하는 거지?

당황한 디엘이 눈을 천천히 깜빡였다.

"……에드?"

"내가 장난 좀 쳤다고 그렇게 홀딱 옷을 벗으면 어쩌자는 거야? 남사스럽게."

"……."

생각하지도 못한 잔소리에 디엘은 잠시 굳어졌다.

뭐? 남사스러워?

셔츠 단추를 목까지 전부 채워 준 에드는 다정스레 어깨에 묻은 먼지를 터는 시늉까지 하였다.

"미안하다. 내 장난이 지나쳤어. 정식으로 사과할게."

가타부타 다른 변명 없이 에드는 곧바로 고개를 숙였다.

그가 제 셔츠 단추를 잠그어 준 것보다도 이게 더 충격이었기에 디엘은 무어라 대답을 할 수 없었다.

이제까지 성별을 의심받은 후, 한 번도 이런 식으로 정중히 사과를 받아 본 적이 없는 탓이었다.

"……당신이 사과를 할 줄은 몰랐습니다."

너무 놀란 탓인지 솔직한 마음이 입 밖으로 흘러 나갔다. 고개를 슬그머니 들어 올린 에드가 씩 웃었다.

"대체 날 얼마나 나쁜 놈으로 본 거야?"

"이런 상황에서는 절대로 자신의 잘못을 인정하지 않을 정도의 나쁜 사람이라 생각했습니다."

"아, 너무해! 난 솔직하게 사과했는데."

툴툴거린 에드가 가볍게 디엘의 머리칼을 헝클어트렸다.

다른 사람이 했다면 참으로 싫었을 그 동작이 불쾌하지가 않았다.

이상하다 생각하며 디엘은 에드가 어루만진 머리칼을 손가락으로 정돈하였다.

"그나저나 제이는 어디 가고 왜 혼자야? 검사 안 해?"

"……닥터 제이는…… 속이 좀 안 좋은지 물을 좀 마시고 오겠다고 하였습니다."

디엘이 모처럼 제이의 명예를 위해 자세한 사정을 생략하였건만, 에드는 단번에 제이가 '속이 안 좋은 이유'를 알아차리고 말았다.

"뭐야. 그 인간 또 어제 과음했구만. 하ー 아무리 그래도 그렇지. 기다리고 있는 학생이 있는데, 이렇게 자리를 비운단 말이야? 아무리 하루가 멀다 하고 술을 마셔 대고, 이혼 경력이 2번이나 있는데다가 성격이 괴팍해도 그렇지 아카데미의 주치의로서의 책임을 다 해야 할 것 아냐."

뜻밖에도 디엘이 방치당한 것을 에드는 제 일처럼 불쾌해하였다.

괜히 가슴이 간질간질해진 디엘은 헛기침을 하였다.

"금방 돌아오신다 하였으니 저는 상관없습니다. 그보다도……."

하루가 멀다 하고 술을 마시는 아카데미 주치의라니. 그거 정말 괜찮은 게 맞나.

디엘은 매우 불안하다는 얼굴로 에드를 힐끔 보았다.

물론 그 뒤에 붙은 부연 설명─ 이혼 경력이 두 번이라느니 어쩌느니 하는 말도 신경이 쓰이긴 했지만, 그건 어디까지나 개인의 문제니 상관이 없었다.

중요한 건 의사로서의 실력이 믿을 만한 자인가에 대한 걱정이었다.

디엘의 그런 생각을 알아차렸는지 에드가 씩 웃었다.

"걱정할 거 없어. 그냥 하릴없는 백수처럼 보이는 인간이지만, 실력은 확실해. 이 아카데미 의학과 출신인데다가 과거에는 어느 나라 왕의 목숨을 구해서 영웅으로까지 불렸던 남자거든."

"그렇군요."

불안함이 완전히 사라진 것은 아니었으나 디엘은 고개를 끄덕였다.

적어도 모르아 아카데미 졸업생이라면 실력이 아주 떨어지는 자는 아니겠지.

"그러고 보니 에드야말로 이곳에는 어쩐 일입니까? 어딜 다치기라도 한 겁니까?"

검술학과 학생이니 틀림없이 자질구레한 부상을 입을 일이 많겠지.

디엘은 조금 걱정스레 에드의 몸을 살폈다.

그러나 겉으로 보기에는 불편해 보이는 곳이 없었다. 혹시 보이지 않는 곳을 다친─

"응? 아니. 땡땡인데."

"……."

모처럼 했던 걱정이 꺼져가는 불꽃처럼 사그라지는 것을 느끼며 디엘은 얼굴을 찌푸렸다.

어제도 생각했던 것이지만 이 남자는 역시나 터무니없는 불량 학생임이 틀림없었다.

앞으로 무슨 일이 있어도 절대 가까이 지내서는 안 될 타입이었다.

"이쪽 의무실은 제이가 숙취 때문에 자주 드나드는 학생 체크 잘 안 하거든. 그래서 땡땡이치기에는 딱이지. 그러니까 너도 앞으로 쓸 거면 여길 애용하는 걸 추천할게."

디엘은 영양가 없는 헛소리를 빨리 무시해야겠다고 생각하며 고개를 끄덕였다.

"그렇군요. 알겠습니다."

"응? 뭐야─ 반응이 너무 심심하잖아."

대체 나한테서 어떤 반응을 기대했던 거지.

디엘이 얼굴을 찌푸리며 무언가를 말하려던 찰나. 에드가 갑자기 얼굴을 찌푸렸다.

"에드?"

혹시 배라도 아픈 거냐고 묻기도 전에 에드가 갑자기 창가로 향하였다.

"미안, 디엘. 지금은 이만 가 봐야겠다. 이따 보자."

"네?"

이따 보자니?

디엘이 어리둥절한 얼굴로 에드를 보자 에드는 장난스럽게 윙크를 던졌다.

"우리는 이제 다시는 떨어질 수 없는 운명이거든."

다른 사람이 했으면 느끼했을 동작이 그림처럼 곧잘 어울리는 남자였다.

손으로 키스를 보내는 시늉까지 마친 그가 창틀 위로 가볍게 올라서더니 그대로 창밖으로 몸을 던졌다.

깜짝 놀랄 틈도 없이 에드는 시야에서 사라져 버리고 말았다.

디엘은 이곳이 1층이 아니라 2층 높이라는 사실을 상기하며 천천히 창가로 다가갔다.

창밖에는 에드의 모습은커녕 그림자조차 보이질 않았다.

그 짧은 사이에 대체 어디까지 간 거지?

"늦어서 미안하다, 신입생."

디엘이 창밖에서 한참이나 에드의 모습을 찾아보던 찰나, 뒤에서 걸걸한 목소리가 들려왔다.

반사적으로 뒤를 돌아보니 아까보다는 사람다운 몰골을 한 제이가 의무실로 돌아와 있었다.

"내가 어제 아주 오랜만에 과음을 좀 해서 그런지 속이 안 좋아서 말이야. 응? 왜 그렇게 무서운 얼굴로 날 보는 거지?"

"……아무것도 아닙니다."

정말 오랜만의 과음이었냐는 말 대신 디엘은 작게 헛기침을 하였다.

"상태가 괜찮으시다면 이제 신체검사를 진행해 주실 수 있겠습니까?"

"응, 그래. 그럼 일단 키와 몸무게 측정부터 시작해 볼까. 이쪽으로 와라."

손을 까닥거린 제이가 앞장서서 걸음을 옮겼다.

그 뒤를 따라가려던 디엘은 문득 걸음을 멈추고 창밖을 내다보았다.

하지만 그곳에는 여전히 아무도 없었다.

"어―이― 신입생? 창밖에 뭐라도 있나?"

"아무것도 아닙니다. 곧 가겠습니다."

대답을 마친 디엘은 천천히 몸을 돌렸다.

신체검사에 집중하자고 중얼거리면서도 그녀는 폭풍처럼 나타났다가 다시 사라진 남자를 생각할 수밖에 없었다.

마지막에 그가 남겼던 의미심장한 말이 좀처럼 귀에서 떨어질 줄을 몰랐다.

'우리는 이제 다시는 떨어질 수 없는 운명이거든.'

또 그 남자의 실없는 소리겠지. 디엘은 피식 웃으며 고개를 저었다.

어쨌거나 오늘은 더는 그를 볼 일이 없을 거라 생각하며.

*　　*　　*

몇십 분 후.

신체검사를 무사히 마친 디엘은 제이를 향해 꾸벅 고개를 숙였다.

"감사합니다, 닥터 제이."

"오냐, 너도 수고했다, 신입생. 앞으로 건강관리에 각별히 주의해서 여기 오는 일이 없도록 해라."

저도 절대 이곳에 다시 올 마음은 없다는 말 대신 디엘은 웃어 보였다.

기록지를 제이에게 맡기고 밖으로 나오니, 한 것도 별로 없이 지친 기분이었다.

"이제 뭘 하지?"

수업은 내일부터 시작이었다. 기숙사에 서둘러 갈 필요가 없으니 마음은 여유로웠다.

시계를 힐끔 확인해 보니 슬슬 점심시간이었다. 어쩐지 배가 고픈 것 같더라니.

디엘은 모처럼이니 이곳 카페에서 가벼운 점심을 즐기자고 생각하였다.

마침 지금 그녀가 있는 본관 1층에 작은 카페가 하나 있는 것을 보아 둔 터였다.

목적지를 정한 디엘은 중앙 계단을 향해 걸음을 옮겼다.

훤한 대낮인데도 복도에는 사람이 별로 없었다.

아무래도 본관에는 학생들이 드나들 일이 많지 않아 그런 모양이었다.

그녀가 걸음을 옮길 때마다 구두가 또각거리며 복도에 긴 잔음을 남겼다.

아무도 없는 긴 복도를 걷고 있자니 문득 로비나 왕국에 있던 시절이 떠올랐다.

불과 얼마 전까지는 내 바로 뒤에 레아가 있었는데.

습관처럼 뒤를 돌아본 디엘은 쓸쓸한 얼굴을 하였다.

"······익숙해져야겠지."

사실은 어젯밤에도 숙소에서 레아에게 보낼 편지를 쓰다가 왈칵 눈물을 흘릴 뻔한 그녀였다.

디엘은 자신이 왜 전술학과에서 고대학과로 지망학과를 변경하게 된 것인지를 자세히 쓰지 않았다.

레아가 제 펜던트 때문이라는 걸 알고, 마음 아파 할 게 분명하기 때문이었다.

디엘은 대신 고대학과의 좋은 점에 대해서 잔뜩 늘어놓았다.

어쩌면 내 저주를 풀 수 있는 방법이 있을지도 모른다는 말도 함께.

저주를 풀어서 여자의 몸을 갖게 된다면 바바라의 추적을 피해서 생활하는 것이 훨씬 용이할지도 모른다.

아니, 혹시라도 반대로 저주를 완성할 수 있어서 남자의 몸을 갖게 된다면…… 어쩌면 그건―

이런저런 생각을 하며 혼잣말을 중얼거리던 디엘은 문득 창밖으로 시선을 돌렸다.

여기서 북쪽을 향하면 딱 로비나 왕국이 있는 방향이라는 생각에서였다.

어?

창밖을 바라본 디엘은 지금까지 세우고 있던 계획을 전부 잊어버린 채, 멈칫하였다.

커다란 창문 밖에는 아름드리 나무가 몇 그루 있었는데, 그중 제일 굵은 어느 나무 아래에 학생들이 삼삼오오 모여 있는 모습이 보였다.

멀리서 보기에도 분위기가 썩 평화롭게 보이지는 않았다.

한쪽 눈썹을 꿈틀거린 디엘이 창가로 다가갔다.

닫혀 있는 창문을 여니 바람을 타고 그들이 나누는 대화 소리가 희미하게 들려왔다.

"네 주제를 좀 알아야지. 어디서 건방지게 나대는 거야?"

화사한 금빛 머리칼을 늘어뜨린 소녀가 큰 소리를 내며 어깨를 움츠린 소녀를 몰아붙였다.

나무 앞으로 떠밀린 소녀는 지지 않으려는 것처럼 고개를 들었지만, 곧 다른 소녀가 그 아이의 머리칼을 난폭하게 움켜쥐었다.

"맞아. 너 이곳에서 남자 잘 만나 신분 좀 고쳐 보겠다는 속셈이 너무 뻔하다고. 저질스러워."

"웃기지 마! 난 절대 그런 생각 한 적 없어! 이거 봐!"

"어머, 뭐라고 하는 건지 하나도 안 들리는걸."

"흥, 노예 출신이 사람 말을 하는 시늉을 다 하네?"

노예? 신분?

디엘은 얼굴을 찌푸렸다.

무슨 사정이 있는지는 몰라도 어쨌거나 여러 명이 한 명을 괴롭히고 있는 게 분명했다.

창틀을 쥔 디엘의 손등에 힘줄이 툭 불거졌다.

다른 소녀들에게 일방적으로 당하면서도 필사적으로 저항하고 있는 소녀의 머리칼은 예쁜 갈색이었다.

딱 레아의 머리색과 같은 색이었다.

그것 하나만으로도 디엘은 저 모습을 그냥 두고 볼 수가 없었다.

급하게 계단을 통해 아래로 내려가려던 디엘은 마음을 바꾸었다.

머릿속에 아까 전 에드가 의무실을 빠져나가던 모습이 스쳐 지나갔다.

높이를 가늠해 보니 이 정도 높이면 충분히 괜찮겠다 싶었다.

계산을 마친 디엘은 창틀 위로 손을 짚었다.

아래쪽에 깔려 있는 푹신한 잔디를 확인하며 그녀는 가볍게 창밖으로 몸을 내던졌다.

털썩—

이미 몸에 낙법을 익히고 있는 디엘은 가볍게 아래로 착지하였다.

손을 탁탁 턴 디엘은 조금 전 창밖에서 보았던 나무쪽을 힐끔 보았다.

아직도 나무 아래에서는 여러 명의 소녀가 한 명을 에워싸고 무어라 퍼붓고 있었다.

더는 지체할 필요가 없다 생각한 디엘이 성큼성큼 그녀들을 향해 몸을 움직였다.

"너 같은 노예한테 그런 게 가당키나 해? 그러니까 당장 그걸 이리 내—!"

"실례합니다."

큰 소리를 내던 금발 소녀가 흠칫 굳더니 뒤를 돌아보고는 더더욱 놀란 얼굴을 하였다.

그녀뿐만이 아니라 다른 소녀들 역시 모두 마찬가지였다.

처음에는 의아함이 그리고 다음에는 황홀함이 스쳐 지나가는 그 얼굴은, 디엘에게는 무척 익숙한 것이었다.

디엘은 어떤 표정을 지으면 제 얼굴이 여성에게 먹히는지 잘 알고 있었다.

"제가 아카데미에서 길을 잃어서— 괜찮다면 인문관까지 가는 길을 안내해 주실 수 있는 숙녀분이 계실까요?"

물론 입 밖으로 낸 것은 새빨간 거짓말이었다.

디엘은 인문관까지 갈 필요가 없거니와 길을 잃은 적도 없었다. 순전히 소녀들의 주의를 저에게 돌리기 위함이었다.

그녀의 계산대로 소녀들은 금방 디엘의 속셈에 휘말려 들었다.

"어, 어머—"

"물론이죠! 얼마든지요."

"제가 안내해 드릴게요!"

"아니에요, 제가 안내를―"

소녀들이 너나 할 것 없이 나섰다. 디엘은 그녀들을 향해 다정스러운 미소를 지어 보였다.

"감사합니다. 모두들 참으로 친절하시군요."

"아……."

디엘의 화사한 눈웃음에 소녀들의 얼굴이 새빨갛게 물들었다.

생각했던 것보다도 훨씬 더 단순하게 이 상황을 정리할 수 있겠어. 내심 다행이라는 생각이 들었다.

이 소녀들을 데리고 이곳을 벗어난 다음에 적당히 말을 맞춰 주고, 자리를 떠나면 되겠지.

안심한 디엘은 괴롭힘을 당하고 있던 소녀를 힐끔 보았다.

멍하니 디엘을 보고 있던 갈색 머리칼의 소녀는 눈이 마주치자마자 어깨를 작게 움츠렸다.

하지만 시선을 피하거나 주눅이 든 기색을 보이지는 않았다.

그 모습으로 짐작하건대, 제법 당찬 성격인 모양이었다.

하긴 그러니까 이렇게 수적으로 불리한데도 지지 않고 버틴 거겠지 싶었다.

가까이서 보니 소녀는 더더욱 레아와 비슷한 분위기를 풍기고 있었다.

또렷한 눈매와 애교 있어 보이는 입매, 그리고 작은 주근깨가 콕콕 박힌 콧등까지.

순간적으로 이 소녀가 레아와 혈연관계가 있는 건 아닐까, 하는 생각이 들 정도였다.

디엘이 한참이나 갈색 머리칼의 소녀를 바라보는 사이, 소녀들은 저들끼리 수군덕거렸다.

"저…… 혹시 당신은 아카데미 방문자이신 건가요?"

소녀 중 한 명이 용기를 내어 던진 질문에 디엘은 퍼뜩 정신을 차렸다.

"아, 제 소개가 늦었군요. 실례합니다, 레이디. 아카데미에 중도 입학하게 된 디엘 샤 자르타라고 합니다."

디엘은 질문을 던진 소녀의 손을 가볍게 잡아 그 손등에 입을 맞추었다.

어라? 평소처럼 하던 행동이건만, 막상 하고 나니 이상하게도 위화감이 들었다.

왜 그런가 싶어서 기억을 더듬던 디엘이 얼굴을 찌푸렸다.

'앞으로 잘 부탁해, 디엘.'

아— 그 남자 때문이었군.

능글거리는 에드의 얼굴을 떠올리자 한숨이 절로 나왔다.

앞으로 이렇게 인사를 할 때마다 계속 에드를 떠올리게 될 것만 같았다.

당분간은 이런 인사는 자제해야겠군.

"디엘 샤 자르타……? 어디서 들어 본 것 같은—"

"아! 혹시 로비나 왕국의 일곱째 왕자라는 그……."

디엘의 신분을 알아차린 소녀들이 놀란 얼굴로 서로를 마주 보았다.

자신이 그렇게 유명한 인물이라는 생각을 한 적은 없었지만, 그래도 아주 이름이 없지는 않은 모양이었다.

하긴 그러니까 에드도 '미인 왕자'니 뭐니 헛소리를 한 거겠지.

전혀 기쁘지 않았던 기억을 떠올리며 디엘은 웃는 얼굴을 꾸며냈다.

"실은 당장 내일부터 강의를 들어야 하는데, 아직 이곳 지리에 익숙하지 않아 고전을 면치 못하고 있는 중이었습니다."

"그, 그럼요! 충분히 그러실 수 있죠. 이 아카데미는 정말 쓸데없을 만큼 넓으니까요."

소녀 중 한 명이 고개를 격하게 끄덕이며 앞으로 나섰다.

"괜찮으시다면 아예 제가 아카데미를 안내해드려도 될까요?"

"앗, 사샤! 치사하게―"

어느새 소녀들 사이로 불온한 공기가 흘렀다.

파티장에서는 흔히 볼 수 있는 모습이었고, 디엘에게는 익숙한 상황이었다.

그는 이런 곳에서 어떻게 행동해야 하는지를 잘 알고 있었다.

자, 그럼 이쯤에서 모두 함께 차나 한잔하지 않겠냐고 말하면 되겠지.

디엘이 그렇게 생각하며 입을 열려던 찰나였다.

"디엘 님. 제 이름은 소피아 크레이스랍니다. 앞으로 잘 부탁드려요."

치렁치렁한 금빛 머리칼을 늘어뜨린 소녀가 앞으로 나오더니 정중히 인사를 올렸다.

어느새 다른 소녀들이 소피아의 뒤로 슬금슬금 물러서고 있었다. 그것만으로도 디엘은 소피아가 어떤 존재인지를 알 수 있었다.

그녀는 이 무리의 '대장'이 틀림없었다.

어느 곳이건 간에 사람이 모이는 곳에는 반드시 무리가 생겨나기 마련이었다.

그리고 그 무리를 다루는 이가 어떤 사람인가에 따라 무리의 성격 역시 천차만별이 될 수밖에 없었다.

디엘은 소피아와 이 소녀들은 사교계에서 흔히 볼 수 있는 유형의 그룹이라 판단하였다.

남의 말 하는 것을 좋아하고, 허영심으로 똘똘 뭉쳤으며 자신에게밖에 관심이 없는 사람.

악인은 아니지만, 그렇다고 해서 선인이라고도 할 수 없는 이들이었다.

"그렇군요. 앞으로―"

저 역시 잘 부탁드린다는 말을 하려던 디엘이 멈칫하였다.

크레이스?

분명 낯설지 않은 성이었다.

어디서 들어 본 이름이지?

필사적으로 기억을 더듬던 디엘은 곧 그 성이 무엇을 의미하는 것인지 알아차렸다.

"시틸란 공국의 공녀님이시군요."

소피아의 입가에 걸린 미소가 짙어졌다.

그녀는 어서 입을 맞추라는 것처럼 제 손을 디엘에게 내밀었다.

으— 앞으로 이 인사법은 쓰고 싶지 않았는데.

속으로 앓는 소리를 흘리면서도 디엘은 정중하게 손등에 입을 맞추었다.

"전에 제가 로비나 왕국에 갔을 때, 전하를 뵌 적이 있는 것 같은데. 혹시 기억나시나요?"

디엘은 대답 대신 의미심장한 미소를 지어 보였다.

떠오르는 기억은 없었으나 여기서 소피아에게 창피를 줄 수는 없는 노릇이었다.

"공녀님께서는 여전히 아름다우시군요."

"……여기서는 소피아라고 불러 주세요. 아카데미에서는 신분을 내세우는 것이 금지되어 있으니까요."

지금 분명 신분을 내세워서 저 아이를 괴롭히고 있었던 게 아니었나.

힐끔 보니 갈색 머리칼의 소녀는 입술을 꾹 깨물며 소피아를 노려보고 있었다.

아무래도 이런 식의 괴롭힘을 당한 게 한두 번 일은 아닌 모양이었다.

기왕 껴들었으니 제대로 마무리를 지어야겠지. 디엘은 소피아를 향해 가식적인 얼굴을 꾸며 냈다.

"그렇군요. 소피아. 이렇게 다시 만나게 되어서 무척 기쁩니다."

"저도요, 디엘 님. 괜찮으시다면 제가 직접 디엘 님을 안내하고 싶은데."

싱긋 웃은 소피아가 자연스럽게 디엘에게 팔짱을 끼고 나섰다.

속셈이 뻔한 행동에 디엘의 얼굴이 일순 굳어졌다.

힐끔 보니 잘 꾸며진 얼굴에는 감출 수 없는 교활함이 엿보였다.

로비나에서 '디엘 샤 자르타'의 입지가 그리 약하지는 않았다.

어쨌거나 디엘은 세 번째로 강력한 왕위 계승자 후보였으니까.

소피아는 디엘의 그런 배경에 관심을 갖고 있는 게 분명했다.

"……무척 영광스러운 일이군요."

코끝을 찔러오는 진한 향수 냄새를 무시하려 애쓰며 디엘이 웃었다.

"그럼 소피아만 괜찮다면 부탁을—"

가여운 소녀 한 명을 구하기 위해 저를 잠시만 희생하자는 마음으로 고개를 끄덕이려던 디엘이 하던 말을 멈추었다.

가늘고 흰 목에는 소피아의 금빛 머리칼만큼이나 존재감이 강한 목걸이가 걸려 있었다.

마치 에드의 눈을 떠올리게 하는 선명한 붉은빛— 얼핏 보기에는 살바르의 루비로 만든 목걸이인 것 같았다.

하지만 디엘은 곧바로 그것이 진품이 아니라는 걸 알아차렸다.

목걸이에 달린 붉은 보석은 살바르의 루비치고는 지나치게 연한 빛을 발하고 있었다.

모든 것을 다 태워 죽일 것 같은 빨강이라고까지 불리는 살바르의 루비라고는 볼 수 없었다.

보통 루비는 낮이건 밤이건 상관없이 발하는 색의 강도가 일정하였다.

그에 반해 살바르의 루비는 태양빛 아래서 더욱 진하게 빛을 발한다는 특징이 있었다.

아마도 소피아의 목걸이에 걸린 것은 모조품, 혹은 품질이 낮은 가넷으로 만든 목걸이일 가능성이 높았다.

이 귀찮은 상황을 빠져나갈 좋은 방법이 떠오른 디엘이 소피아를 향해 고개를 숙였다.

"소피아."

그녀의 귓가에 대고 속삭이듯 이름을 부르자 소피아의 입가에 걸린 미소가 더욱 진해졌다.

"네, 디엘 님. 말씀하세요."

무엇을 기대하는 것인지 소피아가 조금 전보다도 더욱 강하게 디엘의 팔을 힘주어 끌어안았다.

저를 향해 끈적끈적한 눈빛을 보내는 그녀에게 아주 약간은 미안함을 느끼며 디엘이 조용히 속삭였다.

"목걸이가 당신의 아름다움을 해치고 있군요."

"……네?"

난데없는 말에 당황한 것인지 소피아가 눈을 휘둥그레 떴다.

"그게 무슨……."

"살바르의 루비는 태양 아래서 더욱 찬란하게 빛나죠."

소피아의 얼굴이 서서히 굳어졌다.

이번에는 디엘이 무슨 뜻으로 그런 말을 했는지 알아차린 모양이었다.

그녀가 살짝 떨리는 손으로 제 목덜미를 더듬었다.

"이건…… 류메르의 보석상에서 구매한 것인데……."

아무래도 그녀가 말하는 곳은 유명한 고급 보석상인 것 같았다.

하지만 디엘은 자신의 감, 그리고 보석을 감별하는 눈에 자신이 있었다.

이건 분명 모조품이었다.

디엘은 친절을 베푸는 것처럼 다시 소곤거렸다.

"소피아가 원한다면 로비나의 전문가를 이곳으로 데려오도록 하죠."

"……아니요, 그러실 필요는 없어요. 디엘 님."

소피아가 제 목에 걸려 있는 목걸이의 목줄을 잡아당겼다.

툭, 하는 소리와 함께 목걸이는 너무나 쉽게 줄이 끊어졌다.

그것을 노려보며 이를 갈던 소피아가 디엘을 향해 고개를 들어 올렸다.

"죄송합니다, 디엘 님. 아무래도 오늘은 제가 안내를 해드릴 수 없을 것 같네요."

지금 그녀의 머릿속에는 그 류메르 보석상인지 뭔지 하는 곳을 어떻게 박살낼지에 대한 계획이 차곡차곡 떠오르고 있으리라.

자존심을 다친 사람은 무슨 짓이든 할 수 있는 법이었다.

그리고 소피아 같은 여인의 자존심은 몸에 걸치고 다니는 장신구 그 자체이기도 하였다.

디엘은 심히 유감스럽다는 얼굴로 웃어 보였다.

"어쩔 수 없군요. 소피아에게는 아무래도 중요한 할 일이 있는 모양이니 이해합니다. 다음에 기회가 된다면 함께 차를 나눌 수 있는 영광을 주시겠습니까?"

"물론이에요. 디엘 님. 조만간 제가 찾아뵙지요."

평정을 잃지 않으려고 노력하는 소피아의 입술 끝이 파르르 떨렸다.

그녀가 마지막까지 정중히 인사를 하고, 몸을 휙 돌리자 어리둥절한 얼굴을 한 소녀들이 그 뒤를 따랐다.

그녀들이 조금 멀어지는가 싶더니 멀리서 히스테릭한 고함이 들려왔다.

저런. 디엘이 쓴웃음을 지었다.

저 소녀들에게 둘러싸여 아카데미를 돌아다니지 않아도 되다니. 천만다행이라는 생각이 들었다.

잠시 동안 소피아 무리가 사라진 곳을 바라보고 있던 디엘은 천천히 뒤를 돌아보았다.

넋 나간 얼굴로 소피아의 뒷모습을 보고 있던 갈색 머리칼이 디엘을 보더니 입을 작게 벌렸다.

"어—"

"어?"

소녀가 무슨 말을 하려는 건가 싶어서 디엘은 그녀에게 한 걸음 다가갔다.

"어떻게 하신 건가요, 방금!?"

하지만 갑자기 터져 나온 고음에 움찔하여 뒤로 물러설 수밖에 없었다.

"소피아가 저렇게 어쩔 줄 몰라 하는 모습, 3년 만에 처음 봤어요! 대체 무슨 마법을 쓰신 건가요?"

소녀는 꼭 좀 저에게 그 비법을 알려 달라고 말하는 것처럼 눈을 반짝반짝 빛냈다.

디엘은 소피아가 사라진 방향을 한 번 본 후, 어깨를 으쓱하였다.

"그녀가 모르는 사실에 대해서 귀띔을 해 주었을 뿐입니다."

"모르는 사실?"

그게 대체 뭐냐고 말하는 것처럼 소녀가 고개를 갸웃하였다. 사랑스러운 얼굴과 곧잘 어울리는 동작이었다.

"소피아 양이 하고 있던 루비 목걸이가 모조품이라 그걸 알려 주었을 뿐입니다."

"모조품? 저 목걸이가요?"

어쩐 일인지 소녀가 입을 커다랗게 벌리고 놀란 기색을 감추지 못했다.

하지만 그것도 잠시, 곧 그녀는 커다랗게 웃음을 터트렸다.

"아하하하하하!"

그 웃음소리가 얼마나 호쾌한지 디엘은 순간적으로 이 소리가 어디 다른 곳에서 나는 건 아닌지 의심이 들 정도였다.

한참을 유쾌하게 웃은 소녀가 배가 아파 죽겠다는 것처럼 배를 쓰다듬었다.

"맙소사. 아하하. 그거 참 쌤통이네요. 소피아가 그동안 저 목걸이 자랑을 얼마나 하고 다녔는데요. 로비나 왕실에서 선물 받은 살바르의 루비로 만든 것이니 뭐라느니 하면서요."

"……로비나 왕실에서 선물 받은 것이라고 했다고요?"

어째서 그런 터무니없는 거짓말을. 디엘은 얼굴을 찌푸렸다.

아무리 최근 살바르 루비의 모조품이 성행하고 있다고 하더라도 왕가에서 타국의 공녀에게 모조품을 보낼 리가 없었다.

무엇보다도 최근 몇 년간, 시틸란 공국에 살바르 루비를 선물로 보냈다는 소리는 들어 본 적이 없었다.

"소피아는 자기가 로비나 왕국의 왕자님들 사이에서 인기가 좋다고 말하고 다녔거든요. 넷째 왕자님에게는 꽃을 받고, 둘째 왕자님에게는 브로치를 받았다고 했던가?"

역시나 그게 다 거짓말이었던 모양이라며 소녀가 혀를 날름 내밀었다. 디엘은 한숨을 내쉬었다.

로비나 왕국 내에서 별로 인기도 없는 둘째 왕자와 넷째 왕자를 팔고 다닌 걸 보면 즉흥적으로 꾸며 낸 거짓말은 아니리라.

그런 의미에서 소피아가 한 행동은 더더욱 악질이었다.

이런 아카데미에서 굳이 그 소문이 사실일지 아닐지 진상을 확인하려 드는 이도 없을 테고, 설령 소피아의 거짓말이 발각되더라도 그녀의 명예를 지켜 주기 위해 대부분은 말을 맞춰 줄 터였다.

모르긴 몰라도 저 아가씨는 상당히 제멋대로인 성격인 게 틀림없었다.

시탈린 공왕도 공녀 때문에 골머리를 꽤나 앓겠군 싶었다.

디엘은 고개를 절레절레 저었다.

"후후, 저 목걸이 때문에 그동안 얼마나 목에 힘을 주고 다녔는지 몰라요. 정말 너무, 너무 쌤통이네요."

조금 전까지 험악한 대치 상황에 휘말렸던 사람이라고는 믿을 수 없을 만큼 소녀는 발랄하였다.

보고 있으면 절로 웃음이 나올 정도였다.

"아, 제가 인사드리는 게 늦었네요! 도와주셔서 정말 감사합니다. 디엘 님."

갈색 눈동자에는 사람의 마음을 편안하게 만들어 주는 따뜻함이 깃들어 있었다.

찬찬히 소녀를 훑어보던 디엘은 이 소녀가 꽤 마음에 든다는 결론을 내렸다.

성에 있다 보면, 그리고 왕자라는 신분으로 살아가다 보면 소피아처럼 무언가 목적을 가지고 저에게 접근하는 여성을 마주할 일이 많았다.

하다못해 왕자궁의 시녀조차도 제 환심을 사지 못해 안달이었다.

눈은 마음의 거울이라는 말이 있는 것처럼, 눈빛은 그 사람이 무슨 생각을 하는지를 알 수 있게 해 주었다.

저에게 접근하는 사람은 대체적으로 둘 중 하나였다.

제 감정을 꽁꽁 숨기는 데 도가 턴 인물이거나 혹은 욕망을 감추지 않는 인물이거나.

디엘은 이 소녀가 그 둘 중 어느 쪽도 아니라고 확신하였다.

"덕분에 무사히 제 보물을 지킬 수 있었어요."

활짝 웃은 레아가 꽉 쥔 주먹을 흔들어 보였다.

"보물?"

그게 대체 뭐냐고 되물으려던 디엘의 머릿속에 얼핏 떠오르는 모습이 있었다.

'너 같은 노예한테 그런 게 가당키나 해? 그러니까 당장 그걸 이리 내—!'

분명 디엘이 끼어들기 전에 소피아가 이 소녀에게서 무언가를 빼앗으려고 하고 있었다.

아무래도 소녀가 손에 쥐고 있는 것이 그것인 모양이었다.

"네, 보물. 저에게는 그 무엇보다도 소중한 물건이에요."

소녀가 천천히 쥐고 있던 손을 펼쳤다.

옅은 노란빛이 감도는 스카프가 순간 불어온 바람을 받아 하늘하늘 휘날렸다.

스카프?

예상 밖의 물건에 디엘은 눈을 휘둥그레 떴다.

얼핏 보기에는 딱히 특별할 것이 없어 보이는 스카프였다.

아무리 봐도 허영심이 심한 여성이 탐을 낼 만한 물건은 아니었다.

특히나 소피아는 살바르의 루비 같은 고급 귀금속에 열광하는 부류가 아닌가.

의아함에 디엘은 재차 물음을 던졌다.

"소피아가 그걸 당신에게서 빼앗으려고 했던 겁니까?"

배시시 웃은 소녀가 고개를 끄덕였다.

"네. 저같이 천한 노예에게는 이런 게 어울리지 않으니까 당장 내놓으라고 하더라고요."

"……."

아까 전, 이 소녀를 둘러싼 다른 소녀들이 노예니 어쩌느니 떠들어 대던 것이 떠올랐다.

아카데미 내에서 분명 신분으로 상대를 차별하는 것은 엄중히 금지되어 있지 않았던가.

디엘이 그런 생각을 하며 얼굴을 찌푸리자 그것을 알아차린 소녀가 의기양양한 얼굴을 하였다.

"괜찮아요. 그런 생떼에는 이미 익숙하거든요."

방금 전 그 괴롭힘을 생떼라고 표현할 수 있다니.

새삼 눈앞의 소녀가 대단하다는 생각이 들었다.

하지만 디엘은 소녀의 손이 미세하게 떨리고 있다는 걸 알아차렸다. 아무리 다부지게 행동해도 겁이 나지 않았을 리가 없다.

이 소녀의 신분이 정말로 노예라면, 더더욱.

나라에 따라서 조금씩 차이가 있긴 하지만, 기본적으로 노예라는 것은 사람 취급을 받지 못하였다.

그들은 마치 물건처럼 사고 팔렸으며 짐승처럼 혹사당하기를 예삿일로 알았다.

일부 나라에서는 그것이 매우 비윤리적이라는 이유로 노예제도를 폐지하였지만, 그것은 지극히 일부에 지나지 않았다.

로비나 왕국에도 '탄광 노예'라고 불리는 노예 계급이 있었다.

그들은 공기가 탁한 탄광에 갇혀 검은 빵과 물 한 잔으로 하루 종일 광석을 캐는 일을 맡았다.

탄약을 터트리거나 지지대가 튼튼하지 않은 탄광에 들어가는 것도 모두 그들의 일이었다.

사람들은 노예가 죽거나 다치는 것에 아무도 신경 쓰질 않았다.

노예가 된다는 것은 사람으로서의 삶이 끝난 것과 마찬가지였다.

'그렇다면 대체 어떻게 이 소녀는 아카데미에 입학을 한 거지?'

니엘은 무심코 소녀의 얼굴을 뚫어져라 바라보았다.

출신이 노예라고 하기에는 주눅 든 구석도 없고, 밝은 성격을 가진 소녀였다.

적어도 이제까지 자신이 봤던 노예 중 그 누구도 이 소녀와 같은 이는 없었다.

"노예가 세계 최고의 아카데미에 있는 게 신기하신가요?"

소녀가 싱긋 웃으며 던진 말에 디엘이 퍼뜩 정신을 차렸다.

지나치게 호기심을 드러내는 자신의 행동이 상대에게 무척 무례한 모습으로 비추어졌을 터였다.

"……미안합니다."

아니라고 변명을 할까 생각하던 디엘은 정직하게 제 잘못을 인정하였다.

"당신의 말대로입니다. 다만 그것을 신기하다거나 이상하게 여긴 것이 아니라, 어떠한 사정이 있을까 생각했을 뿐입니다."

"……."

소녀가 마치 생전 처음 보는 생물을 보는 것 같은 눈으로 디엘을 보았다.

그 시선에 괜히 등이 간질간질한 기분이었다. 내가 무언가 말실수를 하기라도 한 건가.

"니나."

"웅?"

불쑥 튀어나온 말에 그것이 무엇을 의미하는 것인지 몰라 디엘이 고개를 갸우뚱하였다.

소녀가 저를 향해 손가락을 가리키더니 재차 입을 열었다.

"제 이름이요. 니나라고 해요."

"아, 반갑습니다, 니나. 나는······."

"알아요. 디엘 샤 자르타 왕자님. 부디 잘 부탁드립니―"

생긋 웃은 니나가 치마 자락을 잡고 정중히 인사를 올리는 시늉을 하였다.

하지만 그때문의 예상 밖의 문제가 벌어지고 말았다.

"아."

"아!"

디엘과 타냐의 입에서 제각각 탄식이 흘러나왔다. 치맛자락을 잡느라 손가락을 꼼지락거린 니나가 실수로 스카프를 놓치고 말았다.

바닥에 떨어지려고 하던 스카프는 운이 나쁘게도 때마침 불어온 바람 때문에 허공으로 두둥실 떠오르더니 그대로 나뭇가지에 걸려 버렸다.

나뭇가지는 오르지 못할 정도로 높지는 않았지만, 니나는 나무를 탈 자신이 없는지 울상이었다. 그것을 본 디엘은 쓴웃음을 지었다.

"잠시만 기다려 주십시오, 니나."

"네? 어— 디, 디엘 님!?"

디엘이 나무를 향해 성큼성큼 다가가자 니나가 놀란 듯 그의 이름을 불렀다.

대답 대신 눈으로 재빠르게 나무의 모양을 훑어본 디엘은 잡기 좋게 틈이 벌어져 있는 껍질을 붙잡았다.

조심조심 발을 나무 위로 올린 그녀는 양팔로 나무를 끌어안은 채, 허벅지 사이에 힘을 주었다.

뒤에서 그 모습을 초조하게 지켜보고 있던 니나가 외쳤다.

"디엘 님! 괜찮으니까 그냥 내려오세요! 위험해요!"

이 정도 높이면 성벽을 타는 것보다도 더 쉬운데.

디엘은 괜찮다는 말 대신 뒤를 돌아보고 부드럽게 웃어 주었다.

니나가 놀란 얼굴로 눈을 깜빡이고 있었다. 그것을 보고 다시 앞으로 고개를 돌린 디엘은 상체에 힘을 주어 몸을 위로 밀었다.

평소에도 어디 가서 민첩함이 부족하다는 소리를 들어 본 적이 없는 디엘이었다.

그리 높지도 않은 나무를 타는 것 역시 크게 어려울 일은 없었다.

곧 스카프가 걸려 있는 가지 근처까지 간 디엘이 조심조심 손을 뻗어 스카프를 쥔 뒤, 그것을 손목에 둘둘 감았다.

아래에서 니나가 감탄하는 소리가 들려왔다.

자, 이제 여기서부터가 문제군.

나무를 타는 것보다도 내려오는 게 더 쉽지 않다는 것을 알고 있는 디엘은 끝까지 조심하며 무사히 아래로 내려왔다.

그녀가 무사히 지상에 발을 내딛는 순간, 니나가 디엘을 향해 단번에 달려왔다.

"굉장해요, 디엘 님! 마치 위기에 빠진 공주님을 구해 주는 왕자님 같아요! 아— 그런데 생각해 보니까 디엘 님은 진짜 왕자님이셨네요!"

보통 위기에 빠진 공주를 구해 주는 왕자라는 건 마왕 같은 걸 무찌르는 게 아니었나.

고작해야 나무 타기를 잘하는 정도로 이렇게 칭찬을 듣는 게 낯간지럽기는 했지만, 싫지는 않았다.

디엘은 웃으며 손목에 감아 두었던 스카프를 내밀었다.

"별말씀을요. 자, 여기 있습니다. 니나. 당신의 보물."

"……."

하지만 조금 전까지 좋아 어쩔 줄 몰라 하던 니나는 선뜻 그것을 받지 못하였다.

어라, 소중한 거 아니었나.

의아한 마음에 잘 보니 그녀의 갈색 눈동자가 조금 촉촉하였다.

내가 뭔가 실수라도 한 건가.

디엘은 크게 당황하고 말았다.

"니나? 왜—"

"정말 감사합니다, 디엘 님."

곧 싱긋 웃은 니나가 디엘의 손에서 스카프를 받아 들더니 깊이 고개를 숙였다.

조금 전과는 사뭇 다른 그 모습에 디엘은 이 스카프가 니나에게 정말 중요한 물건이라는 걸 알 수 있었다.

니나는 스카프를 소중히 접더니 그것을 치마 주머니 안에 깊숙이 밀어 넣었다.

아주 소중한 것을 다루는 것처럼 조심스러운 동작이었다.

그것을 보고 있자니 문득 디엘은 레아가 준 펜던트가 떠올렸다.

습관처럼 목에 건 펜던트를 만지작거린 디엘이 작게 웃었다.

"그리 대단한 일도 아니었는걸요. 신경 쓰지 않아도 됩니다."

"……."

무슨 이유에서인지 니나는 아무 말 없이 물끄러미 디엘을 보고 있었다.

마치 조금 전, 자신의 이름을 밝히던 때와 비슷한 눈이었다.

신기한 것을 보는 것 같기도 하고, 좋아하는 것을 보는 것 같기도 한 눈빛.

"아니에요, 저한테는 엄청 대단한 일이에요. 제 보물을 찾아 주셨잖아요."

"……도움이 되었다니 다행입니다."

디엘이 정중히 한 말에 니나가 헤헤 웃었다. 왜 웃는 건지? 디엘이 의아하게 생각하는 걸 알아차린 것처럼 니나가 입을 열었다.

"디엘 님은 내가 이제까지 살면서 본 왕자님 중에 제일 왕자님 같은 왕자님이네요. 앗, 근데 이렇게 말하면 무슨 말장난 같네요. 음,

그러니까…… 내가 하고 싶은 말은 말이죠."

제 말이 무언가 부족하다 여겼는지 니나는 얼굴을 찌푸리고 다시 말을 골랐다.

하지만 디엘은 그녀가 무엇을 말하고 싶어 하는지 알 것만 같았다.

"동화 속에 나오는 왕자는 완벽하죠."

디엘이 불쑥 꺼낸 말에 니나가 어리둥절한 얼굴로 눈을 천천히 깜빡거렸다.

디엘은 그녀와 눈을 마주한 채, 웃었다.

"난 그런 왕자가 되고 싶었거든요."

약자에게는 부드럽게 강자에게는 굽힘없이.

모든 사람에게 다정하고, 정의를 행하는 일에 한 치의 망설임 없이. 누가 보더라도 완벽한 왕자라는 것은 사실 동화나 꿈에서나 있을 법한 존재였다.

자신이 왕자로 살아왔기 때문에 하는 생각은 아니었다.

피를 반이나 나눈 형제들— 다른 왕자들을 잘 알고 있기 때문에 하는 생각이었다.

그렇기에 디엘은 그들과 다른 왕자가 되고 싶었다.

그것만이 어머니에게 인정받을 수 있는 길이라고 생각한 적도 있었다.

결국 어머니도, 저도 만족시키지 못했지만.

"아무튼 도움이 되었다니 다행입니다. 혹시라도 제가 괜히 나선 게 아니었다면 좋겠습니다."

소피아와 니나 사이에 대체 무슨 일이 있는 것인지 알진 못하나, 이런 일이 한두 번이 아니라면 어쩌면 디엘은 쓸데없는 참견을 한 것일지도 몰랐다.

이 일을 계기로 소피아가 니나를 더욱 괴롭힐지도 모르는 노릇이었다.

괴롭힘 당하는 소녀를 그냥 두고 볼 수 없다는 마음에 나선 것이긴 하나, 디엘은 내심 자신이 괜한 일을 한 게 아닐까 걱정스러웠다.

그러나 니나는 절대 그렇지 않다며 고개를 저었다.

"아니에요! 도와주셔서 저야말로 감사하죠. 덕분에 소피아의 웃긴 모습도 볼 수 있었고. 후후, 다른 애들한테도 빨리 이 이야기를 해 주고 싶네요."

입이 근질근질하다며 눈을 반짝 빛내는 모습을 보니 아무래도 그녀를 크게 걱정할 필요는 없겠다 싶었다.

안심한 디엘은 이제 슬슬 이곳을 벗어나야겠다고 생각하였다.

에너지를 소모한 탓인지 아까 전보다도 더더욱 허기가 졌다.

"그렇다니 다행입니다. 그럼 저는 이만—"

"잠까안!"

인사를 마친 디엘이 몸을 돌리고 사라지려고 하자 니나가 요란한 소리로 그녀를 불러 세웠다.

놀란 디엘이 반사적으로 뒤를 돌아보자 니나가 성큼성큼 다가왔다.

"디엘 님. 아까 분명 길을 잃었다고 하시지 않았어요? 인문관 가는 길을 모른다고 하는 걸 들은 것 같은데요."

내가 언제 그랬냐고 반문하려던 디엘은 멈칫하였다.

그러고 보니 소녀들 사이에 끼어들기 위하여 그런 말을 했던 기억이 있었다.

"아, 그건—"

"마침 저 인문관에 가려던 참이니까 제가 대신 데려다 드릴게요. 디엘 님께는 도움을 받았으니 길 안내라도 시켜 주세요."

아니, 인문관에는 딱히 볼일이 없는데.

그렇게 생각하면서도 디엘은 니나의 제안을 단칼에 거절할 수 없었다.

저를 보는 니나의 갈색 눈동자가 마치 사슴 눈망울처럼 착하게 반짝이고 있었다. 어쩔 수 없지.

"니나 양."

"네!"

기꺼이 저를 믿고 따라오라는 것처럼 니나가 고개를 격하게 끄덕였다.

"인문관까지는 안내해 주지 않아도 괜찮으니 대신 다른 곳으로 안내를 부탁드려도 괜찮겠습니까?"

디엘의 말에 니나는 당황한 기색을 감추지 못했다. 그러나 그것은 순간에 불과하였다.

"물론이죠! 어디로 모셔다 드릴까요? 이 아카데미에서 제가 모르는 곳은 없으니까 어디든 말만 하세요."

금세 발랄함을 되찾은 니나가 장난스럽게 거수경례를 붙였다.

그 귀여운 모습에 디엘이 부드럽게 웃었다.

"그럼 맛있는 브런치를 먹을 수 있는 곳으로 안내를 부탁드립니다."

Chapter 7

원치 않는 계약

  기세 좋게 나선 니나는 곧바로 디엘을 예술관 근처의 카페까지 데려다주었다.

  안내를 마친 니나는 괜찮으면 자신이 점심을 사겠다고 제안하였지만, 디엘은 그것을 거절하였다.

· 그리고 니나가 여기까지 저를 안내해 주었으니 점심은 자신이 사야 옳다는 주장을 펼쳤다.

  처음에는 그런 게 어디 있느냐고 당황하던 니나였지만, 결국 디엘의 고집에 두 손 두 발을 다 들고 말았다.

  결국 오늘 점심은 디엘이 사고, 나중에 기회가 되면 니나가 점심을 사는 것으로 이야기는 마무리되었다.

  빈 테이블에 자리를 잡은 두 사람은 메뉴판에서 각각 원하는 것을 시켰다.

니나가 시킨 것은 프렌치토스트와 커피였고. 디엘은 과일 샐러드와 당근 수프, 으깬 감자와 커다란 소시지, 그리고 갓 구운 밀빵이 한 접시에 담긴 메뉴를 택하였다.

"……와, 디엘 님. 보기보다 엄청 대식가이시네요."

니나는 디엘의 팔뚝을 힐끔거리며 감탄을 금치 못하였다.

선천적인 체질인지 아니면 저주의 부작용인지 디엘은 좀처럼 살이나 근육이 몸에 붙질 않는 편이었다.

덕분에 먹고 싶은 걸 실컷 먹을 수 있는 것은 좋았으나, 그만큼 근력 훈련이 고된 것 역시 사실이었다.

주문한 지 얼마 지나지 않아 메뉴가 척척 테이블에 놓였다. 디엘은 제 머리보다도 훨씬 더 큰 접시를 보고 놀랐다.

손님이 대부분 학생인 가게라 그런지 나오는 한 접시에 나오는 양이 푸짐하였다.

게다가 뭉근히 피어오르는 향도 기가 막히게 좋았다.

"그럼 잘 먹겠습니다. 감사히 먹을게요, 디엘 님."

커피 잔을 들어 올린 니나가 애교 있게 건배하는 시늉을 하였다.

피식 웃은 디엘은 곧바로 당근 수프부터 한입 떠먹었다.

"아."

예상했던 것보다도 훨씬 더 훌륭한 맛에 디엘이 작게 감탄사를 흘렸다.

그것을 눈치챈 니나가 제가 더 신난 얼굴로 빙그레 웃었다.

"후후, 마음에 들어 하시는 것 같아서 다행이네요! 당근 수프도 좋지만, 사실 이 예술관의 카페는 당근 수플레가 아주 기가 막히거든요. 나중에 기회가 되면 꼭 그것도 드셔 보세요."

니나의 설명을 가만히 귀 기울여 듣던 디엘이 고개를 갸웃하였다.

"혹시 각 관에 있는 카페마다 맛있는 메뉴가 다른 겁니까?"

당근 잼을 토스트 위에 펴 바르던 니나가 고개를 끄덕였다.

"맞아요, 우리 아카데미에는 총 여섯 개의 관이 있잖아요? 그 관마다 전부 카페랑 식당이 붙어 있는데, 모든 카페와 식당이 시그니처 메뉴가 제각각 달라요."

니나의 말대로 모르아 아카데미에는 총 6개의 건물이 있었다.

본관에는 학장실을 비롯하여 교수들의 연구실이, 인문학관에는 보통 외교학이나 정치행정학, 제왕학 등의 강의실이 있었고, 예술학관에는 모든 예술에 관련된 강의실과 자료실이 있었다.

그 외에도 역사학관에는 고대학과 역사, 민속학 같은 학문과 관련이 있는 시설이, 무술학관에는 검술과 전략학, 무술 훈련장과 실습실이 있었다.

가장 마지막으로 자연과학관에는 의학, 그리고 과학과 관련 있는 강의실과 여러 시설이 있었다.

디엘이 건물 안으로 들어가 본 것은 아직 본관 정도였다.

"인문학관에 있는 카페는 아보카도와 베이컨을 넣은 샌드위치가 특히 맛있고요. 자연과학관의 카페는 딸기크림치즈 타르트가……."

밝은 얼굴로 설명을 이어 나가는 니나의 모습은 천진난만한 아이 같았다.

그것이 보기 좋아 디엘은 턱을 괸 채, 살그머니 웃었다.

"아— 죄송합니다, 디엘 님. 너무 혼자 떠들었죠? 제가 말하는 걸 좋아해서 혼자서도 엄청 잘 놀거든요. 듣기 싫을 때는 싫다고 꼭 말해 주셔야 해요. 그럼 입에 이렇게 지퍼를 잠글게요."

디엘이 아무 말 없이 생각에 잠겨 있자 니나가 얼른 사과하며 입을 닫는 시늉을 하였다.

퍼뜩 정신을 차린 디엘이 고개를 저었다.

"아닙니다, 니나. 시끄럽다고 생각하지 않았어요. 그냥…… 니나는……."

이 말을 해도 되는 건가 싶어서 디엘은 머뭇거렸다.

처음에는 어리둥절한 얼굴을 하고 있던 니나가 곧 무언가를 알아차린 것처럼 손뼉을 쳤다.

"노예 같지가 않다고요?"

"……."

긍정도 부정도 할 수 없는 디엘이 어색한 표정을 지어 보였다.

본인 앞에서 이런 민감한 주제를 꺼내는 것이 경솔했다는 생각에서였다.

하지만 정작 니나는 아무렇지 않은 얼굴로 말하였다.

"그 말 자주 들어요. 다들 나보고 내가 엄청 곱게 자란 부잣집 아가씨인 줄 알았다는 말 하거든요."

토스트를 크게 한입 베어 문 니나는 입술을 오물거렸다.

"그렇게 보는 게 좀 의외긴 해요. 여기 오기까지는 나 엄청나게 고생 많이 했는데."

당연하다면 당연한 말이었다. 고생을 모르고 지내는 노예라는 건 있을 수 없는 법이었다.

"그래도 말이죠. 나는 내 출신이 노예라고 해서 주눅 들어 살거나 그러고 싶지 않아요. 노예라고 해서 꼭 늘 우울한 얼굴을 하고 있고, 슬퍼야 한다는 법은 없잖아요."

니나의 말에 디엘은 머리를 크게 얻어맞은 기분을 느꼈다.

노예라고 해서 꼭 슬프라는 법은 없다?

디엘에게 있어서 노예라는 이는 동정과 연민의 대상이었다.

그들보다 높은 지위를 가지고 있고, 강한 힘을 가지고 있는 자신이 도와야 하는 이들이라고 생각하기도 했다.

"내가 부잣집에서 태어났건 아니건, 혹은 다른 나라에서 인신매매를 당해 노예가 되었건 아니건 나는 나예요. 그러니까 나는 나를 불쌍하게 만들지 않을 거예요. 그걸 위해서 이 아카데미에 온 거니까."

한참 동안 디엘은 아무런 말도 할 수 없었다.

여러 가지 생각이 복잡하게 머릿속에 떠오르다 사라지기를 여러 번.

한참 후에야 디엘은 간신히 한 마디를 할 수 있었다.

"강하군요."

나도 니나처럼 이렇게 생각할 수 있었더라면— 어쩌면 바바라의 진심을 알게 된 그날에도 그렇게 큰 비참함을 느끼지는 않았을지도 모른다는 생각이 들었다.

그녀의 기대에 부응해야 한다는 생각에 몰두하여 자신을 그렇게 몰아붙이지 않았을 수도 있었다.

"에이, 그렇게 거창한 건 아니에요. 그냥 이렇게 생각하며 사는 게 더 편하고, 좋을 뿐이에요."

칭찬을 받은 게 부끄러웠는지 니나가 머리칼을 매만지는 시늉을 하였다.

그러고 보면 레아가 부끄러울 때는 곧잘 저런 행동을 하고는 하였는데.

문득 떠오른 그리운 얼굴에 디엘이 애틋한 얼굴을 하였다.

그것을 눈치챈 니나가 고개를 갸웃하였다.

"디엘 님? 왜 그러세요?"

"아— 아무것도 아닙니다. 니나가 제가 아는 누군가를 닮았다는 생각이 들어서요."

"어머. 제가요? 어떤 사람하고 닮았는데요?"

질문을 받은 디엘은 멈칫하였다.

레아가 어떤 사람이냐고? 하고 싶은 말은 무척 많았다.

그러나 그 모든 말은 단 한 마디로 줄일 수 있는 것이었다.

"세상에서 제일 소중한 사람입니다."

"……."

레아를 떠올린 디엘의 입가에 상냥한 미소가 떠올랐다.

무사히 새로운 삶을 살 수 있게 된다면, 그때는 레아를 로비나 왕국에서 데리고 도망칠 생각이었다.

아주 먼 나라에서 둘이서 조용히 사는 것도 나쁘지 않고, 레아를 위해 좋은 혼처를 알아봐 두었다가 그녀를 시집보내는 것 좋을 것 같았다.

저 때문에 고생을 많이 한 그녀였다. 디엘은 세상 그 누구보다도 레아가 행복하길 바랐다.

디엘이 다정한 얼굴로 레아를 그리워하는 모습을 보고 있던 니나가 눈을 동그랗게 뜨더니 살짝 뺨을 붉혔다.

"디엘 님. 그분을 무척 좋아하시는군요."

"네? 아, 네."

자신이 레아를 좋아하는 건 사실이었기에 디엘은 고개를 끄덕였다.

"그분은 지금 로비나 왕국에 계신 거죠?"

"네, 그렇습니다."

"……그렇게 소중한 분을 두고 오셨으니 많이 외로우시겠어요."

새삼 그녀에 대한 그리움에 사무치던 디엘은 무언가 분위기가 이상하다는 것을 눈치채지 못한 채, 고개를 끄덕였다.

"네. 그래서 되도록 자주 편지를 보낼 생각입니다. 그녀는 아닌 척 해도 사실 외로움을 무척 잘 타니까요."

"……어머나."

니나는 디엘이 로비나에 두고 온 애인을 그리워하는 게 틀림없다고 생각하였다.

멀리 떨어져서 서로를 그리워하는 연인이라니. 너무 낭만적이야!

마치 제가 연애를 하는 것처럼 니나의 가슴이 콩닥콩닥 뛰었다.

그런 니나의 설렘을 알 리 없는 디엘은 아련한 눈으로 허공을 응시하며 중얼거렸다.

"벌써부터 약한 소리를 하면 안 되겠지만, 사실 그녀가 걱정이 됩니다."

설마 하니 어머니께서 레아를 괴롭히거나 하진 않겠지. 디엘이 걱정 섞인 한숨을 내쉬자 니나가 자리에서 벌떡 일어섰다.

"디엘 님!"

"네?"

갑자기 난 요란한 소리에 놀란 디엘이 움찔하였다.

카페 안에 있던 다른 학생들이 이쪽을 힐끔거리며 무슨 일이냐고 수군거리고 있었다.

남의 눈을 신경 쓰지 않는 니나는 양손을 기도하듯 모아 쥐며 외쳤다.

"아무래도 힘든 점이 많겠지만, 그렇다고 해서 거리에 지면 안 돼요! 진짜 사랑은 종족도, 나이도, 성별도, 거리도 초월하는 거랬어요!"

"……아, 네."

진짜 사랑? 여기서 갑자기 그런 말이 왜 튀어나오는지 알 턱이 없는 디엘은 그냥 고개를 끄덕였다.

아무래도 니나는 참 별난 사람인 것 같다고 생각하는 게 고작이었다.

"그러니까 앞으로 어려운 일이 있으면 언제든 저한테 도움을 청해 주세요. 제가 다른 건 못 해드리지만…… 으음, 으음…… 친구! 그래, 친구는 할 수 있어요!"

"친구?"

살면서 몇 번 들어 본 적이 없는 말에 디엘은 난감하다는 기색을 하였다.

그것을 다른 뜻으로 오해한 니나가 시무룩한 얼굴을 하였다.

"혹시 노예 출신하고 친구가 되는 게 싫다면 어쩔 수 없지만요."

"아니요, 그렇지 않습니다, 니나. 그냥 저는 친구라는 게 어떤 것인지 잘 모르겠어서."

솔직하게 털어놓는 디엘의 입맛이 썼다. 가족이 없는 건 아니나 없는 것과 마찬가지였고, 친구는 아예 가져 본 적이 없는 삶이었다.

그녀에게 있어서 솔직하게 약점을 드러내고, 진심을 토로할 수 있는 건 레아뿐이었다.

제가 가지고 있는 비밀, 제 몸에 걸린 저주가 그녀를 그렇게 고립시켜 왔다.

그렇기에 사람과의 거리는 늘 어려운 숙제와도 같았다.

"어머? 친구라는 거 그렇게 어려울 거 없어요. 나 잘났다고 떠들 때면 지겨워 죽겠다는 얼굴을 하면서도 내 자랑 들어 주기, 그리고 엄청나게 짜증나는 일이 있을 때는 같이 맛있는 케이크를 먹으면서 놀아 주기, 내가 안 어울리는 옷 입었을 때는 가차 없이 말해 주기, 곤경에 처했을 때는 서로 할 수 있는 한 도와주기, 날이 너무 좋아서 강의를 땡땡이치고 싶을 때는 기꺼이 공범이 되어 주기. 이런 걸 같이하는 게 친구죠."

"……."

좋은 것 같기도 하고, 아닌 것 같기도 하네.

디엘이 긴가민가하다는 얼굴을 하고 있자 니나가 싱긋 웃으며 말을 덧붙였다.

"또— 정말 내가 큰 잘못만 저지른 게 아니면 어떤 상황에서건 내 편이 되어 주기?"

어떤 상황에서건 내 편이 되어 준다고?

디엘은 천천히 눈을 깜빡였다.

머릿속에 스쳐 지나가는 얼굴들이 있었다.

'그게 싫으면 죽는 거고.'
'하지만 왕자에게는 딱히 필요가 없는 재능이지.'

철저하게 저를 꼭두각시로 이용하던 어머니.

단 한 번도 관심 어린 눈길을 준 적이 없는 아버지.

왕자라는 신분이 아니었다면 저를 거들떠도 보지 않았을 귀족들.

만일 디엘이 어떠한 어려움에 처하더라도 그들은 디엘을 도울 리가 없었다.

그들에게는 디엘을 대신할 수 있는 이가 얼마든지 있었다.

"참고로 여기서 말하는 '큰 잘못'이란 친구 뒤통수치기, 남의 물건 빼앗기 같은 거예요. 세계 정복 같은 건 괜찮으니까 안심하세요. 오히려 적극적으로 도와줄 수도 있어요."

니나가 재잘재잘 떠든 말에 디엘은 퍼뜩 정신을 차렸다.

뭐? 세계 정복이라고?

디엘의 입 꼬리가 실룩거리는가 싶더니, 결국 참지 못하고 그녀가 웃음을 터트렸다.

"하하하."

디엘이 웃음을 터트리자 또 다시 카페 안의 다른 학생들이 이쪽 테이블을 힐끔거렸다.

아까부터 뭐가 저리 시끄럽냐는 눈총이 전혀 신경 쓰이질 않았다.

그렇구나, 친구라는 건 세계 정복을 도와주는 존재인 거구나.

앞으로 자신이 세계 정복을 할 일이 있을지는 모르겠지만.

"니나."

한참을 웃은 디엘이 니나를 향해 손을 내밀었다.

그것이 악수를 청하는 동작이라는 걸 알아차린 니나가 헤헤 웃으며 마주 손을 내밀었다.

디엘은 저보다 아주 조금 작지만, 섬세한 니나의 손을 살며시 잡았다.

손가락 끝에서 조금 독특한 굳은살이 느껴졌다. 악기를 연주하는 사람의 손이었다.

디엘은 니나가 음악학과 학생일 거라 추측하며 입을 열었다.

"아까도 말했지만, 나는 친구를 사귀어 본 적이 없습니다."

"괜찮아요. 이제부터 많이 사귀면 되잖아요. 내가 바로 그 1호가 될 거고."

디엘 님이라면 틀림없이 전교생을 다 친구로 만들 수도 있을 거라며 니나가 너스레를 부렸다.

그건 과장이 너무 심하다고 생각하면서도 디엘은 니나와 마주 잡은 손을 가볍게 흔들었다.

"그렇다면 우린 이제 친구니까, 디엘 님이라고 부르지 말아 주세요."

"……그럼 아예 말 놓는 건 어때요? 나 사실 존댓말 하는 거 별로 안 좋아해서."

서로 반말로 편하게 대화할 수 있는 사람이라니.

성에서 유일하게 마음을 열 수 있었던 레아와도 못 해 봤던 일이었다.

아무리 그녀와의 사이가 가까워도 레아는 시녀였고, 디엘은 왕족이었다.

하지만 이곳에서는 디엘의 신분이 무엇이건 상관없이 친구가 되고 싶다고 말하는 이가 있었다.

디엘은 조금 설레는 기분을 억누르며 고개를 끄덕였다.

"좋아, 니나."

악수를 마친 디엘이 천천히 손을 놓았다.

어쩐지 머쓱한 기분에 그녀는 불쑥 입을 열었다.

"니나. 궁금한 게 있어."

"응? 뭔데? 대답 못 해 주는 거 빼고는 다 대답해 줄게. 말해 봐."

"정말로 내가 세계 정복을 하려고 하면 도와줄 거야?"

장난스럽게 던진 말에 멍한 얼굴을 하는 것도 잠시.

니나는 맡겨 두라는 것처럼 팔을 걷어붙였다.

"물론이지! 내가 선두에 나설 수도 있어!"

디엘은 다시 한 번 크게 웃음을 터트렸다.

세상에서 제일 든든한 친구를 얻은 순간이었다.

*　　*　　*

즐겁게 점심 식사를 마친 후.

니나는 오늘은 자체 휴강일이라며 디엘에게 아카데미 안내를 하겠다고 나섰다.

디엘 역시 새로 사귄 친구와 조금 더 함께 있고 싶었기에 그 제안에 선뜻 고개를 끄덕였다.

그렇게 니나에게 이끌려 하루 종일 아카데미를 돌아다닌 디엘이 남자 기숙사 앞에 도착했을 때는 이미 밤하늘이 어두워진 지 오래였다.

그사이에 몸이 다시 여자로 바뀌었기에 디엘은 도중에 화장실을 급하게 찾을 수밖에 없었다.

늘 가지고 다니는 붕대로 가슴을 질끈 동여 묶은 그녀는 내심 니나가 무언가 이상하다 여길까 전전긍긍하였지만, 니나는 아무것도 눈치채지 못하였다.

덕분에 디엘은 마음 편하게 남자 기숙사 정문 앞까지 니나와 함께할 수 있었다.

"자, 여기가 남자 기숙사야. 문은 잠겨 있지 않을 테니까 그냥 들어가면 돼."

"응. 오늘은 정말 고마웠어, 니나."

디엘이 말갛게 웃으면서 한 말에 니나는 뒷짐을 지며 고개를 저었다.

"별말씀을! 아, 앞으로 아카데미 생활할 때 혹시나 모르거나 궁금한 게 있으면 나한테 물어봐. 물론 기왕이면 같은 남학생들과 친하게 지내는 게 좋긴 하겠지만— 음, 내 느낌으로는 넌 남자애들보다는 여자애들이랑 더 사이좋게 지낼 만한 타입이니까."

그게 무슨 뜻이지. 혹시나 내가 남자답지 않다는 뜻인가?

디엘이 떨떠름한 얼굴을 하자 그것을 눈치챈 니나가 미소 지었다.

"나쁜 뜻은 아니야. 너 엄청 잘생겼잖아. 거기다가 다정하기까지 하니까 여자애들이 그런 널 그냥 둘 리가 없잖아. 그러니까 당연히 남자애들이 널 질투할 거란 말이지."

"……."

그런가? 자신이 여학생들에게 인기가 있을 거라는 말은 충분히 납득이 가능하였다.

이러니저러니 해도 바바라를 닮은 제 외모가 사람의 시선을 잡아끈다는 걸 부정할 수는 없었다.

하지만 여자에게 인기가 있다고 해서 남자들이 그걸 질투하다니.

로비나 왕국에 있을 때는 겪어 보지 못했던 일이라 디엘이 고개를 갸웃하였다.

물론 그녀는 자신이 '왕자'이기에 여인의 애정을 빼앗긴 다른 남자 귀족들이 차마 제 앞에서 불만을 나타내지 못했다는 걸 전혀 알지 못했다.

"뭐, 기왕이면 룸메이트가 좋은 애면 좋겠다. 그 애랑 잘 지내면 남자애들하고도 금방 뜨거운 우정이 생길 거야! 사나이의 우정!"

니나가 디엘의 어깨를 팡팡 두들겨 주며 그녀를 격려하였다.

사나이의 우정이라니. 어딘지 모르게 땀 냄새가 날 것 같은 단어였다.

"그럼 난 이제 가 볼게. 여자 기숙사는 남자 기숙사보다 통금 시간이 까다롭거든. 아까 약속한 대로 내일 점심에 식당에서 보자!"

손을 힘껏 흔든 니나는 치맛자락을 휘날리며 여자 기숙사를 향해 달려갔다.

그녀가 아주 작은 점이 될 때까지 자리를 지키고 서 있던 디엘이 후우, 크게 한숨을 내쉬었다.

조금 전까지는 즐거워서 잊고 있었지만, 오늘부터 낯선 곳에서 제 비밀을 감춘 채 생활해야 한다는 긴장감이 갑자기 마음을 무겁게 만들었다.

게다가 제 룸메이트가 누군지 모른다는 것도 불안감을 가중시켰다.

주머니 속에 손을 넣은 디엘은 오전에 행정실에서 받았던 기숙사 입소 허가서를 꺼내 들었다.

그러고 보니 여기로 오면 분명 기숙사장이 마중을 나올 거라고 하지 않았나.

디엘은 정문 근처에서 기숙사장처럼 보이는 사람을 찾아 고개를 이리저리 돌렸다.

드문드문 기숙사를 빠져나오는 학생들 사이로 엄청나게 커다란 덩치가 하나 보였다.

곰인가. 무심코 뒤로 한 걸음 물러섰던 디엘은 학생 사이에 섞여 있는 곰이 행정실 직원과 비슷한 옷을 입었다는 것을 알아차렸다.

옷을 입은 곰은 정확하게 디엘이 있는 방향으로 다가오고 있었다.

디엘은 그 남자가 아카데미 직원들이 입는 제복을 입고 있지 않았다면 진즉 도망쳤을지도 모른다고 생각하였다.

험상궂은 얼굴이며 우락부락한 몸이 암만 봐도 아카데미의 직원이라기보다는 어느 산적 무리의 두목처럼 보였다.

내심 이제까지 보았던 다른 직원들처럼 학자 타입의 사람이 저를 마중 나오리라 생각했던지라 디엘의 충격은 적지 않았다.

문득 행정실 직원이 했던 말이 떠올랐다.

'저녁 이후에 남자 기숙사에 가면 아마 산적 두목처럼 생긴 분이 있을 거예요. 그분이 기숙사장인 토니니까 그에게 주면 방을 안내해 줄 거예요. 두 사람에게는 이미 전날 연락이 갔으니 다들 기다리고 계실 거고요.'

산적 두목.

행정실 직원이 했던 말은 비유나 은유가 아닌 사실이었다.

디엘은 마침내 제 앞에 당도한 이 거대한 사내를 정말로 산적 두목이라고밖에 부를 수 없다 생각하였다. 아님 곰이거나.

"네가 디엘 샤 자르타냐?"

몸집만큼이나 걸걸한 목소리에 무심코 뒷걸음을 치고 싶었지만, 디엘은 다리에 힘을 주고 차분하게 고개를 끄덕였다.

"네. 제가 디엘 샤 자르타입니다. 당신은…… 기숙사장인 토니가…… 맞습니까?"

혹시나 하면서 디엘이 물은 말에 험상궂은 토니가 눈썹을 꿈틀거렸다.

알면서 뭘 입 아프게 묻느냐는 그런 얼굴이었다.

"그래. 내가 기숙사장 토니다."

"아, 안녕하십니까. 기숙사장님."

기숙사장이라는 호칭 뒤에 님자를 붙이는 것이 그다지 일반적이지는 않겠지만, 디엘은 이 사람을 부를 때만큼은 뒤에 님자를 붙여야 할 것 같다고 생각하였다.

디엘이 조심스레 건넨 인사에 토니가 묘한 얼굴을 하였다.

"그냥 토니라고 불러. 님자 붙이지도 말고."

토니는 이상하게 사람들이 다 저를 토니 님이라고 하는데, 자신은 그것이 싫다는 말도 덧붙였다.

디엘은 다른 사람들의 기분을 충분히 이해할 수 있었다.

혹시 아카데미에서는 방범과 학생들의 탈선을 막기 위해서 이렇게 우락부락한 사람을 기숙사장으로 뽑을 걸까.

만일 그런 이유에서라면 정말 완벽한 인재를 찾은 셈이었다.

"디엘. 일단 기숙사 안내를 하기 전에 한 가지 묻고 싶은 게 있는데 말이다."

"네. 말씀하십시오."

"혹시 이 근처에서 엄청나게 잘생긴 금발머리에, 눈이 미친 것처럼 빨간 놈 못 봤냐? 여자로 보이면 우선 집적거리고 보는 재수 없는 놈인데."

"······."

어째서일까. 본 적이 없는 사람이지만, 누군지 알 것 같은 기분이 들었다.

디엘은 제 머릿속에 잠시 떠올랐던 에드의 얼굴을 곧바로 지워낸 후, 고개를 저었다.

"아니요. 보지 못했습니다."

"흠, 그래? 이상하군. 아까 다른 놈들이 이 근처에서 그놈을 보았다는 이야기를 하는 걸 들었는데 말이지. 내가 잘못 들은 건가?"

턱을 긁적거린 토니가 음산한 목소리로 중얼거렸다.

"이번에야말로 붙잡으면 아주 다리를 확 부러트려 버릴 생각이었는데."

디엘은 지금 이 순간, 자신이 사람 한 명의 목숨을 구했다는 걸 깨달았다.

물론 에드 본인에게 생색을 낼 생각은 없었다.

어쨌거나 그 남자는 만나지 않는 게 제일이었다. 앞으로도 부디 그를 만날 일이 없길 바랄 뿐이었다.

"뭐, 이따가 순찰 돌다 보면 찾을 수 있겠지. 자, 그럼 우선 기숙사 안내부터 해 주마. 사실 아카데미 시설에 비하면 그리 크지 않은 곳이라 둘러볼 데가 많진 않지만."

토니가 제일 먼저 디엘을 데리고 간 곳은 식당이었다.

늦은 시간이었지만, 군데군데서 식사를 하고 있는 학생들의 모습이 보였다.

그들은 토니를 보자마자 갑자기 자세를 바르게 하고 앉기 시작하였다.

토니를 힐끔거리는 학생들의 시선에는 분명 두려움이 엿보였다.

디엘은 토니를 두려워하는 학생들의 기분을 이해할 수 있었다.

분명 나쁜 이는 아닌 것 같긴 한데 묘하게 사람을 공손하게 만드는 기백을 지닌 사람이었다.

"기본적으로 식당은 아침 7시부터 저녁 10시까지 열려 있다. 옛날에는 정해진 시간에만 밥을 줬는데, 연구며 공부를 하다 보면 끼니 놓치는 놈들이 꽤 많아서 카리스 학장이 방침을 바꿨지. 식사 메뉴는 다양한 편이야. 각 나라— 심지어 남구 쪽에서도 유학생이 오기 때문에 밥이 입에 안 맞아서 고생하는 일은 없을 거다."

디엘은 가느다란 두 막대기로 무언가를 집어 먹는 남구인의 모습을 발견하고 눈을 휘둥그레 떴다.

식탁에서 스푼과 포크, 그리고 나이프 외의 도구를 사용하는 걸 한 번도 본 적이 없으니 당연히 놀랄 수밖에 없었다.

남구에서는 저게 식사 때 쓰는 도구인 건가?

신기한 마음에 디엘은 한창 식사 중인 남구인을 힐끔거렸다.

남구인을 보는 것이 처음이라 그런지 자꾸 식사 중인 남구인 학생에게 관심이 생겼다.

검은 비단처럼 긴 머리칼을 늘어뜨린 그는 묘한 분위기를 풍기고 있었다.

식사를 마친 것인지 그는 막대기 두 짝을 식탁 위에 내려놓고, 차분히 고개를 들어 올렸다.

순간, 그와 눈이 마주친 디엘은 멈칫하였다.

남이 식사하는 모습을 뚫어져라 쳐다보다니.

상대에게 매우 실례되는 행동이라는 생각에 어떤 얼굴을 해야 할지 알 수가 없었다.

하지만 남구인 학생은 화내는 기색도 없이 부드럽게 웃더니 가볍게 고개를 까닥하였다.

그에게 이끌린 것처럼 고개를 까닥하는 사이, 저만치 앞서 걷고 있던 토니가 디엘을 불렀다.

"어이, 신입생! 빨리 안 오고 뭐하나?"

"죄송합니다, 가겠습니다!"

대답을 마친 디엘은 서둘러 토니의 뒤를 따랐다.

남구인 학생이 신경 쓰여 뒤를 힐끔 돌아보니 트레이를 손에 든 그가 자리에서 일어서는 모습이 보였다.

앞으로는 남에게 불쾌감을 줄 만한 행동을 하지 않도록 주의해야겠구나.

디엘이 새삼 반성하는 동안에도 토니는 열심히 설명을 이어 나가고 있었다.

"기본적으로 식사는 식당에서 하도록 되어 있지만, 몸이 안 좋거나 특별한 사정이 있는 경우에는 식당 직원에게 부탁해서 도시락을 받을 수도 있지. 외출할 때도 도시락이 필요하면 전날 미리 말해 두면 된다."

순식간에 식당에 대한 설명을 마친 토니가 디엘을 향해 고갯짓을 하였다.

다음으로 그가 안내해 준 곳은 공공 욕탕이었다.

"모든 방에 욕실이 붙어 있긴 하지만, 커다란 욕조는 없어서 말이다. 큰 욕조를 쓰고 싶으면 여길 쓰도록 해. 간혹 가다가 알레르기가 심해서 물이 안 좋을까 봐 걱정하는 녀석도 있는데, 여기서 사용되는 수돗물은 지하수를 끌어다 쓰는데다가 2시간에 한 번꼴로 물을 가니 안심하도록."

디엘은 더운 수증기가 풀풀 뿜어져 나오는 욕탕에서 시선을 비스듬하게 돌렸다.

마침 욕탕에서 나오는 남자들이 있는지라 도저히 빤히 그곳을 볼 수가 없었다.

허리 아래를 가리지도 않은 남학생들이 저들끼리 낄낄거리며 무어라 농담을 주고받는 소리가 들려왔다.

아무리 반은 남자더라도 이렇게 노골적인 광경에는 면역이 없었다.

왕자인 그녀가 남들과 같이 욕탕을 쓸 일은 없었으니까.

디엘은 제발 자신이 무덤덤한 얼굴을 하고 있길 바랐다.

"욕탕은 식당보다도 더 빨리 열고, 늦게 닫는다. 새벽에 청소하는 시간을 제외하면 거의 20시간 정도는 열려 있다고 보면 될 테니까 마찬가지로 이용하고 싶을 때 언제든지 편하게 이용하면 되고."

토니는 꼼꼼하게 수건과 세안 용품을 두는 위치까지 알려 주었다.

낮이면 몰라도 밤에는 자신이 절대 이곳을 쓸 일이 없을 거라 생각하면서도 디엘은 잠자코 고개를 끄덕였다.

그 뒤로도 토니는 디엘에게 응접실이며 검술 및 체술 훈련을 하는 훈련실, 독서와 공부를 위한 학습실, 빨래를 빨고 널어 둘 수 있는 세탁실 등을 보여 주었다.

예상했던 것보다도 훨씬 더 좋은 기숙사 시설에 디엘은 내심 감탄을 금치 못했다.

오전에 니나의 안내를 받아 아카데미를 둘러보면서도 생각한 것이지만, 정말 깜짝 놀랄 만큼 훌륭하였다.

세계 최고의 아카데미라는 명성은 허투루 나온 것이 아니구나 싶었다.

"일단 이렇게만 알아 두면 당분간 기숙사 생활을 하는 게 어렵지는 않을 거다. 각 편의 시설은 시설 내부 규칙을 준수하면 되니까 그것만 신경 쓰고."

"네, 알겠습니다."

"뭐, 사실 넌 딱히 문제 일으킬 타입은 아닌 것 같아서 걱정은 안 되는구나."

"네, 걱정하실 일은 없을 겁니다."

어디 가서 단 한 번도 문제아 소리를 들어 본 적이 없는 디엘이었다.

당연히 이곳에서도 우수한 학생으로 지낼 생각이었다.

하지만 디엘의 예의 바른 대답에 되레 토니가 한숨을 내쉬었다. 커다란 덩치만큼이나 무거운 한숨이었다.

"그래. 다만 네 룸메이트한테 안 좋은 영향을 받을까 싶어서 그게 걱정이 되는군."

"……제 룸메이트요?"

디엘은 반사적으로 귀를 쫑긋 세웠다.

지금까지 기숙사 시설을 돌아보는 내내, 토니는 그녀에게 룸메이트에 대해 말해 준 적이 없었다.

지금이 제 룸메이트에 대한 정보를 얻을 기회라는 걸 감지한 디엘이 얼른 입을 열었다.

"제 룸메이트가 어떤 사람입니까?"

질문을 받은 토니의 얼굴이 와그작 구겨졌다.

본능적으로 건드리면 안 될 것을 건드렸구나, 하는 생각이 들었다.

"그놈이…… 어떤 놈이냐고?"

이를 아드득 갈며 토니가 악 다문 잇새 사이로 신음을 흘렸다.

그 신음이 때로는 욕설이 되었다가 또 때로는 이름 모를 상대에 대한 저주로 바뀌는 것이 고스란히 디엘의 귀로 전해졌다.

"내가 이 일을 한 지가 어언 올해로 10년째인데 말이다. 그놈은…… 뭐랄까, 그런 놈은 아주 난생 처음이야. 미꾸라지 같은 자식 같으니라고."

대체 어떤 일을 저지르고 다니는 사람이기에 이렇게까지 욕을 먹는 거란 말인가?

아니, 그것보다도 내가 그런 문제아랑 같은 방을 써야 한다고?

디엘은 점점 제 얼굴이 토니처럼 구겨지고 있다는 것을 깨달았다.

"그놈은 말이지. 아카데미에 있는 규율이 100개 있다면 그중 98개 정도는 어기는 그런 놈이야. 그것도 교묘하게 현장에서 걸릴 짓은 절대 하지 않는단 말이지?"

내가 살다 살다 그런 놈은 처음이라며 토니가 고개를 절레절레 저었다.

"심지어 얼마나 능청스럽고, 요령이 좋은 놈인지 어지간한 잘못으로는 크게 타격을 입는 것 같지도 않아. 학장도 묘하게 그놈을 싸고도는 것 같고 말이야."

토니의 투덜거림을 듣고 있다 보니 이상하게도 떠오르는 얼굴이 하나 있었다.

눈이 부실 정도로 찬란한 금빛 머리칼, 살바르의 루비보다도 더욱 깊게 빛나는 붉은 눈동자, 그리고 보고 있기만 해도 눈을 피하고 싶어지는 능청스러운 미소.

설마, 그럴 리가.

그럴 리가 없다고 디엘은 고개를 세차게 저었다.

에드가 저와 룸메이트일 리가 없다.

자신과 그 사이에는 접점이랄 것이 하나도 없지 않은가.

아무래도 이 아카데미에 에드와 무척 비슷한 성향의 학생이 또 있는 모양이었다.

그건 그거대로 매우 끔찍한 일이긴 하지만.

"하여간 고얀 놈이라고. 단체 생활을 대체 뭐라고 생각하는 거야?"

그놈 욕은 하루 종일이라도 할 수 있다며 토니가 콧김을 거칠게 내뿜었다.

그가 이렇게까지 말할 정도의 문제아가 제 룸메이트라니.

대체 행정실에서는 왜 그런 문제아와 저를 한방으로 배정한 것일까 하는 의문이 들었다.

"……토니. 혹시 룸메이트 변경은 불가능합니까?"

조심스럽게 디엘이 꺼낸 말에 토니는 너의 마음이 십분 이해가 간다는 얼굴로 고개를 끄덕였다.

"그래, 여기까지만 들어도 너도 도망치고 싶겠지. 하지만 유감스럽게도 말이다. 적어도 한 달은 지나야 룸메이트 변경 요청을 할 수 있단다."

토니는 한 달 후에 디엘이 반드시 방 변경 신청을 하러 올 것이라 확신하는 모양이었다.

지금이라도 차라리 전염성 희귀병에 걸려 있다고 아카데미에 보고할까.

불가능한 계획을 이리저리 세워 보던 디엘은 한숨을 내쉬었다.

"……토니. 어째서 제가 그런 이와 한방을 쓰게 된 겁니까?"

"응? 그거야 너랑 네 룸메이트가—"

거기까지 말한 토니가 멈칫하였다.

그가 코를 벌름거리더니 "불안한 냄새가 나는데—"라고 중얼거렸다.

디엘은 그를 따라 복도 너머를 힐끔거렸다. 이상한 진 아무것도 없는—

"……이게 무슨 냄새지?"

코끝을 찌르는 독특한 냄새에 디엘은 저도 모르게 얼굴을 찌푸렸다. 특이하긴 해도 아예 맡아 본 적이 없는 냄새는 아니었다.

이건 분명 탄광에서 화약을 쓸 때 나던 냄새랑 비슷한 것 같은데.

그 순간—

펑!

작은 폭발음이 들리는가 싶더니 동시에 어디선가 무언가가 와장창 깨지는 소리가 들려왔다.

반사적으로 디엘은 방어 자세를 취하며 뒤로 물러섰다.

무슨 일이지?

그때, 옆에서 우렁찬 고함이 터져 나왔다.

"어느 놈이 또 이 시간에 실험질이야!"

"……실험?"

대체 지금 무슨 일이 벌어지고 있는 거냐고 묻는 것처럼 디엘이 토니를 바라보았다.

뒷머리를 거칠게 벅벅 긁던 토니가 디엘의 어깨에 손을 올렸다.

"신입생. 미안한데, 내가 여기까지밖에 못 데려다주겠다. 지금부터 '생활지도'를 위해 가볍게 손을 좀 봐야 할 놈들이 있어서."

음산하게 웃은 토니가 제 주먹을 거칠게 어루만지며 꺾었다.

자세한 전후 사정은 모르지만, 깊게 개입하지 않는 것이 정답이리라.

"괜찮습니다. 위치를 설명해 주시기만 하면 혼자 찾아갈 수 있습니다."

"응, 거의 다 와서 찾는 건 안 어려울 거다. 여기서 쭉 가다가 저쪽에서 오른쪽으로 꺾으면 A동이니까. 거기서 302호를 찾도록 해."

토니는 열쇠를 건넸다. 열쇠에는 A302라는 글자가 새겨져 있었다. 디엘은 그것을 손에 꾹 쥐었다.

"알겠습니다. 여기까지 안내해 주셔서 감사합니다. 앞으로 잘 부탁드리겠습니다."

디엘이 정중하게 고개를 숙여 인사하자 토니가 순간 멋쩍은 얼굴을 하였다.

"어, 뭐. 그래. 음, 너도 앞으로 말썽 피우지 말고, 잘 지내보자. 그럼 이만 가 보마!"

어색하게 인사를 마친 토니는 더는 지체할 수 없다는 듯 복도 너머로 달려가기 시작하였다.

"오늘은 대체 누가 일을 친 거냐! 당장 나오지 못해!?"

아무래도 기숙사장이라는 건 생각보다도 훨씬 더 힘든 일임이 틀림없었다.

한동안 제자리에서 사라져 가는 토니의 뒷모습을 지켜보던 디엘은 고개를 절레절레 저었다.

'아무래도 조용하게 지낼 수 있는 곳은 아닐 것 같아.'

어쩌면 기숙사 생활은 로비나에 있던 때보다도 훨씬 더 정신 산만할지도 모르겠다는 생각이 들었다.

손안에 쥔 키를 훑어보며 디엘은 토니가 알려 준 방향으로 걸음을 옮겼다.

아직 소등 시간이 아니라 그런지 복도에는 사람이 제법 있었다.

저들끼리 무언가를 신나게 떠들던 학생들은 디엘을 발견하는 순간, 하나같이 멈칫하였다.

낯선 얼굴이기 때문만은 아니었다.

고개를 꼿꼿하게 치켜들고 기숙사 복도를 걸어 나가는 것은 이제까지 한 번도 본 적이 없는 중성적인 미인이었다.

소년들 중 한 명이 딴에는 작은 소리로, 하지만 주변에 다 들릴 정도로 크게 중얼거렸다.

"뭐야, 저 녀석. 남자야, 여자야?"

무심하게 걸음을 옮기려던 디엘이 멈칫하였다.

사람들의 시선을 받는 것에는 익숙하여 무시하려 했건만, 도저히 무시할 수 없는 말을 듣고 만 터였다.

고개를 돌려 보니 서너 명 정도 모여 있는 소년이 묘한 얼굴을 하고 있었다.

마치 탐색하는 것 같은 시선이 디엘의 얼굴에 오래도록 머물렀다.

디엘은 내심 당황하였다. 성에 있을 때는 이렇게까지 노골적으로 불쾌한 호기심을 드러내는 이들을 만난 적이 없었다.

'차라리 에드처럼 대놓고 물어 오는 편이 낫겠군.'

디엘은 저에게 끊임없이 집적대던 남자를 떠올리고 한숨을 쉬었다.

빈말로라도 예의가 바르다고는 할 수 없는 자였지만, 적어도 이런 식으로 사람을 불쾌하게 만들지는—

응? 아닌가?

불쾌하게 만들었던가.

얼굴을 찌푸리며 디엘은 기억을 더듬어 보았다.

처음 보았을 때는 다짜고짜 그녀를 침대 위에 패대기쳤을 뿐만이 아니라, 두 번째로 보았을 때는 정말 여자가 아니냐고 캐물어 대서 결국 디엘이 옷을 벗게 만들었다.

곰곰이 생각해 보니 에드와 만났던 순간은 모두 썩 유쾌하지 못한 기억으로 덮여 있었다.

에드가 훨씬 낫다는 건 취소.

절대 말도 안 되는 소리였다.

"야."

절레절레 고개를 저으며 제 생각을 부정하던 디엘은 한 박자 느리게, 저를 부르는 목소리를 알아차렸다.

고개를 돌리니 쭉 찢어진 눈매의 소년이 짓궂은 미소를 지으며 앞에 서있었다.

아무리 생각해도 초면인 상대에게 다짜고짜 '야'라고 불릴 이유가 없었다.

디엘은 이 소년이 부른 게 자신이 아니라고 생각하며 그대로 그를 지나치려고 하였다.

"야! 너 파란 머리! 왜 사람을 무시하는 거야!"

어라. 나였나.

디엘을 그대로 자리에서 멈추어 서서 저를 불러 세운 소년을 보았다.

붉은 머리칼을 가진 소년이 씨근덕거리고 있었다.

"혹시 저를 부른 겁니까?"

"그래! 지금 여기서 내가 너 말고 누굴 불렀겠냐!"

버럭 화를 낸 소년이 팔짱을 꼈다.

"실례했습니다. 초면인 상대에게 '야'라고 불릴 만한 일을 한 기억이 없어서. 그래서 무슨 일이십니까?"

디엘이 무덤덤한 목소리로 말하자 소년이 눈썹을 꿈틀거리더니 히죽 웃었다.

보는 이에게 매우 불쾌함을 느끼게 하는 미소였다.

"너, 여자 기숙사에 가야 하는데 여기로 잘못 온 거냐? 그거라면 출구는 이쪽이 아니라 저쪽이다."

아. 그런 거였군.

디엘은 곧바로 소년이 저에게 말을 걸어온 이유를 짐작하였다.

주변을 둘러보니 어느새 복도에 사람이 제법 많이 모여 있었다.

소년들의 눈에는 하나같이 흥미로운 소란을 기대하는 빛이 어려 있었다. 다들 무료함을 달래줄 구경거리를 기대하는 기색이었다.

디엘은 그들의 눈을 하나하나 마주하며 싱긋 웃었다.

"매우 불필요한 참견, 감사합니다. 하지만 괜찮습니다. 오늘부터 제가 생활할 곳은 이곳이라서."

"헤에. 언제부터 우리 기숙사에 여자가 드나들 수 있게 되었나 모르겠네."

소년이 히죽거리며 한 말에 와자지껄한 웃음이 터져 나왔다. 그 사이로 혐오스러운 욕설이 뒤따랐다.

디엘의 입가에 비릿한 웃음이 걸렸다.

지금 이들은 계집처럼 곱상하게 생긴 자신이 누구인지 모르기 때문에 이런 식으로 무례하게 구는 것이리라.

'디엘 샤 자르타가 아닌 내가 마주해야 하는 세계는 이것이구나.'

사실 이 상황을 종식시키는 방법은 간단하였다.

자신이 디엘 샤 자르타, 로비나의 일곱째 왕자임을 밝히는 것이다. 어차피 내일부터 아카데미에서 공부를 시작하면 다 알려질 사실이기도 하였다.

하지만―

'지금 알릴 필요는 없겠지.'

로비나를 벗어나서 디엘이 아닌 삶을 살아간다면 앞으로도 그녀는 이런 일을 진절머리 날 정도로 겪어야 할 터였다.

그렇게 생각하니 이것은 그리 큰 모욕으로 느껴지지도 않았다.

고작 이런 걸로 쓸데없이 힘을 뺄 필요도 없을 거라 생각한 디엘은 담담한 얼굴로 입을 열었다.

"무례한 발언은 삼가 주십시오. 저는 남자입니다."

"뭐? 하하, 무례한 발언을 삼가 주십시오― 라니. 말투도 계집 같잖아."

뭐가 그리 웃긴지 소년이 낄낄거리며 옆에 있던 제 친구들의 옆구리를 쿡쿡 찔렀다.

디엘은 눈썹을 꿈틀거렸다. 마음 같아서는 저 소년의 어깨를 거칠게 밀치고, 이곳을 벗어나고 싶었다.

그러나 그랬다간 틀림없이 싸움이 벌어지리라. 눈에 불 보듯 뻔한 일이었다.

기숙사에 들어온 첫날부터 말썽을 일으켜서는 안 된다는 생각에 디엘은 다시 한 번 정중하게 요청하였다.

"……거길 비켜 주시죠."

"싫다면 어쩔 건데?"

소년이 디엘의 얼굴 가까이로 제 얼굴을 들이밀었다.

"가까이서 보니까 더 예쁘네. 너 진짜 여자인 거 맞지? 아니라면 어디 한 번—"

퍽— 소년의 손이 저를 향해 뻗어 오는 걸 본 순간, 디엘은 반사적으로 주먹을 휘둘렀다.

"으악!"

그대로 뒤로 나가떨어진 소년이 바닥으로 쓰러졌다. 요즘 이상하게 사람 때릴 일이 많이 생기는 것 같은데, 기분 탓인가.

디엘은 주먹을 휘두른 손을 반대쪽 손바닥으로 감싸 문질렀다.

충동적으로 토니와의 약속을 어기고 말았지만, 후회는 없었다.

어쩔 수 없지.

이렇게 된 김에 기왕이면 본때를 보여 주는 것도 나쁘지 않으리라.

초반에 제대로 기선을 제압하면 자신의 외모를 가지고 이러쿵저러쿵 떠들어 대는 무리와 마주할 일은 현저히 줄어들 터였다.

디엘은 바닥에 쓰러져 있는 소년을 차가운 눈으로 내려다보며 입을 열었다.

"대체 그간 어떤 교육을 받았기에 초면의 상대에게 이렇게까지 무례하게 구는 건지 궁금하군요."

부드럽고 정중하게 돌려 한 말이지만, 결국 요는 '널 이렇게 키운 부모 얼굴이 참 궁금하다'는 뜻이었다.

그것을 알아차린 소년이 고개를 들고 디엘을 노려보았다.

"너 이 자식!"

그것이 도화선이 된 것처럼 복도 곳곳에서 우렁찬 함성이 터져 나왔다.

"잘한다!"

"싸워라!"

"오오오! 해치워 버려!"

대체 누굴 응원하는 것인지는 모르지만 모두들 즐겁게 소리를 높이고 있었다.

그 소리에 힘을 얻은 것인지 엎어졌던 소년이 바닥에서 벌떡 일어섰다.

그가 금방이라도 저에게 달려들려고 한다는 걸 깨달은 디엘은 한 걸음 뒤로 물러서며 방어 자세를 취하려고 하였다.

하지만 그런 그녀의 몸을 단단히 붙잡는 손이 있었다.

"뭐야, 싸움이야? 그럼 날 빼면 섭섭하지."

험악한 공기를 뚫고 들려온 느긋한 목소리와 함께 제 어깨를 지긋이 누르는 무게에 디엘의 몸이 반사적으로 움찔 튀었다.

어느새 시끄럽던 복도가 조용해져 있다는 것을 깨달은 것은 그다음이었다.

"에드……?"

입을 헤, 벌린 소년이 중얼거린 말에 디엘은 그제야 제 머리를 턱으로 짓누르고 있는 상대가 누구인지 알 수 있었다.

"……에드. 무거우니까 이거 치우십시오."

"뭐야. 우리 사이에 너무 차가운 거 아니야, 디엘? 응?"

느물거린 에드가 절대로 디엘을 놔줄 마음이 없다는 것처럼 오히려 단단하게 그녀의 가슴 위를 감싸 안았다.

안 돼!

화들짝 놀란 디엘이 냅다 그의 손등을 후려쳤다.

짝—

소리가 요란하게 울려 퍼지자 복도의 공기가 더욱 차갑게 얼어붙었다.

심지어 디엘에게 시비를 걸어왔던 소년조차도 멍청한 얼굴을 하고 서 있었다.

다들 대체 왜 저런 반응이지?

학생들이 경악하는 영문을 알 리 없는 디엘은 재차 에드를 밀어내려고 하였다.

"에드, 무거우니까 당장 비—"

그녀는 제 볼에 닿는 긴 손가락을 눈치채고, 말을 멈추었다.

손가락?

무심코 시선을 옆으로 돌리던 그녀는 길쭉한 손가락 두 개가 제 볼을 가볍게 꼬집는 것을 보았다.

"아야."

반사적으로 아프다는 시늉을 하자 에드가 한 번 더 디엘의 볼을 꼬집었다.

이번에는 아까보다는 조금 힘을 주어서 그런지 제법 따끔하였다.

"뭐하는 겁니까, 에드!"

"응? 복수한 건데. 손등 맞은 복수. 봐, 네가 때려서 여기 빨갛게 부었잖아."

여전히 디엘의 머리 위에 턱을 올린 채, 에드가 손을 앞으로 내밀었다.

디엘의 눈에 보인 에드의 커다란 손등에는 붉은 자국은커녕 맞은 흔적조차 보이질 않았다. 이 엄살쟁이 같으니라고.

"근데 디엘 너 뺨 진짜 말랑말랑하다. 완전 부드러워. 이거 재미있는데? 중독될 것 같아."

헛소리를 연신 늘어놓은 에드가 즐겁게 디엘의 볼을 만지작거리기 시작하였다.

디엘은 이를 갈며 에드의 손등을 다시 한 번 찰싹 내리쳤다.

방금 전까지 학생들에게 에워싸여 주먹 다툼을 벌일 뻔했다는 사실은 머릿속에서 지워진 지 오래였다.

"그만하라고 하지 않았습니까!"

"음, 조금만 더 만지고."

나는 네 볼 만지는 걸 결코 포기할 수 없다는 것처럼 에드가 집요하게 디엘의 뺨을 만졌다.

디엘은 거울을 보지 않아도 지금 제 뺨이 어떤 꼴일지 알 수 있을 것만 같다고 생각하였다.

마음 같아서는 에드에게 똑같은 짓을 하고 싶었지만, 저를 끌어 안은 팔이 얼마나 단단한지 꼼짝도 할 수 없었다.

대체 뭘 먹고 이렇게 힘이 센 건지, 원.

"그나저나 카라반, 너 내 친구랑 언제 그렇게 친해진 거야, 응?"

머리 위에서 들려오는 목소리는 어딘지 모르게 즐거워하는 것 같은, 그러면서도 묘하게 날이 선 것 같았다.

"카라반?"

그게 누구냐고 반문하려던 디엘은 앞에 있던 소년의 얼굴색이 다 죽어 가는 사람처럼 새파랗게 변한 것을 발견하였다.

"······걔가 네 친구인 줄 몰랐어, 에드."

기분 탓인가. 디엘은 카라반이 에드에게 두려움을 느끼고 있다 는 인상을 받았다.

"응, 그거야 당연히 몰랐겠지. 우리는 어젯밤 막 친구가 되었거 든."

친구는 무슨 얼어 죽을 놈의 친구. 디엘은 눈썹을 까닥였다.

하늘에 맹세컨대 자신은 에드와 친구가 된 기억이 없었다.

이 아카데미에서 그녀가 친구라고 부를 수 있는 사람은 현재 딱 한 명뿐이었다.

그리고 앞으로 다른 학생과는 얼마든지 친구가 될 수 있다 쳐도 에드만큼은 아니었다.

"에드. 대체 누가 당신 친구라는 겁—"

"아, 맞아, 맞아. 그리고 디엘은 친구인 동시에 내 주인님이기도 하니까. 다들 잘 기억해 둬."

"……주인님?"

"저 하르파스의?"

복도에 순식간에 웅성거림이 가득 찼다.

여기저기서 신경 쓰이는 소리가 들려오기는 하였으나 디엘은 다른 말에 신경을 쓸 겨를이 없었다.

"에드! 그게 대체 무슨 소리입니까! 누가 당신 주인이라는 겁니까?!"

"응? 그거야 이제 내가 너의 유적 조사 경호원이니까."

"하?"

이게 대체 무슨 말이지. 디엘은 처음으로 사실 자신이 매우 머리가 나쁜 사람이 아닐까 의심해 보았다.

분명 같은 언어로 말하고 있는데도 말이 통하지 않는 것 같았다.

"내 고용주는 디엘 샤 자르타이니까, 바로 네가 내 주인님. 맞잖아."

에드가 싱글벙글 웃으면서 한 말에 이번에는 다른 의미로 복도가 시끄러워졌다.

"디엘 샤 자르타?"

"어디서 들어 본 적……."

"아!"

수군거리던 이들 중 몇 명이 곧 그 이름의 주인이 누구인지를 알아차렸다.

"로비나 왕국의 일곱째 왕자잖아!"

누군가의 외침에 디엘에게 연신 시비를 걸던 카라반의 얼굴이 딱딱하게 굳어졌다.

아무래도 로비나의 왕자에게 대놓고 시비를 걸어올 만큼 든든한 배경을 갖고 있지는 못한 모양이었다.

결국 이름으로 문제를 해결하고 말았다는 생각에 한숨을 쉬는 것도 잠시, 디엘은 지금 신경 써야 할 다른 문제가 남아 있다는 걸 깨달았다.

그녀는 제 등 뒤에 매달려 있는 남자를 향해 딱딱한 목소리로 물었다.

"에드. 아까부터 대체 무슨 말을 하는 겁니까? 유적 조사 경호원이라니요?"

"응? 뭐야, 아직 아무한테도 설명 못 들은 거야? 어쩔 수 없지. 알았어, 알았어. 내가 다 설명해 줄게."

그러니까 어서 방으로 가자며 에드가 디엘을 끌어안은 채, 몸을 틀었다.

엉겁결에 함께 몸을 튼 디엘이 허둥지둥하며 중심을 잡는 사이.

에드가 넋 나간 얼굴을 한 카라반을 향해 입을 열었다.

"카라반."

붉은 눈을 가늘게 접은 에드가 무어라 중얼거렸다.

디엘의 귀에도 들리지 않을 정도로 작게, 하지만 매우 또렷한 입 모양으로.

카라반이 딱딱하게 굳어 버린 얼굴로 고개를 위아래로 끄덕이길 반복했다.

그것을 본 에드가 만족스레 웃었다.

복도에 모여 있던 모든 이들이 벌벌 떨 만큼 섬뜩한 미소였다.

에드에게 시야가 가로막힌 디엘만이 그것을 보지 못하였다.

"에드, 그만 이것 좀 놓으십시오! 불편하단 말입니다!"

"그래, 그래, 알았어. 알았어."

연신 화를 내는 디엘을 달래며 에드가 복도 너머로 사라졌다.

그 모습을 지켜보고 있던 학생 중 한 명이 조심스레 입을 열었다.

"……방금 무슨 일이 벌어진 거야?"

그 질문에 대답해 줄 수 있는 이는 아무도 없었다.

Chapter 8

그의 정체

어쩌다 보니 자연스럽게 소동의 중심에서 빠져나오게 된 디엘은, 여전히 자신을 붙잡고 있는 에드에게서 벗어나려고 애를 썼다.

"에드! 이제 그만—"

"응, 그래, 그래. 이제 다 왔다니까. 바로 여기가 우리 방이라고."

에드에게 질질 끌려 A302호 앞에 도착한 디엘이 멈칫하였다.

우리 방?

매우 불길함이 엄습하는 단어였다.

"그게 무슨—"

말이냐고 되물을 틈도 없이 주머니에서 열쇠를 꺼낸 에드가 방문을 열었다.

디엘은 에드가 지금 손에 쥐고 있는 열쇠가 그의 것이라는 사실을 믿고 싶지 않았다.

왜냐하면 저 열쇠가 에드의 것이라면—

"에드. 설마 내 룸메이트가 당신인 겁니까?"

신이여. 제발 그런 불행이 저에게 일어나지 않는 것을 허락하소서.

디엘의 기도는 간절하였다.

하지만 그녀는 곧 신이 존재하지 않음을 깨달았다.

"응. 당연하지!"

신나게 대답한 에드가 디엘을 방 안으로 휙 들여보냈다.

"자, 들어가서 짐부터 확인해 봐. 아까 오전 중에 토니가 여기로 가져다 놓았어."

떠밀리듯 안으로 들어온 디엘은 입구 근처에 놓인 커다란 짐 가방 세 개가 제 것임을 확인하였다.

정말로 이 방이 내 방이고, 내 룸메이트가 저 에드라는 건가.

디엘은 고개를 들어 방문을 닫는 에드를 물끄러미 보았다.

문득 아까 토니가 했던 말이 뇌리를 스쳤다.

'그놈은 말이지. 아카데미에 있는 규율이 100개 있다면 그중 98개 정도는 어기는 그런 놈이야. 그것도 교묘하게 현장에서 걸릴 짓은 절대 하지 않는단 말이지?'

그 말을 들으면서 에드 생각이 난 건 당연한 일이었다.

디엘은 한 손으로 머리를 감싸 쥐었다.

그나마 이 아카데미에 에드 같은 인간이 둘이 있는 게 아니라는 걸 확인한 것이 다행이라는 생각이 들었다.

하나로도 저 모양인데, 둘이나 있었으면 도저히 감당이 되지 않을 터였다.

"디에엘. 짐 정리 안 해도 되겠어? 조금 있으면 식당 문 닫는데."

배고프니까 빨리 밥이나 먹으러 가자는 에드의 말에 디엘이 고개를 번쩍 들었다.

"에드."

"응?"

"정말 당신이 내 룸메이트입니까?"

"뭐야, 그렇게 계속 확인하고 싶을 만큼 좋아?"

히죽 웃은 에드가 장난스럽게 디엘을 포옹하려 들었다.

"누가 좋다는 겁니까! 싫어서 이러는 겁니다!"

"에이, 부끄러워하기는."

"……."

이 남자랑 말을 하면 할수록 내가 멍청해지는 기분이야.

자포자기한 디엘은 방이나 한 번 살펴보자며 주변을 둘러보았다.

일종의 현실도피였다.

아까는 미처 몰랐지만, 자세히 보니 생각했던 것보다도 훨씬 더 크기가 컸다.

두 명이 생활하는 공간이라는 점을 감안해도 마찬가지였다.

바닥에 깔려 있는 따듯한 색의 러그, 깔끔한 베이지색의 벽지, 방 안을 환히 밝히고 있는 벽 전등, 그리고 타닥거리는 소리를 내며 공기를 덥히는 벽난로.

디엘은 이 방이 제법 마음에 들었다. 룸메이트가 저 남자만 아니라면 기꺼이.

"짐 정리 도와줄까? 필요하면 말만 해, 주인님."

에드가 재차 말한 주인님 소리에 디엘이 멈칫하였다.

그러고 보니 아까 복도에서도 저 소리를 했었는데.

"에드. 아까부터 말하는 그 '주인님'이라느니, 유적 조사 경호원은 대체 무슨 말입니까?"

방에 오면 다 설명해 주겠다고 하지 않았냐며 디엘이 에드를 가만히 바라보았다.

"아, 맞아. 설명해 주기로 했지. 참."

에드는 고개를 끄덕이며 방 안에 있는 테이블을 가리켰다.

앉아서 대화하자는 뜻임을 알아차린 디엘이 의자에 앉았다.

맞은편에 앉은 에드는 턱 끝을 만지작거렸다.

"음. 어디서부터 설명해야 하려나."

"가급적 처음부터 전부 설명해 주셨으면 합니다."

"처음부터? 알았어. 자, 그럼 일단…… 고대학과생인 디엘 군에게 질문. 첫 유적지 탐사는 어땠어?"

"……나쁘지 않았습니다."

제트의 저택이 난이도 A등급의 탐사지라는 말을 들었지만, 딱히 어렵지는 않았다.

디엘이 기억을 더듬으며 한 말에 에드가 다행이라며 웃었다.

"그런데 말이지. 만약에 말이야, 디엘. 네가 혼자 유적지를 가서 말이지. 갑자기 발목을 다쳤는데, 지하로 떨어졌다거나 혹은 혼자서 상대할 수 없는 맹수나 적과 조우하게 되는 일이 벌어지면 어떻게 될까?"

"……."

한참 동안 에드가 제시한 상황을 상상해 보던 디엘이 천천히 입을 열었다.

"에드. 당신은 우리가 처음 만난 날, 나에게 호위가 필요하면 말하라고 했었죠."

"응."

"설마…… 고대학과 학생은 유적지 조사 시에 누군가를 동행하는 것이 필수 조건인 겁니까?"

아까 전 에드가 했던 말과 지금의 이야기를 종합하면 나오는 결론 그것뿐이었다.

디엘이 확신을 가지고 한 말에 에드가 손가락을 탁 튕겼다.

"정답. 참고로 말하자면, 그 동행은 검술학과 학생만 가능하지."

"……고대학과 학생 본인의 검술 실력이 우수한 경우에는 어떻게 되는 겁니까."

자신이 세계 제일의 검객인 것처럼 굴 생각은 없었다.

다만 어디 가서 제 한 몸 지키기에는 부족함이 없는 실력이니 굳이 경호원이 있을 필요는 없을 것 같았다.

에드는 어깨를 으쓱하였다.

"디엘. 아까 내가 한 말 기억 안 나? 혹시라도 부상을 입어서 유적지에 갇히게 되면 그때는 혼자 어떻게 대처할 건데?"

"……."

디엘은 입술을 꾹 깨물었다. 같은 방을 쓰는 것만으로도 충분히 스트레스인데, 유적지 조사를 나갈 때마다 누군가와 같이 움직여야 한다니.

무언가 예외를 적용할 수 있는 방법은 없을까?

머리를 굴리던 디엘은 자신이 중도 입학 시험을 보던 날을 떠올렸다. 가만, 그날은 분명히―

"그럼 아카데미에서 입학시험을 칠 때는 왜 경호를 붙여 주지 않았던 겁니까?"

정말 위험성 때문에 유적지 조사에 경호가 필요한 거라면 아무것도 모르는 지원자가 갈 때도 경호를 붙여 줘야 하는 게 아닌가.

디엘이 예리하게 눈을 빛내며 던진 질문에 에드가 심드렁하게 대답했다.

"그거야 제한 시간 내에 지원자가 안 돌아오면 찾으러 가면 그만이니까."

"……."

딱히 반박의 여지가 없는 말에 디엘은 한숨을 쉬었다. 정말 방법이 없는 건가.

이마를 한 손으로 짚은 채, 그녀가 우울하게 입을 열었다.

"어째서 당신이 내 경호가 된 겁니까?"

"내가 그렇게 해 달라고 했거든."

생각하지도 못한 말에 디엘이 고개를 번쩍 들어올렸다. 평소에는 장난기를 가득 담은 눈이 지금은 어딘지 모르게 진지하게 보였다.

"당신이……?"

디엘의 물음에 에드는 대답 대신 웃어 보였다.

그 순간, 디엘은 하려던 말을 전부 잊고 말았다. 웃음만으로도 사람의 마음을 홀리는 재주가 있는 남자였다.

"어렵게 생각할 것 없어, 디엘. 나처럼 잘생기고, 강하고, 다정다감하기까지 한 사람이 경호원이면 얼마나 좋겠어?"

앞부분은 본의 아니게 인정한다 치더라도 뒷부분은 좀 말도 안 되는 소리 아닌가.

디엘이 불신의 눈초리로 에드를 흘겨보았다.

"이유를 모르겠습니다."

"응?"

"당신과 나는 어제 막 만났을 뿐입니다. 그런데도 당신이 이렇게까지 나에게……."

무어라 표현해야 좋을까. 디엘은 가만히 에드를 바라보았다.

그가 천천히 눈을 깜빡이자 붉은 눈동자가 눈꺼풀 사이로 사라졌다 다시 모습을 드러냈다.

아름다운 눈이었다. 영원히 이 눈만 바라보라 하면 기꺼이 그렇게 할 수 있을 것 같았다.

"……호의를 보이는 이유를 모르겠습니다."

호의라는 표현이 어울리나 생각하면서도 그 외에 적절한 단어는 떠오르지 않았다.

디엘은 오전에 만났던 특이한 소녀 니나를 떠올렸다.

그녀가 저에게 보여 주는 감정은 알기 쉬운 것이라 기꺼이 호감이라 부를 수 있었다.

그 때문에 친구가 되자는 말도 그리 엉뚱한 것이라는 생각이 들지 않았다.

하지만 눈앞의 남자는 달랐다. 그가 저에게 보이는 것은 호감인 동시에 호기심이었다.

좋다고도, 나쁘다고도 할 수 없는 감정.

그렇기에 저에게 거침없이 다가오는 이 남자를 경계할 수밖에 없었다.

"대체 왜 나한테 이렇게까지 관여하고 싶어 하는 겁니까?"

디엘의 말을 들은 에드는 무슨 생각에서인지 테이블 위에 있는 디엘의 손을 살며시 잡았다.

"네 눈 말이야. 풀잎에 맺힌 이슬 같다는 거, 알고 있어?"

난데없는 말에 디엘이 눈을 동그랗게 떴다.

그런 말은 들어 본 적도 없는데.

그녀가 당혹감을 감추지 못하자 그게 귀엽다며 에드가 히죽 웃었다.

"핥으면 단맛이 날 것 같아."

에드가 붉은 혀를 내밀어 제 입술 선을 느릿하게 핥았다. 디엘에게 시선을 고정한 채.

어째서인지 디엘은 에드에게 잡힌 손이 간질간질하다고 생각하였다.

"그게 이유야."

"……에드."

그가 저를 놀리는 것이라 생각한 디엘이 입술을 꾹 깨물었다. 또 여자 같으니 어쩌느니 말하려는 거라면—

"진심이야. 네 눈이 마음에 들어서 그래. 난 복잡한 이유 같은 거 안 만드는 사람이라고."

씩 웃은 에드가 디엘의 손을 조금 더 힘주어 잡았다.

커다랗고 따뜻한 손에 감싸여 있는 감각이 낯설었다.

"그러니까 너도 복잡하게 생각하지 마. 그냥 편하게 생각하라고. 젊었을 때부터 너무 머리 쓰면 나중에 머리 벗겨진다는 말도 있잖아."

무거운 공기를 털어 버리려는 것처럼 에드가 웃기지도 않는 농담을 덧붙였다. 디엘은 웃어 주지 않았다.

복잡하게 생각하지 말라니. 그거야말로 어려운 주문이었다.

살아남기 위해서 그녀는 언제나 복잡하게 생각해야 했고, 어려운 길을 택해야만 했다.

이미 정착된 삶의 방식을 바꾸는 것은 결코 쉬운 일이 아니었다.

"그러니까 편하게 이용해, 내 검을. 그 어떤 위험한 상황에서라도 나는 반드시 널 도울 수 있어."

기꺼이 네 기대에 부응하겠다고 말하며, 에드가 디엘의 손등에 입을 맞추었다. 처음 만난 날 그랬던 것처럼.

"그걸로 인해 당신이 얻는 건 뭡니까, 에드."

일방적으로 어느 한쪽이 받기만 하는 관계라는 건 결코 있을 수 없었다. 디엘은 에드를 완전히 믿을 수 없었다.

아무리 이 남자가 보는 이를 황홀하게 만드는 아름다운 눈을 가지고 있다고 하더라도— 아니, 그렇기에 오히려 더더욱 믿을 수 없었다.

루비는 어둠조차 잠식할 것 같은 찬란한 광채를 가졌지만, 그 내면은 결코 단순하지 않았다.

아름답게 빛나는 루비일수록 그 안에는 다양한 불순물이 깃들어 있었다.

디엘은 에드의 불순물이 무엇일지 궁금하였다.

차라리 그의 속셈을 안다면 안심하고, 그를 곁에 둘 수 있을 것 같았다.

"글쎄. 약간의 금전적 이득과 엄청 예쁜 친구?"

"나와 친구가 되고 싶은 겁니까?"

"물론."

두 말 없이 에드가 긍정하였다. 디엘은 그것을 '왕자 디엘 샤 자르타와 친구가 되고 싶다'는 뜻으로 이해하였다. 그렇게 생각하면 모든 것이 앞뒤가 들어맞았다.

"……나는 당신에게 줄 수 있는 게 별로 없습니다. 당신의 기대와는 달리."

"걱정 마. 거창한 기대 같은 거 안 해. 정말 그냥 친구가 되고 싶을 뿐이라니까?"

그 말에 디엘이 차갑게 웃었다.

친구, 라.

내가 왕위 계승권을 포기하고, 심지어 디엘 샤 자르타의 이름을 버려도 과연 에드는 이렇게 말할 수 있을까?

이 남자가 언제까지 이렇게 말할 수 있는지 느긋하게 지켜보는 것도 나쁘지 않을 것 같았다.

"알겠습니다."

"오. 그럼 이제 날 친구로 인정해 주는 거야?"

"아뇨. 당신의 주인님이 되겠다는 겁니다."

"으응?"

전혀 뜻밖의 말을 들은 사람처럼 에드가 눈을 휘둥그레 떴다.

간만에 느끼는 유쾌함에 디엘이 환하게 웃었다.

"당신이 말하지 않았습니까, 에드. 내가 당신의 고용주니 주인님이라고."

"어— 그래, 그랬지."

분명 다른 학생들 앞에서 그런 말을 한 적이 있었다며 에드가 고개를 끄덕였다.

"어쩔 수 없으니까 당신을 내 유적 조사 경호원으로는 인정하겠습니다. 내일부터 잘 부탁드립니다."

"잠깐! 그럼 친구는?"

디엘은 어깨를 으쓱하였다.

"거기까지는 무리입니다. 당신을 잘 모르니까."

"그거야 이제부터 알아 가면 되잖아."

"그럼 알고 난 뒤에 하죠, 친구는. 지금은 일단 룸메이트 겸 유적 조사 경호인 걸로."

더는 할 말이 없다는 것처럼 디엘이 에드의 손을 휙 털어 냈다. 마치 토라진 아이처럼 에드가 입을 삐죽거렸다.

그것이 조금 귀엽게 보인다는 무서운 생각을 하며 디엘은 자리에서 일어섰다.

"내가 쓰는 침대는 저 왼쪽에 있는 겁니까?"

"……그래, 왼쪽 쓰면 돼."

툴툴거리면서도 성실하게 답해 준 에드가 디엘을 따라 일어섰다.

"참고로 밤중에 혼자 자는 게 외롭다 싶으면 얼마든지 오른쪽으로 와도 되고. 아니면 내가 왼쪽으로 가는 방법도 있지."

금방 원래 상태를 되찾은 에드가 웃을 수 없는 농담을 던졌다.

"아, 그렇군요."

영양가 없는 헛소리를 가볍게 무시한 디엘은 문가 근처에 있는 가방 중 한 개를 끌고 왔다.

그녀가 짐 정리를 하려는 걸 알아차린 에드가 고개를 쓱 들이밀었다.

"그나저나 짐이 뭐 이리 많아? 역시 내가 좀 도와줘야 하지 않겠어?"

필요 없다고 그를 밀어내려던 디엘은 멈칫하였다.

감정에 휩쓸려 행동하면 또 다시 그의 페이스에 휘말려 들 뿐이었다.

이럴 때일수록 침착하게 행동해야지.

입가에 잔잔한 미소를 지은 디엘이 에드를 향해 몸을 빙글 돌렸다.

"에드, 룸메이트이자 경호원인 당신에게 부탁이 하나 있습니다."

에드는 기쁜 얼굴로 눈을 반짝 빛냈다.

"오, 뭔데?"

무엇이든 좋으니 말만 하라며 에드가 양손을 펼쳐 보이자 디엘이 싱긋 웃었다.

"지금 당장 방 밖으로 나가 주시겠습니까?"

*　　　*　　　*

모르아 아카데미의 남자 기숙사 식당 안.

한창 저녁 시간대의 기숙사 식당은 사람이 깜짝 놀랄 만큼 많았다.

그리고 아카데미의 식당보다 정확히 열 배 정도는 더 시끌벅적하였다.

"이 미친 놈! 너 진짜 또라이 아니냐?"

"오늘 나랑 같이 레글로 갈 사람?"

"너랑 데이트를 해 줄 선량한 자원봉사자가 있긴 하겠냐?"

고함과 욕설, 그리고 웃음소리가 난무하는 이곳은 차라리 술집이라는 표현이 가까워 보였다.

모르는 사람이 보았다면 학생들이 손에 들고 있는 컵의 내용물이 주스가 아니라 술인 줄 알았을 터였다.

학생들은 저마다 오늘 있었던 일에 대해 떠들어 댔다.

그중에서도 가장 여러 번 화두에 오른 것은 아까 전 복도에서 있었던 일이었다.

"로비나의 일곱째 왕자가 엄청나게 미인이라는 소문이 진짜 사실이긴 했네. 뭔데 그렇게 예쁘게 생겼냐?"

"내일부터 여자애들이 난리겠더라."

"에이, 설마. 그렇게 비리비리하게 생긴 놈이 무슨 인기가 있으려고? 자고로 남자는 이렇게 듬직한 맛이 있어야지."

커다란 덩치의 소년이 어서 저를 보라는 것처럼 팔뚝을 내보였다. 다른 학생들은 낄낄거렸다.

"웃기네. 넌 듬직한 게 아니라 끔찍한 거지."

"뭐? 너 죽을래!?"

분개한 소년이 손에 빵을 칼처럼 들고 자리에서 벌떡 일어섰다.

어딘가에서 응원의 함성이 터져 나왔다.

빵으로 칼싸움 시늉을 몇 번 한 남학생은 조각나 버린 빵 조각을 대충 바닥에 던지고 다시 자리에 앉았다.

"하여간 그 녀석 별로야. 왕자인지 뭔진 몰라도 어차피 일곱째 왕자라며? 왕위 계승권도 그렇게 높은 건 아니지 않냐?"

"애초에 로비나 자체도 그리 대단할 것 없는 나라잖냐. 그깟 보석이랑 석탄 좀 나오는 게 뭐 그리 대수라고."

"맞아, 맞아. 그런데도 왕자라고 목에 힘주는 꼴, 재수 없지."

정작 디엘은 제 신분을 내세운 적이 없건만, 남학생들 사이에서는 어느새 디엘에 대한 부정적 여론이 형성되었다.

본인 앞에서야 싫은 내색을 할 수 없으니 뒤에서라도 실컷 욕을 하겠다는 심보였다.

"어쨌거나 신입생을 환영하는 차원에서 별명이나 지어 줄까? 계집애 같은 왕자님이니까 미스 프린스는 어떠냐?"

"오, 그거 괜찮네!"

"미스 프린스가 뭐가 어떻다고?"

"으아아아악!"

불쑥 들려온 목소리에 낄낄거리던 소년이 요란한 비명을 내지르며 자리에서 벌떡 일어섰다.

그리고 뒤를 돌아본 순간, 그는 다시 한 번 소리를 질렀다.

"에, 에드!"

"안녕. 뭔가 재미있는 대화를 나누고 있었던 것 같은데, 괜찮으면 나도 좀 껴 주지?"

히죽 웃은 에드가 손을 흔들어 보이자 소년이 펄쩍 뛰었다.

"아, 아, 아니! 별로 재미있는 이야기 같은 거 안 했는데! 그, 그렇지?"

그는 다른 학생들에게 도움을 청하는 것처럼 주변을 두리번거렸다.

스푼을 입에 문 채, 굳어 있던 몇몇 학생이 고개를 끄덕였다.

"그, 그럼!"

"우리는 별로 재미없는 이야기를 하고 있었어!"

"이상하다. 우리 주인님에 대해서 이야기하는 것 같았는데. 내 귀의 착각이었나?"

"주, 주인님······."

할 말을 잃은 사람처럼 소년이 입을 크게 벌렸다.

그 순간, 그를 포함하여 다른 모든 학생들은 에드가 복도에서 했던 선언을 떠올렸다.

> '아, 맞아, 맞아. 그리고 디엘은 친구인 동시에 내 주인님이기도 하니까. 다들 잘 기억해 둬.'

새파랗게 질린 소년이 고개를 붕붕 저었다.

"아, 아니야! 네 착각이야. 난 디엘에 대해서 말했던 게 아니— 크윽!"

하던 말을 미처 다 뱉지 못한 채, 소년이 찌그러진 개구리 같은 신음을 흘렸다.

디엘에게 멱살을 잡힌 소년의 몸이 허공에 둥실 떠있었다.

순식간에 주변이 싸늘하게 얼어붙었다. 몇몇 학생들은 움찔 떨며 의자 뒤로 몸을 바짝 붙였다.

멱살을 잡힌 소년이 고통스럽게 숨을 헐떡이며 입을 열었다.

"에, 에드—"

"그렇게 함부로 디엘이라는 이름을 부르면 안 되지. 내 주인님이니까."

"자알, 못······."

숨이 막히는지 소년이 연신 쿨럭거리는 기침을 토해 냈다.

그것을 소름끼치도록 무심한 눈으로 보던 에드가 갑자기 쥐고 있던 주먹을 놓았다.

"악!"

콰당탕—

요란한 소리와 함께 소년이 식탁 위로 쓰러졌다.

접시가 뒤집히고, 컵이 쏟아지자 곳곳에서 짜증 섞인 비명이 터져 나왔다.

그러나 에드가 주변을 둘러보는 순간, 모든 소리가 사라졌다.

바늘이 떨어져도 그 소리가 들릴 것만 같은 고요함이었다.

"내가 아까 복도에서 분명 말하긴 했는데. 여기도 못 들은 사람이 많은 것 같아서 말을 좀 해 두어야겠네."

에드는 식탁 위에서 끙끙 앓는 소년의 몸을 휘익 잡아 올리더니 그대로 그를 다시 바닥으로 내던졌다.

졸지에 종잇장처럼 이리저리 떠밀린 소년이 몸을 둥글게 말았다.

그것을 보며 픽 웃은 에드가 구둣발로 식탁 위에 올라섰다.

그는 발을 탁탁 굴러 요란한 소리를 냈다.

식당 안에 있는 모든 이가 식탁 위에 올라선 에드를 향해 경악 어린 시선을 보냈다.

"다들 좋은 밤. 즐거운 식사 시간을 방해해서 미안한데, 안내 사항이 좀 있어서 말이야. 아, 참고로 나는 검술학과 2학년생인 에드라고 해."

식당에 있는 그 누구도 손을 팔랑팔랑 흔드는 에드를 향해 지금 뭐하는 짓이냐는 꾸중을 할 엄두를 내질 못했다.

모르아에서 검술학과 2학년생인 에드를 모르는 이는 없었다.

기본적으로 모르아의 검술학과는 소위 군기를 심하게 잡는 학과 중 하나로 유명하였다.

무술을 익히는 자들 특유의 성정인지 자잘한 다툼이 많았고, 난폭한 학생들도 많았다.

당연히 그들을 제압하고 통제하기 위해서 선배들은 후배를 매우 엄하게 대했으며, 교수들 역시 그런 군기 잡는 풍습을 묵인해 주었다.

하지만 처음으로 검술학과의 상급생 무리가 두 손 두 발을 다 들며 항복을 선언한 학생이 한 명 있었다.

그게 바로 에드였다.

에드는 입학한 첫날부터 저에게 말도 안 되는 훈련을 강요한 상급생들을 도발하여 그들과 대규모 난투를 벌였다. 결과는 참담하였다.

무려 23명의 상급생은 대부분 골절과 심한 타박상으로 인해 한 달 이상은 붕대를 휘감고 살아야 했다.

심지어 그중 하나는 영영 아카데미를 떠나 버린 이도 있었다.

모두 아카데미에서 제법 실력이 뛰어나다고 인정받던 학생들이었다.

하지만 정작 그들을 홀로 상대한 에드에게는 상처 하나 없었다.

하지만 그 싸움이 에드에게 남긴 게 아예 없는 건 아니었다.

그 자리에서 싸움이 벌어지는 걸 지켜보고 있던 학생 중 하나는 에드의 눈이 마치 피에 물든 것처럼 보였다는 말을 하였다.

웃으면서 검을 휘두르고, 움직이지 못하는 상대의 다리를 짓밟는 모습이 마치 사람이 아닌 것 같다는 학생도 있었다.

각각의 감상은 달라도 딱 하나 공통점이 있었다.

그 자리에서 싸움을 구경했던 학생은 모두 악몽을 꿨다.

붉은 눈을 한 악마가 나오는 꿈이었다.

그 싸움 이후로 에드는 하르파스라는 별명으로 불리게 되었다.

하르파스는 오래전, 블루 블러드와 함께 세상에서 사라졌다고 불리는 악마 중 하나로, 핏빛 눈과 휘황찬란한 모습을 가진 존재라고 전해졌다.

전쟁을 일삼고, 인간을 죽이는 일에 미쳐 있기에 모든 고대인이 두려움의 대상으로 여겼다는 기록이 남아 있을 정도였다.

모르아의 학생들은 에드가 바로 그 하르파스의 현생이라 믿어 의심치 않았다.

아무도 감히 에드를 건드리지 못했다.

미친놈은 건들이지 않는 것이 상책이었다.

"난 내일부터 고대학과에 다닐 '디엘 샤 자르타'와 계약을 맺었어. 이게 무슨 뜻인지는 다들 알겠지?"

식당 안에 있던 학생들은 거의 반사적으로 고개를 끄덕였다.

하나같이 누구 말인데 여부가 있겠냐는 얼굴들이었다.

만족스러운 얼굴로 식당 안을 둘러보던 에드의 시선이 구석진 자리에 머물렀다.

그의 시선 끝에 있는 것은 안경을 쓴 소년이었다.

차분한 얼굴로 안경다리를 만지작거리던 소년은 에드와 눈이 마주치자 입매를 굳혔다.

그를 향해 손가락을 두어 번 흔들어 보인 에드가 다시 식당 안 학생들을 향해 외쳤다.

"안내 사항, 끝! 이제 다들 즐겁게 식사해."

가볍게 식탁 아래로 내려온 에드는 아직도 바닥에 주저앉아 있는 소년을 향해 다가갔다.

"히익!"

이번에는 또 무슨 일이 생기려는 건가 싶어 소년이 겁먹은 얼굴로 어깨를 움츠렸다.

에드는 그것이 적잖이 어이없다는 얼굴로 투덜거렸다.

"뭐야? 무슨 사람을 그렇게 괴물 보듯 굴어?"

넌 대충 그 비슷한 존재가 아니었냐.

모두들 그렇게 생각하면서도 차마 그 말을 입 밖으로 내지 못했다.

에드는 소년의 손을 잡아 강제로 그를 일으켰다.

소년은 엉겁결에 휘청휘청 섰다.

"난 말이지. 기왕이면 앞으로 우리가 서로 얼굴을 붉힐 만한 일은 없었으면 싶은데. 네 생각은 어때?"

"나, 나도 그렇게…… 생각해."

소년이 더듬더듬 한 말에 에드가 고개를 끄덕였다.

"그래, 그래. 역시 평화가 최고지."

그걸 네가 말할 입장은 아닐 텐데! 소년은 저도 모르게 눈으로 그렇게 외쳤다.

다행히 에드는 그 마음의 소리를 듣지 못한 모양이었다.

"식사 방해해서 미안. 필요하면 저녁을 내가 새로 가져다줄까?"

"아, 아, 아니! 마침 밥 다, 먹었어!"

더듬더듬 말한 소년이 격하게 고개와 손을 저었다.

군데군데 묻어 있는 음식물의 흔적을 안쓰럽게 보던 에드가 그러냐며 고개를 끄덕였다.

"그럼 다행이네. 그럼 이만 나는— 아."

이번에는 또 뭔가 싶어서 소년이 얼굴을 굳혔다.

그를 그대로 지나친 에드가 알차게 음식이 올라가 있는 접시를 트레이째 들어 올렸다.

졸지에 저녁을 빼앗긴 학생이 당황한 얼굴로 그를 보았다.

"아직 입 안 댄 거지?"

"어? 아, 응."

"다행이네. 그럼 이거 내가 가져간다. 우리 주인님한테 저녁 좀 챙겨 줘야 해서."

양손으로 트레이를 고쳐 잡은 에드는 그대로 식당을 빠져나갔다.

아무도 그 뒤에 대고 에드의 몰상식함을 지적하지 못했다.

에드가 사라진 후에도 한참 동안이나 식당 안은 물에 빠진 것처럼 조용하였다.

머뭇거리던 누군가가 이제 괜찮은 것 같다는 말을 하였다.

그 말이 도화선이 된 것처럼 식당 안에 다시 웅성거림이 찾아들었다.

저녁을 빼앗긴 학생은 슬픈 얼굴로 다시 음식을 사기 위해 카운터로 향하였다.

그 뒷모습을 안타깝게 바라보며 소년 한 명이 중얼거렸다.

"역시 에드. 저놈은 진짜 미친놈이야……."

다른 학생들 역시 감탄을 금치 못하였다.

"그러게. 어떻게 이런 곳에서 저런 깽판을 칠 수 있지?"

"와, 난 쟤랑 눈 마주치면 막 오금이 다 떨려."

"저놈이랑 싸우다가 아카데미에서 소리 없이 사라진 학생이 있다는 거 사실일까?"

"으으. 충분히 그럴 수 있지. 저 녀석 눈이 빨간색이라서 그런지 되게 진짜 하르파스 같아."

"아— 그러고 보니 예전에 들은 건데. 실종되었던 이시호 제국의 황태제도 빨간 눈이라던데."

"……."

한 명이 아무 생각 없이 내뱉은 말에 다른 학생들이 모두 침묵하였다.

그들의 얼굴에는 처음에는 설마 하는 경악이, 그 후에는 그럴 리 없다는 부정이 떠올랐다.

"에이. 이시호 제국의 황태제는 되게 사람 좋은 걸로 유명하다면서? 저게 어떻게 그 황태제랑 동일 인물이겠냐?"

"하긴. 그럴 리가 없겠지. 에드가 정말 황태제라면 마고 여황이 진즉 알고 찾아왔을 거 아니야."

"그나저나 그 황태제는 진짜 어디로 사라진 걸까? 다들 엄청나게 찾고 있다면서."

"어, 찾으면 두둑하게 한 몫 받을 수 있다던데."

학생들은 신나게 이시호 제국의 황태제의 행방에 대한 추측을 시작하였다.

한참 동안 그들 사이에서 홀로 조용히 음식을 먹고 있던 안경 쓴 소년이 식당에 걸려 있는 시계를 힐끔거렸다.

그는 곧 텅 빈 트레이를 슬쩍 옆으로 밀어 두고 자리를 일어섰다.

옆에 있던 소년이 의아하다는 얼굴로 그를 불러 세웠다.

"뭐야, 텐? 어디 가?"

"먼저 간다."

"뭐? 이렇게 빨리?"

"……볼일이 좀 생겨서."

손을 한 번 휘저어 보인 그는 돌아보지 않고, 그대로 식당을 빠져나갔다.

가로등이 환히 불을 밝힌 길을 지나쳐 커다란 나무 그림자가 진 으슥한 길에 다다른 텐이 조용히 입을 열었다.

"에드 님."

대답은 없었다. 텐은 잎이 빽빽한 나무를 올려다보며 재차 그를 불렀다.

"거기 계신 거 다 압니다. 에드윈 님. 빨리 내려오십시오."

부스럭거리는 소리가 들리는가 싶더니 잎사귀 사이에서 손 하나가 불쑥 튀어나온다.

담이 약한 사람이었다면 그대로 기절했을 것만 같은 풍경이었다.

손이 텐을 향해 까닥까닥 움직였다.

위로 올라오라는 뜻임을 알아들은 텐은 얼굴을 굳혔다.

그가 높은 곳을 싫어한다는 걸 알면서도 에드는 종종 이렇게 심술을 부리고는 하였다.

그래도 별수 없는 노릇이었다.

일개 백작가의 차남인 자신이 무슨 힘이 있어 황태제님 말을 거역하겠는가. 까라면 까야지.

텐은 나무를 타고 올라갔다. 머지않아 그는 커다란 가지에 편하게 기대어 앉은 에드를 발견할 수 있었다.

상황이 비록 이래도 제 본분을 다해야 한다는 마음에 텐은 정중히 인사를 올렸다.

"에드윈 디 듀크 전하."

사과 하나를 손에 쥔 채, 그것을 깨물어 먹고 있던 에드가 눈썹을 까닥거리며 웃었다.

"좋은 밤, 텐."

"아까 식당에는 왜 오신 것이었습니까?"

"응? 내 주인님이 짐 정리 하는데 방해된다고 나가 있으라잖아. 내가 있으면 정신이 산만하다나. 그래서 모처럼 내가 밥까지 챙겨다 주었는데도, 또 나가라더라."

참 너무하지 않냐며 에드가 입을 삐죽였다.

"뭐, 덕분에 이 밤에 또 밖에 나와야 하는 핑계를 따로 대진 않아도 되어서 다행이었지만."

에드가 제가 앉아 있는 나무 위를 손으로 툭툭 두드렸다. 텐은 무겁게 한숨을 내쉬었다.

"……대체 무슨 생각이십니까?"

"뭐가?"

"아까 복도에서 그랬지만, 식당에서도…… 대체 왜 로비나 국의 왕자를 감싸―"

"내가 한 말 못 들었나? 디엘이 이제 내 주인님이라니까. 그러니까 내가 지켜야지."

"……."

아니, 그러니까 대체 뭐가 어떻게 되어서 그런 예상 밖 상황이 벌어진 것이란 말입니까.

어제오늘 사이로 무슨 일이 있었는지 알지 못하는 텐은 머리를 쥐어 싸맬 수밖에 없었다.

"그나저나 말이야. 텐."

커다랗게 사과를 한입 베어 문 에드가 입을 몇 번 우물거리는가 싶더니 그 큰 조각을 금세 목구멍으로 넘겼다.

"내 기억이 맞다면 디엘 샤 자르타는 로비나에서는 셋째와 다섯째 다음으로 유력한 왕위 계승 후보자일 거란 말이지."

투명하게 빛나는 사과즙이 손가락 사이를 타고 흐르자, 에드는 혀를 내밀어 그것을 나른하게 핥았다.

같은 남자가 보아도 낯이 후끈하게 달아오르는 외설스러운 모습에 텐은 작게 헛기침을 하였다.

"흠, 흠. 제가 알기로 그렇습니다."

"응. 그런데 그런 왕자님께서 왜 하필 이 시기에 이 아카데미로 오셨을까 좀 궁금한데 말이야."

"······조사해 보겠습니다."

믿음직스러운 부하의 대답에 에드가 만족스러운 얼굴을 하였다.

"이시호에서는 다른 연락이 있었나?"

텐은 품속에서 편지 하나를 꺼내 공손히 내밀었다.

마고 여황의 인장이 찍힌 편지를 본 에드는 곧바로 그것을 뜯어 읽고는 픽 웃었다.

"하여간 누님도 걱정이 많으시다니까. 난 엄청나게 즐겁게 아카데미 생활을 만끽하고 있는데. 뭐가 그리 걱정이신지."

모르는 이가 들었다면 틀림없이 제 동생을 끔찍이 아끼는 여황이 에드의 안부를 걱정하는 것이리라 들리는 말투였다.

하지만 텐은 그것이 진실이 아님을 알고 있었다.

"'혹시 누군가를 죽여야 할 일이 생길 것 같으면 최대한 티 안 나게 하렴.'이라니. 누가 보면 내가 미친 연쇄 살인마인 줄 알겠다고."

텐은 여황의 걱정이 지극히 당연한 것이라는 걸 알고 있었다.

세간에 알려진 것과는 달리 이시호 제국의 황태제 '에드윈 디 듀크'는 결코 선량한 사람이 아니었다.

제 동생의 성격이 예사로운 것이 아님을 잘 아는 마고 여황은 언제나 에드의 개차반 같은 성격이 외부로 새어 나가지 않도록 각별한 주의를 기울였다.

그것이 와전되어 마고 여황이 황태제를 특별히 총애한다는 소문이 퍼진 셈이었다.

단, 남매 사이가 좋은 건 과장된 소문이 아니었다.

이러니저러니 해도 마고는 동생 에드를 아꼈다.

종잡을 수 없는 아이지만, 재주가 많으니 앞으로 제국의 번영에 큰 도움이 될 인재기도 하였다.

　무엇보다도 그는 자신의 뒤를 이어 장차 이시호의 통치자가 될 정통 황위계승자였다.

　문제는 바로 거기서 시작되었다.

　마고를 탐탁지 않게 여기는 이들은 에드를 부추겨서 마고를 황제의 자리에서 끌어내리려고 하였다.

　당연히 여황을 섬기는 자들에게 에드의 존재는 골칫덩이였다.

　어느 순간부터 에드의 침실을 노리는 암살자가 늘어나기 시작하였다.

　마고의 측근 중 큰 부상을 입어 두문불출하는 자가 늘어난 것도 딱 그 시기였다.

　자칫 잘못하면 하늘 높은 줄 모르는 동생과 충성심 강한 부하들의 물밑 다툼으로 두 마리 토끼를 놓칠 판이었다.

　고심 끝에 마고는 에드가 암살자에게 큰 부상을 입어 요양을 하러 가는 것으로 위장하였다.

　그리고 그대로 에드가 신분을 감춘 채, 아카데미에 입학할 수 있도록 손을 썼다.

　자신이 나라 안에서 입지를 더욱 단단히 할 때까지는 에드를 나라 밖에 두려는 계획이었다.

　물론 에드를 혼자 아카데미에 둘 수 없었기에 믿을 만한 가문의 자제로 하여금 함께 모르아에 입학하도록 지시하였다.

　비호한다기보다는 에드를 감시하고, 그가 저지른 사고를 수습하는 것이 목적이었다.

그 중요한 역할을 맡게 된 것이 바로 슈미츠 백작가의 둘째 아들인 텐이었다.

텐은 자신의 본분에 충실하였다.

남들 눈앞에서는 절대 에드에게 접촉하지 않았지만, 언제 어디서건 그가 원하는 일들을 은밀하게 처리하였다.

"여황께서 걱정하시는 것도 무리는 아닙니다, 전하. 사람들의 이목이 지나치게 집중되는 건 삼가시는 것이—"

"그게 무슨 소리야, 텐. 난 날 때부터 사람들의 이목을 집중시키기 위해 태어난 존재라고."

"……."

하늘 높은 줄 모르는 자신감에 텐은 할 말을 잃었다.

아니, 뭐 틀린 말은 아니긴 한데.

입 안으로 우물쭈물 그런 말을 삼키고 있자니 에드가 텐의 어깨를 가볍게 툭툭 두드렸다.

"나무는 숲에 감추란 말이 있잖아. 이렇게 미친놈처럼 굴수록 아무도 내가 그 에드윈 디 듀크라고는 생각 못 할 테니까 걱정 마."

어깨를 으쓱한 에드가 담담하게 말을 덧붙였다.

"그리고 내가 이런 덕분에 오히려 '암살자'를 처리하기도 쉽잖아."

뭐가 그리 자랑스러운지 에드는 히죽거렸다.

텐은 거기다가 대고, 그 뒤처리를 누가 한 건지 기억은 하시냐고 외치고 싶었다.

사실 에드의 말은 옳았다.

아까 전 식당에서 학생들이 떠들어 댄 이야기— 에드와 싸운 후 행방이 묘연해진 학생에 대한 소문은 거짓이 아니었다.

어디서 냄새를 맡은 것인지 얼마 전부터 아카데미 안으로 '암살 자'가 드나들고 있었다.

에드는 자신의 목을 노리는 암살자의 두 다리를 부러트리고, 손가락 열 개를 모조리 아작 냈다.

걷지 못하게 된 그자를 조용히 처리한 것은 텐이었다.

"……에드윈 님, 로비나의 일곱째 왕자가 이곳에 온 것이 암살자가 늘어나기 시작한 것과 관계가 있다고 보십니까?"

혹시라도 그 이유 때문에 옆에서 로비나의 왕자를 두고 보려는 건 아니실까.

그런 결론에 도달한 텐이 조심조심 물음을 던졌다.

"글쎄. 뭔가 감추고 있는 건 분명한데 말이지."

에드는 나무 아래로 늘어뜨린 한쪽 다리를 흔들거렸다.

텐은 내심 제 주군이 아래로 떨어질까 조마조마하였지만, 잔소리를 한다고 해서 들을 상대가 아니라는 걸 알기에 한숨만 내리 쉬었다.

"근데 나한테 해가 될 느낌은 아니야. 오히려…… 뭐랄까— 좋아. 보고 있으면 기분이 좋고, 마음도 놓여. 그래서 같이 있고 싶다는 생각이 들어."

그의 입에서 흘러나온 말이 의외였기에 텐은 조금 놀란 얼굴을 하였다.

그가 이런 식으로 누군가를 말하는 건, 처음 있는 일이었다.

'로비나의 일곱째 왕자에게 대체 무슨 매력이 있기에 에드윈 님이 이렇게까지 마음에 들어 하시는 거지?'

텐은 복도에서 보았던 디엘의 모습을 떠올려 보았다.

햇볕을 많이 받지 않은 것 같은 하얀 피부, 보기 드문 물색 머리칼, 다부지다기보다는 섬세하다는 표현이 어울리는 체구.

다른 학생들이 떠들어 댄 것처럼 사내답지는 않은 생김새였다.

하지만 그렇다고 해서 마냥 유약한 자는 아니라고 생각하였다.

꼿꼿하게 편 몸과 두려움을 모르는 것 같은 시선이 인상 깊게 뇌리에 박혀 있는 탓이었다.

그렇기에 더더욱 방심해선 안 되겠다는 생각이 들었다.

세상에는 겉으로 보기에는 무해하지만, 그 속은 폭탄보다도 위험한 인물이 얼마든지 존재하였다.

"에드윈 님께서 누군가를 그렇게 마음에 들어 하시는 건 처음 봅니다. 이제까지 누군가와 경호 계약을 하려고 하신 적도 없지 않으셨습니까."

사실 검술학과 학생은 고대학과 학생뿐만이 아니라 다른 학과 학생과 경호 계약을 맺는 경우가 종종 있었다.

아카데미 안으로 따로 경호원을 들일 수 없으니 대신 학생을 용병처럼 고용하는 셈이었다.

실력이 강한 학생일수록 계약을 원하는 이들이 많았다.

에드 역시 예외는 아니었다.

성격이 다루기 힘들다는 점이 흠이긴 하나, 그 실력 자체는 교관조차도 혀를 내두를 정도로 뛰어났다.

때문에 에드에게 제 경호를 부탁하는 학생은 많았다.

그중에는 제법 큰 나라의 왕자도 있었고, 혹은 어느 가문의 귀한 외동딸도 있었다.

하지만 에드는 이제까지 단 한 번도 그 누구의 제안도 받아들인 적이 없었다.

에드의 상황을 생각해 보면 당연한 일이었다.

텐은 그런 점에서는 에드가 경솔한 행동을 할 거라는 우려를 한 적이 없었다.

하지만 그런 에드가 이렇게까지 관심을 보이며 경호 계약을 했다 하니, 당연히 텐의 걱정은 남다를 수밖에 없었다.

"혹시나 무언가 다른 이유가 있으신 겁니까?"

"응? 으음— 디엘은 예쁘잖아."

"……."

텐은 길게 침묵하였다. 에드가 아름다운 것을 좋아하는 건 익히 알고 있었지만, 설마—

"그쪽도 가능하신 줄은 몰랐습니다."

엉덩이를 움직여 뒤로 물러선 텐을 향해 에드가 다 먹은 사과 꼭지를 내던졌다.

텐은 허공에서 그것을 재빠르게 잡아냈다.

주군의 뛰어난 신체 능력 못지않은 민첩함이었다.

"누가 그렇대? 난 그냥— 음, 아니. 근데…… 흠."

눈썹을 찌푸리며 텐의 말을 부정하려던 에드가 무언가 생각에 잠긴 얼굴을 하였다.

설마가 사람 잡는구나. 텐은 한 번 더 뒤로 물러섰다.

제 부하가 엉뚱한 오해를 하고 있다는 것도 모른 채, 에드는 허공에서 손으로 무언가를 가늠해 보는 것 같은 동작을 취하였다.

분명 디엘의 가슴이 이렇게 납작하긴 했는데.

"텐. 여성의 가슴이 남자의 것처럼 아예 없는 것도 가능하다고 생각해?"

주군이 무엇을 의심하고 있는지 알아차린 텐은 천천히 고개를 저었다.

"의학적 소견이 부족하여 자세히 알지는 못하나ㅡ 그런 일은 드물지 않을까 싶습니다."

"……음, 역시 그렇긴 하지."

"설마 디엘 왕자가 사실은 여자가 아닐까 의심하시는 겁니까?"

텐의 물음에 에드가 픽 웃었다. 어둠 속에서 그의 눈이 마치 구름이 걷힌 하늘의 초승달처럼 예리하였다.

"밤에는 냄새가 나거든."

"네? 냄새?"

"응, 엄청 맛있는 냄새."

에드가 붉은 혀로 자신의 입술을 핥았다. 지독한 갈증을 느끼는 사람처럼 느릿한 동작이었다.

여전히 그것이 무슨 뜻인지 알아차리지 못한 텐이 멀뚱히 눈을 깜빡였다.

"……아니다, 됐어. 너한테 말해 봐야 뭘 알겠어."

부하의 체면을 사정없이 깔아뭉갠 에드가 제 의심을 털어 버리려는 것처럼 고개를 저었다.

"어쨌거나 디엘에 대해 빠르게 조사 부탁해. 되도록이면 아주 상
세히— 아니, 모든 걸 다 알고 싶어. 할 수 있는 데까지 다 해 오도
록. 그의 궁에는 스푼과 포크가 총 몇 벌이 있는지, 그리고 어떤 자
들이 그를 모셨는지까지 말이야."

길게 이어지는 말에 텐은 조금 놀랐다.

이제까지 에드는 텐이 제 주변에 있는 인물을 조사하려 들면 오
히려 그럴 필요가 없다고 심드렁해하였다.

제국에 있을 때부터 저에게 속셈을 가지고 접근하는 이는 적당
히 데리고 놀다가 버리는 것조차 서슴지 않는 분이었다.

어떤 의미로는 그 누구보다도 차갑고, 아무에게도 관심이 없는
사람.

그런 에드가 이렇게까지 상세하게 지시를 내리는 걸 보면 아무
래도 그가 로비나의 일곱째 왕자에게 가진 관심이 남다른 것은 분
명해 보였다.

이거 정말 에드윈 님께서 엉뚱한 취향에 눈뜨신 건 아니겠지.

텐은 내심 불안한 상상을 하면서 고개를 깊이 숙였다.

"네, 전하. 분부대로."

텐은 당장 로비나 왕국에 밀정을 보낼 계획을 세우기 시작하였다.

마침 로비나에 심어 둔 스파이가 있으니까 서신 한 장이면 당장
내일부터라도 로비나의 일곱째 왕자에 대한 신상 조사를 시작할 수
있었다.

"그럼, 저는 이만—"

내심 높은 곳에 있는 무서움이 한계치에 달했던 텐은 서둘러 인사를 마치고, 나무를 내려가려 하였다.

하지만 에드는 그런 텐을 순순히 보내 주지 않았다.

"한 가지 더. 텐. '그 건'은 어떻게 되었지?"

한시라도 빨리 단단한 바닥에 발을 디디고 싶어 안절부절못하던 텐의 표정이 일변하였다.

그는 면목이 없다는 얼굴로 입을 열었다.

"죄송합니다, 에드윈 님. 아직 이렇다 할 정보는 손에 넣지 못하였습니다. 다만 유물이 사라지기 시작한 시기와 수상한 무리가 이 도시에 드나들기 시작한 시기는 분명 겹치는 것으로 생각됩니다."

최근 스타투스 곳곳에서 유물이 사라지는 사건이 발생하고 있었다.

경비대에서는 비밀리에 조사를 이어 가고 있었지만, 소문이 듬성 듬성 나는 것을 아예 막지는 못하였다.

"언젠가는 그들이 이 아카데미를 노리고 잠입할 가능성도 아주 없지는 않을 것 같습니다."

"응. 뭐, 이 아카데미라면 그런 물건이 한두 개— 아니, 발로 채이게 있으니까 당연히 그렇겠지."

단단한 나뭇가지에 몸을 기댄 에드가 천천히 눈을 깜빡였다.

"문제는 말이지. 그놈들이 여기에 나타나기 시작하면서부터 아카데미에도 이상한 녀석들이 드나들기 시작했다는 거지. 텐. 내가 무슨 말을 하고 싶은 것인지 알겠지?"

평소처럼 환히 웃고 있는 에드의 미소가 살갗을 에는 겨울바람처럼 차가웠다.

이 아카데미의 경비 시스템에 문제가 생긴 것이라면 그 역시 두 손을 놓고 가만히 앉아 있을 수만은 없었다.

그것을 위해서는 대체 이곳에서 무슨 일이 벌어지고 있는 건지 반드시 알아야만 했다.

상황의 심각성을 충분히 이해하고 있는 텐이 얼른 다시 고개를 숙였다.

"조사가 지체되어 죄송합니다, 빠르게 확인하겠습니다."

"응, 부탁해."

이제 가 보라는 것처럼 에드가 손을 까닥거렸다.

텐은 정중히 묵례하여 예를 표한 뒤, 재빠르게 나무 아래로 내려 갔다.

마치 꼬리에 불이 붙은 고양이 같은 속도였다.

키득거리며 그 모습을 지켜보던 에드는 텐이 완전히 시야에서 사라지자 고개를 돌렸다.

그의 얼굴은 남자 기숙사, 그중에서도 제가 쓰는 방이 있는 방향을 향하고 있었다.

시력이 들짐승처럼 좋은 그였지만, 암만 그래도 창문 너머의 디엘이 무엇을 하고 있는지 까지는 알 수 없었다.

한참 동안 그곳을 멍하니 응시하던 에드의 머릿속에 디엘의 얼굴이 떠올랐다.

'그걸로 인해 당신이 얻는 건 뭡니까, 에드.'

자신을 향하던 이브닝 에메랄드빛의 눈동자가 아직도 선명하였다.

의심을 품은 눈치고는 지나치게 맑고 순수한 눈이었다.

"……신경이 쓰여서 그렇지."

디엘 앞에서, 그리고 텐 앞에서도 차마 하지 못했던 속마음이 입 밖으로 튀어나왔다.

에드는 한쪽 무릎을 끌어당겨 그 위에 턱을 받쳤다.

눈을 감으면 인상 깊었던 첫 만남이 다시 떠올랐다.

커다랗게 뜬 녹색 눈동자에 제 얼굴이 거울처럼 비친다고 느꼈던 건 착각이었을까.

보는 순간, 무심코 넋을 놓을 만큼 아름다웠던 얼굴, 달콤했던 향기가 아직도 기억 속에 생생하였다.

살면서 처음으로 심장이 떨린다는 말이 무슨 뜻인지 알 수 있을 것 같은 순간이었다.

"만일 네가 암살자라면 한 번 정도는 날 죽여도 괜찮을 것 같은데."

위험한 말을 중얼거리며 에드가 조용히 웃었다.

그를 처음 본 순간, 이제까지 본 것 중 가장 아름다운 사람을 만났다고 생각했었으니 무리도 아니었다.

하지만 디엘에게 유독 마음이 가는 것은 단지 아름답다는 이유 때문만은 아니었다.

어딘지 모르게 이 세상에서 한 걸음 떨어져 있는 것 같은 공기의 그가 처음부터 눈에 밟혔다.

남들에게 그러는 것처럼 무시하고, 적당히 거리를 둘 수 없을 것 같다는 느낌.

마치 달콤한 꿀을 좇는 나비가 그러한 것처럼 그 아이에게 마음이 향하였다.

타인에게는 도저히 설명할 수 없는 감정이었다.

'나는 당신에게 줄 수 있는 게 별로 없습니다. 당신의 기대와는 달리.'

단호하지만 어딘지 모르게 슬픈 음색이 깃든 목소리였다.

마치 남들에게 절대 내보일 수 없는 비밀을 감추고 있는 것 같은 얼굴이었다.

그래서 마음이 가는 것인지도 몰랐다.

어느 순간에는 완벽하게 꾸며 낸 왕자 같은 얼굴을 하다가도 또 어느 순간에는 덫에 갇혀 헤어 나오지 못하는 어린 짐승 같은 눈을 하기도 한다.

무언가를 감추고 있는 눈만큼이나 종잡을 수 없는 상대였다.

"디엘 샤 자르타."

에드윈은 소리 내어 그의 이름을 중얼거려 보았다.

넌 뭘 숨기고 있는 거지?

이렇게 물으면 틀림없이 그 예쁜 연두색 눈동자가 곤란한 빛으로 물들 것이다. 핥으면 정말 단맛이 날 것 같단 말이지.

텐에게 이 말을 털어놓는다면 그가 심각하게 제 성적 정체성에 의문을 가질 것만 같았다.

정말로 나한테 그런 취향이 있었나.

19년 만에 처음으로 제 정체성에 대한 고민을 품은 에드가 고개를 들어 올렸다.

검푸른 하늘에 무수한 별이 콕콕 박혀 있었다. 마치 깊은 강 위로 은가루를 뿌린 것처럼 아름다운 모습이었다.

'날이 맑겠군.'

내일 날씨를 짐작해 보며 그가 기지개를 켰다. 모처럼이니 내일부터는 디엘을 따라 강의에 얼굴을 비추는 것도 나쁘지 않을 것 같다는 생각이 들었다.

제 방— 그리고 이제부터는 디엘이 함께 쓰는 방의 불이 꺼진 것을 본 에드가 씩 웃었다. 지루했던 아카데미 생활이 조금 즐거워질 것 같다는 예감이 들었다.

Chapter 9

케이크를 먹는 토끼

새카맣다.

앞도 뒤도 옆도 온통 까맣다.

아무것도 보이지 않는 쓸쓸한 곳에 디엘은 홀로 서 있었다.

어디로 가야 할지도 알 수 없는 그녀는 자리에 가만히 서서 누군가가 모습을 나타내길 기다렸다.

얼마나 그렇게 누군가를 기다렸을까.

〈디엘.〉

저를 부르는 바바라의 목소리에 디엘의 어깨가 크게 뛰어올랐다.

어머니!

어째서인지 입 밖으로 소리가 나오지 않았지만, 디엘은 개의치 않고 열심히 그녀를 불렀다.

어머니, 어머니!

그녀의 부름에 응답하는 것처럼 바바라가 모습을 드러냈다.

반가움에 손을 뻗으려던 것도 잠시, 디엘은 무언가가 이상하다는 것을 깨닫고 슬그머니 손을 내렸다.

눈앞에 있는 바바라는 디엘이 기억하는 것보다도 조금 더 젊어 보였다.

마치 10년 전— 그러니까 디엘이 아직 온전한 여자아이였을 때의 그녀처럼.

〈이 어미를 위해 무엇을 해야 할지 알겠지?〉

아. 눈앞에 있는 바바라가 젊다 여긴 건 디엘의 착각이 아니었다.

어느새인가 새카맣던 공간은 눈에 익은 가구가 들어찬 바바라의 방으로 변해 있었다.

디엘은 그때 비로소 자신이 꿈을 꾸고 있다는 걸 알아차렸다. 10년 전, 바바라가 저에게 '저주'를 가르쳐 주던 때의 기억이었다.

〈너는 원래 남자아이로 태어나야 했던 아이란다, 디엘. 그런데 신이 아주 잠깐 실수를 해서 남자아이가 아닌 여자아이로 태어난

거야. 신도 가끔은 실수를 하거든. 그러니 이 어미가 잘못을 바로
잡아 주마.)

그게 바로 부모가 할 도리가 아니겠니.
화사하게 웃은 바바라는 디엘에 작은 단검을 하나 내밀었다.
빛을 받은 검날이 예리하고 섬뜩하게 빛나고 있었다.

〈네가 해야 할 일이 세 가지가 있단다.〉

그다음으로 바바라가 건넨 것은 독특한 문양이 그려진 손거울이
었다.
거울 속에 비친 어린 디엘의 얼굴에는 감출 수 없는 긴장감이 감
돌고 있었다.
어린 마음에도 자신의 인생이 달라질 아주 중요한 순간이 되었
다는 걸 감지했던 탓이리라.

〈그 세 가지를 순서에 맞추어서 잘 지키면 넌 남자아이가 될 수
있어. 알겠니?〉

마지막으로 바바라가 건넨 것은 작은 주머니였다. 무엇이 들었
는지는 몰라도 무척 가벼웠던 기억이 떠올랐다.
저 안에는 대체 뭐가 들어 있었지?

**〈남자아이가 되면 이제 너는 자유롭게 돌아다닐 수 있을 거란
다. 더는 병을 핑계로 몸을 감추고 사람들의 시선을 피해 다닐 필
요가 없어.〉**

제 아이가 아들이 아니라 딸이라는 게 들통날까 봐 바바라는 항
상 전전긍긍하였다.

그 때문에 8살 때까지 디엘은 무엇 하나 마음 놓고 해 본 적이 없
었다.

목욕을 할 때도, 옷을 갈아입을 때도 시중을 드는 시녀는 레아뿐
이었다.

제가 성별을 속이고 있다는 죄책감은 8살의 아이에게 항상 무거
운 짐이었다.

그것을 잘 아는 바바라는 디엘의 어깨를 부드럽게 쓸어내리며
말했다. 네 인생을 바꿀 기회가 있다면 당연히 그 기회를 손에 넣어
야겠지?

바바라의 웃음이 더욱 짙어졌다. 아름답지만, 무서운 얼굴이었
다.

마치 독을 품은 꽃처럼.

어린 마음에도 그것이 오싹하다 여겼다. 그래도 좋았다. 디엘은
그저 이제 정말 '남자아이'가 될 수 있다는 게 기뻤다. 더는 거짓말
을 하지 않아도 된다. 이제 하고 싶은 걸 마음껏 할 수 있을 것이다.

어린 디엘은 그것이 어떤 의미인지조차 알지 못했다. 그래서 고
개를 끄덕였다.

네, 어머니.

하지만 그 한 마디의 대답이 초래한 결과는─

《어째서! 어째서 몸이 사내에서 계집으로 돌아오는 것이냐!? 정 말 제대로 저주를 실행한 것이 맞느냔 말이다!》

어느 순간, 다시 주변 풍경이 바뀌어 있었다. 디엘은 울면서 바바라 앞에 엎드리고 있는 어린 저를 보았다.

저주에 실패했다는 것을 알게 된 날의 모습이었다. 바바라가 온 갖 욕설과 폭언을 퍼부어 댔다.

물건이 깨져 나가는 소리와 공기를 갈기갈기 찢는 고함 사이에 서 어린 디엘의 왼쪽 눈에 눈물이 고였다.

금방이라도 울음을 터트릴 것 같은 얼굴을 한 아이는 울지 않았다.

지켜보고 있는 디엘의 왼쪽 눈 안쪽도 찌르르 아파 왔다.

분명 저 날, 어린 자신은 눈을 깜빡이는 순간─ 뺨을 타고 흘러내 린 눈물방울이 바닥을 적실 것을 알았으리라.

그러나 동시에 운다고 해서 세상이 저에게 다정해지는 게 아니라 는 것도 알고 있었다. 그렇기에 눈에 힘을 주고 필사적으로 버텼다.

슬픔을 삼키고, 몸을 작게 말았다. 찬 바닥에 닿은 무릎이 아파 왔지만, 몸을 일으킬 엄두조차 내지 못했다.

디엘은 어린 제가 죽은 듯 엎드려 모든 것을 감내하는 모습을 지 켜보았다.

손을 내밀어서 어린 날의 자신을 붙잡고 싶었다.

괜찮아. 그 사람의 말에 상처 받지 마.

그러지 않아도 돼.

그럴 가치조차 없는 사람이었어.

나를 낳아 주었지만, 그것뿐인 사람이야.

속에서 맴도는 말은 많은데, 무엇 하나 나오는 말이 없었다. 디엘은 입술을 꾹 깨물었다.

이런 꿈을 꾸고 있다는 것 자체가 끔찍했다. 결국은 아직 디엘이 어머니의 그늘에서 벗어나지 못했음을 입증하는 꼴이었다.

〈너 따위가 나를 거스르고 살아갈 수 있을 거라고 생각하다니.〉

고개를 들어 올리니 바바라가 잔인한 미소를 지으며 눈앞에 서 있었다.

〈넌 내 꼭두각시에 불과해. 그냥 네가 시키는 대로 하면 목숨만은 살려 줄 것이다.〉

싫어. 나는 당신의 꼭두각시가 아니야. 디엘이 파르르 떨리는 입술로 바바라의 말을 부정하였다.

〈아니, 너는 꼭두각시야. 네 힘으로는 무엇 하나 어쩔 수 없는 작고 무력한 아이.〉

아니야. 나는 무력하지 않아. 내 힘으로 나를 지킬 수 있어. 그리고 나에게 소중한 사람 역시 지킬 수 있어.

〈저 멍청한 꼴 좀 보라지. 역시 계집은 어쩔 수 없어.〉

저에게 손가락질을 하는 바바라의 목소리가 한없이 높아졌다.

그녀의 목소리가 마치 예리한 수천 개의 칼날이 되어 제 몸에 깊숙이 박혀 들어오는 것만 같았다.

디엘은 소리 없는 비명을 지르며 귀를 틀어막았다.

그만해요, 어머니.

그만해!

〈디엘 님.〉

눈을 질끈 감고 있는 디엘에게 익숙한 목소리가 들려왔다.

저를 부르는 상냥한 목소리. 잠 못 이루는 밤에는 자장가를 불러 주고, 우울할 때는 다정하게 격려해 주던 사람.

레아.

저에게 유일한 가족이나 다름없는 이의 얼굴을 그리며 디엘이 번쩍 고개를 들어 올렸다.

어?

반갑게 레아를 부르려던 디엘이 멈칫하였다.

언제부터 레아가 눈 색이 저렇게 빨갛게 변한 거지?

아니, 변한 건 눈 색만이 아니었다. 밝은 금발이며 다부진 어깨, 그리고 능청스러운 미소.

저건 마치 레아보다는―

"디이이에엘?"

"으악!"

있는 힘껏 고함을 내지르며 디엘이 주먹을 휘둘렀다. 하지만 그녀의 손에 스친 것은 공기뿐이었다.

"에드!"

몸을 벌떡 일으킨 디엘이 제 침대 위에 올라와 있는 에드를 노려보았다. 에드는 심술맞은 고양이 같은 얼굴로 히죽거리고 있었다.

"좋은 아침이야, 달링."

달링은 얼어 죽을 놈의 달링.

이를 으드득 간 디엘이 자신이 베고 있던 베개를 내던졌다. 에드는 그것을 아주 쉽게 한 손으로 허공에서 낚아챘다.

"대체 당신이 왜 여기에 있는 겁니까?"

"응? 왜긴 왜야. 그거야 너랑 나랑 룸메이트니까 그렇지. 설마 어제 있었던 일을 벌써 까먹은 거야? 아직 어린 나이에 벌써부터 건망증이 너무 심한 거 아니야?"

"누가 건망증이 심하다는 겁니까! 내가 하고 싶은 말은 당신이 왜 내 침대 위에 올라와서 잠자는 내 얼굴을 들여다보고 있었냐는 겁니다!"

"응? 그거야 자는 얼굴도 완전 내 취향이다 싶어서 잘 보려고?"

"……."

"역시 아침에는 예쁜 걸로 눈 호강을 시켜 줘야지. 덕분에 오늘 하루는 완전 기분 좋게 시작할 수 있겠어. 아! 우리 주인님도 필요하면 내 얼굴 볼래?"

잘생긴 제 얼굴을 보면 기분이 좋아질 거라며 에드가 디엘에게 얼굴을 들이밀었다.

저리 치우라는 말 대신 디엘은 다시 한 번 베개를 휘둘렀다.

아슬아슬하게 그것을 빗겨 피한 에드가 히죽 웃으며 침대 위에서 껑충 뛰어내렸다.

디엘은 한숨을 푹 내쉬었다. 내가 저런 자와 무슨 말을 하겠다고.

미간 사이를 가볍게 문지른 디엘은 주변을 한 번 둘러보았다.

벽에 걸린 시계가 가리키고 있는 시간대는 이른 아침이었다.

"이제 슬슬 씻고 나와. 아침 먹으려면 좀 빨리 움직이는 게 좋거든."

아침잠이 많은 디엘이 느릿느릿 침대 아래로 발을 내렸다.

그사이, 에드가 커튼을 걷어 주었다. 곧 눈이 아플 정도로 밝은 빛이 파도처럼 방 안을 뒤덮었다.

반사적으로 눈을 질끈 감았다가 뜨니 조금씩 정신이 맑아져 오기 시작하였다.

"……전 아침은 됐습니다."

조금 갈라진 목소리로 대답한 디엘은 잠옷 단추를 하나하나 풀어 내리기 시작하였다.

남자의 몸일 때라 옷을 벗는 것에 망설임은 없었다.

다만 제 등 뒤에서 유심히 저를 지켜보는 에드의 시선은 신경 쓰였다.

기분 탓인지는 모르지만, 꼭 그가 음흉한 눈을 하고 있는 것만 같았다.

"에이, 무슨 소리야. 수업 첫날부터 끼니를 굶고 다닐 생각이야? 너 어제저녁도 거의 손 안 댔었잖아."

어제저녁, 디엘이 짐 정리를 핑계로 에드를 내쫓았을 때. 그는 뜻밖에도 식당에서 디엘의 저녁 식사를 챙겨다 주었다.

그의 배려가 고맙긴 해도, 에드가 없는 방에서 편히 옷을 갈아입고, 짐 정리를 하려던 디엘에게는 조금 성가신 일이었다.

결국 디엘은 핑계를 대서 에드를 다시 한 번 방 밖으로 내쫓았다.

그가 돌아올 때까지 모든 걸 끝마쳐야 한다는 생각에 저녁을 제대로 먹을 여유는 없었다.

"……괜찮습니다. 별로 배가 고프지 않—"

꾸르륵.

디엘이 말을 미처 다 끝내기도 전에 그녀의 뱃속에서 선명하게 배고픔을 알리는 소리가 울렸다.

"뭐야. 역시 배고픈 모양이네."

"……."

살면서 이런 창피를 당한 적이 단 한 번도 없건만, 어째서 이 남자 앞에선 이런 수모를 겪을 일이 있단 말인가.

디엘은 얼굴을 손바닥으로 감싸고 싶어졌다.

꾸르륵, 이라니. 그것도 이렇게 큰 소리로. 창피해 죽을 지경이었다.

"너 오늘 첫날이라 수업 들을 것도 많을 텐데, 아침은 제대로 챙겨 먹어야 한다니까."

모르아의 신입생은 기본적으로 자신의 전공과 상관이 없더라도 모든 강의를 1회 이상 참석하는 것이 의무였다.

적어도 한 번 이상은 수업을 들어 본 후, 자신의 적성과 흥미 여부에 따라서 앞으로 수강할 강의를 선택하는 방식이었다. 중도 입학생인 디엘 역시 예외는 없었다.

"나 옷 갈아입고 있을 테니 그사이 넌 씻고 나와. 기다릴 테니까."

"그럴 필요 없습니다, 에드. 식당이라면 혼자서도 충분히 갈 수 있습니다."

"응, 응, 그래. 맞아. 나도 너랑 같이 아침 먹을 수 있어서 엄청 행복해. 그러니까 빨리 준비해."

"……."

이 남자의 귀는 장식품 같은 건가.

디엘은 이를 갈면서도 결국 욕실로 들어섰다.

안 그랬다간 영락없이 에드가 저를 데리고 욕실로 향할 기세였다.

욕실에서 가볍게 몸단장을 마친 디엘이 밖으로 나오자 에드는 디엘의 침대 위에 누워 뒹굴거리고 있었다.

"……에드, 지금 내 침대에서 뭐하는 겁니까?"

"너 기다리는 중이었지."

하품을 크게 한 번 쩍 한 에드가 디엘에게 얼른 옷을 갈아입으라며 재촉하였다.

그를 발로 뻥 차서 침대 밑으로 떨어트리는 상상을 해 본 디엘이 한숨을 쉬었다.

암만 생각해도 그가 순순히 제 발길질에 얻어맞아 줄 것 같지가 않았다.

허공을 걷어차는 제 모습이 얼마나 우스울까 생각하며 디엘은 옷장에서 바지와 셔츠를 꺼내 들었다.

그러고 보니 오늘까지 분명 오늘까지는 춘추복이 나온다고 하지 않았나?

아무래도 식사를 빠르게 끝내고 행정실에 한번 들러 봐야겠다고 생각하던 찰나였다.

쿵쿵!

문을 두드린다기보다는 마치 때리는 것에 가까운 노크 소리가 들려왔다.

놀란 디엘이 반사적으로 뒤로 한 걸음 물러서자 문밖에서 굵직한 목소리가 들려왔다.

"디엘 샤 자르타! 일어나 있냐?"

제 풀네임을 또렷하게 외는 목소리는 낯선 것이 아니었다.

디엘은 곧바로 밖에 있는 사람이 기숙사장인 토니라는 걸 알아차렸다.

토니가 무슨 일로 여길 왔지? 당황한 디엘의 머릿속에 순간적으로 어제 있었던 일이 스쳐 지나갔다.

하마터면 복도에서 다른 학생과 시비가 붙을 뻔했던 일.

그 일이 토니의 귀에 들어갔던 것일까?

"디엘 샤 자르타! 아직 꿈나라인 거냐!?"

토니는 빨리 일어나서 문을 좀 열라고 성화였다.

얼굴을 찌푸린 디엘은 얼른 입을 열었다.

"깨어 있습니다! 잠시만 기다려 주십시오."

손에 들고 있는 거추장스러운 것을 침대 위로 휙 내던진 디엘이 급하게 달려가 문을 열었다.

"안녕하십니까, 토니."

디엘이 숨을 가늘게 고르며 아침 인사부터 내뱉자 문밖에 서 있는 토니가 묘한 얼굴을 하였다.

"……어, 그래. 안녕, 하다고 해야 할지. 어, 크흠."

무엇이 문제인지 토니가 작게 헛기침을 하며 슬쩍 시선을 피하였다.

그가 대체 왜 저런 얼굴인가 싶어서 고개를 내린 디엘은 그제야 문제를 깨달았다.

"우리 주인님, 이거 잊어버리셨네."

뒤에서 능청스러운 에드의 목소리가 들리는가 싶더니 맨살에 뜨거운 손이 닿는 감각이 느껴졌다.

기겁한 디엘이 몸을 돌리자 에드가 히죽거리며 셔츠를 내밀었다.

조금 전 디엘이 경황없이 침대 위로 내던졌던 옷이었다.

디엘은 얼른 에드의 손에서 셔츠를 낚아채서 급하게 소매를 팔에 꿰어 넣었다.

그사이 에드가 디엘을 뒤로 슬쩍 밀어내고 앞으로 나섰다.

그는 머쓱한 얼굴을 하고 있는 토니를 향해 경쾌한 아침 인사를 건넸다.

"좋은 아침, 토니."

그 순간, 토니의 얼굴이 펑 터진 풍선처럼 처참하게 일그러졌다.

"좋은 아침—은 얼어 죽을! 이 미친놈아! 아침부터 네놈 얼굴을 보고도 내가 좋은 아침일 수 있겠냐!"

"에이, 당연히 최고의 아침이죠. 어떻게 내 얼굴을 보고도 기분이 좋아지지 않을 수 있지? 이렇게 잘생겼는데."

저 근거 없는 자신감은 대체 어디서 나온단 말인가— 라고 욕을 해 주고 싶었지만, 유감스럽게도 에드의 마지막 말은 사실이었다.

디엘은 그의 옆얼굴을 보며 그가 참으로 쓸데없이 잘생기긴 했다고 생각하였다.

아마도 디엘이 느끼는 것과 비슷한 감정을 공유하고 있을 토니가 이를 드러냈다.

"네놈 자식 얼굴이 잘난 거랑 내 기분이랑은 하등의 상관이 없다. 내 기분이 좋은 모습을 보려면 네놈 처신이나 잘해!"

"처신? 내가 뭐 문제 일으킨 적이 있던가?"

그런 기억이 전혀 없다는 것처럼 에드가 능청을 부리며 고개를 갸웃하였다.

토니는 저 가증스러운 얼굴에 침을 뱉고 싶다는 표정으로 외쳤다.

"문제 일으킨 적 밖에 없는 주제에 무슨 소리야! 네놈이 이주 전에 아카데미 밖 술집에서 깽판 쳤던 거 기억 안 나나?!"

"어허, 토니, 토니, 토니. 아무리 내가 사고뭉치 문제 소리를 듣는 학생이더라도 그런 말도 안 되는 억측으로 나를 모함하는 건 너무 심한 처사라고 생각하지 않아요?"

"모함은 무슨 모함! 그때 분명—"

"분명 이 주 전에 술집에서 깽판을 친 우리 아카데미 학생이 하나 있었지만, 그 학생이 꼭 나라는 보장은 없잖아요. 증거도 뭣도 없는데."

씨익 웃는 에드의 얼굴에는 '내가 설령 범인이어도 날 처벌할 근거가 전혀 없다'는 확신이 깃들어 있었다.

디엘은 토니의 커다란 주먹이 부르르 떨리는 것을 보았다.

"……좋아, 그건 그렇다고 치자. 그럼 8일 전에 기숙사 옥상에다가 1학년생 학생을 거꾸로 매달아 두었던 건? 7일 전에 비상계단 쪽에서 돈을 건 내기 도박판을 벌인 주동자는? 그리고 5일 전에 기숙사에 여학생을 끌어들였던 건? 그것도 네가 한 게 아니라고 할 거냐?"

"에이, 그것도 전부 당연히 제가 한 게 아니죠. 누가 그런 끔찍한 짓을 다 했대요? 요새 우리 아카데미 치안이 너무 안 좋아진 거 아니에요?"

"……."

디엘은 재차 토니가 주먹을 쥐는 걸 발견하였다.

그래, 몇 대 좀 치고 싶겠지.

저 마음이 구구절절하게 이해가 갔다.

에드는 정말 놀라울 만큼 능숙한 거짓말쟁이였다.

그를 조금이라도 잘 모르는 사람이라면 틀림없이 속아 넘어갈 만큼 연기도 완벽했다.

아니, 근데 잠깐.

방금 분명 에드가 저질렀을 온갖 문제 중 기숙사에 여자를 끌어 들였다는 말이 있지 않나?

그건 분명 퇴학감이라고 유마 교수가 말했는데?

디엘이 에드를 향해 가벼운 혐오와 불신이 어린 눈길을 보내자, 그것을 눈치챈 에드가 가볍게 눈을 찡긋하였다.

디엘은 못 볼 걸 보았다고 생각하며 고개를 획 돌렸다.

"그나저나 토니. 아침부터 인사나 하자고 여기 온 건 아닐 테고. 무슨 일이에요? 중요한 일 아니면 나중에 다시 찾아와요. 난 디엘이 랑 같이 아침 먹으러 가야 한다고요."

이러다가 아사할 것 같다며 에드가 제 배를 부여잡는 시늉을 하였다.

아까 전, 그의 앞에서 제 배가 요란한 꼬르륵 소리를 냈던 걸 떠올린 디엘의 얼굴이 조금 붉어졌다.

"누가 네놈한테 볼일이 있는 줄 아냐? 디엘한테 전해 줄 게 있어서 왔다."

말을 마친 토니가 커다랗고 납작한 상자 하나를 방 안으로 내밀었다.

디엘이 얼른 그것을 받아 들기 위해 다시 문가로 향했지만, 그것 보다도 빠르게 에드가 먼저 상자를 집어 들었다.

그는 주인의 허락도 구하지 않고 멋대로 상자 뚜껑을 열더니 휘파람을 불었다.

"에드, 당신이 왜 멋대로―"

"오, 생각보다 교복이 빨리 나왔네."

불만을 토로하려던 디엘이 멈칫하였다.

교복?

에드의 손안에 있는 상자 속을 살피자 정말 그의 말대로 안에 곱게 개켜진 교복이 들어 있는 것이 보였다.

"행정실에서 아무리 그래도 첫날부터 교복이 아닌 모습으로 돌아다니면 눈에 띌 거라고 급하게 준비했다고 하더군."

"뭐, 교복이랑 상관없이 우리 주인님은 사람들 눈에 띄겠지만."

무슨 의미인지 알 수 없는 말을 한 에드가 어깨를 으쓱하였다.

디엘은 얼굴을 찌푸렸지만, 이번에는 뜻밖에도 토니 역시 에드의 말에 동의하는 것 같았다.

"그래도 교복을 입으면 조금은 괜찮겠지. 어쨌든 디엘. 교복이 나왔으니 사복이 아니라 제대로 교복을 입고 아카데미에 등원하도록 해라."

"알겠습니다, 토니. 전해 주셔서 감사합니다."

고개를 작게 꾸벅한 디엘이 에드의 손에서 상자를 빼앗아 왔다.

상자 속에는 셔츠와 바지, 재킷과 조끼까지 들어 있는데도 생각보다 무겁지가 않았다.

날카로운 눈썰미로 옷을 살펴보던 디엘은 교복이 모두 최고급의 원단으로 만들어진 것이라는 걸 알아차렸다.

그녀의 기억이 맞다면 분명 교복이나 학습 도구 일체는 아카데미 측에서 학생에게 무상지급을 할 터였다.

학생 전원에게 이런 것을 무상으로 지급할 뿐만이 아니라 필요하다면 재차 제작해 주는 걸로 보아서는 역시 모르아의 재력이 남다르다는 생각이 들었다.

"그리고 에드."

디엘이 상자 속의 옷을 살피고 있는 사이, 토니가 눈을 희번덕 빛내며 에드를 노려보았다.

"……지금은 일단…… 증거가 없으니 가 보도록 하지. 하지만 너정말 조심하는 게 좋을 거다. 다음에 현장에서 걸리면 정말 가만 안둘 테니까."

토니가 음산한 목소리로 협박을 늘어놓았다.

에드는 여부가 있겠냐는 얼굴로 가볍게 손을 펼쳐 보였다.

"걱정 마요, 토니. 안 들키게 잘할 테니까."

"애초에 문제가 될 일을 하지 마!"

버럭 소리를 지른 토니가 고개를 휙 돌려 디엘을 보았다.

"디엘!"

"네?"

갑자기 자신에게 화살이 향하자 디엘은 상자 속을 살피던 시선을 들어 올려 토니를 마주 보았다.

분위기로는 거수경례도 붙여야만 할 것 같았다.

"앞으로!"

"네."

"네가 에드의 행동을 잘 감시하도록 해라. 혹시라도 이놈이 뭔가 사고를 칠 조짐이 보이면 바로 나한테 보고해!"

요컨대 기숙사장의 끄나풀 노릇을 하라는 말이었다.

디엘은 그러겠다고 바로 답하는 대신 에드를 한 번 보았다.

물론 이 남자가 아카데미 규칙을 어기는 행동을 일삼는 건 문제 이지만, 그렇다고 해서 고자질쟁이가 되는 건 내키지가 않았다.

에드가 말썽만 안 피우면 모든 문제가 해결될 텐데.

디엘의 시선을 받은 에드가 어깨를 으쓱한 뒤, 토니를 향해 말했 다.

"저기, 토니. 그걸 내 앞에서 말하면 아무 의미가 없는 거 아니에 요?"

"시끄러! 이렇게 말이라도 해야 직성이 풀리니까 하는 말이야!"

소리를 버럭 지른 토니가 에드를 향해 손가락을 세웠다.

"에드! 한 번 더 말해 두지만…… 나는 네놈이 극악무도한 악마 놈의 이름으로 불리건 뭐건 상관없다. 문제 행동을 적발하는 즉시, 아카데미 측에 보고할 거다. 아무리 잘난 척을 해도 꼬리가 길면 잡 히는 법이니 앞으로는 단단히 조심하는 게 좋을 거다."

"걱정은 고맙지만, 난 잡힐 꼬리가 없어서."

찡긋 윙크를 날린 에드가 입을 벌린 토니를 향해 손을 흔들어 주 었다.

"잘 가요, 토니. 좋은 하루 보내요."

문이 닫히기 직전, 디엘은 토니의 얼굴이 새빨간 토마토처럼 달 아올라 있는 것을 목격할 수 있었다.

부끄러워서는 아닐 테니 화가 많이 났다는 뜻이었다.

닫힌 문 너머로 차마 입에 담을 수 없는 욕설이 들려왔다. 디엘은 그것을 못들은 셈 치기로 하였다.

하루 종일 이어질 것 같은 욕설이 어느 순간부터 차츰 조금씩 작게 들리기 시작하였다.

한동안 문 앞에서 팔짱을 낀 채, 가만히 서 있던 에드가 눈썹을 까닥거렸다.

"이제야 갔네. 저 잔소리쟁이. 아침부터 왜 저렇게 소란을 피우는 건지 모르겠다니까. 안 그래?"

에드는 토니가 정말 몰상식하지 않냐며 동의를 구해 왔다.

디엘은 몰상식의 화신 같은 이 남자에게 그런 말을 듣는 토니의 기분이 어떨지 상상해 보다가 그만두었다.

"아, 벌써 시간이 이렇게 되었네. 디엘, 빨리 가자. 조금만 더 늦으면 식당에 엄청 사람 많을 테니까."

에드가 얼른 가자며 디엘에게 손짓을 하였다.

"잠시만 기다리십시오, 에드. 교복으로 갈아입고 가야—"

"에이, 굳이 교복 입을 필요 없으니까 신경 쓰지 마."

날 좀 보라며 에드가 제자리에서 양손을 펼쳐 보였다.

교복의 흔적조차 보이지 않는 그 꼴을 한심스럽게 쳐다본 디엘은 대답 대신 상자를 테이블에 올려 두었다.

그 속에 손을 넣은 그녀는 제일 먼저 셔츠부터 꺼내 들었다.

"뭐야? 결국 교복 입고 가게?"

또 기다려야 하는 거냐며 입을 삐죽이던 에드가 무언가 좋은 생각이 떠오른 것처럼 눈을 반짝 빛냈다.

"그럼 내가 옷 갈아입는 거 도와줄까?"

"에드. 부탁이니까 잠깐이라도 좀 닥치고 있어 주시겠습니까?"

디엘이 짜증스러운 얼굴로 에드를 노려보자 그가 히죽 웃더니 다시 디엘의 침대 위로 달려갔다.

아니, 그러니까 아까부터 대체 왜 저기에— 화를 내려던 디엘은 한숨을 쉬었다. 자신이 말한다고 들을 남자가 아니었다.

에드에게서 신경을 끄기로 한 디엘은 셔츠를 펼쳐 그 모양새를 찬찬히 살펴보았다.

모서리가 동그랗지만 각이 제대로 잡혀 있는 칼라, 일반적인 커프스보다 폭이 조금 좁아 모양이 세련되어 보이는 커프스, 그리고 흑진주로 만들어진 단추가 아홉 개나 달린 드레스 셔츠는 흠잡을 구석이 하나 없이 완벽하였다.

그것을 몸에 걸치니 살갗에 스치는 감촉도 좋았다.

틀림없이 고급 실크 생산지로 유명한 레도에서 수입한 실크로 만든 것이리라.

방 안에 놓인 커다란 거울 앞에 선 디엘은 상자 속에 들어 있던 넥타이를 제 목에 걸쳐 매 보았다.

몇 번의 시도 끝에 매듭을 만드는데 성공하였지만, 모양새가 영 엉성하였다.

레아가 있었다면 예쁘게 매 주었을 텐데. 무의식중에 제 시녀를 생각하던 디엘은 머리를 저었다.

독립하기 위해 여기까지 혼자 온 주제에 고작해야 이런 일 하나 제대로 못한다고 레아의 도움이 필요하다는 생각을 하다니.

조금 부끄러워진 디엘은 오늘부터 넥타이를 묶는 연습을 따로 해야겠다고 생각하며 조끼를 착용하였다.

재킷까지 걸치고 나니 거울 속에는 어딜 보나 완벽한 모르아 아카데미의 학생이 서 있었다. 그것을 보고 있자니 묘한 기분이 들었다.

내가 이제부터 정말로 모르아에서 공부를 하는 거구나.

거울 속 자신이 괜히 낯설게 보였다.

"다 됐어, 디엘?"

뒤에서 저를 부르는 소리에 디엘은 감상적인 기분에서 깨어났다.

"빨리 식당 가자, 식당."

아침 못 먹어 죽은 귀신이라도 붙은 건가. 혀를 찬 디엘이 뒤를 돌았다.

"다 되었습니다. 이제 가도록 하죠."

"그래, 그래. 그 말을 기다렸―"

침대에 엎드려 있던 에드가 디엘을 보더니 눈을 동그랗게 떴다.

"오! 교복 잘 어울리네."

"……감사합니다."

머쓱함을 감추며 디엘이 답을 하자 에드가 기세 좋게 침대 아래로 뛰어내렸다.

"역시 미인이 입으면 뭐든 잘 어울린다니까."

"……."

저 남자는 나를 미인이라고 말하는 것 외에는 다른 칭찬을 모르는 게 아닐까.

디엘이 한쪽 눈썹을 꿈틀거리자 그것을 본 에드가 히죽 웃었다.

기분 탓이 아니라면 그는 디엘이 싫어하는 기색을 보일수록 더욱 즐거워하는 것만 같았다.

앞으로는 최대한 감정을 드러내지 않도록 해 보자. 디엘은 속으로 주먹을 불끈 쥐며 결심을 하였다.

그리 오래 갈 마음가짐은 아니었다.

*　　　*　　　*

이른 시간이라 그런지 식당에는 생각보다 사람이 별로 없었다.

디엘에게는 다행스러운 일이었다.

어제저녁 남자 기숙사에서 본의 아니게 유명인이 되어 버린 터라, 지금보다 조금이라도 더 붐볐다면 저에게 집중되는 시선 때문에 제대로 된 식사를 하기조차 어려웠을지도 몰랐다.

에드와 디엘은 텅텅 빈 테이블 하나에 자리를 잡고 앉았다.

테이블에 올려져 있는 메뉴판에는 오늘 주문이 가능한 메뉴가 쓰여 있었다.

에드는 메뉴판을 디엘에게 내밀며 물어보았다.

"고르면 내가 주문해 올게. 주인님, 뭐 먹을래?"

"아무―"

거나 상관이 없다고 대답하려던 디엘은 멈칫하였다.

에드에게 맡겨 두었다간 뭘 주문해 올지 알 수가 없었다.

디엘은 에드가 준 메뉴판을 찬찬히 살펴보았다.

영 식욕이 없었던 그녀의 눈에 제일 먼저 들어온 건 '오늘의 아침 A'라고 쓰여 있는 메뉴였다.

메뉴 이름 아래에는 조그만 글씨로 수프, 샌드위치, 커피 구성이라는 설명도 적혀 있었다.

이 정도면 양도 적당하리라 생각한 디엘은 그것을 선택하였다.

"전 오늘의 아침 A를 먹겠습니다."

"A세트? 흠, 오케이. 그럼 난 B세트를 먹어야겠네. 다녀올게."

손을 팔랑팔랑 흔들어 보인 에드가 카운터를 향해 걸어갔다.

디엘은 그가 걸음을 옮길 때마다 학생들이 두려움이 가득한 눈으로 뒤로 물러서는 것을 목격할 수 있었다.

흡사 깊은 산 속에서 몬스터를 만난 무력한 상인과 비슷한 반응이었다.

그중에는 에드보다 덩치가 훨씬 커다란 소년도 있었고, 인상이 마치 토니처럼 험상궂은 자도 있었다.

그러나 생김새도, 체구도 각기 다른 그들 모두가 에드를 두려워하는 것처럼 보였다.

에드가 이 아카데미에서 어떤 존재로 불리는지 아직 모르는 디엘이 그것을 흥미로운 눈으로 지켜보고 있던 때였다.

"저—"

누군가가 저에게 말을 걸어와서 고개를 돌리니 처음 보는 소년이 한 명 서 있었다.

디엘이 의아한 얼굴로 소년을 보자 그가 얼른 고개를 꾸벅 숙였다.

"안녕하십니까, 디엘 님!"

우렁찬 소년의 목소리에 식당이 아주 잠깐 시끄러워졌다.

디엘은 어리둥절한 얼굴을 하면서도 친절히 대답하였다.

"네, 안녕하십니까."

"좋은 하루 보내십시오! 그럼 이만—"

인사를 마친 소년이 재빠르게 자리를 벗어났다.

디엘이 전후 사정을 물어볼 겨를조차 없는 빠른 퇴장이었다.

그리고 그 뒤를 이어 곧바로 새로운 소년이 등장하였다.

"안녕하십니까, 디엘 님!"

"좋은 아침입니다!"

"식사 맛있게 하십시오!"

"……."

의미를 알 수 없는 인사가 한동안 떠들썩하게 이어졌다. 디엘은 이런 느낌이 매우 익숙하다는 것을 느꼈다.

분명 로비나에 있을 때도 이런 일을 겪었던 적이 있었다.

그때가 언제였더라?

"뭐야. 다들 우리 주인님한테 인사하고 싶어서 안달이네?"

웃음기가 가득한 목소리로 가까워진다 싶더니 제 앞에 커다란 접시가 하나 놓였다.

디엘은 주변이 순식간에 조용해졌을 뿐만이 아니라 학생들이 모두 저 멀리로 달아나 버렸다는 걸 깨닫지 못했다.

눈앞에 놓인 커다란 접시 때문이었다.

"······에드, 이게 내가 주문한 A세트가 맞는 겁니까?"

"웅? 웅, 맞는데. 오늘의 아침 A세트."

커다란 접시 위에는 주먹만큼 커다란 돼지고기 덩어리와 야채가 듬뿍 들어간 샌드위치, 대접에 담긴 단호박 콘 수프, 그리고 일반적인 컵보다 2배는 커 보이는 커피 컵이 놓여 있었다.

남학생 기숙사 식당이라 그런지 나오는 양이 지나치게 푸짐하였다.

"잘 먹겠습니다."

경악한 디엘이 접시에는 손도 못 대고 눈만 깜빡이고 있는 사이, 에드는 재빠르게 식사를 시작하였다.

고개를 들어 에드가 시킨 B세트를 확인한 디엘은 한쪽 눈썹을 구겼다. 자신이 시킨 A세트에 비해 무려 단품 메뉴가 서너 개는 더 많아 보이는 구성이었다.

정말 아침부터 저게 다 속에 들어간단 말이야?

"우아, 아 우어으?"

입 안에 담긴 음식물을 우적거리며 에드가 정체불명의 소리를 냈다.

용케 그것이 "뭐야, 왜 안 먹어?"라는 뜻임을 알아들은 디엘은 아무것도 아니라며 고개를 저었다.

적당히 먹다가 남겨야겠다고 생각한 디엘은 스푼으로 수프를 몇 번 깨작거려 보았다.

진짜 크림으로 만든 것인지 혀에 닿는 수프의 맛이 감탄사가 절로 나올 만큼 고소하였다.

처음에는 조심스레 스푼을 대보던 그녀의 손놀림이 점차 빨라졌다.

수프를 반 정도 비운 디엘은 접시 옆에 놓여 있는 나이프로 샌드위치를 한입 크기로 잘라 입 안에 넣어 보았다.

수프만큼이나 기가 막힌 맛이었다.

배가 고프기도 했지만, 생각보다도 훨씬 맛있는 탓에 음식이 제법 술술 들어갔다.

"어때, 맛있지? 역시 아카데미 내에 있는 식당이 최고라니까. 가끔은 밖에서 외식하는 것도 좋지만."

어느새 제 몫의 접시를 깔끔히 비운 에드가 티슈로 입을 닦아 내고 있었다.

"……생각보다 음식이 훨씬 맛있긴 하군요."

본의는 아니지만, 인정할 건 인정해야 하지 않겠는가.

디엘이 작게 헛기침을 하며 한 말에 에드는 마치 제가 칭찬을 받은 것처럼 활짝 웃었다.

"그렇지? 여기 주방 담당하는 요리사 분이 전에 로마니크 왕실 요리사였어서―"

"로마니크 왕국?"

디엘은 깜짝 놀랐다. 그녀의 기억이 맞다면 그 나라는 분명 왕족뿐만이 아니라 온 국민이 다 맛있는 음식에 심취해 있기에 '식도락 여행을 하기 가장 좋은 나라'로 손꼽히는 곳이었다.

오죽하면 길을 가다 아무 가게나 골라 들어가도 다른 나라의 최고급 레스토랑에서 먹는 음식 맛을 느낄 수 있다는 말이 있을 정도였다.

"응, 5년 전까지 국왕 직속 요리사였대. 근데 왕이 아끼는 애첩이랑 눈이 맞는 바람에 죽임당할 뻔한 걸 학장님이 구해 줘서 여기로 왔다고 하더라. 전에는 왕의 위장을 책임지던 사람이 이젠 여기서 굶주린 학생들의 위장을 채워 주는 제2의 삶을 택한 거지."

"······."

살아남아서 다행이라고 해야 하나. 아니면 어쩌다가 그런 일이 벌어졌던 거냐고 어이없어 해야 하나.

디엘이 곤혹스러운 얼굴로 에드를 보자 그것을 알아차린 에드가 씩 웃었다.

"근데 대단한 건 남자 기숙사 식당 요리사뿐만이 아니야."

"잠깐. 설마 그럼 이 아카데미에 있는 교직원들은 모두 목숨을 위협받을 만한 일을 저질러서 학장님께서 거두신 겁니까?"

디엘이 경악하자, 에드는 얘가 지금 대체 뭔 소리를 하냐는 얼굴을 하였다.

"아니, 그게 아니라 교직원들 모두 밖에서 다 한 가닥씩 하던 사람들이라고."

"······."

자신의 착각이 부끄러워진 디엘은 컵을 들어 올려 커피를 입 안으로 한 모금 흘려보냈다.

씁쓰름한 맛에 정신이 번쩍 드는 기분이었다.

"전에도 말했지만 닥터 제이는 유명한 의사인 동시에 어느 왕의 목숨을 구해서 그 나라에서는 거의 영웅으로 취급받는 사람이고."

익숙한 이름에 문득 머릿속에 숙취로 끙끙 앓던 덥수룩한 의사의 얼굴이 떠올랐다.

하지만 암만 생각해도 그는 그냥 술 냄새 나는 아저씨에 불과했다.

"전술학과에 있는 맥버드 교수는 '사파론의 전투'에서 무려 100명의 소수 정예 부대로 10배가 넘는 1500명의 부대를 전멸시킨 전설적인 전략가기도 하고."

맥버드 교수는 디엘 역시 아는 인물이었다. 처음 전술학과를 지원했던 이유도 맥버드 장군의 지도로 조금 더 전략에 능해지고 싶다는 생각에서였다.

왕족의 신분을 버리더라도 전략은 필요하였다.

아니, 신분을 버릴 것이라면 더더욱 교묘한 계획을 짜낼 전략과 그것을 실행할 수 있는 수단이 필요하였다.

전술학과는 그런 의미에서 당시의 디엘에게는 최적의 선택이었다.

"정치외교학과의 유마 교수님은 과거 아마리아스 공국의 외교관일 때, 오로지 말로만 국경을 침범한 적국을 물리친 걸로 유명하고."

"잠깐― 그분이 아마리아스 공국의 외교관이었다고요?"

깜짝 놀란 디엘이 재차 묻자 에드가 고개를 끄덕였다.

"응. 이것도 유명한 이야기니까 너도 알 것 같긴 한데. 몇 년 전에 키르해 연합이 아마리아스 공국을 침범했던 적이 있었잖아."

디엘이 고개를 끄덕였다. 제 기억이 맞다면 분명 지금으로부터 6년 전, 지금은 이시호 제국의 속국이 된 어느 나라를 주축으로 키르해 연합이라는 국가동맹이 생겨났다.

로비나에도 동맹 제의가 왔었고, 왕은 꽤나 오래 고심한 끝에 그 제의를 거절하였다.

그것은 옳은 선택이었다.

키르해 연합은 무자비한 약탈과 잦은 선공으로 여러 나라의 빈축을 샀다.

그들이 주로 노리는 대상은 작은 왕국이나 공국이었다.

키르해 연합은 그들을 식민지로 삼고, 물자와 인재를 약탈하였다.

아마리아스 공국 역시 꼼짝없이 식민지가 될 뻔했던 상황에서 나라를 위해 나섰던 것은 한 젊은 여성 외교관이었다.

"그게 바로 유마 교수님이었군요."

금테 안경을 번뜩 빛내던 예리한 인상의 그녀에게는 분명 빈틈없는 분위기가 있었다.

그녀라면 분명 적국의 장군을 논리로 무장한 말로 이길 수 있을 것 같다는 생각이 들었다.

"맞아. 그 어떤 수행원도 거느리지 않은 유마 교수는 홀로 연합군 장군을 만나서 그를 설득했다고 들었어. 지금 이대로 아마리아스 공국을 치면 틀림없이 이시호 제국을 포함한 다른 강대국이 키르해 연합을 가만두지 않을 거라고. 그리고 앞으로 아마리아스는 키르해 연합에 자발적인 협조를 약속할 테니 이대로 물러가 달라는 말에 연합군의 장군은 홀랑 넘어갔지."

아마도 유마 교수가 상대 장군에게 했던 말은 그게 전부는 아닐 것이다.

그것 외에도 그를 물러나게 만들 수 있는 수단을 몇 가지 더 가지고 갔을 게 분명했다.

어쨌거나 중요한 건 키르해 연합국의 장군이 순순히 물러났고, 그 이후 위기를 감지한 이시호 제국과 다른 몇 나라들의 합공으로 결국 키르해 연합이 와해가 되었다는 점이었다.

물론 키르해 연합이 무너지게 만든 일등공신은 아마리아스 공국의 젊은 외교관이었다.

"……나라에 계속 남아 있었다면 지금쯤 엄청 높은 신분을 약속받았을 텐데."

디엘이 저도 모르게 중얼거린 말에 에드가 픽 웃었다.

"그거야 그랬겠지. 하지만 어쩌면 모르아의 교수 자리가 그녀에게는 더 마음 편한 위치였을지도 모르지."

"……."

무언가 사연이 있음직한 말투에 디엘은 에드를 물끄러미 보았다.

아무 생각 없이 듣고 있는 터라 뒤늦게 깨달았지만, 이제 보니 이 남자는 상당히—

"아는 게 많군요, 에드."

"응? 뭐가?"

"당신 말입니다. 수업도 제대로 듣지 않고 문제나 일삼는 주제에 아는 게 많다는 겁니다."

"잠깐, 디엘! 암만 그래도 너무 말이 심한 거 아니야?"

상처를 받았느니 어쩌느니 투덜거리던 에드는 의심 어린 눈으로 저를 보는 디엘에게 애교 있게 웃어 보였다.

"그거야 난 2학년생이잖아. 벌써 이 아카데미 생활만 2년 차라고. 당연히 이런 이야기는 잘 알지. 나 말고 다른 애들도 다 아는 이야기인데."

"……."

그거야 분명 학교생활을 오래 한 사람이라면 이런 이야기 정도는 알고 있는 게 일반적일지도 모른다.

하지만 디엘은 에드가 갖고 있는 정보는 단지 그러한 수준이 아니라는 느낌을 받았다.

구체적인 이유는 알 수 없지만. 디엘이 여전히 묘한 눈으로 저를 보고 있다는 걸 알아차린 에드가 얼른 입을 열었다.

"참고로 말해 주자면 카리스 학장님도 원래 전공은 고대학이래."

"네?"

너무나 뜻밖의 말에 디엘은 눈을 동그랗게 떴다.

학장님이 고대학 전공자라고?

"네가 중도 입학시험 보았을 때 기억 안나? 그때 학장님이 고대어 해석해서 마법 도구 발동시켰잖아."

"그건, 그렇지만……."

디엘은 깨진 거울 조각에 쓰여 있던 이상한 문자를 망설임 없이 읽어 내려가던 학장의 모습을 떠올렸다.

그때는 단지 이런 아카데미의 학장 정도 되면 고대어도 술술 해야 하는구나 라고 생각했지만 그가 고대학 전공자라는 걸 알게 되니 상황이 다르게 느껴졌다.

"그럼 학장님도 강의를 하시는 겁니까?"

"응? 아니. 학장님은 안 해. 고대학은 전공 교수가 누구더라― 아! 샤칼 교수. 그분이 담당이야."

에드는 다른 교직원에 대해 설명했던 것처럼 샤칼 교수에 대한 간단한 설명을 들려주었다.

"2년 전에 아카데미로 온 분인데, 전임 교수가 정년 퇴임하신 바람에 얼결에 초고속 승진을 한 경우지. 원래는 현장에서 일했는데 다리 부상을 계기로 교수 임용 시험을 봤다나."

디엘은 이제부터 자신이 제일 많이 보게 될 선생에 대한 정보를 조금 더 듣고 싶어졌다.

"샤칼 교수님은 어떤 분입니까?"

"응? 으음."

텅 빈 접시를 아쉽게 내려다보고 있던 에드는 디엘의 접시로 손을 뻗었다.

남의 음식을 탐하는 그 손길은 너무나 자연스러워서 디엘이 순순히 제 접시를 그에게 밀어 줄 정도였다.

"그 사람한테 강의를 들어 본 적이 없어서 어떤지 몰라."

디엘이 2/3 정도 남겨 둔 샌드위치를 몇 입 만에 해치운 에드는 그녀가 마시다 만 커피로 입가심을 하였다.

"실력은 나쁘지 않다는 평가야. 다만―"

"다만?"

그다음 말이 무엇일지 짐작해 보며 디엘이 에드의 입에 집중하였다.

모양 좋은 입술이 작게 벌어지는가 싶더니 그 속에서 붉고 도톰한 혀가 나와 입술 선을 느릿하게 훑었다. 어쩐지 귓불이 후끈 달아오르는 모습이었다.

넋 나간 사람처럼 멍하니 그것을 보고 있던 디엘은 에드가 히죽거리고 있는 것을 알아차렸다.

자신이 놀림 받았다는 것을 깨달은 그녀가 얼굴을 찌푸렸다.

"에드!"

디엘이 화를 내자 에드가 웃음을 터트렸다. 곧 그가 손을 뻗어 디엘의 뺨을 가볍게 꼬집었다.

불시의 기습에 놀란 디엘은 한 박자 느리게 몸을 뒤로 뺐다.

"어차피 곧 강의 들으러 갈 거면서 왜 벌써부터 다 알고 싶어 해? 첫날부터 그렇게 긴장한 티 내지 말고, 마음 편히 가."

"……딱히 긴장하지 않았습니다."

디엘은 아프지도 않은 뺨을 괜히 어루만지며 시선을 돌렸다.

물론 거짓말이었다.

이러니저러니 해도 낯선 환경에서 맞이하는 첫날이니 긴장이 안 될 리가 없었다.

고대학에 대해 아는 것도 별로 없는 자신이 강의를 잘 따라갈 수 있을지 걱정이 되기도 하였다.

그래도 에드 앞에서 그런 티를 낼 수는 없었다.

"그래, 그래. 원래 무엇이든 처음이 제일 힘든 법이지. 익숙해지면 별 게 아닌데."

사람 말 좀 들어라, 제발.

디엘은 에드를 향해 짜증이 가득 담긴 눈빛을 보냈다.

그 순간, 에드와 눈이 마주친 그녀가 멈칫하였다.

타오르는 불꽃같은 눈동자는 늘 그렇듯 사람의 속마음을 훤히 꿰뚫을 것만 같았다.

"기념비적인 첫 수업을 앞둔 우리 주인님을 위해서 마법의 주문을 알려 줄까?"

"네, 마법의 주문이라고요?"

"응, 긴장을 풀어주는 데는 이만한 게 없지."

에드가 귀를 이리로 대보라는 것처럼 디엘에게 손짓을 하였다.

대체 뭘 하려고—

디엘은 의심 어린 눈으로 에드를 보았지만, 그가 평소와 달리 사뭇 진지한 얼굴을 하고 있다는 걸 알자 마냥 의심할 수만은 없었다.

설마 정말로 에드가 마법에 대해 아는 게 있는 걸까?

밑져야 본전이라는 생각에 디엘이 천천히 고개를 앞으로 내밀자 에드도 디엘을 따라 하는 것처럼 고개를 숙였다.

두 사람의 얼굴이 가까워지는가 싶더니 에드가 고개를 살짝 비틀었다.

곧 디엘의 귓가에 오싹할 정도로 나직한 음성이 내려앉았다.

"'케이크 먹는 토끼.'"

남자다운 목소리와는 도저히 어울리지 않는 단어에 디엘은 입을 작게 벌렸다.

케이크 먹는 토끼? 그게 뭐야?

그녀의 머릿속에서 곧 점잔을 빼는 토끼 한 마리가 케이크를 향해 포크를 놀리는 이미지가 떠올랐다 사라졌다.

어느 동화책에서 그런 삽화를 본 적이 있는 것도 같았다.

"긴장될 때마다 이 마법의 주문을 세 번 정도 외워 봐. 효과가 매우 좋을 거야."

"······정말 그게 마법의 주문입니까?"

"그럼. 효과가 확실하다니까. 이 주문을 세 번 정도 외우면 머릿속에서 케이크를 먹는 귀여운 토끼가 떠오르고, 조금 전까지 느끼던 긴장감이나 불안함이 어디론가 온데간데없이 사라지는 효과가 있지."

"······."

그제야 디엘은 에드가 또 저를 놀렸다는 것을 깨달았다.

케이크를 먹는 토끼라니! 아니, 물론 상상하면 조금 귀엽긴 하지만—

"자, 나를 따라해 봐. 디엘. 케이크 먹는 토끼. 케이크 먹는 토끼를 생각하면서 따라하면 효과가 더 좋다고. 자자, 케이크, 먹는, 토끼."

마치 어린아이를 어르는 것처럼 에드가 한 글자 한 글자에 힘을 주어 귀여운 말을 내뱉었다.

디엘은 물론 따라 하지 않는 대신 다른 말을 입에 담았다.

"좀 닥쳐요, 에드."

에드가 웃음을 터트렸다. 식당 안에 있는 학생들이 두려움에 가득찬 시선을 이쪽으로 보냈다.

하지만 디엘은 그것을 신경 쓸 겨를이 없었다. 그녀는 즐겁게 웃고 있는 에드를 노려보며 한숨을 쉬었다.

어느새 불안감이나 걱정은 온데간데없이 사라지고 없었다.

마법의 주문 덕인지 뭔지 모르지만.

이것이 에드가 원하던 바였다면 그의 계획은 틀림없이 대성공이었다.

〈다음 권에 계속〉